Axel Herzog · Der **Krüppel** und das **Gift**

D1727296

# Der **Krüppel** und das **Gift**

AXEL HERZOG

Bibliografische Information der Deutschen Bibliothek
Die Deutsche Bibliothek verzeichnet diese Publikation in der
Deutschen Nationalbibliografie; detaillierte bibliografische
Daten sind im Internet über http://dnb.d-nb.de abrufbar.

ISBN 978-3-936950-75-5

© Axel Herzog
© CONTE Verlag, 2008
Am Ludwigsberg 80-84
66113 Saarbrücken
Tel:     (06 81) 4 16 24-28
Fax:     (06 81) 4 16 24-44
E-Mail:  info@conte-verlag.de
Verlagsinformationen im Internet unter www.conte-verlag.de

Lektorat:              Claudia Thiel
Umschlag und Satz:     Markus Dawo
Druck und Bindung:     PRISMA Verlagsdruckerei GmbH, Saarbrücken

»Wer über sich schreibt, enthüllt sich und verbirgt sich zugleich.«
PHILIP ROTH, *Der menschliche Makel*

# 1

Der Schläfer lag, entgegen seiner Gewohnheit, auf dem Rücken. Irgendetwas störte ihn, unwillig schüttelte er den Kopf. Der Sonnenstrahl, der sich an seiner Nasenspitze festgebissen hatte und ihn zwickte, ließ sich dadurch aber nicht vertreiben. Der Schläfer, der bald erwachen würde, schnaufte leise, rieb sich mit dem Handrücken die Nase, nieste und drehte sich schließlich zur Seite. Der Sonnenstrahl, der durch ein winziges Loch in der Jalousie ins Zimmer gesprungen war, bohrte sich jetzt in den Wangenknochen, knapp unterhalb des linken Auges, bohrte sich durch alle Schichten der Haut und nagte an dem fast fleischlosen Knochen. So jedenfalls schien es dem Mann in der Phantasie des Halbschlafs, aus dem er, von Sekunde zu Sekunde unruhiger werdend, allmählich auftauchte. Mit dem Erwachen verschwand die Illusion von Folter und Schmerz und er lächelte, als er erkannte, wer beziehungsweise was ihn geweckt hatte. Er suchte die Quelle, fand mühsam den scharf gebündelten, flirrenden Strahl der es gewagt hatte, in die Schwärze seines Schlafzimmers einzudringen. Zum vierten oder fünften Mal schwor er sich, dem Loch in der Jalousie nachzuspüren, Lamelle um Lamelle abzutasten und das Leck, sollte er es finden, mit einem Tropfen Silikon zu verschließen. Er wusste ja, dass er Hell und Dunkel noch unterscheiden konnte, vermutlich noch lange würde unterscheiden können ... um ihm das zu beweisen, ihm diese Fähigkeit vor Augen zu führen, dazu brauchte er den morgendlichen Störenfried nicht.

Er räkelte sich, streckte sich, dann prüfte er seinen Körper von Fuß bis Kopf. Er fragte die neuralgischen Stellen ab, krümmte die Zehen, wippte mit den Füßen, zog die Beine an und legte sie wieder flach, lockerte Arme und Hände wie ein Turner, der bald die Reckstange ergreifen wird, tippte spielerisch mit den Fingern in die Luft, als bediene er die Tastatur des PC »asdf jklö« und drehte langsam den Kopf, einmal nach links, einmal nach rechts, dann das Gleiche etwas schneller. Befriedigt stellte er fest, dass keine Meldungen vorlagen. Das lange, bösartige Ungeheuer, das marode Ding, in das er durch die Zufallsauslese eines genetischen Defekts eingesperrt war, dieser ungeliebte, tausendmal verfluchte Körper gab sich freundlich, täuschte sogar Funktionsfähigkeit vor.

Er langte zum Nachttisch und drückte auf die Uhr. Den wichtigsten Knopf, den für die Zeitansage, hatte er mit einem Klebepunkt markieren müssen, weil die Idioten, die sprechende Uhren für Blinde produzierten, die vier »Schaltknöpfe« so angeordnet hatten, dass man oben und unten, rechts und links nicht unterscheiden konnte. »Guten Morgen, es ist neun Uhr und viersehn Minuten«, lispelte das liebliche Stimmchen. Aus Taiwan? Aus Südkorea? Wie viele Dollars hatte sie dafür erhalten, dass sie diesem Chip ihr Vogelgezwitscher lieh? Der chinesische Problemkonsonant »r« war ihr einwandfrei gelungen, nur das »z« geriet ihr immer zu einem »s«. Vielleicht verstand er sie auch nicht richtig, bei seiner leichten Schwerhörigkeit. Er grinste. Eine hübsche Wortkombination: leichte Schwerhörigkeit. So was konnte nur ein Mediziner von sich geben, ohne eine Miene zu verziehen. Vielleicht hatte er inzwischen keine leichte, sondern schon eine mittelschwere Schwerhörigkeit. Vielleicht sollte er das mal testen lassen … irgendwann, im Laufe des Jahres. Zurzeit beschäftigten ihn andere Fragen, andere Probleme mit einer anderen Spezies von Doctores.

Er fühlte, dass »sich seine Männlichkeit erhob, hart und fordernd«, wie es so schön in alten Romanen heißt, deren Sprache es behutsam vermied, die Dinge so haarsträubend drastisch beim Namen zu nennen, wie das heutzutage üblich ist. Die asiatische Dame in der sprechenden Uhr war nicht verantwortlich für diesen Zustand. Er war kein Stimmenfetischist und er hatte sich sowieso nie für diesen Typ begeistern können, für die knabenhaften Figürchen mit den mädchenhaften Brüstlein und den süßen, alterslosen Puppengesichtern. Er bevorzugte ein handfestes mitteleuropäisches Format. Nein, was da unter der Bettdecke herumstand, war nur das, was der Volksmund – treffsicher wie immer – eine »Morgenlatte« nannte. Aber er war zu faul zum Aufstehen und so drängend war es ja auch nicht.

Er überlegte, was er geträumt haben könnte – irgendetwas träumt man immer – und forschte nach versprengten Splittern, nach obskuren, unzusammenhängenden Eintragungen im Gedächtnisprotokoll des Schlafs. Manchmal fiel ihm etwas ein, eine Zahl, ein deutlich geschriebener, noch nie gehörter Name, der wie von einer Schnur gezogen an seinen Augen vorüberglitt – im Traum konnte er natürlich auch wieder lesen – oder eine Farbe. Und daraus konstruierte er sich dann eine Geschichte, die nach allen Seiten offen und jeder Deutung zugänglich war.

Nur die guten Träume eigneten sich für dieses Spiel, die schlechten waren zu realistisch, als dass sie einer Deutung bedurft hätten. Ja, es gab gute, angenehme Träume und es gab schlechte, böse Träume wie bei allen Menschen und für ihn gab es darüber hinaus noch den einen, den schlimmsten von allen, seinen ureigenen, ganz persönlichen Alptraum, der ihn seit einundvierzig Jahren in unregelmäßigen Abständen heimsuchte. Bis heute wusste er nicht, wie der Traum begann und wie er sich entwickelte und er würde es nie erfahren, er kannte nur das Ende. Das Ende, hervorgerufen durch den Einfluss einer psychosomatischen Störung: das rechte Knie, das schmerzte, weil das linke zu stark darauf drückte, in der embryonalen Haltung, die er normalerweise im Schlaf einnahm, auf der rechten Seite, beide Beine unter den Leib gezogen, die rechte Wange auf die rechte Hand gepresst. Oder er schlief unruhig, strampelte, streckte ein Bein aus und dehnte dabei das Kniegelenk zu lange. Nach seiner Erfahrung meldete sich der Traum nicht, wenn er bis zum Erwachen in der gleichen Haltung schlief, unverändert, unverrückbar wie ein Rollmops im Glas.

Der Traum zeigte zunächst nur ein Standbild, ein Foto mit zwei Jungen und einem Fußball. Er war damals zwölf und seit mehreren Jahren hatte er manchmal nachts diese Schmerzen. Dann wimmerte er im Schlaf, aus dem Wimmern wurde ein Stöhnen und das Stöhnen explodierte in einem Schrei, der nicht nur ihn, sondern das ganze Haus aufweckte. Da es nicht allzu häufig geschah, einigten sich die besorgten Eltern und der wohlmeinende Hausarzt darauf, dass es sich um Wachstumsschmerzen handeln müsse. Zwar heftig, aber durchaus nicht ungewöhnlich. Und das hieß wahrscheinlich »es wächst sich aus«, wie man so sagt. Mit zwölf war er selbst von der Richtigkeit der Diagnose überzeugt, die Anfälle hatten merklich nachgelassen.

Außerdem kamen sie ja nachts und am Tag war er ein tapferer Krieger und ein eifriger Sportler. Eigentlich sollte er ein großartiger Sportler sein, bei seiner Figur, dem stangendünnen Körper und den endlos langen Sprinterbeinen. Aber er war kein Sprinter, sein Antritt war lahm und vom Fleck kam er auch nicht, seine Hundertmeterzeit war knapp unter Mittelmaß. Und ein Marathon-Man war er erst recht nicht, obwohl er die tausend Meter beim Sportabitur irgendwie hinter sich bringen sollte, in Trance und gerade noch gut genug, um sich die Zwei nicht zu versauen, die er sich beim Turnen erworben hatte. Dabei gelang ihm fast alles, nur Kopf- oder Handstand, das hielt er nicht lange aus, ihm wurde zu leicht schwindlig.

Und jetzt steht er auf dem Fußballplatz, zwei Meter vor dem eigenen Strafraum. Es ist wichtig, ungeheuer wichtig, dass der gegnerische Stürmer ihn nicht überspielt, er muss ihn stoppen, seine Mannschaft liegt zurück. Er fixiert den Ball, der vor dem rechten Fuß des Gegners auf der roten Asche liegt. Der andere hat das rechte Bein ausgestellt, damit will er ihn täuschen, klar, er soll sein Gewicht ebenfalls auf diese Seite verlagern, das linke Bein noch weiter ausfahren ... und dann wird Eddy ihn rechts umspielen. Oder doch links? Oder durch die Beine? Zögernd nimmt er den Fuß wieder ein wenig zurück und Eddy grinst und gluckst und murmelt etwas Gehässiges. Vielleicht glaubt er, er sei Cassius Clay – oder hieß der damals schon Mohammed Ali? – und denkt, wenn er den Gegner reizt und verhöhnt, hat er ihn schon so gut wie platt gemacht. Im übertragenen Sinn, sie boxen ja nicht, bolzen nur so rum auf dem kleinen Sportplatz ihres Gymnasiums.

Aber jetzt stehen sie noch, zwei Jungen mit einem Fußball, erstarrt zu einem Monument des Wartens, des Wartens auf Bewegung, auf die Aktion, die alles entscheiden wird. Zwei tapfere junge Krieger, die um den Besitz eines ledernen Balles kämpfen, mit ihrem Verstand und ihrem Körper und für sie ist es das Gleiche, als kämpften sie mit Schwertern um ein Königreich. Vielleicht sollte er angreifen und versuchen, dem Eddy den Ball vom Fuß zu spitzeln? Aber er traut sich nicht. Eddy ist in einer Parallelklasse und er ist sich nicht genau im Bild über dessen sportliche Qualitäten ... und viel gehört ja nicht dazu, dass einer einen Tick schneller ist als er. Also doch lieber abwarten, auch wenn das vermutlich die schlechtere Wahl ist.

Eine groteske Ewigkeit lang stehen sie sich so gegenüber, Eddy und er, bis endlich, endlich der erlösende Augenblick kommt, die Fotografie zerfließt und zum Film wird. Blitzschnell schiebt Eddy den Ball an seinem linken Fuß vorbei – also doch am linken? – ganz sicher ist er sich aber nicht und er wird es auch nie mit Gewissheit sagen können, denn der Ball ist plötzlich weg, seinem Blickfeld entschwunden. Er weiß nicht, dass das normal ist bei seiner Augenkrankheit, zu diesem Zeitpunkt hat er noch nicht die leiseste Ahnung, dass etwas Furchtbares geschehen wird mit diesen Augen. Er weiß nur, dass er »schlecht sieht« und bald eine Brille bekommen soll. Aber das ist nichts Ungewöhnliches, Brillenschlangen gibt es viele, Jungen wie Mädchen.

Und überhaupt interessiert es ihn nicht im Geringsten, wohin und wie Eddy den Ball weggezaubert hat, denn in der gleichen Sekunde geschieht etwas viel Schlimmeres: Er hat das linke Bein ausgefahren, wuchtig, schnell – vielleicht war es der schnellste Antritt seines Lebens – und als er es auf den Boden stemmt, dorthin, wo er hofft, den Ball zu stoppen, da knickt das Knie ein und es haut ihn um. An dieser Stelle endet der Traum, blendet sich aus mit der gleichen Präzision, mit der er sich einschaltet. Das Krankenhaus gehört nicht mehr dazu.

Diagnose: Bänderdehnung. Der Arzt erklärte, das könne man nicht operieren wie einen Riss, das könne nur die Zeit heilen. Vier Wochen musste er liegen, erhielt irgendwelche Medikamente und zweimal täglich stellten sie ihm einen Kasten über die Beine, aus dem eine wohltuende Wärme strömte. Auf mysteriöse Weise schlug die Behandlung doch an und als seine schlaffe Muskulatur wieder das Laufen gelernt hatte, schien alles beim Alten.

Die einzige Erinnerung, die ihm darüber hinaus an diesen Krankenhausaufenthalt geblieben war, war das Erlebnis mit der kessen Göre aus dem Mädchensaal. Ja, das gab es damals noch, ein Zimmer mit zwölf Betten für Knaben und direkt daneben das gleiche für Mädchen. Dazwischen war eine Verbindungstür und die stand den ganzen Tag offen für die eiligen Schwestern im Nonnenhabit. Durch die Tür hatten er und der Junge, der mit einem Schienbeinbruch neben ihm lag, nur ein einziges Bett im Mädchenzimmer im Blickfeld. Eines Nachmittags, als die Luft rein war, ließ sich die Bewohnerin dieses Bettes von dem Schienbein überreden, ihnen zu zeigen, weshalb sie im Krankenhaus war. Sie stellte sich und zog kichernd das Hemdchen hoch. Und weil man das Pflaster, das die Wunde einer Blinddarmoperation verdeckte, dabei nur zur Hälfte sehen konnte, zog sie auch noch das Höschen ein bisschen herunter und sofort wieder hoch und kicherte. Und da hatte er für den Bruchteil einer Sekunde so einen komischen Schatten erblickt.

In der Nacht, als alle außer ihm und seinem Nachbarn schliefen, stöhnte der plötzlich leise und stieß dann mit einem tiefen Seufzer den angehaltenen Atem aus. Als er ihn besorgt fragte, ob ihn sein Bein schmerze, lachte der und erzählte ihm von den Wonnen des Onanierens – er war kein Gassenjunge und sagte tatsächlich »onanieren« – und wie man das mache. Als er es selbst probierte, geschah aber nichts und er dachte, er müsse etwas falsch verstanden haben. Und weil er sich seiner Dummheit schämte, wagte er nicht, das Schienbein noch einmal zu fragen und stöhnte stattdessen ein bisschen. Ein halbes Jahr später erklärte es ihm ein Klassenkamerad richtig, in der großen Pause auf dem Klo und so beherrschte er endlich auch diese Kunst und hatte sie bis heute nicht verlernt.

Natürlich mussten diese ersten sexuellen Erlebnisse irgendwann, laut Freud sogar häufig, Gegenstand seiner Träume gewesen sein. Oder sie hatten sich in vielerlei Gestalt mit anderen Traumsequenzen verwoben. Erinnern konnte er sich jedoch nie daran. Seinen Alptraum hatte er dagegen noch kein einziges Mal vergessen und daher war er sicher, dass er in dieser Nacht einen guten Traum gehabt hatte.

Was hatte er gesehen, was erlebt? Meistens sah er nur Farben, er schwebte offenbar in Farben, als umwehten ihn die sieben Schleier einer orientalischen Tänzerin. Nur, dass die Tänzerin fehlte. Oder er bewegte sich in blühenden Landschaften, lange bevor ein Kanzler seine Vision in dieses Schlagwort kleidete. In Farben träumen, war das überhaupt möglich? »Der träumt farbig«, das war in früheren Zeiten ein Synonym für »der spinnt, der tickt nicht richtig«. Vielleicht hatte er von ihr geträumt? Naheliegend wäre es, seit vier Wochen dachte er fast ununterbrochen an sie. Seit er den Artikel im Internet gehört hatte, dessen Botschaft er immer noch nicht verdaut hatte, so groß war der Schock gewesen.

Sigrid, Dr. Sigrid Wegmann. Als er sie zum ersten Mal konsultierte, vor über zwanzig Jahren, hatte er sich sofort in sie vernarrt. Sie mochte in seinem Alter sein, um die dreißig, schulterlanges schwarzes Haar und dunkle, riesengroße Augen … als habe die Natur sie eigens für ihren Beruf mit überdimensionalen Sehwerkzeugen ausgestattet. Und, nun ja – dieses Attribut der Weiblichkeit hatte ihn immer magisch angezogen – ein Überbau, der den Kittel zu sprengen drohte. Und wenn sie ihm das Besteck auf die Nase setzte, um Gläser mit verschiedenen Sehstärken auszuprobieren oder wenn sie ihm den Augenhintergrund ausleuchtete, dann war sie ihm nahe, so nahe, dass er Mühe hatte, seine Hände im Zaum zu halten, die unbedingt nach der Pracht unter dem Kittel greifen wollten. Aber das macht man natürlich nicht, man grabscht seiner Ärztin nicht nach dem Busen. Jedenfalls nicht in der Praxis.

Auch außerhalb der Praxis kam es nie dazu, weil er sich nicht traute, sie anzumachen. Er wusste nicht, womit sie ihn so einschüchterte, dass er nicht eine seiner sorgfältig vorbereiteten Ansprachen herausbrachte. Die weiße Uniform konnte es nicht sein. Auch nicht der Ehering, er hatte mehrere Liebschaften mit verheirateten Frauen gehabt. In den letzten Jahren hatte er sogar Frauen erlebt, die sich seiner offenbar aus

Mitleid annahmen. Es empörte ihn nicht und er wies sie nicht zurück, warum sollte er ihre krankenschwesterliche Liebe nicht genießen? Und sie schienen sich mit ihm zu schmücken und genossen es ihrerseits, an der Privilegiertheit seines Leidens teilzuhaben.

Selbst die schroffe, plakativ zur Schau getragene Männerfeindlichkeit mancher Frauen hatte ihn nie abgeschreckt und sogar bei diesem Typ hatte er manchen Sieg errungen. Aber Dr. Wegmann hatte ein freundliches, angenehmes Wesen und nichts an ihr ließ auf versteckte Männerfeindlichkeit schließen. Trotzdem schüchterte sie ihn ein. Vielleicht gab es in dem Verhältnis Arzt-Patient eine unsichtbare Barriere, die nicht zu überwinden war. Nachdem er sie im Laufe eines Jahres viermal aufgesucht und noch immer nicht mit dem Vorgeplänkel begonnen hatte, wusste er, dass er versagt hatte. Er würde sie ablegen müssen, in dem Ordner der wehmütigen Erinnerungen, zu den Zetteln, die bereits verblasst waren. Es gelang ihm, sie erstaunlich schnell aus seinem Gedächtnis zu verbannen.

Nun war sie plötzlich wieder aufgetaucht, ein dämonischer weißer Schatten an einem rabenschwarzen Himmel. Sigrid, Dr. Sigrid Wegmann. Vielleicht würde er sie töten. Er lächelte ironisch bei dem Gedanken, dass er, ausgerechnet er, jemanden töten könne. Es gab Leute, die mochten dieses Lächeln nicht, das nur kurz die vollen Lippen kräuselte und dann schnell im rechten Mundwinkel versickerte. Es machte sie betroffen, sie bezogen es auf sich. Nicht auf die Situation, in der man sich befand. Eine Unterhaltung vielleicht, bei der er einen Redebeitrag, den er für Schwachsinn hielt, mit einer hinterhältigen Bemerkung oder einem Aphorismus beantwortete. Und dabei dieses Lächeln aufflackern ließ. Nein, sie bezogen es auf sich, weil sie glaubten, er spüre ihre Ablehnung und den inneren Krampf, der sie in Gegenwart des arroganten Krüppels befiel und sein bösartiges, verächtliches Lächeln gelte ihnen.

Ein leichtes Kribbeln im linken Oberschenkel kündigte die erste Missempfindung des Morgens an. »Missempfindungen« nannte der Neurologe die kleinen elektrischen Entladungen, die ab und zu durch seine kaputten Nerven rasten. Der Mann hatte Recht, wenn nicht grundsätzlich, so doch aus fachärztlicher Sicht. Der Blitz, der jetzt in seinen linken kleinen Zeh einschlug, war wirklich nicht mehr als der Schlag, den ein Elektrokabel austeilt, wenn man beide Pole gleichzeitig berührt. Ein heftiger Schmerz, der sofort verebbt. Aber vielleicht war das die Strafe für seinen sündigen Gedanken? Vielleicht hatte Gott mit einem flammenden Zeigefinger auf seinen Zeh getupft, um ihn zu warnen: »Du sollst nicht töten!« Oder er hatte seinen Gabriel geschickt. Als Kind, vollgestopft mit den Geschichten vom rächenden Gott, der Tag und Nacht in alle Winkel und in alle Köpfe späht, hätte er das nicht für unmöglich gehalten.

Der Blitz war ein Signal, das Signal, mit dem der Hornist zur Attacke bläst. Wenn er nichts dagegen unternahm, wenn er seinem angriffslustigen Körper nicht sofort Ruhe verordnete, würde er bald einen aussichtslosen Kampf an vielen Fronten gleichzeitig führen müssen. Und den Schlaf, die zwei Stündchen, die er sich noch gönnen wollte, den konnte er sich dann abschminken. Das Glas Wasser stand auf dem Nachttisch, daneben lag das Döschen mit den Wunderpillen: Gabapentin. Er fischte eine Kapsel heraus und schluckte den Besänftiger, den Linderer, Leibspeise und Labsal des Schmerzpatienten, die Hostie für alle, denen der Glaube an eine Hilfe von Oben abhanden gekommen ist.

Seine liebe Tante Trude hätte das Zeug bestimmt probiert und ihm das Prädikat »sehr gute Medizin« verliehen. Er hätte genickt und erklärt, das komme von dem hohen Anteil an Arsenik. Dann hätte sie ihm einen liebevollen Klaps gegeben und ihn ermahnt, er solle nicht immer seine makabren Scherze mit ihr treiben. Er seufzte. Tante Trudes gute Seele war schon vor sechzehn Jahren aufgefahren aus dem Krematorium in den Himmel, den sie sich zusammengeträumt hatte. Er wälzte sich auf die rechte Seite, klappte sich zusammen und wartete. Nach zehn Minuten schlief er wieder ein.

# 2

Kurz nach elf an diesem Dienstagmorgen schlenderte eine junge Frau über den Markt in der Altstadt, sah sich mehrmals suchend um und blieb schließlich in dem Gewimmel gutgelaunter Menschen vor einem Straßencafé stehen. Ihre Kleidung zeugte von der Kreativität der Jugend, die mit ihren phantastischen Modeschöpfungen aus jedem Tag ein Kostümfest macht. Ein Paar Sandalen waren wie bei einem römischen Legionär mit Lederriemen an den wohlgeformten Waden befestigt. Darüber trug sie einen Minirock aus weinrotem Samt, der in seinen besseren Tagen wohl knöchellang gewesen war und der Groß- oder Urgroßmutter an hohen Festtagen zur Zierde gereichte. An einem derben Ledergürtel baumelte ein perlenbesticktes Täschchen, das man in vergangenen Zeiten als »Pompadour« oder »Ridicule« bezeichnet hätte. Und das Oberteil bestand aus einem khakifarbenen Hemd im Military-Look mit Achselklappen und Brusttaschen.

Die Männer starrten sie an. Nicht wegen ihrer exotischen Aufmachung, da gab es noch weit ausgefallenere Erscheinungen, die auch keine Aufmerksamkeit erregten. Man wusste ja, in ein paar Jahren würden diese netten jungen Leute sich ausgetobt haben, bei einer gediegenen Firma anheuern und dann würde ihnen ihr Arbeitgeber schon die Haare aus dem Gesicht streichen.

Nein, es waren genau diese ungebärdigen Haare, die die Männer so faszinierten, dass sie jede Zurückhaltung und Höflichkeit vergaßen und die junge Frau regelrecht anglotzten. Ein hellblonder Wasserfall, der im Sonnenglanz dieses strahlenden Morgens silbrig weiß schimmerte, rauschte über den Rücken bis fast auf die Hüften. Dazu ein sonnengebräuntes Gesicht, breite Stirn, dunkelblaue Augen, eine kühne, gerade Nase und ein Mund, dessen aufregende Lippen keines Lippenstifts bedurften. Die stolze Haltung der hochgewachsenen Gestalt verriet jenen Typ atemberaubend schöner norddeutscher Frauen, die so unendlich gelangweilt und blasiert wirken, einen Panzer der Ablehnung um sich zu tragen scheinen und ein unsichtbares Schild auf der Stirn mit der Aufschrift: »Bewundern darfst du mich, sollst du mich, musst du mich ... aber komm mir bloß nicht zu nahe!«

Endlich ging sie zu einem Pärchen, das einige Schritte entfernt an einem Tisch saß. Die Dame versuchte, ihren Begleiter mit ihren Blicken zu erdolchen, weil der die Blondine mit seinen Blicken verschlang. Um die Situation zu entschärfen, wandte sie sich ausschließlich an die Dame und ignorierte den Typ völlig: »Entschuldigen Sie bitte, ich suche eine Kneipe, die *Zum Iren* heißt und hier am Markt sein soll, kann sie aber nirgends entdecken.« Die Dame erhob sich sofort, erfreut und erleichtert, dass diese Außerirdische nicht erschienen war, ihr den Mann abspenstig zu machen. Sie nahm sie beim Arm und führte sie zu einer der Gassen, die wie Bächlein in einen kleinen See von allen Seiten in den Markt münden. »Da, das zweite Lokal auf der rechten Seite«, sagte sie und dann, in einem Anfall unerklärlichen Überschwangs, drückte sie die Fremde kurz an sich und lief rasch davon.

Das Mädchen war ein wenig irritiert, machte sich aber weiter keine Gedanken. Dann stand sie vor der Kneipe und studierte die dürftige Speisekarte. Über der Tür baumelte an zwei Haken ein Emailschild mit der Aufschrift »Zum Iren« und ein humoristisch veranlagter Mensch hatte mit Dauerschreiber ein zweites »r« hineingekritzelt, das schon fast verblasst war. Das Mädchen interessierte sich aber vor allem für den kleinen, handgeschriebenen Zettel, der mit Scotch an die Tür geklebt war: »Bedienung gesucht«. Ein paar Sekunden betrachtete sie ihn, stirnrunzelnd, als habe sie eine unverständliche, geheimnisvolle Botschaft zu entschlüsseln. Dann atmete sie tief durch, riss den Zettel ab, stopfte ihn in die linke Brusttasche, drückte entschlossen die Klinke nieder und trat in das Dämmerlicht des Lokals, das seit wenigen Minuten seine Pforte geöffnet hatte.

Gäste waren noch keine da. Auf ihr »Hallo« meldete sich niemand, obwohl es hinter der Theke, die fast die ganze Länge des Raums einnahm, heftig nach Arbeit klang. Da räumte jemand mit viel Getöse Flaschen aus oder in Kästen. Sie setzte sich auf einen Barhocker und blickte amüsiert auf den breiten Rücken eines Mannes, der schnaufend auf den Knien herumkroch. Endlich tauchte der Ire aus dem Untergrund auf. Der Ire hieß Hannes und war von »Irgendwo aus dem nördlichen Saarland«. Er hatte viele Jahre auf der grünen Insel verbracht, natürlich Bölls *Irisches Tagebuch* gelesen und sogar Gälisch gelernt und dennoch nie Fuß fassen können. Und als er zurückkam, hatte er keine Lust mehr auf sein Irgendwo im nördlichen Saarland und ließ sich stattdessen in Saarbrücken nieder.

Manchmal ergötzte er seine Gäste mit einer einmaligen künstlerischen Darbietung: Er sang in heiserem Bariton, begleitet von schrägen Akkorden seiner irischen Wanderharfe eine selbstverfasste Ballade, deren Sprache aus einer abenteuerlichen Mischung von Gälisch und seinem moselfränkischen Heimatdialekt bestand. Gälisch verstanden seine Zuhörer überhaupt nicht und den Dialekt auch nur ansatzweise, aber wenn sie einen Brocken davon aufschnappten und merkten, wie er sofort wieder in die andere Sprache wechselte, dann barst das Lokal vor Gelächter.

Hannes starrte das Wunder nicht an, das da plötzlich vor ihm auf einem Hocker saß und – wie ihm schien, verlegen, fast schüchtern – lächelte. Über solche Reaktionen war er erhaben, außerdem konnte er sie sich als Wirt nicht leisten. Er zog nur die buschigen, schwarzen Augenbrauen ein wenig hoch und fragte: »Wann bist du denn hereingeschneit, ich hab dich ja gar nicht gehört? Was möchtest du?« Statt einer Antwort zog sie den Zettel aus der Brusttasche und legte ihn auf die Theke. »Heh«, sagte er, »warum hast du das Ding abgerissen?« »Weil, weil ich den Job haben will … ich meine, ich brauche ihn und ich dachte, wenn der Zettel nicht mehr an der Tür hängt, dann kommt niemand mehr auf die Idee, sich ebenfalls zu bewerben … jedenfalls nicht in den nächsten Minuten.«

Der Ire grinste, dann nickte er. »Da ist was dran. Hast du schon mal bedient? Versteh mich nicht falsch, ich erwarte keine Zeugnisse, keine Referenzen von den ersten Häusern Europas, es ist nur, dass man mal fragt.« »Nein, leider noch nie. Aber ich hab mir schon viel abgeguckt, als Gast in anderen Kneipen und meine Freundin …« »Und kochen kannst du bestimmt auch nicht?« »Kochen … tja, wenn das dazu gehört … ich hab mir die Speisekarte draußen angeschaut und wenn du mir erklärst, welches Gericht wie viele Minuten oder Sekunden in die Mikrowelle muss, dann werd ich's bald kapieren, hoffe ich.« »Keine Beleidigungen, bitte! Der Schein trügt, dieses Haus ist berühmt für seine Küche. Hier wird nichts in die Mikrowelle geschoben, hier wird alles von Hand produziert.«

»Und das da«, fragte sie und zeigte auf eine Ecke der Theke, »sind das irische Spezialitäten?« Unter Glasglocken lagen Brezeln und Frikadellen und in zwei dicken Glaszylindern schwammen Gurken und Soleier. »Das ist der absolute Renner«, sagte der Ire, »diese Köstlichkeiten gab es vor fünfzig Jahren in jeder saarländischen Kneipe und weil der Mensch das Antike liebt, hab ich sie wieder eingeführt. Das ist sozusagen meine postmoderne Antwort auf den Schnickschnack der Gourmetküche. Möchtest du was, ein kleines zweites Frühstück?« Sie nickte zögernd und er verschwand durch die Tür hinter dem Tresen und kam bald wieder zurück mit einem großen Holzteller, in dessen Mitte ein dicker Batzen Senf glänzte, einer Greifzange und einer Serviette. Er nahm eine Brezel, eine Boulette, eine Gurke und ein Ei, arrangierte alles sorgfältig und stellte ihr den Teller hin.

»Wunderbar«, sagte sie, »für mich ist das übrigens das erste Frühstück.« Und dann haute sie rein. Hannes sah sie betrübt an. »Bist du so schrecklich klamm, dass du schon am Essen sparen musst? Brauchst du deshalb so dringend einen Job?« Sie lachte. »So weit ist es noch nicht, ich bin erst vor einer halben Stunde aufgestanden.« Sie biss in eine Gurke und seufzte: »Aah, phantastisch … das Rezept musst du mir verraten.« »Wenn du in zwei Monaten noch da bist, kannst du mir helfen, zwanzig Kilo einzukochen«, sagte der Ire, zerknüllte den Zettel »Bedienung gesucht« und warf ihn in den Mülleimer.

Sie legte die Brezel hin, die gerade auf dem Weg zum Mund war und schenkte ihm einen so hinreißenden Blick, dass er fast geschmolzen wäre, war er doch längst schon Wachs unter ihren Augen. »Ehrlich, hab ich den Job?«, rief sie und klatschte begeistert in die Hände. Der Ire breitete die Arme aus. »Natürlich hast du ihn, aus zwei Gründen: Erstens kann ich so was wie dich nicht laufen lassen und zweitens bin ich geradezu versessen darauf, anderen Leuten etwas beizubringen. Ich wollte nämlich mal Pädagoge werden, weißt du, in einem früheren Leben. So, und jetzt erzähl, wo brennt's denn?«

»Ach, ich komme einfach mit dem Scheißstudium nicht mehr klar. Fünf Semester mach ich das jetzt und plötzlich hab ich das Gefühl, es ist nicht das Richtige ... blöd, was? Ich muss unbedingt mal aussetzen, ein halbes Jahr, damit ich rausfinde, was mit mir los ist ... und das kann ich meiner Mami nicht zumuten, dass sie mich dabei auch noch unterstützt.« »Verstanden«, sagte Hannes, »dann hast du also in nächster Zeit nichts vor. Heute Nachmittag um fünf fängst du an. Über Mittag brauch ich dich nicht, da hab ich nur ein paar Gäste zum Stammessen ... Stew, wird mit der Bolle ausgeteilt, das finden die todschick.« Er zwinkerte ihr zu und sie lachte.

Er sah auf die Uhr. »Und jetzt hab ich ein Viertelstündchen Zeit, da werden wir unseren Pakt besiegeln und noch ein bisschen plaudern. Was darf ich dir anbieten?« »In einem irischen Pub trink ich natürlich ein Guinness, die richtige Unterlage hab ich ja.« Sie zeigte auf den leeren Teller. »Na na na, ich weiß nicht«, sagte der Ire und schüttelte den Kopf mit dem struppigen, rabenschwarzen Haar, durch das sich bereits ein paar graue Fäden schlängelten, »glaubst du, du verträgst schon vor Mittag so einen großen Pint?«

»Männer!«, stöhnte sie, »immer eine Anzüglichkeit auf der losen Zunge ... heißt es nicht die Pint? Im Englischen ist man ja nie sicher, ob ein Substantiv männlich oder weiblich ist, also streiten wir uns nicht. Es muss ja auch keine ganze Pint sein, wenn ich das richtig sehe«, sie deutete auf die Vitrine hinter der Theke, »stehen da oben

Guinness-Gläser von kleinerem Format.« »Ist mir nur so rausgerutscht, die Schweinerei«, sagte Hannes zerknirscht und biss sich auf den mächtigen Schnauzer, der die Oberlippe bedeckte, »soll nicht wieder vorkommen.« »Entschuldigung angenommen«, sagte sie huldvoll, »und jetzt zeigst du mir bitte, wie so ein Bier gezapft wird, damit ich das schon mal lerne.« Der Ire strahlte. »Du bist ein Unikum, pardon, ein Unikat. Dann mach ich uns jetzt zwei halbe Pints, eins männlich und eins weiblich.«

Nachdem sie angestoßen und den ersten Schluck getrunken hatten, erklärte er ihr die Bedingungen: »Arbeitszeit ist montags bis samstags von siebzehn bis vierundzwanzig Uhr. Ich zahle acht Euro die Stunde, das ist fast soviel wie der Mindestlohn für Briefträger. Und mit fünfzehn bis zwanzig Euro Trinkgeld kannst du außerdem immer rechnen ... das heißt, wenn mich nicht alles täuscht, dürfte es bei dir etwas üppiger ausfallen. Ich bin der Hannes oder der Ire ... und wie heißt du?«

»Lisa, Lisa Arkoleinen.« Der Ire sah sie prüfend an und runzelte die Stirn. »Arkoleinen? Hört sich irgendwie finnisch an ... die Jungs, die von diesen Skischanzen hüpfen, heißen so ähnlich.« Lisa nickte und dann senkte sie ihre glockenklare Stimme um eine Oktave und sang in rauchigem Alt: »Mein Vater war ein Seemann aus Helsinki und von Hongkong bis Shanghai und von Hamburg bis Hawaii hat er in jeder lauen Nacht einer Braut ein Kind gemacht. Es gab zwar eine Ehe, aber das Glück hat nur vier Monate gehalten, dann war der Herr Arkoleinen verschwunden ... und so wurde ich zum alleinerziehenden Kind. Das war kein Versprecher, es ist nämlich ein Gerücht, dass alleinstehende Mütter oder gar Väter ihre Kinder erziehen, es verhält sich natürlich genau umgekehrt.« »Da kann ich nicht mitreden«, sagte Hannes, »wir waren zu fünft mit zwei kompletten Elternteilen.«

Sie glitt vom Hocker und ging zu dem kleinen Tisch, auf dem die Harfe stand und zupfte wahllos ein paar Saiten an. »Spielen kann ich darauf nicht«, sagte sie, »aber wenn du mich dramatisch begleitest, könnte ich ein bisschen aus der Edda rezitieren ... im Original, Alt-Isländisch. Soviel zu meinem Studium.« »Oh je oh je, hört sich nicht gut an. Alte Philologie, was?« »Hmm, Schwerpunkt germanische Sprachen … und jetzt frage ich dich, was soll daraus werden? Wieder eine Dozentin für Alte Philologie, die Studenten ausbildet, die dann ihrerseits … und so weiter.« »Na, das muss ja heutzutage nicht mehr sein, es gibt tausend Möglichkeiten für Quereinsteiger, guck bloß mich an! Und inzwischen wird auch nicht mehr aus jedem Waldorfschüler ein Waldorflehrer. So, und jetzt muss ich mich um meinen Pichelsteiner kümmern.«

»Wieso, wieso Pichelsteiner? Ich dachte, es gibt Irish Stew?« »Das gibt's auch einmal in der Woche … bei mir heißt jeder Eintopf Stew.« Sie lachte. »Logisch. Dann mach ich mal Leinen los, also bis um fünf.« An der Tür drehte sie sich um. »Weißt du eigentlich, dass jemand deinen Namen verunglimpft hat? Auf deinem Wirtshausschild steht ›Zum Irren‹ … soll ich das überzählige ›r‹ abwischen? Geht bestimmt ganz leicht.« »Prima Idee, ich vergess das immer, der Blödsinn ist schon zwei Wochen alt. Aber da fällt mir was ein: Heute Abend kommt ein richtiger Irrer, wahrscheinlich im Rollstuhl, bei dem herrlichen Wetter. Normalerweise steht er dann Punkt halb sechs vor der Tür und hupt, das klingt so ähnlich wie eine Kindertröte. Wenn ich zu beschäftigt bin, führst du ihn dann herein, ja? Gehen kann er noch ein paar Schritte, wenn er sich irgendwo festhält, aber er ist fast blind.«

Lisa schlug sich die Hand vor den Mund, um das Gelächter zu ersticken, das sie bei der Vorstellung packte und dann fragte sie so beherrscht wie möglich: »Du, du verarschst mich nicht, wie? Ein Blinder im Rollstuhl, gibt's das?« »Fast blind … wirst schon sehn.« Und als sich die Tür hinter ihr geschlossen hatte, fügte er in Gedanken hinzu: Falls ich dich heute Abend wiedersehe, Süße. Irgendwie kam ihm die Lady nicht ganz echt vor, warum wusste er allerdings nicht. Er brummte einen Fluch auf gälisch, der Sprache, die bekanntlich über die erlesendsten Kraftausdrücke verfügt, und verzog sich in die Küche.

# 3

Dr. Wegmann saß mit dem Rücken zur Tür am Computer ihrer Sprechstundenhilfe und überflog die Daten der Patienten, die für den nächsten Tag angemeldet waren. Als die Tür geöffnet wurde, rief sie, ohne sich umzuwenden: »Eva, haben Sie etwas vergessen?« Dann vernahm sie ein surrendes Geräusch, das sie nicht einordnen konnte und das sofort wieder verstummte. Die Tür fiel ins Schloss und sie fuhr erschrocken herum.

Mitten im Raum stand ein gewaltiger Rollstuhl, dessen Fahrer verkündete, er sei Wolf Wernau. Wenn der Mann nicht nur ein Sitzriese war, dürfte er mindestens einen Meter neunzig haben, schätzte sie. Irgendwie kam er ihr bekannt vor. Nackenlanges, hellbraunes, leicht gelocktes Haar, kühle, graue Augen von mandelförmigem Zuschnitt, eine etwas fleischige Nase, volle Lippen und ein breites Kinn … eine vage, sehr vage Erinnerung suchte den Weg an die Oberfläche ihres Gedächtnisses, schaffte den Durchbruch aber nicht. Sein Gedächtnis dagegen ordnete ihre Stimme sofort richtig ein. Besser gesagt, sortierte sie aus den tausend anderen Stimmen heraus, die unverwechselbar in dieser Datei gespeichert waren. Die einzige Fähigkeit, die er mit anderen Blinden gemeinsam hatte.

Auch die Stimme der Sprechstundenhilfe hatte er erkannt, obwohl er ihren Namen längst vergessen hatte. Die früheren Öffnungszeiten der Praxis waren ihm erstaunlicherweise nicht entfallen. Dr. Sigrid Wegmann gönnte sich keinen freien Nachmittag, stattdessen schloss sie montags bis freitags pünktlich um 15.30 Uhr die Sprechstunde. Er hatte Glück gehabt. In der Hoffnung, alles sei noch beim Alten, hatte er sich kurz vor halb vier mit dem rasenden Sarg, wie er seinen fahrbaren Untersatz nannte, direkt neben der Haustür vor dem Optikerladen postiert. Die Tür war aus Glas, die Sonne schien frontal darauf und weil sich dahinter ein dunkler Raum befand, schnitten der Türrahmen und der Rand des ihn umgebenden Mauerwerks ein deutlich erkennbares Rechteck in sein Blickfeld. Er sah sogar, wie die Tür sich öffnete, hörte, wie die Sprechstundenhilfe zu einer anderen Frau sagte »also dann bis nächste Woche« und als die Schritte der Damen verhallt waren, zweifelte er nicht mehr an seinem Glück.

Sie war noch in der Praxis. In wenigen Sekunden würde er mit ihr allein sein. Eilends zwängte er sich ins Haus. Drinnen fiel es ihm nicht mehr so leicht, sich zu orientieren. Der breite Flur war dunkel, aber das Licht von hinten half ihm. Die Tür zur Praxis musste genau gegenüber vom Hauseingang liegen, nur ein paar Meter davon entfernt. Langsam fuhr er geradeaus, den linken Arm weit vorgereckt, bis er auf eine Wand stieß und gleich daneben den Türgriff ertastete.

»Gewiss erinnern Sie sich nicht mehr an mich«, sagte er mit der tiefen, mächtigen Stimme, die der Größe ihres Resonanzkörpers entsprach. Er wiederholte seinen Namen und fügte hinzu: »Retinitis Pigmentosa.« Es klang so ähnlich wie: »Weißt du noch, Kleinwalsertal, Winter '82.« »Ich glaube, ja«, sagte sie zögernd, »wann waren Sie zum letzten Mal hier?« »Vor fünfzehn Jahren … da haben Sie mir noch einmal eine Brille verordnet. Ich meine, Sie erklärten mir damals, die Sehkraft würde sich ab jetzt nicht mehr durch stärkere Gläser verbessern lassen. Und, nun ja, dem war auch so.« »Richtig, nun erinnere ich mich« und mit einem hörbaren Lächeln fügte sie hinzu, »manche Patienten vergisst man eben nicht.« »Könnte Ihre Sprechstundenhilfe mich ins Wartezimmer führen?«, fragte er scheinheilig. »Hier komme ich nicht mehr weiter, jedenfalls nicht ohne Karambolagen.« »Da ist niemand mehr außer uns. Die Sprechstunde ist vorbei und ich wollte gerade nach Hause. Natürlich schicke ich Sie deshalb nicht fort, soviel Zeit muss sein.«

Endlich drangen seine Worte in ihr Bewusstsein und sie fragte entgeistert: »Herr Wernau, Sie, Sie sind doch nicht allein unterwegs mit diesem, diesem Gefährt … ohne Begleitperson?« Er seufzte: »Das ist wahrscheinlich mein letzter Ausflug, der Sommer ist ja bald vorbei. Und nächstes Jahr werde ich mir diesen Genuss nicht mehr leisten können.« Wie ein kleines Kind, dachte er … ich rede zu ihr wie ein kleines Kind, das seine Mami um die Erlaubnis anbettelt, noch einmal mit Papis Eisenbahn spielen zu dürfen. »Was sehen Sie denn noch?« Ihre Stimme riss ihn aus seinen Gedanken.

»Tja, ich bin jetzt dreiundfünfzig und alles hängt nur noch von der Helligkeit ab. Aber«, setzte er rasch hinzu, »das wissen Sie ja.« Er spürte, wie sie nickte, sie selbst sah er nur als den weißen Schatten aus seinen Tagträumen, eine reglose Gestalt hinter den verschwommenen Konturen der Empfangstheke. »Im Nahbereich bis zu einem Meter«, fuhr er fort, »geht nichts mehr. Mit dem Lesen ist es bereits seit drei Jahren vorbei. Und dann kommt eine Zone in einer Entfernung von einem bis vier oder fünf Metern, da kann ich bei starker künstlicher Beleuchtung oder bei grellem Sonnenlicht, so wie heute, noch einiges unterscheiden. Und dahinter beginnt der Nebel, ein undurchsichtiger Brei, in dem alles versinkt.«

»Mensch, Herr Wernau … Dr. Wernau, wenn ich nicht irre … und mit diesen Sichtverhältnissen bewegen Sie sich im Straßenverkehr?« Er lachte, ein unbekümmertes, dröhnendes Lachen, mit dem er sich und seine Situation verspottete. »Immer haarscharf an der Bordsteinkante entlang, mit maximal fünf Stundenkilometern, die Rücklichter eingeschaltet. Und dass ich fast richtig blind bin, gnädige Frau, das hat noch keiner gemerkt, ich schwöre.« Er verschwieg ihr tunlichst, dass er sich auch schon den Jux erlaubt hatte, mit einer Blindenplakette in der Gegend herumzufahren und nicht einmal das hatte einer bemerkt. Seiner Meinung nach sahen die Sehenden inzwischen weniger als die Blinden.

»Herr Dr. Wernau«, sagte sie fast flehend, »versprechen Sie mir, mit diesem Unsinn aufzuhören, das ist ja lebensgefährlich. Leider kann ich Sie nicht nach Hause fahren. Soll ich Ihnen ein Taxi rufen? Den Rollstuhl können Sie morgen abholen lassen.« »Nicht doch«, wehrte er ab, »ich fahre jetzt nur noch die paar Meter bis zum VHS-Café, dort treffe ich mich mit einem Freund, der nimmt mich dann unter seine Fittiche.« Er räusperte sich. »Weshalb ich gekommen bin, Frau Dr. Wegmann ... ich habe in letzter Zeit manchmal so trockene Augen, äußerst schmerzhaft, als hätte man Sandpapier unter den Lidern.« »Ach Gott ja ... eine Volkskrankheit, von der auch die Blinden leider nicht verschont werden. Die in Frage kommenden Medikamente sind allerdings nicht verschreibungspflichtig. Ich kann sie Ihnen nur empfehlen. Am besten rufen Sie Ihre Apotheke an, die sollen Ihnen eine Auswahl an Tropfen und Salben bringen und Sie probieren, was Ihnen am besten hilft.«

»Das werde ich dann wohl tun«, sagte er lahm und sein Herz begann rasend zu klopfen, weil jetzt der Moment gekommen war, der vielleicht über ihrer beider Schicksal entscheiden würde. »Was halten Sie übrigens von dieser Refsum-Methode?«, fragte er so beiläufig wie möglich, während er den Rollstuhl wendete. Absichtlich benutzte er das Wort »Methode« und nicht »Syndrom«, um ihre Reaktion zu testen. »Was soll das sein?« »Ach, irgendein Verfahren zur Klassifizierung der verschiedenen Erscheinungsformen von Retinitis Pigmentosa. Eine ziemlich hanebüchene Sache, glaube ich.« »Nein, leider nie gehört ... soll ich mich darum kümmern?«

Die Worte fielen wie Hammerschläge in sein Bewusstsein und vernichteten vorübergehend jeden Gedanken. Er hörte, wie eine fremde Stimme, die wohl doch seine eigene war, erklärte, das sei nicht nötig, sich für ihre Bemühungen bedankte und ein »Tschüss denn« murmelte. Er registrierte, dass sie ihm die Tür der Praxis öffnete, ihn bis zum Ausgang begleitete und ihm auch dort die Tür aufhielt. Dann glitt er davon.

In der Talstraße hatte er ein entsetzliches Erlebnis. Das Kläffen eines Köters weckte ihn aus seiner Betäubung. Es dauerte einige Zeit, bis er begriff, dass das Tier neben ihm herlief. Fasziniert von dem unbekannten Geräusch des Elektromotors und der schnellen Rotation der kleinen Räder bellte der verspielte junge Hund die Gummireifen an und versuchte immer wieder, danach zu schnappen. Zuerst kümmerte sich Wolf nicht um das Tier, doch plötzlich befiel ihn eine maßlose

Wut auf jede Kreatur, die gesund war, laufen und sehen konnte. Er hielt an, der überraschte Hund blieb ebenfalls stehen. Dann beugte er sich zur Seite, bekam den Köter beim Hals zu packen. Er fühlte das weiche Fell – fast noch der Flaum eines Welpen – und unter der dünnen Haut das zarte Genick. Es kostete ihn eine wahnsinnige Überwindung, die Hand – ach was, Daumen und Zeigefinger hätten genügt – nicht um das Hälschen zu schließen und zuzudrücken, zuzudrücken, bis das armselige bisschen Leben aus dem unschuldigen Geschöpf entwichen war.

Endlich kam er wieder zu sich und entließ den kleinen Nerv mit einem sanften Klaps auf den Hintern.

Schwer atmend schaltete er den Motor wieder ein und fuhr weiter. Er glaubte nicht, dass ihn jemand beobachtet hatte … und wenn auch, die Szene verriet ja nichts über seine Gefühle. Trotzdem hätte er vor Scham vergehen mögen. War er so mit Gewalt geladen, explosiv wie eine Zeitbombe, deren Uhr tickte, ohne dass er ahnte, wann sie abgelaufen sein würde? Oder war das nur eine Reaktion auf den Schock von vorhin? Eines bewies ihm dieses Erlebnis auf jeden Fall: dass er sich seit drei Jahren etwas vormachte, dass er sich nur einbildete, er habe die Sache emotional im Griff.

Vor drei Jahren hatten sich die letzten Buchstaben vor seinen Augen in Luft aufgelöst, wie damals der Ball, den Eddy an ihm vorbei gespielt hatte. Fast genau an seinem fünfzigsten Geburtstag, ein makabres Geschenk seiner Krankheit. Also nahm alles seinen normalen, vorhergesagten Verlauf. In fünf Jahren würde es dunkel sein. Und da hatte er beschlossen, es hinzunehmen. Es, das, was man so Schicksal nennt, einfach hinzunehmen und sich nur noch mit den Methoden zu beschäftigen, eine verlorene Fähigkeit durch eine andere zu ersetzen. Zum Beispiel Bücher hören statt lesen. Und jetzt war ihm klar geworden, wie sehr er sich betrogen hatte und dass es ihm trotz aller Anstrengungen nicht gelungen war, sein Unterbewusstsein zu überlisten. Und das hatte nichts damit zu tun, dass Dr. Sigrid Wegmann noch nie etwas von einem Refsum-Syndrom gehört hatte. Das war eine andere Geschichte, da musste Vergangenheit bewältigt werden, nicht die Zukunft.

Die Tische vor dem VHS-Zentrum waren nur mäßig besetzt. Den meisten Leuten war es wohl noch zu heiß und außerdem war es erst kurz nach vier. Er fuhr an die vorderste Tischreihe heran, ertastete die Rückenlehne eines Stuhls und zog sich daran aus dem Rollstuhl. Er bestellte einen doppelten Espresso und zur Beruhigung seiner Nerven einen Cognac und zündete sich am Glühdraht des Sturmfeuerzeugs eine Zigarette an. Jetzt musste er seine Gedanken ordnen. So, sie hatte noch nie etwas von Dr. Refsum gehört und dem nach ihm benannten Syndrom, der Morbus Refsum, einer Unterabteilung der Retinitis Pigmentosa. Das machte die Lage noch verworrener.

Als er zum zweiten Mal aufgewacht war an diesem Morgen, erzählte die lieblich lispelnde Stimme, es sei jetzt elf Uhr und siebsehn Minuten. Behutsam schwang er die Beine aus dem Bett und griff nach dem Barhocker, der sich wie immer haargenau an der richtigen Stelle befand, direkt neben dem Stuhl, auf den er seine Kleider legte, wenn er zu Bett ging. Unter jedem Bein war eine kleine Rolle, so dass er den Hocker mühelos vor sich herschieben konnte.

Auf diese Erfindung war er stolz und erst recht darauf, dass er die Rollen selbst montiert hatte, sozusagen ohne hinzusehen. Der Arzt hatte ihm eine Gehhilfe verordnet und dann hatte ihm das Orthopädiefachgeschäft auch eine solche geliefert. Groß wie ein Einkaufswagen, mit einem winzigen Brettchen als Sitzgelegenheit, wenn man sich mal ausruhen wollte. Ein Kinderärschlein passte vielleicht darauf. Zwei Tage lang trottete er hinter dem Ding durch die Wohnung, stieß an allen Ecken und Enden an und verschrammte Möbel und Wände, dann gab er das unhandliche, ungefüge Gerät wieder zurück. Mit einem Bannfluch gegen alle Arschlöcher, die Hilfsmittel für Behinderte konstruierten, ohne deren Bedürfnisse wirklich zu kennen. Den Hocker konnte er mit einer Hand führen und, wenn nötig, mit der anderen seinen Weg erfühlen.

Im Obergeschoss des Häuschens, das er von Tante Trude geerbt hatte, befanden sich Arbeitszimmer, Schlafzimmer und Bad. Als er die Morgentoilette beendet hatte, zog er sich an und stieg über die leicht gewendelte Treppe ins Erdgeschoss. Ja, er fühlte sich gut genug, etwas für seine schlappe Beinmuskulatur zu tun und so hangelte er sich am Geländer hinunter, statt den Treppenlift zu benutzen. Unten erwartete ihn ein zweiter Barhocker, der ebenfalls mit Rollen versehen war und er hielt sich daran fest und schob ihn vor sich her in die Küche.

Der Kaffeeautomat sprach nicht zu ihm, von den sechs Bedienungstasten brauchte er ohnehin nur drei und die waren leicht zu unterscheiden. Ein Knopfdruck und das Mahlwerk begann zu rattern und ein paar Sekunden später strömte das Getränk in die Tasse. Von dem viel gerühmten, herrlichen Duft des Kaffees bekam er nur wenig mit, sein Geruchssinn war kümmerlich. Die Armbanduhr lag neben dem Radio – in diesem Haus hatte alles seine peinlichste Ordnung – und er streifte sie aufs linke Handgelenk. 11.35 Uhr. Er schaltete das Radio ein und sofort wieder aus, weil er weder die total bekloppten Schlager noch die dümmliche Werbung ertrug. Um zwölf würde er die Nachrichten hören.

11.35 Uhr, eine gute Zeit, den Tag zu beginnen für einen, der nie vor halb vier Uhr morgens ins Bett kam. Schon als Kind hatte er die Nacht geliebt, natürlich ohne zu wissen, warum. Nur die Nacht bot die Möglichkeit, sich mit Hilfe künstlicher Lichtquellen nach Belieben Helligkeit zu verschaffen.

Die Produktion des Müsli-Frühstücks war kompliziert und langwierig und nicht selten verschüttete er ein bisschen Milch oder streute Haferflocken, Rosinen oder ein paar Weintrauben unter den Tisch. Das war nicht weiter schlimm, am Nachmittag kam Walpurga, die Haushaltshilfe, die er ebenfalls von Tante Trude geerbt hatte. Walpurga, die liebste aller alten Hexen.

Nach dem Frühstück ging er in den Anbau, der früher eine Garage gewesen war. Dort hatte er sich nach der Frühverrentung vor dreizehn Jahren eine Werkstatt eingerichtet. Damals gelang ihm noch vieles, das nun unmöglich geworden war. Er wusste nicht, was ihn hierher getrieben hatte und jetzt saß er vor der Werkbank und ließ seine Gedanken schweifen. Ungeordnete, wirre Gedanken, die er nicht in Worte hätte fassen können, hätte er sie protokollieren müssen. Und plötzlich hielt er eine Rundfeile in der Hand, ein zwanzig Zentimeter langes Werkzeug, dünn wie ein Bleistift, mit einem formidablen Griff aus Kunststoff. Bedächtig glitt sein Zeigefinger darüber, dann drückte er die Feile gegen die Innenfläche der linken Hand. Die Spitze war zu stumpf. Die müsste man mit dem Schleifstein bearbeiten, bis sie so spitz war wie die eines Schreibgriffels, mit dem die Alten ihre Wachstäfelchen bekritzelten, die Notebooks der Antike. Wenn sie ihn nicht als Mordinstrument benutzten. Wo hatte er das gelesen? In welchem Roman lief ein Mörder herum, der seine Opfer von hinten mit so einem Griffel erstach? Wenn man die richtige Stelle kannte, zwischen der und der soundsovielten Rippe, dann gab es kein Geschrei, nur ein kaum vernehmbares Todesröcheln und die Leiche sackte zu Boden. Ah ja, in Bulwer-Lyttons *Die letzten Tage von Pompeji* gab es so einen Killer, einen Auftragskiller.

Erst als er die Feile wieder an ihren Platz gehängt hatte, an die Leiste hinter der Werkbank, schrak er aus seinen Mordphantasien auf. Was trieb ihn da um, warum kam er nicht mehr los von dem Gedanken, sie töten zu müssen? Und warum sie, was war mit den beiden anderen, mit Dr. Hanusch und dem, dem alten …? Nicht einmal dessen Name fiel ihm auf Anhieb ein. Wie konnte er sich in die Wahnvorstellung steigern, Dr. Wegmann trage die Schuld für sein Desaster, für all die zusätzlichen Krankheiten, die ihn in den letzten zehn Jahren angefallen hatten? Ohne zu prüfen, worin eigentlich ihre Schuld bestehen mochte oder ob sie schuldlos war?

Als er wieder in der Küche saß und eine Zigarette rauchte, wies er sich zurecht: Natürlich war es unsinnig anzunehmen, dass sie nichts über diese Spezialität wissen sollte. Als Fachärztin musste sie informiert sein und zwar schon seit langer Zeit. Die Frage war nur, warum hatte sie ihn nie darauf aufmerksam gemacht? Hätte sie das vor zwanzig Jahren getan, dann hätte er sich testen lassen – mit einer einfachen Blutanalyse war herauszufinden, ob dieses Gift, die Phytansäure in ihm steckte oder nicht – und dann hätte er damals schon gewusst, dass er unter den 20 000 Retinitis-Patienten, die es in der BRD gab, einer von höchstens achtzig war, die an Morbus Refsum litten. Von seiner Sorte gab es nur einen unter einer Million, ein Ausstellungsstück fürs Raritätenkabinett. Und eine Therapie – behauptete der Artikel im Internet, der ihm diesen fürchterlichen Schock versetzt hatte – hätte ihn vor all dem bewahrt und womöglich sogar den Prozess der sukzessiven Erblindung gestoppt. Er konnte nicht daran denken, ohne die Fäuste zu schütteln, zu fluchen und zu toben oder was man sonst noch so tut, wenn man mit dem Schicksal hadert. Zum Beispiel weinen in seiner selbstgewählten Einsamkeit. Also, warum hatte sie ihn nie darauf angesprochen? Bevor er sich in Schuldzuweisungen verrannte, musste er ihr doch eine Chance geben, musste klären, ob es einen Grund gab, einen sehr triftigen Grund, der sie entlastete und ihn von seinen Wahnvorstellungen befreite. An diesem Punkt seiner Überlegungen hatte er beschlossen, sie noch heute aufzusuchen.

Nur damit, damit hatte er nicht gerechnet. Sie war völlig ahnungslos. War das möglich? War sie nicht bestrebt, fühlte sie sich nicht verpflichtet, sich in ihrem Beruf auf dem Laufenden zu halten? Musste das nicht jeder Mensch tun, wenn er in dieser beschissenen Zeit überhaupt noch einen Job hatte, ob selbständig oder als Arbeitnehmer? Diese Refsum-Geschichte war doch uralt, was er durch Zufall im Internet gehört hatte, war nur die Zusammenfassung der Forschungsergebnisse von Jahrzehnten. Und nicht einmal das hatte sie gelesen! Und außerdem brauchte sie schließlich das Internet nicht, jede Branche, ja fast jeder Berufszweig hatte seine Fachjournale, in die man ab und zu reingucken musste, um up to date zu sein. Sie konnte sich doch nicht mit dem Wissen begnügen, das sie vor hundert Jahren an der Uni erworben hatte! Steigerte diese Gleichgültigkeit ihre Schuld nicht ins ... ins Unermessliche?

Und jetzt stieg die böse, heiße, blinde Wut wieder in ihm hoch und er krampfte die Hände ineinander, um sie niederzuringen. Er zwang sich, an etwas anderes zu denken, sich ablenken zu lassen von den Geräuschen seiner Umgebung, aber da war nicht viel. Was ihn umfing, war eher eine behagliche Stille. 16.20 Uhr. In einer halben Stunde würde er aufbrechen zum Stammtisch beim Iren. Und bis dahin? Endlich fiel ihm ein, dass er für solche Fälle seit einiger Zeit einen MP3-Player besaß, klein wie eine Zigarettenschachtel und mit 80 Gigabyte Speicherkapazität, genug für 100 bis 120 Hörbücher. Er nahm den Winzling und den zusammenklappbaren Kopfhörer aus der Tasche, die an der Rückenlehne des Rollstuhls hing. Gerade kam die Bedienung und erkundigte sich nach weiteren Wünschen, er bestellte ein Bier und dann vertiefte er sich in Zolas Geschichte von der mörderischen *Thérèse Raquin*.

# 4

Die Tür der Kneipe stand offen, um etwas Licht und die letzte Wärme des Nachmittags in den dämmrigen Raum zu lassen. Punkt halb sechs hörte Lisa das Quäken der Hupe. Hannes war in der Küche und formte frische Frikadellen und Lisa ging hinaus zu dem Irren, den er angekündigt hatte. Sie trug jetzt nicht mehr ihr exotisches Kostüm vom Vormittag, sondern ein weißes T-Shirt, Jeans und Laufschuhe. Und am Gürtel baumelte statt des Ridicule eine Geldkatze.

Draußen stand ein Rollstuhl, wie sie noch keinen gesehen hatte. Das Ding war riesig, hatte vier gleich große Räder und wäre es überdacht gewesen, hätte man es für einen Kabinenroller halten können. Der Mann, der das Gefährt hierher gelenkt hatte, obwohl er fast blind war, wie Hannes behauptete, beeindruckte sie. Er mochte um die fünfzig sein und da er immer noch blendend aussah für sein Alter, mussten die Weiber früher auf ihn geflogen sein wie die Motten ins Licht. Vielleicht taten sie es heute noch. Vielleicht war sie gerade selbst im Begriff, es zu tun. Falls er kein Kotzbrocken war.

»Hallo, ich bin Lisa«, sagte sie, »ich arbeite seit heute hier, darf ich, darf ich dir ein bisschen behilflich sein? Der Hannes knetet gerade Bouletten.« »Und ich bin der Wolf ... na, das hört sich ja gut an, ich meine, dass mich ein nettes, weibliches Wesen empfängt statt eines schnauzbärtigen Individuums. Und du hörst dich auch gut an, eine wunderschöne Stimme ... dann wollen wir mal, holde Beatrice, sei meine Führerin.« »Gerne, Signore Dante«, schnurrte Lisa und dachte: ein Charmeur, wie zu erwarten, bei den sinnlichen Lippen. Sie glaubte an die Aussagekraft solch äußerer Merkmale.

Wolf Wernau hob die Beine aus dem Rollstuhl und stemmte seine einszweiundneunzig an der Rückenlehne hoch. Mit der Linken löste er die Tasche, mit der Rechten griff er nach Lisas nacktem Arm. Er ließ die Hand daran hochgleiten bis zu ihrer Schulter. »Wir passen zueinander, längenmäßig«, sagte er, »du hast bestimmt einen Meter achtzig.« »Ein Zentimeter fehlt ... siehst du, siehst du mich eigentlich?« »Nein, nicht unter diesen Bedingungen, hier in der Gasse ist es für mich schon zu dunkel und drinnen erst recht. Vielleicht ergibt sich mal eine Situation ... was anderes: hast du einen Führerschein?« »Ja, warum?« »Mein Wagen parkt wahrscheinlich nicht richtig. Wenn du mich am Stammtisch abgesetzt hast, fahr ihn bitte näher an die Hauswand.« Sie lachte. »Wo ist das Lenkrad?« »Auf der rechten Armstütze, ganz vorne.« »Ach so, ein Joystick!« »Siehst du«, sagte Wolf, »du bist auch blind.«

Das Lokal war fast noch leer, ein Vierertisch und ein Hocker am Tresen waren besetzt und an dem gewaltigen eichenen Stammtisch für zehn Personen war Wolf der erste. Lisa brachte ihm ein Guinness. »Ob du einen Schlag Pichelsteiner willst, lässt Hannes fragen ... eine Bolle wär noch übrig vom Stammessen.« »Liebend gern, ich hab Hunger wie mein Namensvetter.« »Hier treffen sich heute die Medienhaie, hab ich vernommen«, sagte Lisa und kicherte, »wie darf ich das verstehen?« »Ach, fürchten musst du dich nicht vor ihnen. Obwohl, ihr Metier ist nicht ungefährlich, sie formen die Meinung des Volkes ... Reporter und Redakteure von Presse, Funk und Fernsehen, hauptsächlich Wirtschaft und Politik. Ich bin das Fossil, schon seit dreizehn Jahren im Ruhestand.«

Als nächste erschien Stammtischschwester Gaby, ein zierliches, ätherisches Wesen, der einzige Fremdkörper in der Runde. Sie war Redakteurin bei einem winzigen, gänzlich unbekannten Kultursender, Einschaltquote im Nullbereich. Sie hatte genügend Humor und Selbstironie, um ihren Job mit kritischem Abstand zu betrachten. Sonst wäre sie in diesem Kreis von Spöttern und Zynikern auch untergegangen. Nach dem obligatorischen Küsschen rechts, Küsschen links schlang Wolf einen Krakenarm um ihre schmächtigen Schultern und zog sie neben sich. »Und, wie war es heute im Dormitorium, liebste Gaby?« »Oh, wie immer in unserem Elfenbeinkloster ... eine köstliche Stille herrschte in allen Korridoren und in ihren Zellen wühlten die Brüder und Schwestern in verstaubten Manuskripten, die grottenschlechte Autoren vor ewigen Zeiten eingesandt haben.« »Da ist mir neulich was eingefallen«, sagte Wolf und sie wusste, dass jetzt ein erhabener Nonsens kommen würde. »Was hältst du davon, wenn ich euch ein Feature schreibe – Sendezeit Sonntagmorgen von zehn bis zwölf – über die intertextuelle Struktur des narrativen Elements in Borges' Essays?« Gaby lachte und ihre Mäusezähnchen blitzten fröhlich. »Da würde ich sagen, diesem Thema ermangelt es der signifikanten Singularität, für die mein Sender berühmt ist ... über Borges schreibt doch jeder.«

Sie waren immer noch am Frotzeln, als Bert kam. Bert durfte Gaby nicht nur auf die zarten Wangen küssen, sondern auch auf das gespitzte Kirschmündchen. Sie war nämlich seine Ex und seit sie seine Ex war, verstanden sie sich besser als jemals in den Zeiten ihrer Liaison. Oh schöne neue Welt, dachte Wolf, was sind wir doch so cool. Da liegen wir beieinander, ein paar Wochen oder Monate, manchmal ein paar Jahre, dann trennen oder scheiden wir uns und wenn wir getrennt oder geschieden sind, bleiben wir doch richtig gute Freunde ... oder werden es erst. Wir gehen nicht im Hass auseinander, weil wir vorher auch keine Liebe oder Leidenschaft empfunden haben. Gefühle gibt's nur noch im Schlager.

Allmählich wurde es turbulent, nicht nur am Stammtisch, gegen sieben war es beim Iren gerammelt voll. Hannes schleppte eine Pizza nach der anderen aus der Küche – handgefertigt, Belag nach Wunsch – und wenn er hinterm Tresen stand, beobachtete er seine neue Bedienung. Lisa hatte alles unter Kontrolle, elegant huschte sie von Tisch zu Tisch, nahm freundlich die Komplimente entgegen, die von allen Männern auf sie einhagelten, vergaß keine Bestellung und verwechselte keine. Entweder ist sie ein Naturtalent, dachte der Ire, oder sie hat mich belogen. Nur, wer bewirbt sich um einen Job und erzählt seinem potentiellen Arbeitgeber, dass er keine Ahnung davon hat? Also doch ein Naturtalent. Gedankenverloren kaute er an den Fransen seines Schnauzers und schob das nächste Glas unter den Zapfhahn. Hannes irrte sich nicht, Lisa war ein Naturtalent.

Am Tisch der Medienhaie nahm alles seinen üblichen Verlauf. Sie waren nur zu siebt, drei Frauen und vier Männer. Die restlichen drei Männer hatten zu Hause bleiben müssen, bei Weib und Kindern. Grillen im Garten. Man lästerte ein wenig über sie, bald vermisste man sie nicht mehr. Ab acht, halb neun, nachdem alle abgespeist waren und das Guinness in Strömen floss, machten die sieben den gleichen Heidenspektakel, als wäre die Runde komplett. Wolf hielt sich meist zurück. Er war ja nicht mehr aktiv, schrieb nur noch einmal im Monat einen gepfefferten politischen Kommentar für seine frühere Zeitung. Aber wenn er sich einmischte, brachte sein sonorer Bass alle sofort zum Schweigen.

»Heute Mittag hab ich eure Nachrichten gehört«, sagte er zu Holger, einem Rundfunkredakteur, »das war ja mal wieder Realsatire par excellence, da muss ich gar nicht mehr ins Kabarett. Zuerst hat euer Mann gestottert und dann dieser wunderbare Freudsche Versprecher, der beste, der mir je untergekommen ist.« »Ha, die Tittengeschichte!«, grölte Holger und das ganze Lokal horchte interessiert auf. »Tittengeschichte statt Titelgeschichte, war das nicht phantastisch?« Er haute die Faust auf den Tisch, dass die Gläser wackelten, so diebisch freute er sich. »Aber der Junge war super, der Sprecher, hat ungerührt weitergelesen, als wär nix.«

Kurz darauf kam Gloria – die hieß tatsächlich so – vom Klo und stellte sich mit ausgebreiteten Armen hinter ihren Stuhl. »Da hocket ihr«, sprach sie mit Grabesstimme, »und fühlet euch wohl als wie fünfhundert Säue und saufet euch die Völlerei und das Erbrechen in den Leib und sorget euch nicht um eure verdorbenen Seelen, da doch das Ende aller Zeiten naht … denn siehe, der Antichrist marschiert und legt Hand an die Hebel der Macht! Und«, schloss sie mit süffisantem Lächeln, »wenn Oskar wieder regiert, könnt ihr eure Parteibücher zum dritten Mal umtauschen.« »Und du?«, fragte Gaby amüsiert. »Ich? Ich habe immer die zwei, die gerade gefragt sind.« »Gloria in excelsis«, rief jemand und alle klopften sich die Knöchel wund. »Und ich«, brummte Wolf, »war schon mit dreizehn ein alter 68er.« Und dann begann das große Politisieren und Schwadronieren und das Blödeln ging weiter.

Gegen elf kam Lisa zum ersten Mal zur Ruhe. Zwei Drittel aller Tische waren abkassiert und sie saß mit geröteten Wangen auf einem Hocker neben dem Sortiment rustikaler Genüsse. Der Ire nickte ihr anerkennend zu. »In zehn Minuten ist hier tote Hose ... wie wär's dann mit einem ordentlichen Teller Bratkartoffeln und Spiegeleiern?« »Und eine Gurke«, seufzte sie. Dann, wie auf Kommando, verlangten alle die Rechnung, auch am Stammtisch, alle bis auf Wolf, der wie ein Fels in der Brandung dem Sturm der davon eilenden Haie standhielt. Um halb zwölf waren sie allein, der Wirt, seine Bedienung und der letzte Gast. Hannes stellte Lisa die Bratkartoffeln auf die Theke und schloss die Tür. Wolf bestellte ein letztes Bier und eine Frikadelle als Wegzehrung und Hannes zapfte sich auch ein Glas und setzte sich zu ihm.

»Du fährst doch jetzt nicht mehr mit dem rasenden Sarg?«, erkundigte er sich besorgt. »Klar doch, ich schnalle mir meine Grubenlampe vor die Stirn, da wird die Nacht zum Tag.« »Keine Bange«, rief Lisa von der Theke, »ich bringe ihn nach Hause.« Der Ire sah Wolf misstrauisch an und der grinste. »Haben wir vorhin abgesprochen, da warst du gerade in der Küche.« »Ihr lügt«, sagte Hannes, »alle beide. Na meinetwegen ... und wie macht ihr das, nimmst du sie auf den Schoß?« Lisa kam mit dem Teller in der Hand und setzte sich zu ihnen. »Ich dachte mir das so: Wir nehmen den Stick aus der Halterung und ich gehe neben dem Rollstuhl her und steuere ihn. Aber auf dem Schoß? Ich hätte nichts dagegen, nach dem vielen Laufen und Stehen ... wenn man's nicht gewohnt ist.« »Zwei Irre«, stöhnte Hannes, »ruft mich an, wenn ihr im Kerker sitzt, ich komme dann mit meinem Rechtsanwalt und hole euch raus.«

Zehn Minuten später sah er ihnen kopfschüttelnd nach, wie sie davon gondelten. Der Wolf hielt seine Beute mit beiden Armen fest umklammert und Lisa hatte die rechte Hand am Joystick und lenkte die Fracht aus der Gasse. Als sie um die Ecke bogen, sang Wolf mit

Kirchenchorbass: »Frau Wirtin hat auch ein Gefährt, das war wohl der Bewunderung wert. Der Saft von ihrer …« Der Rest ging unter in Lisas Gelächter. »Zwei Irre«, wiederholte Hannes in Gedanken, »er glaubt, er wär der Wolf und sie das Zicklein und dabei weiß er nicht, dass er die Maus ist und sie die Katze.«

Wolf Wernau lag noch lange wach. Manchmal massierte er seine Oberschenkel, dann verschränkte er die Arme wieder hinter dem Kopf. Morgen werde ich dafür büßen, dachte er, zuerst für den Ritt auf dem Rollstuhl und dann für den Ritt auf dem Bett. Das werden mir meine Beine so schnell nicht verzeihen. Aber von Sex versteht sie was, erstaunlich viel für ihr Alter. Und deshalb wollen wir uns jetzt nicht beklagen. Es war wunderbar, wie schon lange nicht mehr.

Nur, was wird das jetzt? Bin ich verliebt, nach dem ersten Beisammensein? Man weiß das ja nie so genau, man ist ja nie so alt, dass man dagegen gefeit wäre. Aber auch nicht mehr so jung, dass man gleich den Verstand verlieren müsste. Zwei Stunden hatten sie sich fast ununterbrochen geliebt. Danach wollte sie bei ihm bleiben im Bett, mit ihm zusammen einschlafen und mit ihm zusammen aufwachen und dann das gemeinsame Frühstück, die romantische Bestätigung einer neuen Liebe.

Letzteres versprach er ihr und er freute sich auch darauf, das Kuscheln und den gemeinsamen Schlaf musste er sich versagen, obwohl er sich danach sehnte. Das ertrugen seine Knochen und seine Nerven nicht mehr, dass die ganze Nacht jemand an ihm klebte und zappelte. Heute würde er selbst genug zappeln, dafür würde schon der Alkohol sorgen.

Drunten hörte er die Klospülung. Lisa war also auch noch wach. Was wollte sie von ihm? Zu den Samariterinnen schien sie nicht zu gehören, sie hatte ihn nicht betüttelt, war sehr vernünftig umgegangen mit seiner Behinderung. Noch ein erstaunliches Phänomen bei einem so jungen Menschen. Zwei- oder dreiundzwanzig dürfte sie sein. Hatte sie nur den Sex gewollt, hatte sie sich deshalb an ihn rangeschmissen? Anders konnte man das wohl nicht nennen. In dem weiten Spektrum sexueller Neigungen und Irrungen gab es auch diese Scheußlichkeit: Leute, die versessen darauf waren, es mit Krüppeln zu treiben. Aber das konnte es nicht sein. Auf diese Spezialität war sie bestimmt nicht aus, schließlich hatte sie beim Iren gesehen, dass nicht zu viel und nicht zu wenig an ihm war. Er hatte keinen Buckel und keinen Wasserkopf und seine Gliedmaßen waren – zumindest äußerlich – alle heil.

Womöglich sucht sie eine Bleibe? Aber das, dachte er grimmig, muss sie sich abschminken. Auch das hatte er sich vor drei Jahren geschworen: Es kommt mir keine Frau mehr ins Haus. Nachdem ihm eine linke Bazille, seine Sehschwäche ausnutzend, vier Hunderter und die Eurocard geklaut hatte. Gesamtschaden 1800 Euro. Das konnte ihm jetzt nicht mehr passieren, es sei denn, Lisa war eine Safeknackerin. Und der Safe befand sich hier im Schlafzimmer.

Als er sie bat, drunten auf dem Sofa zu übernachten, war sie sofort einverstanden und da brachte er es nicht mehr übers Herz, sie nach Hause zu schicken. Er hatte ihr gesagt, wo sie Bettzeug finden konnte und sie hatte ihn noch einmal stürmisch geküsst und war mit ihrem Bündel gegangen. Und jetzt fuhrwerkte sie offenbar immer noch im Wohnzimmer herum und er war endlich doch am Einschlafen. Er schluckte noch eine Pille, das war heute eine mehr als sonst, murmelte »solange es kein Viagra ist«, lachte leise, drehte sich herum und schlief auf der Stelle ein.

Lisa saß nackt auf der Kante des altmodischen Sofas. Sie war nicht mehr imstande, es zu beziehen. Das Bettzeug, das Wolf ihr gegeben hatte, lag zusammengeknüllt neben ihr. Ihr Körper war todmüde, aber ihr Geist weigerte sich, den Schlaf anzunehmen. In der einen Hand hielt sie eine Flasche Wodka, in der anderen eine Zigarette. Es war schon die dritte, seit sie hier kauerte, unfähig, sich vom Fleck zu rühren. Merkwürdig ... beim Iren wurde ziemlich heftig gequalmt. War wohl eine Eckkneipe. Inzwischen gab es ja auch Eckkneipen inmitten von Häuserzeilen, der Sprachgebrauch der Politik hatte dieses Wunder ermöglicht. Es kam nicht auf die Lage an, wenn der Wirt den Laden allein schmiss … und wie passte sie in dieses Konzept? Eine Bedienung durfte Hannes eigentlich nicht beschäftigen …

Blödsinn, dachte sie, was kümmert mich das jetzt! Sie wischte den Gedanken beiseite und versuchte, die letzten Stunden zu rekapitulieren. Ein seltsamer Mann, den sie sich da geangelt hatte … anders konnte man das wohl nicht nennen. Schön, er hatte ihr auf Anhieb gefallen. Obwohl er mehr als doppelt so alt war wie sie und sie von alten Knackern eigentlich die Schnauze voll haben sollte. Aber sie hatte sich ihn ja aus einem anderen Grund ausgesucht: Er hatte keinen Anhang, er lebte allein.

Sie hatte Ohren wie ein Luchs und die Gespräche am Stammtisch der Medienhaie, wann immer es ging, belauscht. Als die Rede von den abwesenden Stammtischbrüdern war, die Ausgehverbot hatten, brüsteten sich die anderen damit, dass sie nicht in diesen Ketten gingen, dass sie frei und ledig waren von Ehe- oder Partnerjoch. Später hatte sie sich bei Hannes vergewissert, dass Wolf sich allein durchs Leben schlug und dass er stolz darauf war, es zu schaffen. Trotz dieses Stolzes und seines Bemühens, die Behinderung zu überspielen, machte sie ihn in gewisser Weise schutzlos. Natürlich nicht, solange sein exzellenter Verstand funktionierte. Aber der setzte ja schnell aus, bei jedem Mann, wenn er sich Hals über Kopf in eine Liebschaft oder gar in eine Liebe stürzte.

Und sie hatte sofort gespürt, dass er sich nach einer Frau sehnte, ob aus sexuellen Nöten oder weil er es doch nicht mehr ertrug, allein zu sein, das konnte sie selbstverständlich nicht abschätzen. Zuerst hatte sie nur daran gedacht, die Gelegenheit zu nutzen, sich durch ihn aus ihren eigenen Nöten zu befreien … und die waren nicht sexueller Natur. Nun musste sie sich eingestehen, dass sie ihn mochte und sie war sich nicht darüber im Klaren, ob das die Lage einfacher oder verzwickter machte.

Er war ein sehr zärtlicher, äußerst angenehmer Liebhaber und sie hatte zwei aufregende Stunden mit ihm verbracht. Natürlich waren seine Hände sofort nicht mehr über, sondern unter ihrem T-Shirt, kaum dass sie bei ihrem Ritt mit dem Rollstuhl die Innenstadt verlassen hatten. Aber damit hatte sie gerechnet, als sie sich auf das komische Abenteuer einließ. Er wäre kein Mann, hätte er sich dieses Vergnügen versagt. Soweit so gut.

In seinem Schlafzimmer erlebte sie dann die erste Überraschung. Er bat sie, sich noch nicht zu entkleiden. Er selbst zog sich aus und legte sich aufs Bett. Dann nahm er eine Fernbedienung vom Nachttisch und im nächsten Augenblick erlosch das Deckenlicht und zwei riesige Strahler flammten auf, an der Wand hinter dem Bett. »Jetzt haben wir die Situation, von der ich sprach, als wir uns kennenlernten«, sagte er lächelnd, »sie ist sehr viel schneller eingetreten, als ich zu hoffen wagte ... die Situation, in der ich dich sehen kann. Warum das so ist, erzähle ich dir ein andermal ... vielleicht. Und jetzt sei so lieb, stell dich vors Bett, etwa einen Meter vom Rand entfernt und zeig dich mir in deiner ganzen, unverhüllten Schönheit ... denn dass du eine Schöne bist, das ahne ich, nein, das weiß ich.«

Und dann stand sie nackt vor dem nackten Mann, die Augen halb geschlossen, um dem gleißenden Scheinwerferlicht zu entgehen und bot ihm stolz ihren Körper dar, reckte ihm die nicht übermäßig üppigen, aber festen, hochstehenden Brüste entgegen. »eine echte Blondine«, murmelte er entzückt, den Blick auf ihre Scham mit dem fast durchsichtigen, leicht gekräuselten Haar gerichtet, »du musst sehr vorsichtig mit mir umgehn, ich fürchte mich nämlich vor Blondinen ... die wirken immer so kühl und abweisend. Und jetzt komm zu mir, meine nordische Göttin mit dem Silberhaar.«

Lisa nuckelte an ihrer Schnapsflasche – Wodka war nicht unbedingt ihr Lieblingsgetränk, sie hatte wahllos irgendetwas aus der Bar gegriffen – und zündete sich die nächste Zigarette an. Sie strich über ihre zerzauste Mähne. Ja, darauf waren sie alle versessen, das törnte alle Männer an ... blond und dann noch so lang, fast bis auf die Hüften. Liane im Urwald. Ich bin eine Idiotin, schalt sie sich, ich hätte sie längst abschneiden und färben müssen. Vielleicht ließ es sich ja vermeiden, wenn sie bei Wolf bleiben durfte. Sie brauchte doch so dringend einen Unterschlupf! Einfach war es sicher nicht, die Barriere zu durchdringen, die er um seine Einsamkeit errichtet hatte. Sie hatte eingesehen, dass sie nicht bei ihm schlafen konnte, dass er sie aufs

Sofa verbannen musste. Er hatte ihr zuvor ohne Zimperlichkeit und Verlegenheit erklärt, welchen Part sie beim Liebesakt übernehmen musste, dass sie sich auf ihn setzen musste, wollten sie sich nicht auf oralen Verkehr und manuelle Befriedigung beschränken. Seine Beine versagten ihm den Dienst, wenn er versuchte, selbst den aktiven Teil zu übernehmen. Und deshalb verstand sie auch, dass es ihn quälte und er keine Ruhe fand, wenn er das Bett mit jemand teilen musste. Immerhin hatte er sie nicht fortgeschickt, doch sie war überzeugt, dass dieses Zugeständnis nur für eine Nacht galt. Wenn sie hier einziehen wollte, musste sie sich etwas einfallen lassen. Vielleicht war es am besten, zu beichten, ihm ihr Herz auszuschütten und ihn zu bitten, ihr wenigstens für ein paar Tage eine Bleibe zu gewähren.

Und wenn er sich nicht erweichen ließ? Wie auch immer, sie musste dringend raus aus dem Hotel. Eine hirnrissige Idee, vom Bahnhof gleich ins nächstgelegene Hotel zu rennen! Wie hieß der Schuppen noch, *La Résidence*? Wo würden Wassilis Kumpane – falls er überhaupt welche hatte – zuerst nach ihr suchen? Natürlich im Umkreis des Bahnhofs. Und dann war da die verfluchte Pistole, noch so eine Idiotie, die sie sich geleistet hatte. Jedes Mal, wenn sie daran dachte, wurde ihr fast übel. Warum hatte sie die nicht längst weggeschmissen? Flüsse gab es doch genug.

Trotzdem, etwas in ihr sträubte sich dagegen. Der Besitz der Waffe vermittelte ihr auf geheimnisvolle Weise ein Gefühl von Sicherheit. »Aber das ist ja lächerlich«, hörte sie sich sagen. Sie war jetzt völlig betrunken und Besoffene neigen nun mal dazu, Selbstgespräche nicht nur in Gedanken zu führen. Sie schwieg erschrocken und lauschte, doch über ihr rührte sich nichts. Ja, es war lächerlich, davon zu träumen, die Pistole könnte ihr im Ernstfall Sicherheit bieten. Sie trug sie ja nicht einmal bei sich, sie schlummerte im Hotelsafe.

»Alles Quatsch«, murmelte sie, »heute Nachmittag …« Sie fühlte, wie sich die Welt um sie zu drehen begann, schubste mit letzter Kraft das Bettzeug auf den Boden, warf sich auf das Sofa, schlang die Arme um ein Sofakissen und presste es an sich … und weinte über die Wunden an ihrer Seele.

# 5

Als Wolf Wernau davongerollt war, ging Sigrid Wegmann zurück in ihre Praxis. Sie schaltete den Computer ab, zog ihren Kittel aus und stopfte ihn in die Tragetasche für die Wäsche. Länger als einen Tag konnte sie bei dieser Hitze kein Kleidungsstück tragen. Sie wusch sich die Hände und das verschwitzte Gesicht und war schon an der Tür, als sie wieder umkehrte. Sie musste zu Hause anrufen, ob Olga noch da war.

Eigentlich sollte sie schon fertig sein mit ihrer Arbeit, zumal es zurzeit herzlich wenig zu tun gab. Aber sie trödelte gern, blätterte zwischendurch in den Illustrierten, von denen sie immer ein paar mit sich herumtrug oder hockte sich vor den Fernseher, um eine dieser wunderbaren Talkshows zu gucken. Normalerweise scherte sich Sigrid nicht darum, Olga wurde nicht nach Stunden bezahlt, sie war fest angestellt bei Wegmanns. Aber es gab Tage, an denen sie die mitteilungsbedürftige Haushaltshilfe nicht ertrug. Und heute war so ein Tag. Heute schwirrte ihr schon der Kopf, wenn sie nur daran dachte, dass Olga sie bei ihrer Heimkehr überfallen würde. Sieben oder acht Mal erklang das Freizeichen und sie wollte gerade auflegen, als sich die schwerfällige Stimme meldete, die auch nach dreißig Jahren ihren polnischen Akzent nicht verloren hatte: »Hier bei Dr. Wegmann.« »Ich bin's«, sagte Sigrid und bemühte sich, weder Ärger noch Ungeduld zu zeigen, »schön, dass ich Sie noch erwischt habe, Olga ... seien Sie so lieb und machen Sie mir einen Eistee, ja?« Sie wartete die Antwort nicht ab und fuhr fort: »Stellen sie ihn in den Kühlschrank und dann sind sie für heute entlassen. Ich bin in einer halben Stunde zu Hause und dann muss ich mich sofort hinlegen. Bin total zerschlagen, ich nehme an, ich kriege wieder meine Migräne.« »Ah ja, das Wetter, Frau Doktor, das Wetter«, seufzte Olga und setzte zu einem Redeschwall an. Sigrid schnitt ihr das Wort ab. »Ja, das Wetter«, sagte sie und legte auf.

Sie würde keine Migräne bekommen, hatte nie darunter gelitten. Die hatte sie vor ein paar Jahren für sich erfunden, das war ihre Zuflucht, wenn sie das Gefühl hatte, die Welt breche über ihr zusammen. Oder wenn sie sich einfach nur nach Ruhe sehnte. Als sie aus dem Haus trat, fiel die Hitze sie an, der Schweiß perlte sofort wieder aus ihrer Stirn und sie wäre fast getaumelt wie ein Boxer, den ein unerwarteter Schlag trifft. Sie hasste diese heißen Tage. Obwohl sie ein dunkler Typ war und früher keinem Sonnenstrahl ausgewichen war. Wahrscheinlich die Wechseljahre ... und eine ordentliche Portion Übergewicht.

Sie stieg in das BMW-Cabrio, das ihr spendabler Gatte ihr letzte Weihnachten geschenkt hatte. So ein Cabrio war eine wunderbare Sache im Sommer ... auf der Autobahn und auf der Landstraße. Aber nicht beim Stau im Stadtverkehr. Und mindestens ein Stau lag vor ihr. Auch wenn die Ferien noch nicht vorüber waren, diese Stadt war immer verstopft an ihren neuralgischen Stellen. Und einen Sonnenstich wollte Sigrid nicht riskieren. Kurz entschlossen drückte sie auf den Knopf, das Verdeck schloss sich langsam über ihr und sie schaltete die Klimaanlage ein.

Im Meerwiesertalweg stand sie dann wie erwartet im Stau und die paar Meter bis zur Abzweigung auf den Homburg schienen ihr wie eine Ewigkeit. Zum Glück blies die Klimaanlage inzwischen tüchtig und nachher würde sie in die Tiefgarage fahren und brauchte sich der Hitze nicht noch einmal auszusetzen. Sie spürte, wie nervös sie war, als sie vor Ungeduld zu trippeln begann, weil der Lift zu lange auf sich warten ließ.

Endlich war sie oben in der Wohnung und schloss aufatmend die Tür hinter sich. »Olga?«, rief sie leise, fast flüsternd, wie ein ängstliches Kind, das sich im Dunkeln vergewissern will, ob wirklich kein Gespenst in einer Ecke lauert. Keine Antwort, Gott sei Dank. In ihrem

Schlafzimmer schleuderte sie die Klamotten von sich und eilte ins Bad. Dem mannshohen Spiegel in der Diele warf sie im Vorübergehn nur einen mürrischen Blick zu. »Fette Hüften, fette Schenkel, dicker Hintern … und von den anderen Pfunden gar nicht zu reden«, murmelte sie ärgerlich.

Nach der Dusche saß sie im Esszimmer und schlürfte in kleinen Schlucken Olgas Eistee. Sehnsüchtig blickte sie zu der Schiebetür, die auf die Terrasse führte. Der Schatten, den die Markise warf, vermittelte die Illusion von Kühle, die Illusion eines Refugiums, abgegrenzt von der blendenden Helligkeit. Wider besseres Wissen wagte sie einen Schritt nach draußen und prallte sofort zurück. Die Luft staute sich unter der Markise, nicht die leiseste Brise regte sich, die Pflanzen standen erstarrt in ihren Töpfen, sogar die Palmen, die auf jeden Lufthauch reagierten, ließen lustlos die Wedel hängen. Sigrid blickte auf ihre Armbanduhr. Noch ein Geschenk von Christoph. Wann war das gewesen, vor- oder vorvorletzte Weihnachten? Sie wusste nur, dass es eine Rolex war. Ihren Preis und ihre speziellen Eigenschaften, mit denen ihr Mann so gerne protzte, interessierten sie nicht. Das Ding konnte ihr jetzt auch nicht mehr zeigen, als dass es erst Viertel vor fünf war. Noch mindestens zweieinhalb Stunden, bis mit einer leichten Abkühlung zu rechnen war. Sie beschloss, sich nicht länger zu quälen. Warum auch, sie war allein und konnte tun und lassen, was sie wollte. In ihrem Schlafzimmer war es einigermaßen erträglich, es lag an der Nordseite des Hochhauses. Und Olga hatte die Rollläden herunter gelassen und schon die Bettdecke zurückgeschlagen.

Sie schlief bis halb acht. Dann bereitete sie sich einen kleinen Imbiss – Schinken mit Melone, zwei Scheiben Toast mit Weinkäse – und danach setzte sie sich mit einem Glas Edelzwicker auf die Terrasse. Jetzt war es hier zum Aushalten, fast schon angenehm. Ein leichter Wind war aufgekommen, die Palmen begrüßten ihn mit einem freudigen Rascheln und die Sonnenblumen wiegten bedächtig ihre lachenden Köpfe auf den Stängeln. Die Sonne bereitete ganz allmählich ihren Untergang vor. Sigrid überlegte, wie sie den Abend verbringen sollte. Vor allem keine geistige Anstrengung. Am besten einen alten Krimi lesen. Noch besser, einen gucken. Das erforderte nur ein Minimum an Denkarbeit. Mindestens ein Dutzend Fernsehkrimis, schätzte sie, hatten die verschiedenen Kanäle pro Abend im Angebot. Sie streckte sich und reckte die Arme in den Himmel und fast hätte sie ausgerufen: »Hurra, die Welt hat mich wieder!« Endlich konnte sie die Vorstellung genießen, noch zehn Tage allein zu sein. Allein in der luxuriösen Wohnung über den Dächern der Stadt. Mit einem Ausblick, der bis hinüber zur Grülingsstraße reichte, wo der dunkle Streifen Wald langsam mit dem indigoblauen Himmel verschmolz.

Sie war oft allein, verbrachte die Abende aber nicht immer zu Hause. Sie war nicht ungesellig, Kino- oder Theaterbesuche, ein Kneipenbummel mit Freunden oder eine Party … dagegen hatte sie normalerweise nichts einzuwenden. Und Christoph hatte erst recht nichts dagegen. Er ging sowieso seiner Wege, bereits seit mehr als zehn Jahren, und sie hatte immer das Gefühl, er sah in ihren Aktivitäten während seiner Abwesenheit einen Freibrief für sein schlechtes Gewissen. Falls er überhaupt so etwas wie ein Gewissen oder ein Schuldbewusstsein besaß. Wo trieb er sich jetzt herum, der Dr. Christoph Wegmann, Chefarzt der Gynäkologie? Bis heute Mittag hatte er an einem Kongress teilgenommen. In diesem Punkt belog er sie nicht. Wozu auch? Das war leicht zu überprüfen … falls es sie danach gelüsten sollte. Was es allerdings nicht tat. Wenn er sich nicht um seine Privatpatientinnen kümmerte, die ihm teuer waren – besser gesagt, er war für sie teuer – war er offenbar immer auf irgendeinem Kongress. Hatten die sonst nichts zu tun? Und jetzt befand er sich auf dem Weg in einen zehntägigen Urlaub. Wahrscheinlich Lachse fischen in Norwegen. »Wahrscheinlich«, hatte er gesagt. Sie lachte bitter. Vielleicht lag er aber schon an irgendeinem Strand im Süden und ölte seiner neuen Flamme den zarten Rücken ein, damit sie morgen keinen Sonnenbrand hatte. Oder der alten. Sie wusste nicht, welche gerade dran war, es kümmerte sie schon lange nicht mehr.

Sie verzog das Gesicht. Der Edelzwicker war zwar erfrischend, die ersten zwei, drei Schlucke, aber ein ganzes Glas war definitiv zu viel. Nachher würde sie noch einen Weißherbst trinken, wenn sie sich vor den Fernseher bettete. Jetzt wollte sie nur die Hände in den Schoß legen und darauf warten, dass die Sonne den fahl gewordenen Himmel noch einmal aufglühen ließ, bevor sie endgültig versank.

Dr. Wernau … bis jetzt hatte sie jeden Gedanken an das Erlebnis vom Nachmittag verdrängt. Sie hatte gelogen, als sie ihm erzählte, sie könne ihn nicht nach Hause bringen. Der Mann hatte sie beunruhigt, sie hatte ihn so schnell wie möglich loswerden wollen. Er schien ihr verwirrt, irgendwie … irgendwie verstört. Nicht wegen dieses groben Unfugs, mit einem Rollstuhl durch die Gegend zu fahren. Er hatte seine momentane Situation recht genau beschrieben und sie wusste genug über sein Augenleiden Retinitis Pigmentosa, um beurteilen zu können, dass er seine Fähigkeiten richtig einschätzte. Solange es ausreichend hell war, würde er seinen Weg schon finden.

Nein, das war nicht der Grund, weshalb er ihr so merkwürdig vorkam und weshalb sie davor zurückschreckte, auf engstem Raum, in ihrem Wagen, mit ihm zusammen zu sein. Da war etwas in diesem Gesicht, das sie beunruhigte. Manchmal schienen seine Züge, für einen winzigen Augenblick nur, zu entgleisen, sich zu verzerren. Mitten in einem unbekümmerten Lachen oder dem strahlenden Lächeln, das ihn immer noch so anziehend machte. Dann verschwand die entstellende Maske sofort wieder, als sei nur ein Schatten über sein Antlitz gehuscht. Ja, und schließlich musste sich Dr. Sigrid Wegmann eingestehen, dass sie sich auch vor sich selbst fürchtete. Genau wie damals. Sie erinnerte sich wieder, obwohl es dreiundzwanzig Jahre her war. Damals hatte sie sein Drängen gespürt, sein unausgesprochenes Begehren. Und fast, aber nur fast, hätte sie selbst den Schritt getan, den er nicht wagte. Hätte ihren lieben Christoph, der zu dieser Zeit noch treu war – so viel sie wusste – bereits nach zweijähriger Ehe betrogen. In Gedanken hatte sie es allerdings durchgespielt. Und jetzt, wenn sie jetzt nachholte, was sie damals vielleicht versäumt hatte? Jetzt hätte es keine Auswirkungen mehr auf ihre Ehe, die konnte nicht mehr in die Brüche gehen, die war längst kaputt.

Selbst wenn Christoph erfahren würde, dass sie ein Verhältnis hatte, es wäre ihm nicht nur gleichgültig, es würde ihn freuen, weil sie dann ihren moralischen Vorteil verspielt hätte. Komisch war das, nach dreiundzwanzig Jahren einem Mann wieder zu begegnen, den man vor so langer Zeit einmal begehrt hatte. Und festzustellen, dass sich kaum etwas an diesem Gefühl geändert hatte. Sicher, es war nicht mehr so intensiv wie damals, als ihr bei jedem seiner Besuche in der Praxis das Herz klopfte, als sei sie eine pubertierende Göre.

Dann war er lange Zeit nicht mehr aufgetaucht, aber auch bei ihrer letzten Begegnung vor fünfzehn Jahren war ihr gleich wieder flau geworden. Und heute Nachmittag? Eine Art angenehmer Wärme hatte sie empfunden, als sie ihn erkannte. Keine mütterliche Wärme, das brauchte sie sich nicht einzureden. Und es war auch kein Beschützerinstinkt wegen seiner Behinderung, was sie sofort wieder für ihn einnahm. Es war eine stille, verhaltene Sehnsucht, die für einen Augenblick in ihr aufkeimte. Und gleich wieder erlosch. Einerseits durch die unerklärliche Angst, die er ihr einflößte, andererseits durch die Angst, die sie immer noch vor sich selbst hatte. Warum eigentlich? Angenommen, sie ließe sich mit ihm ein – falls er sie überhaupt noch haben wollte – wovor sollte sie sich dann fürchten? Sie würde doch nicht alles hinter sich lassen und in ihrem Alter noch ein neues Leben beginnen wollen, mit dem Mann, in den sie vor dreiundzwanzig Jahren einmal sinnlos verschossen war. Nein, wie romantisch! Ihr Sohn war einundzwanzig und studierte an der altehrwürdigen Alma Mater zu Marburg und war natürlich in der gleichen Verbindung, der auch sein Vater angehörte. Das war schon mindestens die halbe Miete für eine erfolgreiche Medizinerkarriere. Und er war fest davon überzeugt, seine Eltern führten eine vorbildliche Ehe. Gebildete Menschen trugen ihre Ehefehden nicht vor ihren Kindern aus, sie erzogen sie in dem Glauben, die Welt sei in Ordnung. Und schon aus diesem Grund würde sie niemals wegrennen.

Oder war es doch der Rollstuhl, der sie geschockt hatte, vor dem sie zurückschrak? Plötzlich wurde ihr wieder heiß, als sie daran dachte, dass sie Dr. Wernau nicht einmal gefragt hatte, weshalb er sich dieses Hilfsmittels bediente. Die Frage lag ihr auf der Zunge, aber sie brachte sie dann doch nicht über die Lippen. War er inzwischen auch gelähmt? Ein grausames Schicksal für jemand, der bald gänzlich blind sein würde. Oder benutzte er den Rollstuhl nur, um ab und zu an die frische Luft zu kommen? Blindenhund und Stock wären dafür geeigneter. Irgendetwas stimmte da nicht.

Aber sie hatte nicht gefragt! Es gab nur wenige Menschen, die dazu imstande waren, ohne mitleidig, neugierig oder gar aufdringlich auf den Behinderten zu wirken. Die meisten verstanden nicht, damit umzugehen, sie steckten den Kopf in den Sand und schwiegen. War das die atavistische Scheu vor dem Krüppel? Und sie, eine Ärztin, war sie auch durch diese Scheu befangen? Dr. Sigrid Wegmann seufzte. Ja, es war wohl so. Wenn man sie auf Herz und Nieren prüfte, unterschieden sich die Mediziner nicht im Geringsten von ihren Mitmenschen. Nicht einmal in diesem Punkt. Plötzlich überkam sie der unsinnige Impuls, Wernau anzurufen und sich zu entschuldigen, aber sie unterdrückte ihn sofort.

Stattdessen ging sie in ihr Arbeitszimmer. Was haben wir doch für ein Prunkschloss, dachte sie sarkastisch … und ich bin der Schlossgeist, der einsam durch die Flure wandelt. Jeder hat seinen eigenen, abgetrennten Bereich, fast eine komplette Wohnung. Sogar der Sohnemann, wenn er nach Hause kommt. Ich muss mal Olga fragen, vielleicht hat sie eine Ahnung, wie viele Zimmer es hier gibt. Und so lebten sie nebeneinander her und wenn sie nicht gestorben sind …

Oh ja, es geht uns gut. Wenn man, wie Christoph, davon überzeugt ist, dass Geld der einzige Maßstab für die Qualität des menschlichen Lebens ist. Hatte nicht mal einer gesagt: »Der Mensch lebt nicht vom Brot allein«? Und sofort hatte der Volksmund die richtige Antwort gefunden: »Nein, es muss auch Wurst drauf sein.« Für Christoph und Seinesgleichen hieß es: »Es muss auch Kaviar drauf sein.«

Er scheffelte die Kohle nur so rein, der Herr Chefarzt. Selbst wenn er seine Gespielinnen von den Ohrläppchen bis zu den Fesseln mit Gold und Klunkern behängte, lag trotzdem für die Frau Gemahlin immer noch ein kleines Präsent unterm Weihnachtsbaum. Und seien es nur die Schlüssel für ein Cabrio. Sie wusste nicht, welches Honorar er für einen Vortrag auf einem Kongress erhielt oder was er für eine

Abtreibung verlangte. Sie wusste nur, dass er keinen Finger rührte, ohne dass Gold daran kleben blieb. Manchmal wünschte sie ihm das Schicksal des König Midas an den Hals.

Und mit seinen Einkünften allein war es ja nicht getan. Auch sie trug ein bescheidenes Scherflein dazu bei. Sogar ihre kleine Praxis warf genug ab, um eine dreiköpfige Familie ordentlich zu ernähren. Sigrid fand das Gejammer der Ärzteschaft über ihre schwindenden Pfründe grotesk. Auch wenn sich nicht alle daran beteiligten, die meisten stimmten in den Klagegesang ein. Diese Leute ekelten sich nicht einmal davor, Protestmärsche durch die Stadt zu veranstalten. Protestmärsche, zu denen sie mit dem 450er SE fuhren. An diesem Punkt ihrer aufrührerischen Gedanken angekommen, beschloss Dr. Sigrid Wegmann, am nächsten Tag zu streiken. Vielleicht war das ein vernünftiger Anfang für einen Ausstieg. Seit Denis aus dem Haus war, trug sie sich mit dem Gedanken, die Praxis zu schließen.

Eigentlich, dachte sie, müsste es ja umgekehrt sein. Wenn man der Sorge um den Nachwuchs ledig ist, braucht man erst recht ein Betätigungsfeld. Es lag wohl daran, dass sie ihren Beruf nie wirklich geliebt hatte. Papi hatte sich so sehnlich gewünscht, die einzige Tochter würde seine Praxis übernehmen, wenn er sich zur Ruhe setzte. Als Kind erschien ihr der Wunsch eher eine Forderung, später war sie sich dessen nicht mehr so sicher. Wie auch immer, sie war eine Papatochter und weil sie den Vater liebte und nicht zu den Schülerinnen gehörte, die schon mit fünfzehn ein klares Bild von ihrer Zukunft haben, fiel es ihr auch nicht schwer, dem Wunsch ihres Erzeugers nachzukommen. Mehr oder weniger lustlos absolvierte sie ihr Studium und mehr oder weniger lustlos ging sie ihrem Beruf nach.

Selbstverständlich hatten ihre Patienten nicht darunter zu leiden. Im Gegenteil, nicht selten zeigte sich jemand angenehm berührt von der Art und Weise, »wie Sie mit einem umgehen, Frau Doktor.« Offenbar hatten diese Leute schon ganz andere Umgangsformen erlebt und einer hatte es mal drastisch formuliert: »Unter ihren Kollegen gibt es schon ein paar ziemlich arrogante Arschlöcher!« Nein, arrogant oder unfreundlich war sie bestimmt nie gewesen, das entsprach nicht ihrem Temperament. Aber eine besondere oder gar akribische Aufmerksamkeit hatte sie den Problemen ihrer Patienten auch nicht gewidmet. Gewiss hatte sie dadurch niemandem geschadet. Bei der Routinearbeit eines Augenarztes war das eigentlich unmöglich und Unfälle hatte sie vorsichtshalber immer gleich in die Klinik geschickt. Zu diesem Zeitpunkt – es war jetzt halb zehn – ahnte Dr. Sigrid Wegmann noch nicht, dass sie ihr Urteil über ihr berufliches Engagement in einer halben Stunde würde revidieren müssen.

Sie rief ihre Sprechstundenhilfe an. Sie wusste, dass Eva noch nicht im Bett war und sie meldete sich auch sofort. »Eva«, sagte Sigrid, »morgen streiken wir.« »Was, wir auch, Frau Doktor? Das haben wir ja noch nie gemacht.« Sigrid besann sich, dass sie ja ein bisschen jammern sollte und sie erzählte Eva von ihrer Migräne, die in Wirklichkeit eine Chimäre war und dass vorläufig keine Aussicht auf Besserung bestehe. »Hängen Sie morgen früh ein Schild an die Tür mit der Bitte um Verständnis und dann machen Sie sich einen schönen Tag.« Nachdem das erledigt war, ging sie ins Internet.

Da war noch etwas, das sie bisher verdrängt hatte. Sie musste unbedingt herausfinden, was es mit der verworrenen Geschichte auf sich hatte, die Wernau vor seinem hastigen Aufbruch erzählt hatte. »Wahrscheinlich eine ziemlich hanebüchene Sache«, hatte er gesagt und genau so war es ihr auch vorgekommen. Irgendeine Methode – wie hatte er sich ausgedrückt? – »zur Klassifizierung der unterschiedlichen Erscheinungsformen der Retinitis Pigmentosa«. Sie wusste natürlich, dass diese Erbkrankheit nicht bei allen Betroffenen von der Geburt bis zur Erblindung in gleicher Weise verlief. Aber »unterschiedliche Erscheinungsformen«, so würde sie das nicht nennen.

Wie hieß die Methode seiner Meinung nach? Resen, Reson, Resum? Das Wort schwirrte ihr im Kopf herum, aber es klang immer irgendwie falsch. Und die Suche im Internet bestätigte ihre Vermutung. Das Wort enthielt noch einen Konsonanten, erinnerte sie sich plötzlich. Ein »f« oder ein »v«? Sie spielte das Ganze noch einmal durch und endlich wurde sie fündig: Refsum. Eine Flut von Einträgen wurde angezeigt. Etwa dreißig Artikel in deutscher Sprache, dann folgten die zahllosen englischen Veröffentlichungen.

Sie ging zurück auf den Anfang und versuchte, sich einen Überblick zu verschaffen. Alles verstand sie nicht auf die Schnelle, dazu war sie nach den ersten Seiten schon viel zu aufgeregt, aber die Quintessenz war ihr bald klar und das genügte, sie bis ins Mark zu erschüttern. Eine Weile starrte sie noch blicklos auf den Bildschirm, dann floh sie förmlich in die Bar, schenkte sich wie in Trance ein Glas Genever ein und versank in einem der gigantischen Ledersessel vor dem toten Kamin.

Die erste Frage, die sie sich stellte, lautete: Warum sprach Wernau von einer Methode? Hatte er irgendetwas gehört und falsch verstanden oder wollte er eine Reaktion aus ihr herauslocken? Aber was hätte sie ihm anderes sagen können, als dass sie keine Ahnung hatte? Und danach war er regelrecht geistig weggetreten, hatte nur noch ein paar unzusammenhängende Worte genuschelt und schien sie überhaupt nicht mehr wahrzunehmen.

Also, es handelte sich um ein Syndrom, nicht um eine Methode. Bereits 1946 hatte der norwegische Augenarzt Dr. Refsum eine Reihe auffälliger Erkrankungen bei einigen Retinitis-Patienten festgestellt. Er hatte seine Beobachtungen in England publiziert, die Ursache für das nach ihm benannte Phänomen war ihm wohl noch nicht bekannt. Sie wurde erst später entdeckt und nach der ersten Publikation in Deutschland 1963 hätte auch hier jeder Augenarzt darüber informiert sein können. Damals war Sigrid acht. Wolf übrigens auch, fiel ihr ein ... wenn sie sich recht entsann, waren sie gleichaltrig. Während des Studiums hatte sie nichts über Refsum gehört, sogar die Retinitis selbst war nur einmal im Zusammenhang mit anderen Netzhauterkrankungen kurz erwähnt worden. Immerhin wusste sie, als sie 1982 die väterliche Praxis übernahm, dass es so etwas wie Retinitis Pigmentosa gab und wie man es diagnostizierte ... und dass die Chance relativ gering war, dass sich jemals ein Patient mit diesem Leiden zu ihr verirrte. Etwa zwanzigtausend Betroffene lebten in der Bundesrepublik, ein Mensch unter viertausend.

Aber an Morbus Refsum litten angeblich höchstens achtzig, einer unter einer Million. Und von denen war einer vor dreiundzwanzig Jahren zu ihr gekommen und sie hatte ihm nicht geholfen, obwohl ihm damals angeblich noch zu helfen war. Weil sie keine Ahnung hatte, weil sie nicht umfassend informiert war, weil sie zu lasch war in ihrem Beruf. »Angeblich«, war das das Zauberwort, an das sie sich klammerte? Gehörte sie auch zu den Jüngern Äskulaps, die Patienten grundsätzlich als Simulanten abtun, wenn die herrschende Lehre – und vor allem die Krankenkassen – das Krankheitsbild einer Randgruppe nicht anerkennen?

Eine Handvoll Koryphäen war es nur, die sich mit dieser einmaligen Erscheinung, dem Refsum-Syndrom, beschäftigten. Musste man das unbedingt als Credo akzeptieren? Andererseits, Gegenstimmen, Stimmen, die das Vorhandensein des Syndroms bestritten, hatte sie keine entdeckt. Und nachdem sie Wolf Wernau heute Nachmittag gesehen hatte, durfte sie da noch zweifeln?

Eine Säure, die Phytansäure, für den Rest der Menschheit absolut unschädlich, wirkte bei einigen Retinitis-Patienten – und nur bei dieser verschwindend kleinen Gruppe – wie ein schleichendes Gift. Sechs oder sieben zusätzliche Behinderungen, Krankheiten, Beeinträchtigungen, wie immer man es im Einzelnen nennen mochte, konnten sich parallel zur allmählichen Erblindung mit der Zeit einstellen. Aber wer rechtzeitig davon erfuhr, der konnte auf einfache Weise die Aufnahme der Säure vermeiden. Wann war rechtzeitig? Wäre 1985, als Wernau sie zum ersten Mal konsultierte, noch etwas zu retten gewesen?

Und jetzt, da er bereits dreiundfünfzig war? Gab es etwas in der grausigen Palette, woran er noch nicht litt? Sigrid rannte zurück in ihr Arbeitszimmer und blätterte in wilder Panik im Telefonbuch. Nichts. Dann forschte sie im Internet. Nichts. Nirgendwo ein Hinweis auf Dr. Wolf Wernau. Wahrscheinlich war er nur über die Auskunft ausfindig zu machen, doch plötzlich verließ sie der Mut und sie gab die Suche auf.

# 6

Am nächsten Morgen, als Sigrid Wegmann streikte und genau so lange schlief wie Wolf Wernau und Lisa Arkoleinen, trippelte eine kleine, etwas rundliche alte Dame durch Berlin-Kreuzberg. Sie war schon über siebzig, doch das hellgraue Sommerkleid, das ovale, fast faltenlose Gesicht und ein rosiger, von der Morgensonne überhauchter Teint ließen sie fünfzehn Jahre jünger erscheinen. Die Hitze, die sich wie eine Käseglocke über die Metropole und die Mark Brandenburg stülpte, machte auch ihr zu schaffen. Hand- und Fußgelenke waren leicht geschwollen und das bucklige Pflaster des Bürgersteigs kam ihr heute besonders beschwerlich vor. Und da war ja noch ihr dummes Herz, auf das sie achten musste. So nahe es ging, drückte sie sich in den Schatten der Häuser.

Es war erst neun, das Leben im Viertel rieb sich noch den Schlaf aus den Augen, trödelte herum, weigerte sich, den Tag in Angriff zu nehmen. Nur wenige Fenster standen offen, dahinter erklang das Klappern von Frühstücksgeschirr, die trägen Stimmen von Erwachsenen und das aufgeregte Plappern von Kindern. Sie waren die Einzigen, die schon mit blanken, wachen Augen durch die Wohnungen wirbelten oder, ungeduldig mit den Füßen scharrend, nach ihrem Futter krähten. Den Kopf voller Pläne für die letzten Ferientage. Bald würde eine Flut von Gören aus einem Dutzend Nationalitäten die Straßen überschwemmen und ihr Gebrüll würde wie die Wogen eines Ozeans die Häuserfronten emporsteigen und die letzten Schläfer aus den Betten treiben. Die Katzen, die jetzt noch friedlich neben Hauseingängen dösten, würden um die nächste Ecke flüchten. Die Hunde aber würden sich den jagenden Horden anschließen und das Inferno mit Gekläff und Geheul verstärken.

Hannelore Kirilow hoffte, bis dahin das türkische Café erreicht zu haben, in dem sie meistens frühstückte. Ihren Laden öffnete sie erst um zehn. Sie gestand sich ein, dass ihre Chance relativ gering war, dies bei ihrem heutigen Schneckentempo noch zu schaffen. Sie trat unter die Wölbung eines Torbogens und setzte sich auf einen Stein, den die Jahrhunderte glatt geschliffen hatten … und die Stiefel von Reitern, denen er geholfen hatte, auf die Rücken ihrer Gäule zu steigen. Sie ließ den Blick durch das Karree des Hofs schweifen, den die Mietshäuser wie graue Riesen umstanden. Die ehemaligen Wohnungen im Erdgeschoss dienten jetzt fast alle gewerblichen Zwecken. Vor einem Haus standen drei Biertische und Bänke in der prallen Sonne. Hier würde der Schatten erst am Nachmittag Einzug halten und vorher wurde er auch nicht gebraucht, die kleine Kneipe war bis dahin sowieso geschlossen. Wann sie öffnete, war unbestimmt, das hing von der emotionalen Verfassung und dem Biorhythmus des Inhabers ab.

So hielten sie es fast alle hier und trotzdem kämpften sie zäh und fleißig ums Überleben, die Alternativen, die Aussteiger und die Träumer, die sich da zu einem Projekt zusammengefunden hatten. Ein Projekt, das der Senat einst wohlwollend unterstützt hatte und das nun durch Sparmaßnahmen ausgehöhlt wurde und wahrscheinlich zum Sterben verurteilt war. So trieb man die Leute dann wieder in die Arbeitslosigkeit. Jedes Mal, wenn sie daran dachte, packte Hannelore die Wut. Milliardenpleiten, die Verantwortlichen lebten weiter in Saus und Braus und das Allheilmittel, die Rettung für die Hauptstadt wie das Vaterland hieß Sparen an den Armen und Wehrlosen.

Der Laden für gebrauchte Fahrräder und Fahrradreparaturen würde dann ebenso verschwinden wie der Schrott und das Gerümpel hinten rechts im Hof, aus dem Susi und Sonny abstrakte Kunst produzierten um sie auf Flohmärkten zu verhökern. Und natürlich auch der Bioladen, fast schon ein Relikt aus längst vergangenen Zeiten und die Bäckerei *Drollig*. Hannelore überlegte, ob sie nicht dort frühstücken sollte. Die beiden Schwestern würden sie bestimmt schon hereinlassen. Dann konnte sie an einem Tischchen warten, bis Kaffee, Brötchen und Streuselkuchen fertig waren. Nur käme sie dann zu spät ins eigene Geschäft und das war noch nie geschehen, weder vor noch nach dem Tod ihres Mannes.

Gerade wollte sie sich wieder auf den Weg machen, als sie aufhorchte und überrascht lachte. Da war doch tatsächlich schon einer bei der Arbeit. Und ausgerechnet der, der sonst ängstlich darauf bedacht war, als letzter sein Werkzeug zur Hand zu nehmen, weil er damit den meisten Lärm im Viertel verursachte. Das Klinklang der Hammerschläge drang aus Barbas Schmiede, im unbeirrbaren Rhythmus eines Metronoms. Die Flüche der ganzen Nachbarschaft würden auf sein Haupt fallen. Unwillkürlich zählte Hannelore mit. Zwölf, dreizehn … bei siebzehn verstummte das Metronom. Brauchte der Werktätige eine Ruhepause oder war das Werk bereits vollendet?

Nein, der Meister brauchte frische Luft, obwohl die in dem eingekerkerten Hof kaum zu haben war. Barba öffnete ein Fenster und schnupperte hinaus. Eine Nase wie die von Cyrano de Bergerac, nur entschieden krummer, weil sie während Barbas kurzer Boxerkarriere Schaden erlitten hatte … mehr war kaum auszumachen. Der Rest verschwand in einem Wust feuerroter Haare und einem Vollbart von gleicher Leuchtkraft, auf dessen Pflege der Schmied äußerste Sorgfalt verwendete. Er erspähte Hannelore, winkte ihr begeistert zu, verschwand vom Fenster und ein paar Sekunden später kam er aus der Tür gestürzt.

Sein ganzer Körper vibrierte und der Bart sprühte Funken, die mit den Strahlenblitzen konkurrierten, die das furchteinflößende Messer schleuderte, das er in der Linken schwenkte. Wie immer, wenn Barba aufgeregt war, stotterte er ein bisschen. »Ha-hallo, Lorchen, Gro-großauftrag«, keuchte er, »muss bis nä-nächste Woche fertig sein … zwanzig Mo-monturen für einen Klub im Ru-ruhrpott, tu-tutto completto.« Barba schmiedete Helme, Rüstungen und Waffen aller Art für große Kinder, die in ihrer Freizeit Ritter oder Römer spielten. »Komm rein und guck dir's mal an … Kaffee ist da und was zu essen finden wir bestimmt auch. Oder wie wär's mit Sektfrühstück?« Jetzt hatte er sich wieder beruhigt und der kleine Sprachfehler hatte sich verflüchtigt. Hannelore schüttelte lächelnd den Kopf. »Danke, Barba. Ich rechne zwar kaum mit Kunden heute, aber du weißt ja, die Pflicht ruft.« »Dann in der Mittagspause«, bettelte er, »ich hol dich ab mit dem Moped.« Sie gab sich geschlagen. Sie mochte dieses Völkchen und nachmittags, wenn sie wieder heimwärts spazierte, hielt sie manchmal hier ein Stündchen Einkehr auf eine Weiße mit Schuss und einen Plausch.

Bei *Ata Türk* trank sie ein Kännchen Mokka und eine Flasche Wasser. Eigentlich sollte ihr das als Frühstück genügen bei diesen Temperaturen, doch dann erlag sie wieder der Verlockung des honiggetränkten Gebäcks, klebrig-süß und kitschig-bunt, das eine der Töchter des Hauses gerade vorbeitrug. Punkt zehn schloss sie die Tür auf zu *Kirilows antiquarischem Buchladen*. Sie zog die Rollläden hoch und schob die beiden fahrbaren Kasten mit dem modernen Antiquariat auf den Bürgersteig. An einem einzelnen dieser Bücher war kaum was zu verdienen. Trotzdem bewahrheitete sich hier die Weisheit, dass Kleinvieh auch Mist macht. Es war erstaunlich, wie gern die Leute in diesen Fundgruben wühlten und wie häufig sie etwas erbeuteten.

Mehr gab es vorläufig nicht zu tun. Hannelore setzte sich hinter ihren Ladentisch und betrachtete liebevoll-wehmütig ihre Höhle. Selbst wenn sie das Geld für Investitionen hätte, sie würde nichts ändern, nicht renovieren, nicht modernisieren. Das war *Kirilows* und so wie es war, war es gut. Die Kunden schätzten die Atmosphäre, die nach Staub roch wie die Bibliothek eines alten Klosters. Obwohl hier alles blitzeblank war und kein Stäubchen in den wenigen Sonnenstrahlen flirrte, die durch die kleinen Fenster drangen. Der Geruch nistete in den Büchern, hatte sich dort eingegraben im Lauf von Jahrzehnten.

Nicht von Jahrhunderten. So antik war Hannelores Antiquariat nicht. Alt waren diese Bücher nur insofern, als dass sie jemand vor fünfzig, sechzig, maximal neunzig Jahren gekauft hatte, dessen Enkel oder Urenkel nichts damit anzufangen wusste und sie verscherbelte. Inzwischen machten sie das fast nur noch übers Internet und Hannelore ahnte, das würde ihrem Geschäft über kurz oder lang den

Garaus machen und dann hätte die liebe Seele endlich Ruhe. Mit fünfundsiebzig, das hatte sie sich geschworen, würde sie endgültig aufhören.

Eine wirklich wertvolle, uralte Erstausgabe hatten die Kirilows nur selten in die Hand bekommen. Und dann brachten sie es nicht fertig, den unwissenden Anbieter über den Tisch zu ziehen. Sie hatten den passenden Käufer gesucht und lediglich die Vermittlungsprovision kassiert. Bis Mittag hatten sich ganze zwei Kunden eingefunden. Ein alter Mann, der draußen einen vergilbten Simmel aus den Tiefen eines Wühlkastens gefischt hatte und mit sichtlichem Vergnügen seine zwei Euro auf den Tisch legte. Und eine Studentin, die auf Anraten eines Kommilitonen gekommen war und tatsächlich die Dissertation fand, nach der sie seit Wochen vergeblich suchte.

Und dann, gegen halb eins, geschah das Wunder. Eine Frau in mittleren Jahren, unsicher, ob sie an der richtigen Adresse sei, kam und zog eine sporfleckige Mappe aus knochenhartem Rindsleder aus einer Einkaufstasche und reichte sie Hannelore zögernd. »Nehmen Sie … nehmen Sie auch so was?« »Vielleicht«, sagte Hannelore lächelnd, »das kommt auf den Inhalt an. Von außen sieht man ihn leider nicht.« »Natürlich.« Die Frau beeilte sich, die Gummibänder abzuziehen und erklärte entschuldigend: »Da waren Lederriemen drum, die Knoten hab ich nicht aufgekriegt, die musste ich durchschneiden.« Hannelore schlug die Mappe auf. Der Inhalt wog wahrscheinlich nur den hundersten Teil der Verpackung. Neun Blätter mit Zeichnungen. Die beiden ersten waren nicht signiert. Bei der dritten fiel ihr Blick auf einen Schriftzug und ihr stockte der Atem. Mühsam unterdrückte sie ein Zittern. Wenn das kein Witz war …

Veit Stoß. Skizzen des Holzschnitzers für geplante Skulpturen oder Reliefs. Veit Stoß, einer der wichtigsten deutschen Künstler zu Ende des Mittelalters, bevor Dürers Stern aufging. Stoß, den ein einflussreicher Kaufherr betrogen hatte, worauf er die Urkunde fälschte, die der Betrüger ihm gestohlen hatte, weil sie seine Schuld bewiesen hätte. Auf Urkundenfälschung stand damals der Tod auf dem Scheiterhaufen.

Doch der hochwohllöbliche Rat der Freien Stadt Nürnberg erwies seinem Künstler Gnade. Man stellte ihn nur an den Pranger, wo der Pöbel, der ihn einen Tag zuvor noch verehrt hatte, sein Mütchen an dem Schwerverbrecher kühlte. Und dann brandmarkte ihn der Henker, indem er ihm einen glühenden Nagel durch beide Wangen trieb. Oh ja, Hannelore nickte heftig, ohne sich dessen bewusst zu sein. Von so einer Gerichtsbarkeit träumen einige hohe Herren in diesem Lande heute wieder.

»Ist wohl nichts wert, was? Dacht ich mir's doch«, meinte die Frau, nur mäßig enttäuscht. »Das kann ich noch nicht sagen. Wenn Sie möchten, lassen Sie mir die Mappe da und Sie geben mir Ihre Telefonnummer. Ich quittiere Ihnen den Empfang und rufe Sie an, sobald ich eine Expertise habe. Wenn ich Ihnen einen Käufer vermittle, erhalte ich zwanzig Prozent des Verkaufspreises als Provision. Wären Sie damit einverstanden?«

Die Frau zögerte. In ihrem Gesicht arbeitete es und Hannelore ärgerte sich, dass sie mit dem Wort »Expertise« Hoffnungen geweckt hatte, die vorläufig durch nichts gerechtfertigt waren. Sie hätte sich unverfänglicher ausdrücken sollen. Wahrscheinlich würde die Frau in ihrer Gier nach einem möglichst großen Gewinn erst anderswo Rat suchen. Doch dann nickte sie und überließ Hannelore die Mappe. Als sie wieder allein war, notierte sie sich: Prof. Scheuwinkel anrufen. Und dabei dachte sie, der alte Scheuwinkel wird wohl wissen, ob diese Blätter echt sind oder nicht, aber wenn sie echt sind, wird er auch keine Antwort haben auf die Frage, wie diese Zeugen der Vergangenheit fast unbeschadet durch die Jahrhunderte wandern konnten und plötzlich an Orten auftauchen, wo sie kein Mensch vermutet.

Erst jetzt bemerkte sie, dass sie nicht allein war. Rechts hinter sich hörte sie, wie jemand in einem Buch blätterte und dann das leise Lachen eines Mannes. Sie wusste nicht, wie lange er schon im Laden war. Vorsichtshalber ließ sie die Mappe unterm Tisch in einer Schublade verschwinden. Dann wandte sie den Kopf, um einen Blick auf den neuen Kunden zu werfen. Dort hinten, in der entlegensten, dunkelsten Ecke war das Regal mit den Erotika. Auch darüber wunderte sich Hannelore immer wieder, wie viele Leute sich trotz der Freizügigkeit in den Medien noch an den Sexphantasien alter und neuer Autoren ergötzten. Das Angebot reichte von Ovid über die als Aufklärung getarnten pornografischen Ergüsse des 17. und 18. Jahrhunderts und den irren Marquis de Sade bis zu Henry Miller und den Editionen von *Olympia Press.*

Sie sah nur einen breiten Rücken und einen Hinterkopf. Darauf lag der einzige Lichtstrahl, der bis in diesen Winkel reichte und er brachte die Haare des Mannes regelrecht zum Leuchten, blonde, weizenblonde Haare. »Sehen Sie genug«, rief sie, »oder soll ich die Deckenbeleuchtung einschalten?« Der Mann murmelte etwas, stellte das Buch, das ihn so entzückt hatte, zurück ins Regal und kam herangeschlendert. Er war um die fünfunddreißig und trug trotz der Hitze einen dunklen Anzug und Krawatte und beides kam Hannelore sehr teuer vor, obwohl sie sich auf diesem Gebiet kaum auskannte. So vornehme Kunden hatte sie nur selten, doch damit ließen sich die instinktive Abneigung und das leise Misstrauen nicht begründen, die ihr der Typ einflößte. Es waren die Augen in dem breitflächigen, gutmütig wirkenden Gesicht, die ihr nicht gefielen. Wässrig-blaue Augen, die sie kalt zu mustern schienen. »Haben Sie nichts gefunden?«, fragte sie lächelnd. Er zuckte die Achseln, erwiderte ihr Lächeln nicht. »Ich bin mir noch nicht sicher, ob ich hier finde, was ich suche.« Er sprach sehr gut Deutsch, fast ohne Akzent, trotzdem war Hannelore überzeugt, dass es sich um einen Russen handelte.

Plötzlich lachte er und jetzt wirkte er verlegen wie ein Schuljunge, der bei Verbotenem ertappt wird und Hannelores Unbehagen schwand, wenn auch nicht ganz. Und dann fragte er: »Kirilow … heißen sie Kirilow oder ist der Name von einem früheren Geschäftsinhaber übernommen?« Hannelore sah ihn überrascht an. »Mein Mann«, sagte sie, »es ist der Familienname meines Mannes.« »Ah ja, und er ist aus Russland?« »Oh nein, seine Familie ist vor sehr langer Zeit aus Petersburg gekommen, als hier Friedrich der Große und in Russland Katharina die Große herrschten.« »Ah ja«, sagte er wieder und es war nicht erkennbar, ob er mit dieser Information etwas anzufangen wusste.

»Swetlana Kirilow, ich suche eine Swetlana Kirilow … Ihre Tochter?« »Ich habe keine Tochter«, sagte Hannelore leicht gereizt, der Kerl begann ihr auf die Nerven zu gehen. Sie blickte auf ihre Armbanduhr. »Gleich eins … vielleicht können wir unser Gespräch ein andermal fortsetzen, ich schließe um eins.« Fast hätte sie etwas von ihrer Verabredung erzählt und dass sie jemand abholen werde, aber das Misstrauen war wieder da und dazu eine unbestimmte Furcht und sie schwieg.

Er gab keine Antwort. Stattdessen zog er den protzigen Ring von seinem rechten Mittelfinger und steckte ihn ins Jackett. Ein Ring mit einem seltsam geformten Stein, eine spitze Pyramide, vermutlich ein Saphir. Der Mann stand jetzt direkt am Ladentisch und dann beugte er sich vor und schlug Hannelore mit dem Handrücken ins Gesicht. Sie hatte nicht einmal den Ansatz des Schlages gesehen und sie spürte auch keinen Schmerz, so groß war der Schock. »Hände auf den Tisch«, sagte er, ohne die Stimme zu erheben, »nur für den Fall, dass unter dem Tisch ein Knöpfchen für eine Alarmanlage ist.« Sie gehorchte stumm, sie zitterte nicht einmal.

Er packte sie am Handgelenk und zerrte sie zur Tür. Der Schlüssel steckte, er drehte ihn um und schob sie in den leeren Raum zwischen Tür und Tisch. Dann ließ er ihren Arm los, er sank schlaff herab und sie stand da wie eine Holzpuppe, unfähig, sich zu rühren. Er steckte den Ring wieder auf und sagte gleichmütig: »Vor dem nächsten Schlag zieh ich ihn nicht aus … und wenn du dann immer noch nicht brav bist, hilft das vielleicht.« Er hielt ihr die linke Faust vors Gesicht und sie starrte entsetzt auf den langen, spitzen Dorn, der zwischen Zeige- und Mittelfinger emporragte. Sie schloss die Augen, als könne sie das vor jeder Qual bewahren und endlich begann sie doch zu zittern. Ihr ganzer Körper schüttelte sich wie der einer Marionette, deren Fäden sich verheddert haben. Und nur ein einziger verrückter Gedanke beherrschte sie, der sich endlos zu wiederholen schien: der Nagel glüht ja gar nicht, Gott sei Dank, da kann er mich nicht brennen wie Veit Stoß.

»Keine Angst, Mütterchen«, sagte er sanft, »die Augen lassen wir heil … und alles andere auch, wenn du dich ein bisschen anstrengst. Wie alt bist du eigentlich, Mütterchen?« Es klang ganz beiläufig, als sei ihm das plötzlich eingefallen. »Zweiundsiebzig«, sagte Hannelore tonlos. »Dieser Idiot«, brummte er und dann lachte er leise, wie vorhin, als ihn etwas in einem Buch belustigt hatte. Für Hannelore war es das grauenvollste Geräusch, das sie je gehört hatte.

»Dann muss sie deine Enkelin sein … also, wo ist diese Swetlana?« »Ich weiß nicht, ich weiß nicht, ich weiß nicht.« Mehr brachte sie nicht heraus, sie wartete nur noch auf den Beginn der Tortur. In diesem Augenblick klopfte jemand an die Tür und Hannelore erwachte und schrie: »Hilfe, Barba, hilf mir, hilf mir!«

Jetzt erwies es sich als segensreich, dass die Kirilows ihren Buchladen nicht mit allen Schikanen gesichert hatten. Ein Tritt von Barba genügte und die Tür sprang aus dem Schloss. Der Schmied stürzte sich auf Hannelores Peiniger und schlug sofort zu, verfehlte, sah die Faust mit dem Dorn, die hochzuckte und sprang gerade noch rechtzeitig zurück. Und dann war der Typ verschwunden. »Lorchen, Lorchen« schrie Barba, »was hat das Schwein von dir gewollt?« Er war zu aufgeregt, um zu stottern. »Weiß nicht, weiß nicht genau«, stammelte sie, »er sucht eine Swetlana Kirilow … er glaubt, sie wäre meine Tochter oder Enkelin. Dann wurde sie kreideweiß und sackte in sich zusammen. Barba fing sie auf und legte sie vorsichtig auf den Ladentisch. »Lorchen, Lorchen, was ist denn, was hast du denn?«, flüsterte er immer wieder. In seiner Hilflosigkeit rüttelte er sie an den Schultern und klopfte ihr sachte die Wangen. Schließlich presste er ein Ohr auf ihre Brust und als er nichts hörte, leckte er seinen Zeigefinger ab und hielt ihn ihr vor den Mund. Aber er spürte keinen Atem, keinen noch so zarten Hauch, Hannelores dummes Herz hatte seinen Dienst aufgekündigt. Barba weinte und wütete und schwor, das Schwein kaltzumachen.

Der Mann, der Swetlana Kirilow suchte, saß inzwischen in seinem Subaru und telefonierte. »Die Alte weiß nichts«, sagte er, »und außerdem ist sie über siebzig … bin ich eigentlich nur von Idioten

umgeben? Und die Jagd ist aus, verstanden? Wir haben keinen An-
haltspunkt, in welche Richtung sie abgehauen sein könnte und das
ist dieser Scheißkerl nicht wert, dass wir seinetwegen die ganze Stadt
auf den Kopf stellen, wenn er nicht auf seinen blöden Arsch aufpassen
kann.« »Was?« »Nein, verflucht noch mal, die andere lassen wir in
Ruhe, totaler Rückzug, kapierst du das endlich?«

Das Schild über dem Laden neben *Kirilows* hatte der Mann aus Russland nicht gesehen und es hätte ihm auch nichts bedeutet: »Schuster
Arkoleinen«.

# 7

Lisa schlug die Augen auf. Das Erste, das sie erblickte, waren ein paar lange, nackte, leicht geschwollene Füße. Darüber die ebenfalls nackten, nur mäßig behaarten Beine. Der große Mann saß auf einem Barhocker neben dem Sofa und sah nachdenklich auf sie herab. Er trug nur Shorts und sie registrierte erschrocken das Missverhältnis zwischen den dünnen, schlaff wirkenden Beinen und dem muskulösen Oberkörper. Bisher war ihr das nicht aufgefallen. Gestern Abend in den Jeans waren diese dünnen Stecken natürlich nicht zu erkennen gewesen ... und heute Nacht im Bett? Sie versuchte sich zu erinnern. Nein, da hatte sie den Mann als Ganzes gesehen und nicht jedes seiner Einzelteile einer eingehenden Musterung unterzogen. Auch oder erst recht nicht, nachdem er sie so ruhig und sachlich auf diese Schwäche hingewiesen hatte.

Sie wusste nicht, wie viel er hier in der fensterlosen Ecke, in der das Sofa stand, von ihrem gräulichen Zustand mitbekam, ob er sie überhaupt richtig sah. Sie musste einen fürchterlichen Anblick bieten mit ihren verstrubbelten Haaren und den verquollenen und verklebten Augen. Und sie roch auch nicht gut, besser gesagt, sie stank aus dem Hals, wahrscheinlich zehn Meilen gegen den Wind. Vielleicht hatte er sie gefunden, indem er sich nach ihrem Geruch orientierte. Du bist abscheulich, schalt sie sich, das war diffamierend.

»Guten Morgen, meine Liebe«, sagte die tiefe, volltönende Stimme, »hast du eine Orgie gefeiert? Mein Geruchssinn ist zwar nicht besonders ausgeprägt, aber ich glaube, hier stinkt's wie in einer Matrosenspelunke. Hoffentlich kriegst du nicht kalt, ich hab schon alle

Fenster geöffnet.« »Siehst du, siehst du mich?«, fragte Lisa kläglich. »Da unten schimmert etwas«, sagte er vergnügt, »es schimmert und wabert, vielleicht eine Fee, die sich mir bald zeigen wird und dann hab ich drei Wünsche frei.« »Du bist lieb und ich würde dich so gerne küssen … nur geht das leider noch nicht, die Fee ist total derangiert und hat einen Geschmack im Mund wie ein Bär nach dem Winterschlaf. Mindestens ein halber Liter Wodka ist dafür verantwortlich. Hast du so etwas wie eine Besucherzahnbürste?«

»Nein, nur eine Flasche Odol. Das kannst du trinken oder damit gurgeln, nach Belieben.« Lisa lachte und griff sich aufstöhnend an den Kopf. »Uijuijui … ich darf nicht lachen und nicht gähnen, sonst platzt mir der Schädel. Was wird das erst, wenn ich versuche, aufzustehen?« »Nur kein Gejammer, wer sündigt, muss büßen!« Sie streichelte sanft seinen Fuß, der neben ihrem Arm baumelte und er zuckte zusammen. »Tut das weh?« »Geht vorüber«, sagte er leichthin, »… das ist sozusagen meine Buße.«

»Das Bad ist wohl oben? Hier hab ich nur eine Toilette entdeckt.« Sie stand auf und schüttelte sich. »Darf ich noch ein bisschen als Eva rumlaufen? Solange, bis meine Klamotten ausgelüftet sind.« »Schön, im Kleiderschrank sind ein paar leere Bügel. Kaffee ist fertig, der wird dich wieder auf die Beine bringen.« Sie schnupperte. »Er duftet aber nicht, dein Kaffee.« »Wenn du deine Äuglein richtig aufsperrst, siehst du da vorne, keine fünf Meter von dir entfernt, einen zwei Meter breiten Durchbruch, der dieses Wohnzimmerchen mit der Küche verbindet. Und in der Küche ist ein Tisch und auf dem Tisch steht ein Kaffeeautomat. Den hat Walpurga gestern Nachmittag, bevor sie ging, aufgefüllt. Wir brauchen also nur noch aufs Knöpfchen zu drücken Und dann duftet es.« »Du bist gemein … mich so zu verarschen, nur weil ich einen Kater hab. Walpurga? Hast du eine Hexe als Haushaltshilfe?« »Ja, eine von den guten … nur Liederlichkeit mag sie nicht leiden. Sie kommt um zwei und dann darfst du nicht mehr nackt hier herumtanzen. Aber du hast noch Zeit, es ist erst halb zwölf.« Lisa rieb ihre Wange zärtlich an seiner Brust und sprang davon.

Als sie eine Viertelstunde später in die Küche kam, frisch und rosig gerubbelt, rief sie entzückt: »Ach, wie rührend!« »Bevor du mir das erklärst, wie wär's mit einem Kuss?« Wolf stand auf und sie drängte sich in seine ausgebreiteten Arme. Er ließ seine Hände über ihren Rücken gleiten und flüsterte heiser: »Wenn ich könnte, wie ich wollte, würde ich dich jetzt auf den Tisch werfen.« »Bitte nicht, für derart unbequeme Übungen war ich noch nie zu haben. Und außerdem sind wir beide nicht fit, nehme ich an.« »War nur so eine Idee«, brummte er, »Männerphantasien … also setz dich, ich mach dir einen Kaffee und dann erzählst du mir, was hier so rührend ist. Frühstück gibt's später.«

»Dein Garten … im Schlafzimmer sind noch die Jalousien geschlossen und im Bad ist nur ein Fenster zur Straße hin, da konnte ich ihn ja nicht sehen. Er ist so, so wunderbar altmodisch … keine japanischen Ziersträucher, kein Lotusteich mit einem idiotischen Brücklein darüber, kein englischer Rasen … stattdessen eine richtige Wiese mit Obstbäumen, ein Wald von Stangen mit Bohnen und Tomaten und die Beete, wie mit dem Lineal gezogen! So was hab ich zum letzten Mal vor fünfzehn Jahren bei meiner Oma gesehen. Und dann dieser Ausblick, da unten liegt ja die ganze Stadt!«

»Ich wohne schließlich auf einem Berg … warst du noch nie in dieser Gegend?« »Äh, nein, nein, bisher noch nicht«, sagte sie hastig. Es war zu früh für Enthüllungen. »Tja, und wie sich das gehört«, fuhr Wolf fort, »haben hier oben mal die alten Ritter gehaust, die Ritter vom Deutschen Orden. Ganz in der Nähe steht eine Kapelle aus dem 13. Jahrhundert, falls du die mal besichtigen willst.« »Hmm, warum nicht? Morgen vielleicht.«

Lisa trank gierig ihren Kaffee und rauchte die erste Zigarette. Sie schmeckte nicht übel und Hunger verspürte sie auch, so gewaltig schien der Kater wohl doch nicht zu sein. »Ich erinnere mich«, sagte sie, »dass wir heute Nacht einen ziemlich steilen Berg hinaufgefahren sind. Dein Goggomobil hat sich schwer getan und in allen Fugen geknackt und ich dachte schon, ich müsste absteigen und schieben.« »Wie viel wiegst du?«, fragte Wolf. »Fünfundsechzig Kilo.« »Das wären dann mit meiner Wenigkeit zusammen hundertfünfundfünfzig und für hundertachtzig ist er zugelassen. Falls wir unseren Ritt jemals wiederholen sollten, dürftest du bis dahin ruhig noch ein bisschen Fett ansetzen.« Lisa drückte ihre Zigarette aus und verkündete: »Ich hab einen Wolfshunger, wenn's nichts anderes gibt, muss ich dich fressen.« Sie beugte sich über den Tisch und küsste ihn. »Was isst du eigentlich, wenn du allein bist … kannst du dir was zurecht machen?« »Morgens Müsli, das krieg ich noch hin. Nach einem Saufgelage sehnt sich der Körper allerdings nach etwas Handfesterem. Darauf muss ich leider immer warten, bis Walpurga kommt.«

Lisa strahlte. »Aber jetzt bin ich da! Was soll ich uns machen, was hast du im Kühlschrank?« »Na so was«, sagte Wolf grinsend, »kaum ist eine Frau im Haus, bringt man sie mit einer einzigen hinterhältigen, mitleidheischenden Bemerkung dazu, sich als Arbeitstier ausbeuten zu lassen … Eier sind im Kühlschrank, eine ganze Menge, außerdem Speck, eine Dose mit Riesenbockwürsten, extra scharfer Senf und ein Glas Gurken. Das ist so ungefähr die Vorstellung, die ich von einem Katerfrühstück habe.«

»Also Eier mit Speck und den Rest als Beilage. Hatte ich nicht gestern Abend bei Hannes auch Eier? Egal, die sind gesund.« Sie stand auf und deutete auf den Barhocker, der neben Wolfs Stuhl stand. »Was ist damit?« Sie merkte, dass er ihre Handbewegung nicht wahrgenommen hatte und korrigierte sich schnell: »Was ist mit dem Hocker? Brauchst du immer einen Halt, weil du, weil du nicht mehr richtig siehst? Entschuldige, ich hab wirklich keine Ahnung, wie sich das auswirkt.« Sofort verschloss sich seine Miene, er presste die Lippen aufeinander und wandte den Kopf ab. Bisher hatte er ihr immer ins Gesicht geschaut, hatte sich wahrscheinlich am Klang ihrer Stimme orientiert. Das war ihr schon beim Iren aufgefallen, dass er immer dorthin blickte, wo jemand sprach. Und weil er keine dunkle Brille trug und seine Augen auch nicht denen eines Blinden glichen – die sahen anders aus, so viel sie wusste – unterschied er sich nicht im Geringsten von seinen Kumpanen und das war irgendwie unheimlich und erschütternd.

Jetzt sah er sie wieder an – sie stand immer noch vor dem Tisch – lächelte ironisch und zwang sich zu einer Antwort. »Nein, das ist es nicht«, sagte er und es klang verbittert, »wenn es nur das wäre, könnte ich mich in meinem Haus ohne Hilfsmittel zurechtfinden und bewegen, hier ist mir jeder Zentimeter vertraut. Und draußen würde ich einen Blindenstock benutzen. Es ist ... ich habe Probleme mit dem Gleichgewicht, eine leichte Störung.« »Du sprichst nicht gern darüber?« Lisa öffnete den Kühlschrank, räumte die Zutaten für das Menü aus und stellte sie auf die Arbeitsplatte. Nun stand sie mit dem Rücken zu ihm und sie dachte, so fällt es ihm bestimmt leichter, etwas von sich preiszugeben, wenn ich ihm nicht gegenüber sitze.

»Weißt du«, sagte er schleppend, »es lohnt sich nicht, dass man darüber spricht ... normalerweise. Ich halte es lieber mit dem Bettlerkönig Peachum aus Brechts *Dreigroschenoper*. Der ist der Meinung: Wenn du Bauchweh hast und du sagst es, das widert nur an. Und Recht hat er. Ich finde es immer komisch, dass alle Leute so wahnsinnig gern von ihren Krankheiten erzählen, sie drängen sie dir förmlich auf, ihre entzündeten Darmdivertikel oder ihre Prostatabeschwerden. Von deinem Bauchweh oder was dich sonst so plagt, wollen sie jedoch nichts wissen. Wenn du damit anfängst, suchen sie krampfhaft nach einem anderen Gesprächsthema oder sie rennen einfach weg. Und da denke ich, wenn sie die Krankheiten ihrer Mitmenschen nicht interessieren, wie können sie dann glauben, die anderen wären darauf erpicht, sich mit ihrem Schicksal zu befassen, in allen abscheulichen Details? Das ist doch absurd!«

»Ich hab noch nicht darüber nachgedacht«, sagte Lisa, ohne den Kopf zu wenden, »und in meinem Alter wird man auch nicht so häufig damit konfrontiert. Trotzdem interessiert es mich ... ich meine, du interessierst mich und du solltest mir nachher erzählen, wie, wie das alles gekommen ist. Gib dir einen Ruck, es muss dir doch wohl tun, mal mit jemand über deine Probleme zu reden.« Und in Gedanken fügte sie hinzu: Vielleicht finde ich dann eine passende Überleitung zu meinen Problemen ... wenn ich sie nicht loswerde, bevor die gute Walpurga aufkreuzt, muss ich mindestens noch einen Tag im

Hotel *La Résidence* verbringen. Oder ich muss mir heute Nachmittag etwas anderes suchen. »Aber jetzt brauche ich deine Hilfe«, fuhr sie fort, »ich nehme an, du weißt, wo ich das nötige Arbeitsgerät finde: Dosenöffner, ein Messer für den Speck, Pfanne, Kochtopf, Geschirr, Bestecke ... ich glaube, das wär's. Wenn nicht, suche ich mir alles zusammen.« »Klar weiß ich das, irgendwie muss ich mich doch nützlich machen.« Wolf lachte, es klang gelöst, offenbar hatte er seine gute Laune wiedergefunden.

Nach dem Essen, beim zweiten Kaffee und der zweiten Zigarette, die bedeutend besser schmeckte als die erste, fragte Lisa: »Ist sie pünktlich, deine Haushaltshexe?« »Oh ja, auf die Sekunde! Selbst bei Hagel, Sturm und Schnee. Ich schätze, sogar ein Angriff der Chinesen, falls die mal kommen sollten, würde sie nicht davon abhalten, sich rechtzeitig auf ihren Besen zu schwingen.« »Hmm ... da muss ich mich sputen, es ist schon halb eins und ich laufe immer noch herum wie der erste Mensch. Das heißt, ich sitze hier auf meinem faulen Hintern mit vollem Bauch und komme nicht mehr hoch ... und die Arbeit ruft.« »Ach was, bleib gemütlich. Walpurga wird schon aufräumen. Nicht nur, weil sie dafür bezahlt wird, sie macht das wirklich gern.« Lisa kicherte. »Dann muss sie nach allem, was ich gehört habe, die einzige wirkliche Perle in ganz Deutschland sein.« »Nur anziehen musst du dich«, mahnte Wolf, »nackte, wilde Weiber, die hier herumlungern, das geht ihr gegen den Strich.«

»Und dir?« Sie ergriff seine Hand und führte sie zu ihrem Busen. Er streichelte ihre Brüste, rieb mit dem Daumen ihre harten Brustwarzen und zog die Hand seufzend zurück. »Der Geist ist willig«, sagte er, »und ein Teil des Fleisches auch, aber der Rest ist noch zu schwach. Bis heute Abend wird sich der Zustand des Patienten jedoch erheblich gebessert haben ... wenn du, wenn du nach der Arbeit wieder kommen möchtest ...« Er sprudelte es hastig heraus, konnte sich nicht dagegen wehren, der Wunsch, sie wiederzusehen, war übermächtig geworden, der Wunsch, das feste, junge Fleisch erneut in den Armen zu halten, seine strotzende Gesundheit in sich aufzusaugen wie ein Elixier, wie einen Zaubertrank aus dem Jungbrunnen. Lisa jubilierte innerlich. Er setzte sie nicht vor die Tür und dann »Tschüss für immer«, er begehrte sie, noch heute Nacht wollte er sie wiederhaben und die Chancen standen gut, dass dieser Nacht noch viele folgen würden.

Sie schwiegen, Lisa betrachtete angelegentlich ihre Fingernägel und Wolf hatte die Hand schon zum Radio ausgestreckt, als er sie wieder zurückzog und tief durchatmete. »Okay«, sagte er, »treffen wir ein Abkommen: Ich erkläre dir, was es mit meiner Behinderung auf sich hat, vielleicht ... vielleicht ist es für uns beide einfacher, wenn du weißt, wie du am besten damit umgehst. Und dann erzählst du mir, was mit dir los ist. Du hast doch Probleme, nicht wahr? Zwar ahne ich nicht einmal welche, aber ich fühle, dass etwas nicht in Ordnung ist.

Lisa nickte, dann lachte sie unsicher und Wolf runzelte die Stirn und sah sie fragend an. »Entschuldige, ich hab gerade wieder etwas falsch gemacht. Ich hab genickt und du hast es nicht gesehen. Ich glaube, das ist das Schwierigste, für ... für die anderen, immer mitzudenken.« »Ach, daran gewöhnt man sich schnell. Wenn ich auf Mimik oder Gestik eines Gesprächspartners nicht reagiere, merkt er schon, dass er den Mund aufmachen muss.« »Soll ich das Licht einschalten?« Wolf schüttelte den Kopf. »Keine Chance. Das ergibt auch nicht mehr als undurchdringliches Zwielicht. Da ist jetzt nur ein hellgraues Nichts.« Er führte eine Hand vor den Augen hin und her. Dann tastete er nach seinen Zigaretten und Lisa, die sich soeben eine genommen hatte, schob sie ihm rasch hin. »Scheiße«, stöhnte sie, »schon wieder ein Fehler.« »So ist es«, sagte er ruhig, ergriff ihre Hand und verschränkte seine Finger mit den ihren. »Hier muss Ordnung sein ... was sich nicht am gewohnten Platz befindet, ist verschwunden und dann beginnt das Suchen ... und das Fluchen.« »Darf ich sie dir anzünden?« »Warum nicht? So stolz bin ich auch wieder nicht, dass ich ein bisschen Verwöhnung nicht genießen würde. Ist sowieso nicht einfach, immer die Flamme zu treffen, ohne sich den Zinken zu versengen. Vielleicht sollte ich aufhören, Rauchen ist schädlich ... aber was anderes: Hast du keinen Nachdurst, du Schnapsdrossel?« »Verflucht ... und wie! Einen ganzen See könnte ich leer saufen.« »Dann sei so gut und hol uns was aus dem Kühlschrank, für mich ein Bier, alkoholfrei.«

Lisa nahm sich ein Mineralwasser und Wolf sagte grinsend: »Wie du siehst, ziehe ich mich wie Gummi.« »Fällt es dir so schwer?« »Nein, das eigentlich nicht. Ich überlege nur die ganze Zeit, wie ich mich kurz fassen kann ... um deine Geduld nicht übermäßig zu strapazieren, es ist nämlich sehr kompliziert, weißt du?« »Vertrau mir doch«, bat sie, »es wird mich bestimmt nicht langweilen.«

»Schön. Es fängt damit an, dass man von Geburt an nur über die Hälfte der normalen Sehkraft verfügt und nach wenigen Jahren nachtblind wird. Ich war schon fast dreizehn, als ich zum ersten Mal bei einem Augenarzt war. Der hat beides festgestellt und mir eine Brille verschrieben, aber was mir in Wirklichkeit fehlt, mir und ca. 20 000 anderen in Deutschland, das erfuhr ich erst mit siebzehn« – von Dr. Kuhnert, dachte er, ob der überhaupt noch lebt? – »und was mir fehlt, ist ein Enzymen, das die Sehstäbchen regeneriert. Ein winziger Teil davon wird tagsüber verbraucht und nachts wieder aufgebaut. Das funktioniert bei uns nicht und so schwindet nach und nach die Hellsicht ... die des Auges, die des Geistes, nun ja, das ist eine andere Geschichte.« Er leerte sein Glas, legte den Zeigefinger auf den Rand, hielt es schief und füllte nach, indem er den Flaschenhals am Zeigefinger vorbei ins Glas gleiten ließ. Lisa beobachtete den Vorgang fasziniert.

»Etwas hätte ich fast vergessen«, fuhr er fort, »der Abbau der Stäbchen vollzieht sich nicht gleichmäßig auf der ganzen Netzhaut. Sie verschwinden kreisförmig von der Peripherie her nach innen und das führt zu einem immer enger werdenden Röhrenblick, so, als würdest du durch einen Tunnel schauen. Natürlich merkst du nicht jeden Tag, dass deine Sehkraft wieder abgenommen hat. Dazu ist der Schwund zu gering. Aber alle fünf, sechs Jahre hast du plötzlich das Gefühl, von gestern auf heute hätte sich die Welt verändert ... als hätte ein Narr oder Teufel ein Stück herausgebrochen, die Farben auf dem Gemälde verwischt und schließlich ganz abgekratzt, den Horizont auf fünfzehn Meter herangerückt, dann auf fünf und dir am Ende auch noch die Lettern aus deinen Büchern geklaut.«

Die letzten Worte hatte er hart, fast böse hervorgestoßen. Obwohl sie nicht mit einer Antwort rechnete – die Sache schien für ihn abgeschlossen – fragte Lisa: »Aber woher kommt das?« Es dauerte lange, bis er sich doch noch zu einer Antwort bequemte. Diesmal versuchte er nicht, sie zu lokalisieren, um ihr ins Gesicht schauen zu können, er blickte an ihr vorbei, als suche er etwas an seinem imaginären Horizont und seine Miene verriet, dass er weit, weit weg war, in einer Welt voll lähmender Traurigkeit. »Eine Erbkrankheit«, sagte er tonlos, »als der Arzt es mir mitteilte, dachte ich, eine Erbkrankheit, die kriegt man ja wohl von seinen Eltern. Und in meiner Verzweiflung und Wut packte mich ein mörderischer Hass und ich hätte sie am liebsten erschlagen. Das bildete ich mir natürlich nur ein, die Jugend neigt dazu, ihre Gefühle zu dramatisieren, sei es in der Liebe oder im Hass. Der Anfall ging schnell vorüber und dann hat mein Vater den Familienrat einberufen – zwei Großmütter und ein Großvater lebten damals noch – und wir haben uns vernünftig über meine Situation unterhalten.«

Wolf kehrte in die Gegenwart zurück, sein Blick wandte sich wieder Lisa zu, seine Miene entspannte sich. »Der Mensch besitzt eine wunderbare Eigenschaft«, sagte er, »man kann ihm die furchtbarsten Dinge prophezeien, er glaubt sie erst, wenn sie eingetreten sind. Und wenn du siebzehn bist und dir einer sagt, in vierzig Jahren allerspätestens wirst du blind sein, dann glaubst du das, weil er es dir als unumstößliche Tatsache bewiesen hat … und trotzdem glaubst du es gleichzeitig nicht. Und so was will ein vernunftbegabtes Wesen sein!« Endlich lachte er wieder, dass die kleine Küche dröhnte und an den zuckenden Fältchen in den Augenwinkeln erkannte Lisa, dass dieses homerische Gelächter echt war, nicht aufgesetzt. Der Mann, in den sie sich wider jede Vernunft ernsthaft zu verlieben begann, schien heftigen emotionalen Stürmen und Schwankungen unterworfen zu sein.

»Nur noch eins zum Schluss«, fuhr er fort, »und das ist wirklich komisch: Das Schwein, das mir diese Erbschaft beschert hat, wird nie gefunden werden. Niemand in meiner Verwandtschaft hatte jemals einen Fall wie den meinen in der Familie, auch nicht bei den Vorfahren, von denen man noch ein bisschen mehr wusste als die standesamtlichen Daten. Und nach neuester Erkenntnis – vielleicht ist es auch nur eine Vermutung oder eine abenteuerliche Hypothese – lässt der Erblasser sein gemeines Vermächtnis nur einem von achtzig unter seinen Nachkommen zuteil werden. Davon berichtet die Mendelsche Vererbungslehre allerdings nichts. Der Bösewicht kann also schon vor zweihundert Jahren gelebt haben ... oder zur Zeit des Dreißigjährigen Krieges ... je nachdem, wie freudig er und seine Sippschaft sich vermehrt haben.«

Zuerst einer von achtzig, dann von viertausend und schließlich von einer Million ... ich steigere mich, dachte er zynisch. Aber davon reden wir jetzt nicht mehr und auch nicht von meinen anderen Wehwehchen. Er stützte das Kinn auf die Fäuste und sah Lisa erwartungsvoll an. Sie wusste, dass die Zeit der Mitteilsamkeit vorbei war, was ihn betraf, wusste, dass es sinnlos war, ihn nach seinen Beinen zu fragen, den Gleichgewichtsstörungen und dem mangelhaften Geruchssinn, den er kurz erwähnt hatte. Das würde er abblocken. Sie war dran und sie hatte sich für ihre Beichte gewappnet. Sie sprang mitten hinein und kam sofort auf den wichtigsten Punkt.

»Ich brauche vorübergehend eine Bleibe.« Sie beobachtete ihn, er zuckte nicht einmal mit der Wimper. Und so erklärte sie ihm ihre Lage. Sie hatte sich eine Mischung aus einer annähernden Wahrheit und sehr viel Dichtung zurechtgelegt. Zuerst wiederholte sie die Geschichte, die sie Hannes erzählt hatte, die Geschichte vom durchgebrannten Seemann Arkoleinen und der Mama, der sie nicht auf der Tasche liegen wollte, wenn sie für ein halbes Jahr mit dem Studium aussetzte.

Dann gestand sie, dass sie nicht in Saarbrücken, sondern an der FU Berlin immatrikuliert war. Vor drei Tagen war sie aus Berlin abgehauen, um einem Typ zu entkommen, der sie mit allen Mitteln zur Hure machen wollte. »Und zu diesen Mitteln«, sagte sie nüchtern, »gehörten nicht nur kleine Aufmerksamkeiten und große Versprechungen, sondern auch brutale körperliche Gewalt.« Sie berichtete in sachlichem Ton, vermied jede Melodramatik, fast wie eine Zeugin, die nach reiflicher Überlegung eine fundierte Aussage machen will. Wolf unterbrach sie kein einziges Mal. Das Studium ödete sie schon seit einigen Monaten an. Der Lebenshunger verzehrte sie. Bafög und ein bisschen Kindergeld, das reicht zu einem mönchischen Leben in der 18-Quadratmeter-Zelle, das ist was für Asketen mit Karriereambitionen, die beißen sich da durch wie die Ratte durch Beton.

Eine Freundin, »die sich schon auskannte«, hatte Lisa mitgenommen, hierhin und dorthin. Schöne Frauen brauchen kein Geld, sie werden verwöhnt. Manchmal – und selbst das nicht immer – müssen sie nachher mit ihrer Währung zahlen, der ältesten der Welt. Die Herren waren nicht mehr die jüngsten, wohlerzogen, charmant und galant. Doch dann tauchte einer auf, der nicht ins Klischee passte, er war höchstens vierzig und er war besonders charmant. Ein Zuhälter, Lockvogel und Anmacher einer russischen Gang.

»Und als ich das begriff«, schloss sie, »war es schon zu spät. In meiner Panik hab ich schnell zwei Koffer gepackt und bin getürmt. Ich nehme nicht an, dass die mich suchen … wozu auch? Aber bis ich ganz sicher bin, möchte ich lieber nicht in einem Hotel in der Nähe des Hauptbahnhofs bleiben … da bin ich nämlich abgestiegen, Hotel *La Résidence*.«

# 8

»Timo, du nervst, du weißt doch, dass der Opa dich nicht hören kann, wenn du da hinten rumbrüllst!« Ingrid Kuhnert brüllte selbst, dass sich ihre Stimme fast überschlug und dann murmelte sie: »Weil er zu stur ist, sein Hörgerät zu benutzen.« »Weil mich die Dinger stören«, grollte der alte Kuhnert, »kannst sie ja mal selbst ausprobieren.« Und als sein Sohn auflachte, setzte er in einem seiner seltenen Anflüge von grimmigem Humor hinzu: »Ja, ja, was sie nicht hören sollen, das hören sie, die Alten und sonst stellen sie sich taub.«

Kuhnert Senior saß mit seinem Ältesten und dessen Frau an einer schlicht gedeckten Tafel im Garten. Der Doktor hasste jeden Prunk und liebte die Sparsamkeit. In den Augen seiner Söhne und Schwiegertöchter war diese Sparsamkeit eher Geiz, ihm galt sie als Tugend. Sie hätten es vorgezogen, seine Geburtstage in einem festlicheren Rahmen zu feiern, in einem Restaurant, wo man bedient wurde und sich nicht selbst bedienen musste. Was hieß, dass die beiden Frauen von nachmittags drei bis abends zehn in der Küche waren oder servierten oder abräumten. Die Hauptlast trugen natürlich die Männer: die Überwachung der Steaks auf dem Grill.

Nicht einmal an seinem 85. hatte sich der Alte spendabler gezeigt als sonst. Sein Starrsinn war nicht zu beugen, er wollte seinen Geburtstag wie immer zu Hause feiern. Und kein Büfett von irgendeinem Partyservice, gegen diesen Fraß war er allergisch. Immerhin hatte er sich die Zutaten von seinem Lebensmittelhändler bringen lassen. Und es war ein Segen, dass das Wetter mitspielte und man die Fete in den Garten verlegen konnte. Das bedeutete zwar noch mehr Hin- und

Hergerenne für die Dienerinnen, aber die Geburtstage, die wegen schlechten Wetters im Haus stattfanden, waren der reinste Horror. Das Gewimmel und Gequengel der Plagen, die nicht wussten, wie sie sich beschäftigen sollten – Fernsehen war an diesem Tag verboten bei Opa Kuhnert – und die bedrückende Enge und Düsternis des kleinen Hauses ... Ingrid schauderte, wenn sie nur daran dachte.

Aus dem offenen Fenster der Küche klang das Klappern von Geschirr und Sarahs Gesang, die ihre Arbeit mit dem ironisierenden Liedchen begleitete: »Zeigt her eure Füßchen, zeigt her eure Schuh und schauet den fleißigen Waschfrauen zu.« Ingrid erhob sich schwerfällig, um der Schwägerin beim Abwasch zu helfen. Die hat's gut, dachte sie, ein Gemüt wie ein Droschkengaul! Und dieser Geizhals besaß nicht einmal einen Geschirrspüler. Sie unterdrückte ein Seufzen – man wusste ja nie, was der Alte mitkriegte und was nicht – und verließ die beiden Männer.

Die setzten ihre Unterhaltung fort, die Ingrid mit ihrem Gezeter unterbrochen hatte. Die miese Laune seiner Gattin scherte Rudolf Kuhnert nicht. Er fand, es täte ihr ganz gut, sich mal ein bisschen zu rühren. In Stuttgart beschränkten sich ihre Aktivitäten auf die Erziehung der Töchter und den Besuch von kulturellen Veranstaltungen. Den Haushalt besorgte eine Vollzeitkraft. Rudolf bekam von all dem nicht viel mit, weder von dem Haushalt noch von seinen Töchtern, er war fast immer unterwegs.

Der Job seines Ältesten interessierte Dr. Herbert Kuhnert brennend. Das war eine fremde Welt, die sich da auftat, wenn der Manager eines Automobilkonzerns von seinen Reisen nach den USA, Japan oder Brasilien erzählte. Der Alte schlürfte an seinem Bierkrug, wobei ihn der Zinndeckel wie immer behinderte, dann zog er den Sohn zu sich heran und flüsterte ihm ins Ohr: »Und wie ist das mit Weibern? Bind mir bloß keinen Bären auf ... von wegen ehelicher Treue. Ein Mann, der so oft allein auf Achse ist ... außerdem bin ich nicht von gestern, das liest man doch jeden Tag, wie ihr es treibt!« Rudolf zerzauste dem Vater liebevoll die prachtvolle, weiße Mähne, die noch immer dicht und kräftig war und flüsterte zurück: »Warum unterstellst du mir, dass ich dich belügen will? Ich hab doch noch gar nichts gesagt ... klar ist da was mit Weibern, in Tokio hast du kaum den Koffer ausgepackt, da schicken sie dir schon eine Geisha aufs Hotelzimmer ... wie soll man sich dagegen wehren?« »Und, sind die gut, diese Japanerinnen?« Die Augen in dem hageren Gesicht leuchteten und Rudolf lachte schallend und schlug seinem Erzeuger auf die Schulter. »Ich sehe genau, was du jetzt denkst, du geiler alter Bock! Mann, du bist fünfundachtzig, hört das denn überhaupt nicht auf?« »Nie«, sagte der Jubilar im Brustton der Überzeugung, »wirst schon sehn, mein Junge, wenn's soweit ist ... aber jetzt müssen wir uns um unser Feuerchen kümmern, nach dem Essen klönen wir noch ein bisschen.« Rudolf versprach es und dachte, daraus wird wohl nichts, wenn Ingrid loslegt. Heute wird sie eine Entscheidung erzwingen wollen und erneut auf Granit beißen, wie ich meinen alten Herrn kenne.

Die beiden verstanden sich blendend. Diesen Sohn hatte der Doktor von Anfang an geliebt, der war frisch und keck, ein Draufgänger schon als Kind. Der jüngere, der Gregor, das war ein Stiller, der stets neben seinem Bruder verblasste. Und jetzt war er Ministerialrat in Schleswig-Holstein, da erlebte man keine Abenteuer und Gregor träumte vermutlich nicht einmal davon. Wie viele Saarländer hatten auch Rudolf und Gregor nach dem Studium keinen Job in der Heimat gefunden, jedenfalls keinen, der ihnen zusagte.

Bei der Wahl ihrer Frauen hatte Gregor jedoch das bessere Los gezogen, fand Dr. Kuhnert. Sarah mochte er, ihre ausgeglichene Art und ihre heitere Sanftmut gefielen dem bärbeißigen alten Mann. Mit Ingrid kam er nicht zu Rande, ihre schrille Stimme, die manchmal fast hysterisch klang und ihr ewiges Genörgel ertrug er kaum länger als eine Stunde, dann nervte sie ihn und er versuchte, sie zu ignorieren.

Und mit den Enkelkindern konnte er überhaupt nichts anfangen. Wenn sie kamen, zwei, drei Mal im Jahr, drückte er allen einen Zwanziger in die Hand und danach ließen sie ihn meistens in Ruhe. Außer Timo, Gregors Jüngstem, der sich seltsamerweise für den Opa zu interessieren schien. Offenbar bewunderte er ihn, weil er mit fünfundachtzig Jahren noch ganz allein zurecht kam und ständig fragte er ihn, wie er dies oder jenes mache. Jetzt kam er als erster angerannt, als er die Axthiebe hörte und stellte sich so nahe an den Hackklotz, dass sein Onkel ihn aus der Gefahrenzone ziehen musste. Mit runden Augen betrachtete er den Großvater, der mühelos ein mächtiges Buchenholzscheit spaltete und das imponierte ihm gewaltig.

Herbert Kuhnert hatte erst mit dreiundvierzig geheiratet und seine Söhne hatten sich mit der Zeugung ihres Nachwuchses auch nicht beeilt und so war keins seiner Enkelkinder älter als zwölf Jahre alt. Sie hätten seine Urenkel sein können, wenn er »früher dran gewesen wäre« und ihre Interessen waren ihm so fremd, als seien sie Wesen von einem fernen Planeten. Nur Timo war anders, der hätte eigentlich von Rudolf sein müssen. Nun kam auch der Rest des Jungvolks herangeschlendert, zusammen mit Gregor. Er hatte seine Söhne und Nichten, nachdem sie sich die Bäuche mit Kuchen vollgeschlagen hatten, auf der Wiese hinter den Gemüsebeeten mit Spielen beschäftigt, damit sie aus den Füßen waren.

Der Alte holte zu einem neuen Schlag aus, dann hielt er inne und ließ die Axt sinken. Er hustete und spuckte, weil er etwas von dem Sägestaub eingeatmet hatte, der an den Schnittflächen der Holzscheite klebte. Dann sah er Timo an und krächzte: »Willst du es mal versuchen?« Der Junge lachte verlegen und deutete auf die riesige Axt, die ihm der Opa hinhielt. »Das, das Ding pack ich doch gar nicht, das ist ja fast so groß wie ich ... aber nächstes Jahr geht's bestimmt.« Und ohne Luft zu holen, wechselte er das Thema: »Da steht eine Leiter an deinem Pflaumenbaum, Opa, darf ich mal hinaufklettern?«

Gregor wollte protestieren, er hatte seinen Sprössling schon mehrmals davon abhalten müssen, auf das wacklige Ding zu steigen. Aber der Alte nickte zu seiner Überraschung, reichte Rudolf die Axt und sagte zu Timo: »Das sind keine Pflaumen, mein Sohn, sondern Zwetschgen ... komm mit, wir schauen uns die Welt mal von oben an, du krabbelst als erster hoch und ich steige hinter dir her und pass auf dich auf.« Er nahm den schmächtigen Jungen bei der Hand und ging mit langen Schritten los, als hätte er einen Tagesmarsch vor sich und nicht nur fünfundzwanzig Meter.

Die Brüder sahen sich verdutzt an. »Da brat mir einer einen Storch«, platzte Gregor heraus, als sein Vater garantiert außer Hörweite war, »das ist ja ganz was Neues, unser Daddy entdeckt sein Herz für die Jugend!« »Meine geliebte Ingrid«, sagte Rudolf grinsend, »würde in dieser Aktion das erste Anzeichen dafür sehen, dass er selbst wieder kindisch wird ... aber was anderes, Bruderherz: Du rauchst doch bestimmt noch deinen Knaster?« »Hmm, ja, zwei bis drei Pfeifchen am Tag ... und du denkst, wer Rauch hat, hat auch Feuer und ich soll hier den Brandstifter spielen, damit endlich was auf den Grill kommt. Okay, ich such mir eine Zeitung oder sonst was Brennbares.«

Nach dem Essen scheuchte Ingrid die Kinder ins Haus, sie wollte so schnell wie möglich zur Sache kommen. »Euer Großvater hat bestimmt nichts dagegen, wenn ihr euch ein Stündchen vor den Fernseher setzt, hier draußen stört das ja nicht und bei uns würdet ihr euch nur langweilen.« Die Horde stürmte mit Gejohle davon. Der Alte ließ sich nicht anmerken, ob er Ingrids Eingriff in seine Befehlsgewalt missbilligte, falls er sie überhaupt verstanden hatte. Er verzog keine Miene und sagte kein Wort. Stattdessen nahm er aus einer der aufgesetzten Taschen seiner verwaschenen Strickweste – die muss von Karl dem Großen stammen, neckte ihn Rudolf immer – eine Zigarre, befreite sie umständlich von ihrer Hülle und zündete sie an, wobei ihm der Wind viermal das Zündholz ausblies.

Er wusste genau, welcher Kampf ihm bevorstand und er versuchte sich zu wappnen. Beim letzten Familientreffen an Weihnachten hatte das Biest Ruhe gegeben, wahrscheinlich hatte ihr Rudolf vorher einen Maulkorb verpasst. Diesmal würde sie ihn umso härter bedrängen und er würde einen schweren Stand haben. Er ahnte, dass sie sich alle vier gegen ihn verschworen hatten, nicht einmal sein Ältester würde ihm die Stange halten. Er paffte ein paar dicke Wolken in den Abendhimmel und sah ihnen nach, als gingen ihn die Welt und ihr Getriebe nichts an.

Sarah ergriff eine leere Salatschüssel, als Ingrids vernichtender Blick sie traf. Sie verzog die Lippen wie ein schmollendes Kind, stellte die

Schüssel jedoch gehorsam wieder zurück. »Ich weiß ja, dass du eine vorzügliche Hausfrau bist«, sagte Ingrid, »was man von mir leider nicht behaupten kann, aber sei so lieb und lass einmal fünf gerade sein, nachher machen wir uns gemeinsam ans Werk.« Und Gregor, der behäbig langsam und hingebungsvoll seine Pfeife stopfte, herrschte sie regelrecht an: »Und dich, lieber Schwager, würde ich bitten, deinen Knasterpott endlich in Brand zu setzen, wir brauchen dich nämlich ... oder glaubst du, du kriegst eine Erleuchtung, wenn du das Ding lange genug anstarrst?«

Das war Rudolf denn doch zu viel und er fuhr seinem Drachen in die Parade: »Halt mal die Luft an, Ingrid, so brennt's nun auch wieder nicht und ein abgefressener Tisch ist nicht gerade gemütlich. Los, alle Mann an die Ruder, dann ist das in zwei Minuten erledigt!« Er stapelte ein paar Teller übereinander, warf die Bestecke darauf und Sarah und Gregor, dankbar für die kleine Galgenfrist, packten ebenfalls zu. Nur Ingrid rührte sich nicht und sagte mürrisch: »Ich übernehme nachher das Spülen ... wenn wir jetzt alle gleichzeitig losrennen, treten wir uns gegenseitig tot, zwei sind schon zu viel in diesem Küchenkabuff.«

»Im Keller ist mehr Platz«, sagte der Alte und sah sie spöttisch an, »wie wär's, wenn du uns noch zwei Flaschen Wein heraufholst ... damit unsere Unterhaltung nicht so trocken wird.« Nichts, absolut nichts entgeht ihm, dachte sie, wenn er nur will und sich konzentriert. »Natürlich, gern, Vater«, sagte sie. Auf dem Weg zur Kellertreppe musste sie an ihm vorbei und plötzlich, er wusste nicht, wie ihm geschah, schlang sie die Arme um seinen Hals, presste ihre Wange an die seine und sagte mit erstickter Stimme: »Tut mir leid, wenn ich manchmal so, so garstig wirke ... ich will doch nur dein Bestes und die anderen sind immer so feige.« Bevor er sich von seiner Überraschung erholt hatte, war sie die Treppe hinunter gehuscht. »Wenn das ehrlich war ...«, murmelte er und fuhr sich über die stopplige Wange, als könne er dort dieser erstaunlichen neuen Erfahrung nachspüren und eine Antwort auf seine Zweifel erhalten. Sollte er sich jahrelang in diesem Weib getäuscht haben, war Rudolfs Frau nur äußerlich die

Megäre, als die sie sich meistens präsentierte, steckte in der harten Schale ein weicher Kern?

Seine Zweifel wurden auch dadurch nicht ausgeräumt, dass Ingrid sich nachher sehr moderat verhielt und Rudolf die Gesprächsführung überließ. Sarah hatte zwei Windlichter auf den Tisch gestellt, die Dämmerung war hereingebrochen und verlieh dem alten Backsteinhaus das Aussehen eines winzigen, verwunschenen Schlosses. Als alle saßen, ergriff Rudolf das Wort: »Vater, du weißt, dass uns deine Einsamkeit seit einigen Jahren nicht mehr geheuer ist. Wir fragen uns, ob du wirklich noch so gut zurecht kommst, wie du immer behauptest. Wir können das ja nicht beurteilen, wir kennen deinen Alltag und seine eventuelle Problematik nicht in allen Details, wir sind weit vom Schuss. Das ist der springende Punkt: keiner von uns wäre zur Stelle, wenn dir was passiert. Wir haben schon öfter darüber gesprochen und müssen das Thema nicht mehr vertiefen.«

»Ich habe ein gutes Gedächtnis, mein Sohn, ich kann mich durchaus erinnern, welche Schrecken ihr mir schon ausgemalt habt: ich könnte eine Treppe hinunterfallen und mir ein Bein brechen … oder das Genick, ich könnte mich beim Kochen verbrühen, ich könnte vergessen, das Gas abzudrehen oder mit meiner Zigarre die Bude in Brand stecken oder ich könnte über Nacht im Bett verrecken – das soll ja vorkommen – und keiner kriegt was davon mit.«

»Genau so ist es«, sagte Rudolf ungerührt, »und es hat keinen Zweck, es ins Lächerliche zu ziehen, alter Knabe. Und du musst auch nicht so anklagend gucken, du weißt genau, dass wir mitbekämen, wenn dir etwas zustoßen würde. Alle zwei, drei Tage ruft jemand von uns an, meistens zehnmal hintereinander, weil du dein Telefon nie mitnimmst, wenn du in den Keller oder in den Garten gehst … und dein Handy benutzt du überhaupt nicht. Das haben wir dir geschenkt, damit du auch außer Haus erreichbar bist … nur wäre es auf jeden Fall zu spät, wann und wie immer wir etwas von dir hören.« Sarah, die ständig mit ihrem Gregor haderte, weil die glühenden Funken aus seiner Pfeife schon manches Loch in Polster und Kleidungsstücke gebrannt hatten, mischte sich ein: »Wir wollen dir deine Zigarre nicht nehmen, ich weiß zur Genüge, dass ein brennender Tabakskrümel noch lange keine Feuersbrunst verursacht, aber …«

Der Alte hatte sich ihr zugewandt und sah sie mit zusammengekniffenen Augen an, als wolle er sagen, »auch du, mein sanftes Reh, gehörst also zu den Verschwörern« und sie verstummte erschrocken. Und dann brach es aus ihm heraus, hart und vorwurfsvoll: »Oh nein, ihr wollt mir meine Zigarre nicht nehmen und auch nicht meine Küche, meinen Keller, meinen Garten … und schon gar nicht meine Freiheit!« Und dann höhnte er: »Das alles gibt es ja im Altenheim auch, wie? Alles wie zu Hause. Und einen Haufen netter Pflegerinnen, die sich Tag und Nacht um einen kümmern und einen Haufen netter alter Knacker, die im Rollstuhl vor sich hin lallen und sabbern oder im Bett vor Schmerzen toben.« Er schwieg, streifte bedächtig die Asche seiner Zigarre ab, dann sah er sie der Reihe nach an und sagte fast flehend: »Ihr könnt doch einem kerngesunden Mann nicht zumuten, in so einer Hölle zu leben!«

»Niemand denkt an ein Altenheim, Vater«, sagte Gregor, »wir möchten dir vorschlagen, dich in einem Objekt für betreutes Wohnen einzukaufen, das ist nicht billig, aber du bist auch nicht arm. Dort wäre immer jemand in deiner Nähe und trotzdem wärst du dein eigener Herr.« »Und falls du das Haus verkaufen willst«, sagte Rudolf, »ruf mich an, dann komm ich für ein paar Tage rüber und wir machen uns einmal Gedanken, wie wir es auf Vordermann bringen könnten. Zurzeit sieht es ziemlich vergammelt aus, der Verputz müsste auf jeden Fall erneuert werden.« Ingrid hatte bisher geschwiegen, jetzt schaltete sie sich ein: »Überleg es dir in Ruhe, du würdest uns viel Kummer ersparen. Und wir wollen dich auch in keiner Weise bevormunden, wenn es um die Auswahl eines Hauses geht, aber guck dir wenigstens mal ein paar an.« Sie lächelte und fügte hinzu: »am liebsten wäre es uns natürlich, du würdest dir in Stuttgart oder Kiel eine Wohnung kaufen, aber das wirst du genau so wenig wollen, wie zu uns oder zu Gregor und Sarah ziehen.«

»Na, das kommt schon gar nicht in Frage, einen alten Baum verpflanzt man nicht … außerdem dürfte ich bei dir erst recht nicht rauchen, weil ich immer die Asche auf die Perser fallen lasse.« Er füllte sein Glas, hielt es mit ausgestreckter Hand, einer Hand, die noch kein Zittern kannte und sagte mit ungewohnter Feierlichkeit und zu ihrer maßlosen Überraschung: »Prost! Trinken wir auf meinen Fünfundachtzigsten … und auf den Entschluss, den ich soeben gefasst habe: Morgen suche ich mir die Adressen raus, alles, was in Saarbrücken in Frage kommt und lasse mir das Werbematerial schicken, sonst krieg ich ja doch keine Ruhe vor euch … dann sehen wir weiter!«

Im Haus schnarrte das Telefon, zweimal, dreimal, dann nichts mehr. Dieses Schnarren war der einzige Ton, den der Alte akzeptierte, als ihm Rudolf vor zwei Jahren ein tragbares Telefon installierte. Das ganze andere Gepiepse, Gefiepe und Geschrille, hatte er erklärt, würde ihn um den Verstand bringen. Seine Enkel fanden das Geräusch »einfach irre altmodisch«. »Da hat sich wohl einer verwählt«, meinte Gregor, »oder erwartest du noch Gratulanten?« Dr. Kuhnert verneinte und Rudolf setzte gerade an, ihm für seinen Entschluss zu danken, als Timo mit dem Telefon angerannt kam. »Für dich, ein Mann, Herr Nettelbeck«, rief er und drückte dem Opa das Gerät in die Hand, der es misstrauisch entgegennahm. Die meisten Anrufe, die nicht von der Familie kamen, waren von Idioten, die irgendwelche Umfragen veranstalteten.

Gregor griff sich Timo, als der wieder ins Haus flitzen wollte und fragte ihn leise: »Was war denn los, warum hat das so lange gedauert, bis du das Telefon gebracht hast?« »Ich, der Mann«, druckste der Junge, »ich hab ein bisschen mit dem Mann gesprochen … er hat gesagt, er will den Opa und ich hab gesagt, der Opa hat Geburtstag und da hat er gesagt, deshalb ruft er ja an, war das nicht richtig?« »Ist schon in Ordnung«, sagte Gregor freundlich und entließ ihn mit einem Klaps. Wie es sich anhörte, war der Anrufer aber doch kein Gratulant und Gregor verfolgte amüsiert das seltsame Gespräch. »Was?«, brüllte Dr. Kuhnert zum wiederholten Mal, »wer ist da?« »Du musst die Freisprechanlage einschalten, wenn du nichts verstehst«, flüsterte Ingrid, doch diesmal verstand er auch sie nicht und reagierte nicht. »Tut mir leid, ich kenne Sie nicht.« Pause. »Was? Ich praktiziere schon seit achtzehn Jahren nicht mehr, wie ...« Pause. »Darum geht's nicht? Worum dann?« Pause. »Was soll das sein? Nie gehört...« Rudolf wurde es zu bunt, kurz entschlossen nahm er seinem Vater das Telefon aus der Hand und sagte: »Entschuldigen Sie ...« Weiter kam er nicht, die Leitung wurde unterbrochen.

# 9

»So so, Opa Kuhnert feiert heute seinen Fünfundachtzigsten!« Wolf
Wernau erzählte es den Wänden seines Wohnzimmers. Wenn er allein war – und das war er fast immer – sprach er häufig laut, kom-
mentierte seine Handlungen mit einem »Dann wollen wir mal« oder
einem »Scheiße, warum funktioniert das nicht?« Er unterhielt sich
mit seinen sprechenden Geräten, den verschiedenen Uhren, dem Taschenrechner, dem Fieber- und dem Raumthermometer, der Waage,
dem Farberkenner, dem Blutdruckmesser und vor allem natürlich mit
seinem PC. Der besaß eine Sprachausgabe, die ihm verkündete, ob er
die richtige Taste anschlug und ihm jeden Text vorlas, mit dem er sie
fütterte. Und er konnte unter acht sehr gut verständlichen digitalen
Stimmen wählen, ob er »Bobby«, »Sally«, »Red« oder sonst jemand
hören wollte.

Nur eines konnte die Software nicht und dafür war Wolf dankbar:
Sie konnte ihm nicht antworten, wenn er sie beschimpfte und verfluchte. Eines Tages würde das auch noch kommen, Wolf hoffte, er
würde es nicht mehr erleben. Auch die Kolleginnen und Kollegen in
den Nachrichtenredaktionen des Hörfunks reagierten Gott sei Dank
nicht, wenn er ihre Sendungen lautstark mit unflätigen Bemerkungen
bedachte und ihnen erzählte, sie seien unheilbare Idioten, weil sie jeden blassen Furz irgendeines Ministerpräsidenten in den Äther ab-
ließen oder wenn er sich über ihren katastrophalen Sprachgebrauch
mokierte. Und mit besonderem Genuss verfluchte er Walpurga, wenn
sie etwas weggehext hatte, das er dann nicht auf Anhieb fand. Und
anschließend verfluchte er sich selbst und dann lachte er über sich

und noch mehr lachte er bei der Vorstellung, jemand könnte ihn sehen und belauschen. Es kümmerte ihn nicht, dass dieser Jemand ihn höchstwahrscheinlich für absonderlich und verschroben halten würde. Wolf fand es einfach herrlich, jeden Frust abreagieren und sich immer so aufführen zu können, wie einem gerade war. Vielleicht würde ihn ein heimlicher Beobachter und Mithörer um diese Freiheit beneiden, die er sich selbst nie leisten konnte, jedenfalls nicht in diesem Ausmaß und mit solcher Heftigkeit.

Natürlich hatte er nicht die Einsamkeit gewählt, als sie ihn aus dem tätigen Leben, der Berufswelt verbannten, weil er sich nach der Zwiesprache mit toten Gegenständen und abwesenden Personen sehnte. Und das war auch nicht der Grund, warum er auf den bequemen Luxus einer Ehe oder dauerhaften Partnerschaft verzichtet hatte, in der man Rücksicht nehmen musste ... in vielerlei Hinsicht. Was ihn lockte, was er schon immer geliebt hatte – Sonderling, der er wohl doch war – das war die Möglichkeit einer ständigen Zwiesprache mit sich selbst ... und mit seinen Büchern.

Nie war er sich darüber im Klaren, was ihn, seine Anschauungen, seine Prinzipien am meisten formte: die Beobachtung und Analyse seiner vielfältigen und vielspältigen Ichs und ihrer unterschiedlichen Erfahrungen und Kenntnisse ... oder die Beobachtung der »Anderen«, vor allem derer, die stets den Eindruck von Ausgeglichenheit, Selbstsicherheit und prägnanter Zuverlässigkeit bei der Bewältigung ihrer Probleme und der Darstellung ihrer absoluten Konformität vermittelten ... oder eben doch die Bücher.

Sicher, die Bücher logen. Die Erzeugnisse der Belletristik nur ein bisschen. Das waren Spiegel des Realen, Konstrukte, die häufig weit weniger verrückt waren als die Welt, in der wir leben. Und ihre Lügen waren harmloser als die des alltäglichen politischen und gesellschaftlichen Wahnsinns. Nein, die wirklichen, die echten, die bösen, gefährlichen Lügen, die stammten von den Philosophen, Ideologen, den Religions- und Sektengründern und manchmal auch von Wissenschaftlern, wenn sie sich von einem konkreten Forschungsgebiet weg zu abstrakten Denkmodellen verstiegen. Sie alle wollten allgemein gültige Systeme schaffen, indem sie das Universum auspressten wie eine Zitrone, den Extrakt mit den Ingredienzien ihrer Gelehrsamkeit, ihrer vorgeblichen Weisheit oder ihres Glaubens mischten und jedem, dem vor Begeisterung das Maul offen stand, schütteten sie ihr süßes Gift in den Rachen ... von wo es dann ins Gehirn stieg. Und doch, irgendein verwertbares Körnchen ließ sich aus jedem Buch herauspicken und deshalb liebte Wolf Wernau die Bücher und er sprach zu ihnen und sie sprachen zu ihm.

Er kam zurück aus seiner Gedankenwelt und ließ das Mobiltelefon, das er immer noch in der Hand hielt, in die Brusttasche gleiten. Vorsichtshalber hatte er nicht übers Festnetz telefoniert. Warum eigentlich »vorsichtshalber«? Alle Gespräche wurden inzwischen ein halbes Jahr lang gespeichert. Alle, von allen Bundesbürgern, das muss man sich mal vorstellen, dachte er. Da haben sie was zu tun, beim BKA, beim BND und was es sonst noch gibt und nicht zu vergessen bei unseren Freunden von der CIA. Nicht nur die Gespräche, die übers Festnetz geführt wurden, konnten sie speichern und bei Bedarf überprüfen und die Teilnehmer ermitteln, sondern auch die von Handys, wenn sie vertraglich angemeldet waren. Aber bestimmt nicht die von Kartenhandys, die man kaufen konnte wie jede andere Ware, ohne seine Personalien angeben zu müssen. Und selbst wenn, er würde ja keine kompromittierenden Gespräche führen. Sein Handy hatte ihm Gaby schon vor zwei Jahren gekauft und zum Stammtisch der Medienhaie mitgebracht. Nur, warum hatte er sich das alles überlegt, bevor er die Auskunft anrief? Wovor wollte er sich schützen?

Dr. Herbert Kuhnert, der Name war ihm sofort wieder eingefallen, ohne langes Nachdenken. Nur mit Dr. Hanuschs Vornamen hatte er seine liebe Not, bis er ihn aus seinem Gedächtnis hervorgekramt hatte. Egon? Erwin? Nein, Egon Erwin hieß der »Rasende Reporter«, Kisch, der beste Berichterstatter aller Zeiten und für ihn, Wernau, einst ein Jugendidol als er zum ersten Mal davon träumte, ein berühmter Journalist zu werden. Emil, so hieß der Hanusch!

Als er Kuhnerts Adresse erfuhr, war er leicht zusammen gezuckt. Menschenskind, der Mann wohnte ja nur zwei Straßen von ihm entfernt! Sogar an das Haus Nr. 17 konnte er sich noch erinnern, aus der Zeit – so lange war das gar nicht her – als er noch spazieren ging und seine Umwelt mit anderen, besseren Augen sah. Das Haus war von gleicher Größe und Bauart wie das seine und wahrscheinlich war auch die räumliche Aufteilung gleich oder zumindest ähnlich.

Kuhnert war der erste Arzt gewesen, der die Retinitis bei ihm erkannt hatte. Das war vor sechsunddreißig Jahren und Kuhnert, das wusste er nun, war damals neunundvierzig. Bald darauf war er zu dem wesentlich jüngeren Hanusch gewechselt. Nicht wegen Kuhnerts Alter, obwohl ihm das mit seinen eigenen siebzehn Jahren wahrhaft biblisch vorgekommen war. Es war die bärbeißige Art des Doktors, die ihn abschreckte, der Kasernenhofton, den er aus jedem Wort, jeder Anweisung herauszuhören glaubte. Bestimmt, hatte er damals gedacht, war der Kerl zu Ende des Krieges ein forscher Leutnant oder gar Hauptmann der Wehrmacht gewesen.

»So so, und heute feiert der Opa Kuhnert seinen Fünfundachtzigsten« wiederholte er und die Wände registrierten es stumm. Und er lebte immer allein, genau wie er selbst, hatte ihm der redselige Junge erzählt, der am Telefon war. Lebte allein und sie – offenbar die ganze Verwandtschaft, Kinder und Enkel – waren nur zum Geburtstag hergekommen, morgen würden sie wieder nach Hause fahren, nach Stuttgart und Kiel. Das alles hatte der Kleine in wenigen Sekunden herausgesprudelt, fast ohne sein, Wernaus Zutun, ohne dass er ihm gezielte Fragen stellte. Dann war der Alte selbst in der Leitung und Wolf hatte trotz aller Verständigungsprobleme mit dem Schwerhörigen erfahren, dass der genau wie Sigrid Wegmann noch nie etwas von einem Refsum-Syndrom gehört hatte.

Auch bei Wegmanns war er auf eine mitteilungsbedürftige Seele getroffen, eine Haushaltshilfe namens Olga. Dort hatte er schon am Nachmittag angerufen, von oben, von seinem Arbeitszimmer aus, nachdem Lisa mit einem Taxi davongefahren war, um ihre Koffer zu holen und Walpurga drunten die Küche aufräumte. Nein, Frau Dr. Wegmann war nicht zu Hause. Wenn ja, dann hätte er aufgelegt, ohne sich zu melden. Mit diesem Anruf wollte er doch nur kontrollieren, ob die Adresse stimmte, die er von der Auskunft bekommen hatte. Frau Doktor sei beim Arzt, wegen ihrer Migräne, hatte Olga erzählt. Sie wusste es nicht besser. Und den Herrn Doktor wolle er wahrscheinlich nicht sprechen, oder doch? Dann hatte sie gekichert und ihre Stimme hatte jenen dreckigen Unterton angenommen, den manche Leute bei diesem Thema an sich haben: Vielleicht wolle er mit dem Herrn Chefarzt reden, weil die Frau Gemahlin oder die Freundin ein Problemchen habe, das der Herr Chefarzt beseitigen solle? So ein Problemchen von zwei oder drei Monaten? Aber der Herr Doktor sei leider auch nicht da und die nächsten zehn Tage sowieso nicht zu erreichen und auch sonst nur selten zu Hause und schon gar nicht um diese Zeit. Sie war nicht zu bremsen, diese fürchterliche Olga, Wolf brauchte nur ab und zu etwas Unverständliches zu murmeln und das genügte, den Redefluss in Gang zu halten. Schließlich hatte er das Gespräch einfach abgebrochen, der Herr Müller, der er bei diesem Anruf war.

Vorhin, bei Kuhnert, war er dann Nettelbeck gewesen und für Hanusch, der auf dem Rotenbühl hauste, hatte er als Inkognito Malkowski gewählt. Das waren die Namen der drei Menschen, die er einmal auf den Tod gehasst hatte. Doch bei Hanusch hatte sich auch beim vierten Mal niemand gemeldet und so gab er es auf.

Welche dunkle Macht trieb ihn zu diesen Nachforschungen? Welchen Nutzen versprach er sich davon, die drei Ärzte auszuspionieren, die er früher konsultiert hatte, in einem Zeitraum von zwanzig Jahren? Bis vor fünfzehn Jahren, bis er keine Brille und keinen Augenarzt mehr brauchte? Schön, das rumorte in ihm, die Vorstellung, dass sie seinen jetzigen Zustand hätten verhindern können, dass sie also schuld daran waren, dass sein Körper mehr und mehr abwrackte, diese Vorstellung ließ ihn nicht los. Das absurde Verlangen nach Rache, nach einer wie auch immer gearteten Rache, beschäftigte ihn seit vier Wochen, seit er den Artikel im Internet gehört hatte. Und in den letzten Tagen hatte es sich zu einer fixen Idee verdichtet, die wie ein harter Klumpen in seinem Gehirn saß und an ihm fraß. Warum konnte er diesen Dämon nicht vertreiben? Warum konnte er die Geschichte nicht abhaken? Es war nun mal passiert … menschliches Versagen. Eine Schuld im juristischen Sinn, aus der man Ersatzansprüche ableiten oder mit der man ein Schmerzensgeld einklagen konnte, eine solche Schuld war hier nicht gegeben. Wenn jährlich rund siebzehntausend Menschen in der BRD an Ärztepfusch starben und die Verantwortlichen so gut wie immer freigesprochen wurden, wer würde dann ihm zu einem Recht verhelfen … und zu welchem?

Und jetzt war sowieso nichts mehr zu retten, er war zu alt. Er musste verrückt sein, wenn er Kuhnert, Hanusch und Wegmann nicht zu den erledigten Akten heftete und ein für alle Mal den Deckel schloss. Vielleicht tappte er schon am Rand des Kraters herum, in dessen Abgrund der Wahnsinn lauerte? Die Aktionen gestern und heute, der Besuch bei Sigrid Wegmann, die Telefoniererei und die Überlegung, dass kein Schnüffler die Gespräche zu ihm zurückverfolgen konnte, wenn er ein Kartenhandy benutzte … deutete das nicht alles darauf hin, dass er sich in einem Zustand totaler Verwirrung befand?

Lisa … warum hatte er ihr erlaubt, in sein Leben zu treten? »So würde ich es formulieren«, erklärte er einem unsichtbaren Gesprächspartner, »wenn ich zu kitschigem Pathos neigte.« Er hatte zugestimmt, dass sie bei ihm einzog – oder bei ihm unterkroch – weil er verliebt war und sie nicht mehr loslassen konnte, basta! Daran war nicht zu rütteln und er stand zu seinen Gefühlen, wenn sich der Einsatz lohnte. Doch heimlich und leise, im letzten Hinterstübchen seines Gehirns, hatte sich auch der Gedanke gemeldet, dass es gut für ihn war, seine Einsamkeit vorübergehend aufzugeben. Für wie lange, würde sich noch herausstellen. Lisa, schien ihm, war genau die Medizin, die er jetzt brauchte, um sich von seinen düsteren Stimmungen und seinen verworrenen, quälenden Rachevisionen zu befreien.

Es störte ihn nicht, was sie ihm da gebeichtet hatte. Den Hunger, die Gier nach einem besseren, nicht ganz so entbehrungsreichen Leben, die kannte er von seinem eigenen Studium. Zwar hatte er seinerzeit nicht mit ein bisschen Bafög herumgekrebst, Tante Trude hatte ihn nicht besonders knapp gehalten, aber es gab immer wieder Zeiten, da hatte er über die Stränge geschlagen, seinen Monatsscheck in zwei, drei Tagen verjuxt und anschließend einen Hilferuf an Tantchen senden müssen. Lisa hatte einen anderen Weg gewählt, einen Weg, der einem jungen Mann im Allgemeinen verschlossen ist. Wolf grinste bei der Vorstellung, es hätte damals Clubs gegeben, in denen aufgetakelte alte Weiber auf adonisgleiche Gigolos lauerten. Vielleicht gab es das ja, es war ihm nur nie eingefallen, danach zu suchen, um sich ein Zubrot zu verdienen. Lisa hatte sich also von einer Freundin, »die sich schon auskannte«, in Lokale und Clubs führen lassen, in denen gutsituierte ältere Herren auf attraktive junge Damen trafen, die sich gerne verwöhnen ließen. Na wenn schon! Natürlich war ihm Eifersucht nicht gänzlich fremd, auf die sexuelle Vergangenheit einer neuen Partnerin war er jedoch nie eifersüchtig gewesen. Diese Regung fand er lächerlich, absurd … oder tragisch, wenn sich Paare deswegen gegenseitig zerfleischten.

Und was die Ungereimtheiten in Lisas Geschichte betraf, die störten ihn vorläufig auch nicht. Er war zu lange Journalist gewesen, um nicht zu erkennen, wann eine Story nicht ganz koscher war. Lisa hatte die ihre ein wenig zu locker abgespult, vielleicht war ein Teil davon Seemannsgarn, vielleicht hatte sie das von Papa Arkoleinen geerbt. Auf jeden Fall, es klang hübsch einstudiert und was daran fehlte oder falsch war, das würde er mit der Zeit schon aus ihr herausbringen.

Sie hatten vereinbart, dass sie noch heute bei ihm einziehen und diese Nacht wieder auf dem Sofa verbringen sollte. Im Keller stand ein Bett, kein Klappbett, sondern ein richtiges, in seine Einzelteile zerlegt. Das würden sie morgen zusammenbauen und dann konnte sie bei ihm, neben ihm im Schlafzimmer nächtigen. Sie hatte das natürlich zurückgewiesen, das könne sie nicht annehmen, zu viele Umstände etc., doch er hatte ihr das Wort abgeschnitten und ihr erklärt, wenn er sich in ein Unheil stürze, dann immer gleich richtig, mit Haut und Haaren, er könne das nicht scheibchenweise. Worauf sie sich schnell und heftig auf dem schönen, alten Sofa liebten, auf die Gefahr hin, von Walpurga überrascht zu werden.

Dazu kam es jedoch nicht, um Viertel vor zwei rief er ihr ein Taxi und so war sie rechtzeitig aus dem Haus. Das war ihm lieber, da konnte er in aller Ruhe Walpurga darauf vorbereiten, dass sie Zuwachs bekämen. Das war nichts Neues, aber zwei Jahre war es jetzt doch schon her, dass er zum letzten Mal das Abenteuer einer Partnerschaft auf Probe riskiert hatte. Danach hatte er sich einen Safe gekauft. Und das war auch das Erste, worauf Walpurga anspielte.

Sie kannten sich seit vierzig Jahren. Tante Trude hatte Walpurga eingestellt, um sich mit Leib und Seele ihrem Job als Rektorin einer Grundschule zu widmen ... und der Erziehung ihres Neffen. Wolf war vierzehn, als er nach dem Tod seiner Eltern zu ihr kam. Inzwischen war Walpurga nicht mehr so alert wie früher, die hagere, knochige Frau musste ihren siebzig Jahren Tribut zollen. An ihrer Art hatte sich aber nichts geändert.

Sie sah ihn spöttisch an und sagte: »Dann pass schön auf dein Geld auf, Junge ... falls die Dame auch eine Elster sein sollte wie die letzte. Na ja, jetzt hast du ja einen Safe.« Dann schaute sie sich um, betrachtete das zerknüllte Bettzeug am Fußende des Sofas und den Tisch mit den Resten des Frühstücks und schnaubte: »Eine Schlampe ist sie auf jeden Fall!« Wolf protestierte: »Das war meine Schuld, ich hab ihr verboten aufzuräumen, wir hatten einiges zu besprechen ... und jetzt maul nicht, du alte Hexe, ihr werdet euch bestimmt vertragen, Lisa ist ein ausnehmend nettes Mädchen.« »Mädchen? Frisch aus dem Pensionat?« Wolf lachte: »So ungefähr.« »Hoffentlich ist sie nicht minderjährig ... und jetzt schaff dich aus dem Weg, damit ich diesen Flurschaden beseitigen kann.« Dann trat sie zu ihm hinter den Küchentisch, strich ihm übers Haar und sagte sanft: »Ich hoffe, sie tut dir gut, deine Lisa ... soll ich dich zur Laube führen? Es ist wunderschönes Wetter.« »Danke, das ist lieb von dir, aber ich muss an den Computer und wenn du mit dem Schlafzimmer fertig bist, leg ich mich ein bisschen hin.«

Stattdessen hatte er in seinem Arbeitszimmer Detektiv gespielt und nachdem Walpurga gegangen war, setzte er das Spiel im Wohnzimmer fort. Und droben standen die beiden Koffer von Lisa. Das Geld für die Taxifahrten hatte er ihr gegeben – zum Hotel und zurück und dann zum Iren und zurück – und weil ihm das irgendwie peinlich vorkam, hatte er ihr versichert, das sei keine Bezahlung für geleistete Dienste. Später schalt er sich für die blöde Bemerkung. Lisa hatte erwidert, so fasse sie es auch nicht auf und dann hatten sie ihren Pakt noch einmal mit einem langen Kuss besiegelt.

Wolf war kein Krösus, was ihre Gönner ihr in Berlin geboten hatten, würde er ihr sicher nicht bieten können. Unvermögend war er jedoch nicht. Als seine Eltern bei einem Busunglück ums Leben kamen, hatte Tante Trude als sein Vormund das Elternhaus verkauft und den Erlös zusammen mit einer kleinen Barschaft gut angelegt. Von der Tante hatte er noch ein hübsches Sümmchen dazu geerbt sowie ein bezahltes Haus. Dann war da auch noch die Abfindung von seiner Firma und seine Rente war akzeptabel. Im Rahmen seiner Ansprüche brauchte er sich wirklich keine finanziellen Sorgen zu machen und wie teuer ihn Lisa zu stehen kam, das würde er selbst bestimmen.

Er drückte seine Zigarette aus und überlegte, ob er noch ein Bierchen trinken sollte. Kein alkoholfreies. Hannes' Guinness, das bestätigten auch die anderen Medienhaie, erzeugte offenbar einen besonders starken Nachdurst. Er ließ sich von seiner Armbanduhr die Zeit ansagen, es war kurz nach zehn. In ungefähr zwei Stunden würde Lisa da sein. Und plötzlich ritt ihn der Teufel. Vielleicht würden ihm ihre Koffer ein wenig von den Geheimnissen verraten, die er hinter ihrer Geschichte witterte. Er konnte nicht widerstehen und fuhr nach oben. Die Koffer waren von mittlerer Größe, sie liefen auf Rollen, er zog sie ans Bett und legte sie darauf, einen links, einen rechts und setzte sich dazwischen.

Er befühlte sie und kam zu dem Schluss, es müsse sich um echtes Leder handeln. Keine Schrammen, keine Aufkleber, die Kanten waren nicht verstoßen … entweder waren sie brandneu oder zumindest kaum benutzt. Die Schlösser waren von schlichtester Bauart, mit einer aufgebogenen Büroklammer löste er das Problem.

In dem einen Koffer ertastete er Kleidungsstücke, deren Stoffe ihm sehr gediegen, wenn nicht gar teuer vorkamen und hauchdünne, seidene Wäsche. Das würde aufregend sein, sich die eine oder andere Kollektion im Scheinwerferlicht vorführen zu lassen, mit der Besitzerin als Model. In dem anderen, der wesentlich schwerer war, fand er Schuhe, Gürtel, ein Reisenecessaire und ein Aktenköfferchen mit

Zahlenschloss. Dass er die Koffer geöffnet hatte, würde sie nicht merken, die Schlösser waren nicht beschädigt und würden sich wieder zudrücken lassen. Aber daran würde er sich nicht vergreifen, das musste man aufbrechen, wenn man die Kombination nicht kannte. Spielerisch glitt seine Hand über den linken Schnapper und er sprang auf. »Kind Gottes«, stöhnte Wolf, »dir muss es ja unter den Nägeln gebrannt haben!« Das Schloss war nicht verriegelt, sie hatte vergessen, das Rad für die Zahlenkombination umzudrehen.

In dem unversiegelten Tabernakel war … Geld, Geld, Geld! Verwirrt griff er einen der Scheine heraus und prüfte seine Abmessung. Die Größenordnung war ihm unbekannt. Zweihundert Euro, fünfhundert Euro? Wenn Walpurga ihm Bargeld mitbrachte – sie besaß eine Vollmacht von ihm – achtete sie darauf, sich maximal Fünfziger auszahlen zu lassen. Tausende, zig Tausende schleppte Lisa mit sich herum, ließ sie in einem Hotelzimmer zurück – falls das stimmte – und sperrte sie nicht ein, das süße, dumme Luder. Waren ihre Liebhaber so großzügig gewesen, verdiente man so viel für gelegentliche Dienste als Gesellschafterin?

Er wandte sich wieder dem anderen Koffer zu und diesmal prüfte er seinen Inhalt genauer. Schmuck … die Herren ließen ihre Begleiterinnen doch nicht mit blanken Dekolletés, unbereiften Armen und unberingten Fingern herumlaufen. Die Öhrchen nicht zu vergessen. Doch er konnte kein Geschmeide entdecken. Vielleicht, dachte er, hat sie das Gerümpel bei ihrem überhasteten Aufbruch vergessen. Dann wollen wir hoffen, dass es nicht in ihrer Bude in einer Schublade liegt, sondern in einem Banksafe. Oder es ist nicht viel und sie trägt es immer bei sich. Dann stieß seine Hand auf etwas Hartes, eingewickelt in ein Handtuch und noch bevor er den Gegenstand auspackte, wusste er, was es war.

Entsetzt wog er den Revolver auf der Hand. Das war kein Spielzeug. »Damit kann man töten!«, hörte er sich sagen und der Satz dröhnte in seinem Kopf und plötzlich sah er vor sich eine Druckerpresse, die Zeitungen ausspie, schneller und immer schneller und auf jeder stand nur das eine Wort: »Töten.«

Hätte er damals geschossen, vor dreizehn Jahren, wenn er so einen Totmacher bei sich getragen hätte? Als er vor seinem Chef saß und der ihm eröffnete, mit einer Stimme, die von Mitleid ölig troff, man habe leider festgestellt, dass ihm seine Behinderung doch wohl mehr zu schaffen mache, als dies bei seiner Einstellung abzusehen war. »Selbstverständlich, lieber Wernau, konnten sie nicht wissen, dass sich ihre Sehkraft in … hmm, so kurzer Zeit so deutlich verschlechtern würde. Aber …« – eine sehr lange Pause – »Sie werden auch uns verstehen, in unserem Job heißt es Tempo, Tempo und nochmals Tempo, das muss ich ihnen nicht erzählen. Und mit diesem Tempo können sie … hmm, leider, leider offenbar nicht mehr so ganz mithalten. Schon zweimal – er blickte auf einen Zettel und korrigierte sich – nein, dreimal mussten wir auf einen ihrer wertvollen Beiträge verzichten, weil er bei Redaktionsschluss nicht fertig war.«

»Sabotage«, erklärte Wolf kühl, »jemand hat meine Datei gelöscht, als ich mal pinkeln war.« Es war, als hätte er seine Verdächtigung in den Wald gesprochen. Alles war längst geregelt, alles war hinter den Kulissen, hinter seinem Rücken erledigt worden, er war erledigt, die Geschäftsführung hatte beschlossen, ihn zu entsorgen. »Wir schlagen ihnen eine Abfindung vor, die Höhe … nun ja« – ein Lächeln, das um Verständnis warb – »die lassen wir am besten von unseren Anwälten aushandeln, nicht wahr? Wir werden ihnen entgegenkommen, so weit es irgend möglich ist, das darf ich ihnen zusagen … und bei der Beantragung ihrer Rente sind wir ihnen natürlich gerne behilflich.« Das Schwein wusste sogar schon, wie viel Erwerbsunfähigkeitsrente er bekommen würde.

Trotzdem, den Chefredakteur hätte er nicht erschossen. Wenn er jemanden umgebracht hätte, dann die Kollegin Nettelbeck und die Kollegen Müller und Malkowski, die gegen ihn intrigiert und ihn hinaus gemobbt hatten. Warum, wusste er nicht einmal ganz genau. Jedenfalls nicht, warum sie sich zusammengerottet hatten, wie der Mob, von dem das Wort Mobbing stammt. Nur die Nettelbeck durfte sich berechtigte Hoffnungen auf seinen Job als Ressortleiter machen, die beiden anderen konnten bloß Mitläufer gewesen sein, Idioten, die sich aufhetzen ließen, weil ihnen irgendetwas an ihm nicht gefiel.

Wieder wog er die Waffe auf der flachen Hand. Ein schweres Gerät, fast ein Kilo, schätzte er. Da braucht man Kraft und eine ruhige Hand, wenn man damit zielen will, ohne zu zittern. Die Kraft besaß er noch, die Muskulatur seines Oberkörpers trainierte er täglich. Langsam hob er den rechten Arm und hielt den Revolver ein paar Sekunden im Anschlag, dann ließ er den Arm wieder sinken. Also, wie war das: Hätte er die Nettelbeck umgelegt oder sogar alle drei, wenn er damals so einen Colt besessen hätte? Nein, vermutlich nicht … obwohl der Hass noch monatelang in ihm brannte, das Leben ihm vergällt war und er von einer Depression in die andere fiel. Und wie oft hatte er ihren Tod in Gedanken durchgespielt!

Plötzlich hob sich sein Magen und er hatte das Gefühl, er müsse sich im nächsten Moment übergeben. Ihm war, als hätte ihn ein Mahlstrom erfasst und hinuntergezogen in die Tiefe, in die Hölle einer furchtbaren Erkenntnis. Schlagartig wurde ihm klar, warum er damals nicht gemordet hatte: Genau wie gestern Morgen im Bett – ja, länger war das noch nicht her – hatte er sich die ironische Frage gestellt, wie er, ausgerechnet er, einen Menschen töten könne. Und beide Male war es ihm gelungen, sich zu betrügen, sich vorzugaukeln, er sei ausschließlich aus moralischen Gründen nicht dazu fähig.

Als er Lisas Revolver im Anschlag hielt, ruhig und sicher wie irgendein Killer oder Bulle im Fernsehen, da hatte sich ein Vorhang gelüftet und die Wahrheit preisgegeben, die sein Unterbewusstsein, vermutlich in ängstlicher Sorge um seine geistige Gesundheit, bisher vor ihm geheimgehalten hatte: Er war nur deshalb nicht zum Mörder geworden, weil er es wegen seiner Behinderung für unmöglich hielt, die Tat auszuführen. Obwohl er damals noch viel besser sah und beweglicher war. Das hieß im Umkehrschluss: Wäre er in bester körperlicher Verfassung gewesen, hätte er es getan und sich wie jeder Mörder eine Chance ausgerechnet, unentdeckt davonzukommen.

Und nun, da er so gut wie blind war und fast lahm, plante dieses gleiche Unterbewusstsein drei Morde, sozusagen ohne es ihm mitzuteilen? Er ließ die Koffer geöffnet auf dem Bett und fuhr mit dem Treppenlift nach unten. Der Lauf des Revolvers ragte aus seiner Brusttasche und als er die Waffe herauszog, um sie unter einem Sofakissen zu verstecken, ging es ihm wieder durch den Kopf: Damit kann man töten.

# 10

Er holte sich ein Bier aus dem Kühlschrank und als er wieder ins Wohnzimmer trippelte, mit einer Hand die Flasche umklammernd, mit der anderen den Barhocker vor sich her schiebend, sagte er höhnisch: »So viel zum Thema Selbsterkenntnis!« Dabei presste er die kleine Bierflasche so fest zusammen, dass sie zu zerspringen drohte. Er merkte es noch rechtzeitig und lockerte den Griff.

Auf dem Sofa setzte er sich neben das Kissen, unter dem der Revolver lauerte. Er zündete sich eine Zigarette an und während er in langen Zügen rauchte, versuchte er seine Gedanken zu ordnen. Plötzlich kroch seine Hand, ohne dass er es wollte, unter das Kissen. Vorsichtig, fast zärtlich berührten seine Finger den Stahl, der sich keineswegs eiskalt anfühlte, wie er erwartet hatte. Er ertappte sich dabei, wie er mit den Kuppen von Zeige- und Mittelfinger den Lauf streichelte, der ihm warm und geschmeidig vorkam und eine Kraft ausströmte, die sich auf ihn zu übertragen schien. Er erschauerte und zog die Hand zurück, als hätte er sich verbrannt. »Schon recht«, murmelte er, »ich werde auf dich aufpassen, ich bin Fafnir der Drache, der seinen Goldschatz hütet.«

Da hatte er seine Fehler und Tugenden gemessen und gewogen und war zu der Überzeugung gelangt, die Schalen auf der Waage seines Charakters befänden sich ungefähr im Gleichgewicht. Auf der einen Seite seine Neigung zu cholerischen Ausbrüchen ... auf der anderen seine Fähigkeit, sie im Zaum zu halten, sie auf seine eigenen vier Wände zu beschränken und sie mit eiserner Energie in der Öffentlichkeit gänzlich zu unterdrücken. Hier seine Spottlust, sein Sarkasmus ... da seine Toleranz und seine Gutmütigkeit, die es ihm erlaubten, den Spott anderer hinzunehmen und sogar darüber zu lachen. Oh ja, das rechnete er sich als besondere Tugend an, dass er auch über sich selbst lachen konnte. Und dann war da noch seine Wut auf die Herrschenden und seine Angst vor Menschen, denen er maximal das geistige Niveau des Homo erectus zugestand, Menschen, die durch ihre Habgier, ihre Machtgeilheit und die grenzenlose Arroganz der Unfähigkeit den Globus in die Hölle ritten … und dem gegenüber standen seine Einsicht in die eigene Ohnmacht und die bittere Erkenntnis, dass er sich nie an einem Versuch beteiligt hatte, die Verhältnisse zu ändern. Weil er der Meinung war, der Mensch sei noch nicht reif für den Übergang vom Zeitalter des Kampfes und der Ausbeutung zum Zeitalter des Friedens und des Teilens.

Wolf starrte geradeaus in die Küche, wo er hinter dem verschwommenen Deckenlicht das Fenster wusste und eine irre Lust packte ihn, den Revolver auszuprobieren und eine Scheibe zu zerballern. Vielleicht war das Ding ja gar nicht geladen. Er seufzte und trank in einem einzigen langen Zug die kleine Flasche leer. Da hatte er also alles bedacht beziehungsweise geglaubt, er hätte alles bedacht und dabei doch eines vollkommen außer Acht gelassen: seinen fatalen Hang zu irrationalem Handeln, der ihn begleitete, seit er denken konnte. Die gleiche rigorose Irrationalität, welche die Entscheidungen von Politikern und Managern beeinflusste, hatte immer wieder in sein Leben eingegriffen, dieser uralte menschliche Makel hatte auch bei ihm Entscheidungen gesteuert, die jeder Vernunft spotteten. Nur, dass er damit niemandem schadete außer sich selbst.

Als er mit fünfundzwanzig erfuhr, dass seine Kniegelenke durch eine Früharthrose bereits stark lädiert waren, dass er nicht nur irgendwann erblinden, sondern höchstwahrscheinlich auch im Rollstuhl sitzen würde, da hätte er sofort alle sportlichen Aktivitäten einstellen müssen, die diese Gelenke über Gebühr belasteten. Aber er war noch zu jung, sein Bewegungsdrang noch zu ausgeprägt – und außerdem war er ein sturer Hund – und so hatte er alle Warnungen in den Wind geschlagen, hatte weiter Tennis gespielt und war Ski gefahren.

Das schlimmste Beispiel für irrationales Verhalten war jedoch seine Bewerbung auf die Stelle eines Ressortleiters »Politik und Wirtschaft« bei einer Tageszeitung in Thüringen. Nach dem Studium hatte er bei einer Klitsche in Rheinland-Pfalz angefangen, wo er als Redakteur für einen Gemischtwarenladen zuständig war. Eigentlich für alles außer Sport und Kultur. Sogar für die Verbrechen in der Region, aufregende Geschichten von Ladendiebstählen und Überfällen auf Tankstellen.

Fast acht Jahre dämmerte er bei diesem Kreisblättchen vor sich hin – die Situation auf seinem Arbeitsmarkt war miserabel – und er hatte schon fast alle Ambitionen aufgegeben, als er nach der Wende auf die Stellenausschreibung einer Zeitung stieß, die nicht nur einen Landkreis, sondern das ganze neue Bundesland Thüringen bediente. Immerhin. Für die Ossis schien damals jeder eine Art Wundertier zu sein, der aus dem Westen kam und prompt boten sie ihm den Job an, auf den er sich eigentlich nur aus Jux beworben hatte. Und prompt nahm er ihn an.

Wider jede Vernunft, ohne zu überlegen gab er seinem lange unterdrückten Hang zu sinnlosen Abenteuern nach. Er glaubte sogar an die Chance – man hatte das beim Einstellungsgespräch durchblicken lassen – er könne bald zum stellvertretenden Chefredakteur aufsteigen. Keinen Gedanken hatte er an die Probleme verschwendet, die unweigerlich auf ihn zukommen würden, die Ablehnung eines Eindringlings in die Reihen der altgedienten Genossen und vor allem der Neid der Übergangenen.

Die euphorische Stimmung, in der er sich damals befand, warf jede Vorsicht über den Haufen und für einige Zeit gab er sich mal wieder der Illusion hin, der Mensch sei grundsätzlich gut. Bis er eines Besseren belehrt wurde. Zum Trost hatte ihm die Geschäftsleitung nicht nur eine schöne Abfindung gezahlt, sondern ihm auch angeboten, als freier Mitarbeiter eine monatliche Kolumne zu schreiben. Was er trotz seines Zorns und seiner maßlosen Enttäuschung annahm … um in der Übung zu bleiben.

Und was war mit den Frauen, denen er nicht widerstehen konnte, denen er sich meist sofort und fast bedingungslos auslieferte? »Da bin ich ausnahmsweise kein Sonderfall«, sagte er und erhob sich, um noch einmal zum Kühlschrank zu wandern. Die meisten Männer durften sich damit trösten, dass ihr irrationales Verhalten gegenüber dem weiblichen Geschlecht hormonell bedingt ist. »Schwanzgesteuert«, sagen nicht nur böse Emanzen, sondern auch Frauen, die diesem Naturereignis mit Verständnis und Wohlwollen begegnen.

Lisa ... sogar einen Haustürschlüssel hatte er ihr schon gegeben. Lass Lisa noch beiseite, ermahnte er sich, dazu kommen wir gleich. Klären wir erst mal die Sache mit dem Revolver. Konzentrier dich, Wolf, keine weiteren Abschweifungen, es geht um eine existenzielle Frage: Bin ich ein potentieller Mörder? Als sich meine Hand um die Waffe schloss und sich der Finger vor den Abzug legte, hat sich da tatsächlich eine Fallgrube geöffnet und mir einen Blick in mein tiefstes, verborgendstes Inneres gewährt?

Wütend packte er den Revolver, zielte auf das Küchenfenster und sagte laut und vernehmlich: »Damit kann man töten ... man muss aber nicht!« Es klang wie eine Beschwörungsformel für einen Exorzismus, ein verzweifeltes »Vade retro, Satanas!« und die Wirkung blieb nicht aus. Als er den Verführer wieder versteckte, war er sicher, dass er einer Sinnesverwirrung zum Opfer gefallen war, dass ihm ein Teufel aus der Welt des Irrationalen einen Streich gespielt hatte.

Natürlich war er ein potentieller Mörder ... wie jeder Mensch. Und wie jeden Menschen schützten auch ihn die Kontrollmechanismen, die uns daran hindern, die Schwelle vom Gedanken zur Tat zu überschreiten. Bei einigen fehlt diese Kontrolle. Es sind jedoch bei Weitem nicht so viele, wie man annehmen könnte, wenn man sich die Taten sämtlicher Bösewichter in Literatur, Film und Fernsehen vergegenwärtigte.

Wenn die alle herausgesprungen kämen aus Büchern, Leinwänden, Mattscheiben und Bildschirmen! Die Vorstellung erheiterte ihn und er fühlte, wie sich der Sturm legte und er allmählich zur Ruhe kam. Nein, er war nicht mehr und nicht weniger gefährdet als jeder Mensch, der sich mit Mordgelüsten trug – vielleicht ein oder zwei Mal im Leben – und sie dennoch nie in die Tat umsetzte. Ob aus moralischen

Gründen oder aus Furcht vor Entdeckung, aus Kleinmut, weil ihm die Kaltblütigkeit fehlte oder weil er einfach nicht wusste, wie er einen Mordplan realisieren konnte, wie man zum Beispiel in den Besitz von Gift oder einer Schusswaffe gelangte … das war unerheblich, es lief doch nur auf eines hinaus: Man mordete nicht, normale Menschen mordeten nicht! Und dass er, Wolf Wernau, normal war, daran musste er glauben, daran musste er sich klammern und durfte sich nicht von Chimären in den Wahnsinn treiben lassen.

Lisa … wie kam sie zu einem Revolver? Lisa, die schätzungsweise hunderttausend Euro besaß und für lumpige acht Euro die Stunde zum Iren jobben ging. War sie verrückt? Nicht verrückt in einem harmlosen, liebenswürdigen Sinn, sondern wirklich geisteskrank, vielleicht schizophren? Das war nicht auszuschließen, nachdem sie ihm zuerst eine ziemlich wacklige Geschichte präsentiert hatte und ihm dann den Beweis für die Unwahrheit ihres phantasievollen Lügengespinstes frei Haus geliefert beziehungsweise ins Schlafzimmer gestellt hatte. Wer log, setzte üblicherweise alles daran, jeden Beweis für seine Unglaubwürdigkeit verschwinden zu lassen!

Andererseits kannte Lisa die Männer gut genug, um zu wissen, dass er ihr jetzt schon verfallen, ja fast hörig war und sie hatte guten Grund zu der Annahme, dass Wolf ihr jedes Wort glauben, ihr vertrauen und sie nicht ausspionieren würde. Leider stand seinem Vertrauen das Misstrauen des Journalisten gegenüber jeder ungewöhnlichen Story im Wege. Wäre Lisa aus einem bekannten Umfeld heraus und mit einem unverdächtigen Hintergrund in sein Leben getreten, dann hätte er niemals Verdacht geschöpft. So war es bei seiner letzten Flamme gewesen, die sozusagen mit besten Referenzen ausgestattet war. Und die hatte ihn beklaut! Na ja, vielleicht war sie Kleptomanin, die Ärmste.

War Lisa eine Bankräuberin? Auch dieser Gedanke belustigte ihn. Er sah sie vor sich, den Wasserfall der silbrig-blonden Mähne unter einer Strickmütze verborgen mit vorgehaltenem Revolver in eine Bank stürmend. Und wie würde er sich verhalten, wenn sie ihm nachher tatsächlich einen Bankraub gestand? Würde er sie als braver Bürger sofort der Polizei ausliefern oder würde er ihr Schutz und Unterschlupf gewähren? Vermutlich letzteres, dachte er, obwohl ihm dabei mulmig wurde. Er würde es tun, nicht nur, weil er besessen war von dieser Nixe oder Hexe, sondern weil seine Sympathien seit jeher den Räubern galten und nicht den Banken, deren Vorstände er für die wahren Verbrecher hielt. Er wusste natürlich, dass dieses schlichte Denkschema – hier Robin Hood und Schinderhannes, dort die Bösen – geradezu schwachsinnig war, ein Relikt aus Kindertagen und Kinderträumen, von dem er sich nicht befreien konnte … oder wollte.

Und was, wenn Lisa nicht nur eine Räuberin, sondern auch eine Mörderin war? Wenn sie zu denen gehörte, die bedenkenlos die Schwelle überschritten, die zu überschreiten er so sehr fürchtete, dass ihm vorhin schlecht geworden war? Er merkte, dass er in immer kürzeren Abständen die Zeitansage drückte. Sie musste bald da sein. Er würde nicht hören, wie sie die Haustür öffnete, die war zu weit entfernt und außerdem war die Tür zum Flur geschlossen. Er würde ihre Anwesenheit erst registrieren, wenn sie ins Wohnzimmer trat. Von seiner leichten Schwerhörigkeit hatte er ihr noch nichts erzählt und sie war ihr auch noch nicht aufgefallen. Lisa hatte eine helle, klare Stimme und ihre Aussprache war sehr akzentuiert, so dass er sie ausgezeichnet verstand. Die meisten Probleme hatte er ohnehin mit sonoren Männerstimmen, die sich im unteren Frequenzbereich der Tonskala bewegten.

»Hallo, Liebling, da bin ich.« Sie stand bereits vor ihm, in Gedanken versunken, war ihm sogar das Öffnen der Wohnzimmertür entgangen. Sie beugte sich zu ihm hinunter und küsste ihn und er presste sie an sich wie ein Ertrinkender, der sich verzweifelt an die Planke klammert, die ihn retten soll. Sie löste sich sanft aus der Umarmung. »Du brichst mir ja alle Gräten im Leib«, sagte sie lachend, »ich bin kein zartes Lieschen, aber du hast Kräfte wie ein Bär … und jetzt muss ich ganz schnell Pipi und mich ein bisschen frisch machen.«

»Dazu musst du ja nicht ins Bad«, sagte er hastig, noch immer benommen von ihrem plötzlichen Auftauchen, »wenn Frauen in einem Badezimmer verschwinden, kann es Stunden dauern, bis sie wieder erscheinen.« »Ich weiß«, rief sie vom Flur her, an der Tür zur Toilette,

»in zwei Minuten bin ich fertig, nur eine kleine Katzenwäsche.« Dann hörte er sie singen: »Mull of Kintyre, oh mist, rolling in from the sea …«

Paul McCartneys alter Hit lief mindestens dreimal am Abend bei Hannes und wenn ihm besonders »irisch« zumute war, noch öfter. Der Ohrwurm hatte sich in Lisas Gehirn gebohrt und ließ sie nicht mehr los. Leise, wie durch einen Nebel auf offener See vernahm Wolf den Gesang der Sirene. Dann sah er sie: bösartige Nymphen mit Vogelleibern, die den Seemann ins Verderben lockten. Und deshalb ließ sich Odysseus am Mast festbinden, damit er nicht der Versuchung erlag, sich in die todbringenden Fluten zu stürzen, um zu ihrer Insel zu schwimmen.

Es dauerte tatsächlich höchstens fünf Minuten, dann war sie wieder im Wohnzimmer und fragte: »Gibt's noch ein Bier? Ich hab schon Läuse im Bauch, so viel Wasser hab ich heute Abend getrunken.« Er nickte und wollte gerade sagen: »Hilf mir morgen daran denken, dass ich Getränke bestelle.« Doch dann fiel ihm ein, dass es vielleicht kein Morgen mit Lisa geben würde und er verschluckte den Satz. Sie wollte sich neben ihn aufs Sofa setzen, als er sie bat, gegenüber im Sessel Platz zu nehmen. Es klang fast wie ein Befehl und sie gehorchte erstaunt.

»Ich muss dir was erzählen«, sagte er und seine Stimme schien ihm fremd, rau und heiser und es gelang ihm nicht, den Kloß hinunterzuwürgen, der in seiner Kehle steckte. Der Magnet unter dem Kissen zerrte an seiner Hand und es kostete ihn Mühe, diese Hand nicht nach dem Revolver, sondern nach einer Zigarette auszustrecken. Warum willst du die Entscheidung hinauszögern?, fragte er sich und von einer anderen Stimme in seinem Inneren erhielt er sofort die Antwort: Weil du ein Feigling bist, weil du Angst hast, sie zu verlieren, wenn du ihre wahre Geschichte erfährst, aber irgendwann musst du sie dazu zwingen. Du hast ja recht, beschwichtigte er seinen Ratgeber, gleich werd ich's tun, lass mir nur noch einen Augenblick Zeit.

Er zwang sich zu einem Lächeln und sagte: »Erzähl du erst mal, wie war die zweite Schicht?« »Oh je«, sagte sie mit verkrampfter Heiterkeit, »gestern, das war das reinste Honigschlecken gegen heute … heute war irgendwie die Hölle los, ich hab mir die Fersen wund gelaufen. Aber ich darf nicht klagen, ich sollte froh sein, dass ich so schnell einen Job gefunden habe.« Obwohl du ihn nicht nötig hast, dachte Wolf und es zerriss ihm das Herz, wie sie an ihrem Lügengebilde festhielt und weiter die Rolle spielte, in die sie geschlüpft war. Sei nicht unfair, ermahnte er sich, du hast dich auch verstellt und sie in dem Glauben gelassen, du würdest ihr ihre Story abkaufen ... wir sind doch alle Schauspieler, der eine mehr, der andere weniger.

Eigentlich hatte er ihr den Revolver nur zeigen wollen, doch das Wort Schauspieler brachte ihn auf einen bösen Gedanken und er beschloss ihr eine fürchterliche Angst einzujagen, in der Hoffnung, dadurch das Bollwerk ihrer Abwehrmechanismen radikal und schnell zu durchbrechen. Er drückte die angerauchte Zigarette aus und im nächsten Moment, sie hatte die Bewegung kaum wahrgenommen, sah Lisa die Pistole auf sich gerichtet und schrie: »Nein!«

»Peng, du bist tot!«, sagte Wolf ungerührt, »Dein Text war richtig ... wer spricht in welchem Stück diesen Dialog?« »Wolf, ich ...« Sie sah in die versteinerte Miene und die zusammengekniffenen Augen, die sie anstarrten und sie fragte sich, wie diese Augen blind oder so gut wie blind sein konnten, fragte sich, ob er ein Simulant war, obwohl er dann verrückt sein musste, wenn er eine solche Komödie aufführte ... Alles Mögliche ging ihr durch den Kopf und als sie sich endlich fragte, ob er schießen würde, wenn sie sich bewegte, wenn sie aufsprang oder sich vom Sessel fallen ließ, da legte er die Waffe neben sich.

»Das war eine Szene aus dem Stück *Wer hat Angst vor Virginia Woolf* von Edward Albee«, sagte er, als doziere er vor einer Klasse. »Allerdings richtet George keinen Revolver auf Martha, sondern eine Flinte. Sie kreischt »Nein!« und er sagt »Peng, du bist tot« und dann springt ein Blumenstrauß aus dem Lauf ... es ist furchtbar komisch, das heißt, mehr furchtbar als komisch.«

»Es, es ist eine Pistole«, sagte Lisa töricht, »kein Revolver ... eine Parabellum.« »So? Ach ja, ich glaube, da gibt es einen Unterschied, hab ich mal gelesen ... nachher musst du mir ihn erklären.« »Wie, was, wieso?« Mehr brachte sie nicht heraus, die Zunge klebte ihr am Gaumen, sie schwankte zwischen Hoffnung, Erleichterung und Angst und wusste nicht, welches Gefühl die Oberhand gewinnen würde.

»Du möchtest wissen«, fuhr Wolf fort, »wie ich in den Besitz deines Eigentums gelangt bin … zu Recht, zu Recht! Ich habe mich zu einer ungesetzlichen Handlung hinreißen lassen und deine Koffer geöffnet.« Sie holte tief Luft, aber er ließ sie nicht zu Wort kommen. »Lass mich bitte ausreden«, sagte er freundlich, »ich habe sie geöffnet – es ging übrigens ganz einfach, mit einer Büroklammer, die Schlösser sind unversehrt – weil du mir heute Mittag eine Fabel erzählt hast … und das ist natürlich keine Basis für ein Zusammenleben. Vor allem deine unsinnige Angst hat mich stutzig gemacht, ein Zuhälter würde dich von Berlin bis Saarbrücken verfolgen, weil du dich geweigert hast, in seinen Rennstall einzutreten. In dem einen Koffer fand ich diesen, hmm, diese Pistole und in dem anderen ein kleines Vermögen … vielleicht ist es sogar ein großes.«

»Oh Gott«, stöhnte Lisa. Wolf bohrte genüsslich weiter und verfluchte sich dafür, dass seine Lust, sie zu quälen die Sehnsucht überwog, sie in den Arm zu nehmen. »Tja«, sagte er, »den Aktenkoffer hätte ich selbstverständlich nicht aufgebrochen, aber du hattest leider vergessen, das Zahlenschloss zu sichern. Und jetzt beruhige dich und erzähl, ich werde dich nicht mehr unterbrechen.«

Sie schwieg, zündete sich eine Zigarette an, zog die Nase hoch wie ein Kind, räusperte sich und sagte: »Am besten verschwinde ich gleich. Warum soll ich dich mit dem ganzen Mist belasten, den ich fabriziert habe? Wenn ich beichte, wirfst du mich ja doch hinaus, es macht also keinen Unterschied.« »Vielleicht solltest du es trotzdem riskieren«, sagte er ruhig, »für viele Sünden gibt es eine Absolution, nicht nur im Beichtstuhl.« »Ja?«, fragte sie schwach, er verstand sie kaum. Und dann sagte sie trotzig: »Okay, ich bitte dich nur um eins: Was auch immer du nachher von mir hältst, denk daran, dass ich dich liebe … und dieses große Wort hat noch kein Mann von mir gehört.«

Und dann erzählte sie. Mit einer Stimme, deren Eindringlichkeit Wolf schmerzlich anrührte, warb sie um ihn, sein Verständnis, seine

Liebe, dabei jede Sentimentalität, jede Larmoyanz vermeidend. Sie heiße weder Lisa noch Arkoleinen. Arkoleinen sei der Name eines Schusters in Kreuzberg, dessen Laden sich neben einer Buchhandlung *Kirilow* befinde, deren Namen sie sich schon vorher ausgeliehen habe. Als sie sich um die Stelle beim Iren bewarb – den Tipp habe sie in einem Lokal in der Nähe des Bahnhofs bekommen – sei ihr nichts Besseres eingefallen. Das gehöre alles zu den Dummheiten, die sie sich seit einem Jahr geleistet habe. Eigentlich sei sie nicht so einfallslos, aber in ihrem Kopf herrsche ein derartiges Durcheinander, dass sie zu keiner vernünftigen Entscheidung mehr fähig sei.

Ihr wirklicher Name sei Patricia Vormberg. Sie stamme aus Lübeck und sei in einem Heim und später bei einer Großmutter aufgewachsen, die erst aufgetaucht war, als sie, Patricia, schon sieben war. Ihre Mutter sei vermutlich das gewesen, was in Berlin aus ihr selbst geworden war. Das mit dem Studium stimme, allerdings habe sie bereits nach zwei Semestern das Handtuch geworfen. Auch die erwähnte Freundin existiere, nur habe die sie nicht dazu verführt, in einem Club zahlungskräftige ältere Herren aufzureißen. Sie sei ohne diesen Umweg gleich zur Hure geworden.

Eine teure Hure, daher das viele Geld. »Das alte Lied: Augen zu und durch und nach zwei, drei Jahren bist du reich und kannst irgendwo ein vernünftiges Leben beginnen.« Das habe sie sich einreden lassen und eine Zeit lang sei ja auch alles gut gegangen. Ihr größter Fehler sei jedoch gewesen, sich der Illusion hinzugeben, die Zuhälterorganisationen der Stadt würden nicht auf sie aufmerksam. Sie hätten zwei Appartements in der Nähe des Ku'damms gemietet und ganz ordentlich von Mundpropaganda gelebt, weil die Freundin schon ein paar Stammkunden hatte. Bis diese blöde Gans sie geoutet und inseriert hätte. Und dann sei – erstaunlicherweise erst zwei Monate später – ein Freier aufgetaucht, der sich Wassili nannte. Zuerst habe er sie »ausprobiert«, einzeln und gemeinsam, aber nur sie, Patricia, sei ihm wohl für seine Zwecke geeignet erschienen. Und dann habe er sie zu bearbeiten begonnen. Mit Zuckerbrot und Peitsche. Letzteres im wörtlichen Sinn.

Und als er die auspackte, habe sie ihm einen Aschenbecher aus Bleikristall an den Kopf geschmissen. »Er war sofort tot«, schloss sie, »und ich hab gepackt und bin getürmt.« »Und die Pistole hast du ihm abgenommen?« »Ja, ich dachte ... ach, ich weiß nicht, was ich dachte.« Wolf schüttelte den Kopf. »Eins versteh ich nicht ... wie viel hast du erwirtschaftet?« »Hundertsiebzigtausend«, sagte sie tonlos. »Warum hast du dich nicht in einer stillen Ecke verkrümelt, im Bayrischen Wald zum Beispiel, um eine Zeit lang von den Spargroschen zu zehren?«

»Vielleicht war das noch eine Fehlentscheidung. Ursprünglich wollte ich nach Frankreich. Dann hab ich mir überlegt, dass ich dort auf jeden Fall von dem Geld leben müsste und das schien mir zu auffällig und daher zu gefährlich. Und als ich hier ankam, ist mir plötzlich die Idee gekommen, mir in der Altstadt einen Job und eine Bude zu suchen und mich sozusagen als normaler Mensch zu tarnen ... ich meine, sie rechnen doch nicht damit, dass ich in der Menge untertauche, oder?«

»Wer sind ›sie‹, wen meinst du damit«, fragte Wolf, »die Bullen oder die Kumpane von diesem Wassili?« »Ich glaube«, sagte sie nachdenklich, »die Bullen wissen nichts. Ich bin seit drei Tagen hier und hab mir jeden Tag am Bahnhof die BZ gekauft ... kein Wort über einen Toten in der ...« Sie unterbrach sich und fragte: »Du musst nicht ganz genau wissen, wo sich das alles abgespielt hat?« »Kein Interesse.« »Ich nehme an«, fuhr sie fort, »seine Kollegen haben die Leiche schon bald nach meiner Flucht gefunden und sie still und heimlich entsorgt. Als, als es passierte, hatte er mir nämlich gedroht, er bekäme gleich Verstärkung, um mich kirre zu machen ... und wenn die Leiche verschwunden war, als meine Freundin zurückkam, die hat ausgerechnet an diesem Abend einen Hausbesuch gemacht, dann weiß sie auch nichts davon.«

Wolf überlegte. Es fiel ihm schwer, weil sich zu seinem Entsetzen ein Gedanke in ihm ausbreitete, der jeden anderen überlagerte: Sie hat einen Menschen getötet ... kann ich sie zur Komplizin machen? Nach längerem Schweigen sagte er: »Ich denke, deine Chancen stehen nicht schlecht, mit heiler Haut da herauszukommen, ich glaube nicht, dass ihnen die Sache eine gigantische Suchaktion wert ist.« Und dann sagte er zu ihrer maßlosen Überraschung: »Du hast doch einen Führerschein, wenn ich Dich gestern richtig verstanden habe?« »Wa-was, warum ... ja, aber ...« »Dann werden wir uns ein Auto kaufen, ich würde zu gern mal wieder ein bisschen spazieren fahren ... wir machen natürlich halbe-halbe.«

Sie sprang auf, fiel vor ihm auf die Knie, legte den Kopf in seinen Schoß und weinte lautlos. Er streichelte sie unbeholfen, dann beugte er sich über sie und murmelte: »Lass nur, du blöde Gans ... Gesell-schafterin oder Hure, wo ist da der Unterschied?« Und dann, ihr zärt-lich die Haare zerwühlend: »Die müssen weg, sagen wir zur Hälfte und der Rest wird gelockt und gefärbt, schwarz steht dir bestimmt auch gut ... ja, und noch etwas: Deine Freundin solltest du anrufen und ihr irgendein Märchen erzählen. Und Patricia oder Pat mag ich dich nicht nennen, ich bin schon an Lisa gewöhnt.«

# 11

Missmutig starrte Barba, der Schmied auf seinen Zeichenblock. Die Spitze seines Barts zuckte über das Papier, so tief hatte er sich darüber gebeugt. In der klobigen Rechten hielt er verkrampft einen Bleistiftstummel, der unentschlossen zwischen den Augenbrauen des Mannes schwebte. Mit der freien Hand tastete er geistesabwesend nach seinem Abendessen. Er biss in eine zur Hälfte enthäutete Stange Salami, schob ein Stück bröckligen Ziegenkäse und einen Kanten Schwarzbrot hinterher und spülte das Ganze mit einem Schluck von dem billigen Rotwein herunter, über dessen zweifelhafte Herkunft er sich bis jetzt noch keine Gedanken gemacht hatte.

Seit einer halben Stunde versuchte er, ein Bild des Kerls zu zeichnen, der Lorchen Kirilow auf dem Gewissen hatte. Ergebnislos. Was er da zu Papier gebracht hatte, erinnerte ihn nur vage an das Gesicht, das überdeutlich vor seinem geistigen Auge stand. Doch es gelang ihm nicht, dieses Bild in die Hand zu projizieren, die den Bleistift führte. Diese Kunst war ihm fremd, sie gehörte nicht zu seinem Metier. Die Verzierung für einen Schwertknauf oder heraldische Symbole für die Phantasiewappen der Rittervereine, die sich von ihm ausstaffieren ließen … das konnte er mühelos und zur Zufriedenheit seiner Kunden entwerfen.

Zum hundersten Mal verfluchte er sich, dass er den Typ hatte entwischen lassen. Was hätte er riskiert, wenn er nicht zurückgesprungen wäre, sondern bedingungslos angegriffen hätte? Einen Stich in den Arm, mehr doch nicht, Herrgott noch mal! Er hatte den Dorn schließlich gesehen, den der Blonde in der Faust hielt, hatte die Richtung erkannt, in die der Stoß dieser Faust zielte und sein Instinkt hatte ihm gesagt, dass er ihn abwehren konnte. Aber der Schreck über den unerwarteten Anblick war ihm so mächtig in die Glieder gefahren ... und dann war da noch dieser andere Instinkt, der antrainierte des Boxers. Barba grinste düster, als er an die Niederlagen dachte, die er im Ring hatte einstecken müssen, weil er viel zu oft und unbedacht vorstürmte, um auf den Gegner einzudreschen, weil ihn die heiße Wut überkam, die ihn schon so oft in Schwierigkeiten gebracht hatte. Bis sein Trainer es ihm endlich abgewöhnt hatte. Aber genau das hätte er heute Mittag tun müssen: seine Angst überwinden, die Warnsignale ignorieren, die sein Kleinhirn funkte und Lorchens Peiniger k.o. schlagen. Aber er hatte sich in Sicherheit gebracht vor dem bösartig glitzernden Stahl, der ihm da entgegenschoss und dann war das Schwein verschwunden.

Sicher, er hätte ihm nachlaufen können, sofort, ohne sich um Lorchen zu kümmern. Doch er war zu verwirrt und als er daran dachte, wusste er, dass es schon zu spät war, dass der längst im Häusermeer untergetaucht war. Barba legte resigniert den Bleistift weg und wandte sich lustlos den Resten seines Abendbrots zu. Danach ging er ins Bad und wusch sich die Hände. Er überlegte, ob er noch aufräumen sollte und beschloss, es bleiben zu lassen. Normalerweise duldete er keine Unordnung in seinem Junggesellenhaushalt, aber diesmal störten ihn der Teller mit der angeknabberten Salami und das halbvolle Glas Wein nicht.

Er würde hinübergehen zu Susi und Sonny, vielleicht konnten die ihm helfen. Er musste den Dreckskerl finden und dazu brauchte er sein Konterfei, ein Konterfei, mit dem Padulke etwas anfangen konnte und nicht so eine elende Stümperei wie das, was er da produziert hatte. Er riss das Blatt vom Zeichenblock, faltete es zusammen und steckte es in die Brusttasche seines Arbeitsanzugs.

Der Schatten bedeckte bereits drei Viertel des Innenhofs, als er aus dem Haus trat. Trotzdem schlug ihm immer noch heiße Luft entgegen. Von drüben, von den Biertischen vor *Tommis Kneipe*, erklang gutgelauntes Stimmengewirr. Dort würde er nachher einen Krug Bier trinken oder zwei, um den üblen Nachgeschmack des Roten loszuwerden, der angeblich aus Algerien stammte und in einer anderthalb Liter Plastikflasche für 1,99 feilgeboten wurde. Eindeutig ein Erzeugnis der chemischen Industrie. Barba glaubte, Terpentin auf der Zunge zu schmecken, aber das bildete er sich wohl doch nur ein.

Susi saß auf einem dreibeinigen Schemel vor einem niedrigen Tisch, auf dem verschiedene Zangen, Feilen, Lötzinn und ein Lötkolben lagen. Sie war gerade dabei, die verschlissene Bespannung von einem altväterlichen Regenschirm zu entfernen. »Ihr ha-habt's gut«, sagte Barba, »ihr ma-macht keinen Lärm, kö-könnt arbeiten wann ihr wollt ... wa-was wird das?« »Bin mir nicht sicher«, sagte Susi und lachte, dass ihr rundes, freundliches Mädchengesicht strahlte. Sie war fünfundzwanzig und sah aus wie fünfzehn. »Hab so eine Idee, ist aber noch nicht ausgereift ... was führt dich zu uns? Nein, sag nichts, setz dich erst mal, damit ich dein Stottern beseitige.« Sie legte den Schirm, an dem noch ein paar Fetzen des verblichenen grauen Seidenstoffs baumelten, auf den Tisch und stand auf.

Barba setzte sich gehorsam und Susi stellte sich hinter ihn und presste ihre festen, kleinen Hände gegen seine Schläfen. Sie massierte ihn mit langsamen, rotierenden Bewegungen. »Konzentrier dich«, sagte sie leise, »du weißt, dass ich es wegzaubern kann, ja?« Er nickte und konzentrierte sich auf seinen Glauben an Susis Zauberkraft. Nach einer Minute war er sicher, dass die Störung zumindest vorübergehend behoben war. »Geht schon, glaube ich«, sagte er, drehte sich zu ihr herum und zog sie zu sich herunter.

»Da ist noch etwas, das nicht so bleiben kann«, flüsterte er. Sie küsste ihn flüchtig und entwand sich ihm. »Du musst dir eine Braut suchen, Barba«, sagte sie mit gespielter Strenge, »so kann das nicht weitergehen mit uns zwei ... ich hab mich nun mal für Sonny entschieden. Und heute kann ich dir sowieso nicht helfen, nicht nur, weil Sonny jeden Moment hier hereinplatzen kann. Jetzt mach kein so zerknautschtes Gesicht ... Ich hab ja Verständnis für deine Not, aber die vergeht auch wieder.«

Der Schmied seufzte. Es war ein gewaltiger Seufzer, denn er entrang sich einer gewaltigen Brust. »Hast ja recht, vielleicht finde ich nachher bei Tommi eine Braut … und deshalb bin ich schließlich auch nicht gekommen. Nur, als ich dich vorhin hinter mir spürte, so nah, da ist es mit mir durchgegangen … wo ist denn Sonny?« »Na drüben bei Tommi, hast du ihn nicht gesehen?« »Nee, war in Gedanken woanders. Meinst du, er kommt gleich? Oder soll ich ihn holen, dann muss ich meine Geschichte nicht zweimal erzählen.«

»Machen wir es doch umgekehrt und gehen zu ihm«, schlug Susi vor, »ich hab Lust auf eine Cola und die Arbeit kann mir gestohlen bleiben, heute Abend krieg ich ja doch nichts mehr hin.« Barba schüttelte den Kopf. »Geht leider nicht, ich bräuchte eure Kreativität … ihr müsst mir ein Phantombild erstellen, wie, wie für eine Fahndung, weißt du?« »Oh, das hört sich aber spannend an … und das traust du uns zu?« »Klar, ich kenne doch eure Qualitäten.«

Sonny war Graphiker und bekam ab und zu noch einen Auftrag von der Firma, bei der er kurzfristig beschäftigt gewesen war. Und Susi war Modedesignerin und hatte nach dem Studium überhaupt keinen Job bekommen. So schlugen sie sich jetzt durchs Leben, indem sie aus Gerümpel abstrakte Gebilde formten, die nichts und alles darstellen konnten und manchmal wie zufällig und nebenbei sogar zu brauchbaren Gegenständen wurden, zu Kerzenhaltern, Lampenschirmen oder Aschenbechern. Susi holte Sonny vom Biertisch weg und sie setzten sich in Sonnys Zimmer, das von einem riesigen Tisch beherrscht wurde, auf dem der PC thronte, angefüllt mit Profi-Software, Sonnys ganzer Stolz.

Barba erzählte seine Geschichte. Die beiden waren betroffen von Hannelore Kirilows Tod, wie man eben betroffen ist vom Tod eines Menschen, den man gekannt hat, der einem jedoch nicht nahestand. Nach einer Art Schweigeminute fragte Sonny: »Warum hast du nicht die Bullen gerufen?« Der Schmied zuckte die Schultern. »Was hätte ich denen sagen können? Lorchen war tot … Herzversagen. Keine äußeren Einwirkungen, keine Wunde, nicht einmal eine Schramme. Wie soll man beweisen, dass jemand vor Angst gestorben ist? Und wenn sie den Kerl schnappen würden, stünde Aussage gegen Aussage. Er würde behaupten, ich hätte mir das nur eingebildet, hätte die

Situation falsch gedeutet und Lorchen hätte die Tür selbst abgeschlossen, weil sie keinen Kunden mehr hereinlassen wollte. Aber so weit käme es ja gar nicht, bei dem, was ich zu erzählen hätte, nehmen die nicht einmal eine Anzeige auf. Außerdem, wenn überhaupt, dann hätte ich das gleich tun müssen, aber ich hab einfach nicht daran gedacht, so viel ist mir im Kopf rumgegangen.«

Zuerst musste er den Arzt finden, der Lorchens schwaches Herz behandelt hatte. Sie hatte ihn nur einmal in Barbas Gegenwart erwähnt und es dauerte eine Weile, bis er sich an den Namen erinnerte und die Nummer aus dem Telefonbuch gefischt hatte. Er hoffte immer noch auf ein Wunder ... und wenn es nicht geschah, dann musste trotzdem ein Arzt her wegen des Totenscheins. Danach hatte er ein Beerdigungsinstitut angerufen und einen Schlüsseldienst, weil er den Buchladen ja nicht verlassen konnte, bevor ein neues Schloss eingesetzt war. Lorchens Haus- und Wohnungsschlüssel fand er in ihrem Ladentisch und dann fuhr er mit einem der Leichenvögel zu Lorchens Wohnung, wo der mit professionellem Blick die Papiere in der Wäschekommode aufspürte. Darunter auch die Anschrift einer Schwester, die nach Isny geheiratet hatte und die im Todesfall zu benachrichtigen war. Das Ganze dauerte vier Stunden und als er endlich nicht mehr gebraucht wurde, fuhr Barba mit seinem Moped nach Hause und legte sich erst mal eine Stunde aufs Ohr.

»Tjaa«, sagte Susi, als er seine Geschichte losgeworden war, »und wozu brauchst du jetzt ein Phantombild, wenn du die Polizei gar nicht einschalten willst?« »Ach, ich, ich kenne da jemand ...« Barba druckste herum und Sonny fragte lachend: »Einen Hacker?« »Nee, das nicht gerade.« »Nicht gerade, aber so ähnlich, was? Junge, Junge, das wir da nicht in Teufels Küche kommen!« »Ga-ganz bestimmt nicht«, versicherte Barba verlegen und Susi ermahnte ihn: »Nicht stottern, du kannst es!« Und zu Sonny sagte sie: »Hör auf zu bohren, du siehst doch, dass er dir nicht verraten kann, für wen das Bild ist.« Sie wandte sich wieder an Barba: »Und was du tust, wenn dein ... hmm, dein Freund das Schwein gefunden hat, danach frag ich dich lieber nicht ... aber denk daran: Mein ist die Rache, spricht der Herr!«

Barba sah sie nachdenklich an, rubbelte mit Daumen und Zeigefinger die Spitze seines enormen Gesichtserkers und senkte dann den Kopf. Als er ihn wieder hob, war seine Miene ausdruckslos. Schweigend reichte er ihr seine Zeichnung und sie wusste nicht, wie sie diese Signale deuten sollte: seinen Blick, das Senken des Kopfes … pflichtete er ihr bei oder dachte er, der Herr ist weit und die Rache ist mein? Vermutlich Letzteres. Sie ließ es dabei bewenden und bat Sonny um Papier, Zeichen- und Radierstifte. Auf diesem Gebiet war sie besser als er, mochte aber das Zeichnen mit dem Computer nicht.

Und dann entwarf sie mit raschen, sicheren Strichen das Bild eines breiten, etwas flachen Gesichts mit slawischem Einschlag, das sich unter Barbas Anleitung erstaunlich schnell in eine makellose Kopie seiner Erinnerung verwandelte. »Die Koteletten«, sagte er mit belegter Stimme, »vielleicht noch etwas kürzer und die Kinnbacken ein bisschen breiter.« »Ich weiß nicht«, meinte Sonny, der über Susis Schulter spähte, »der hat doch bestimmt die Zähne zusammengebissen, als du auf ihn losgingst … da wird die Kinnlade automatisch breiter. Aber so wird er wohl nicht immer rumlaufen.« »Wahrscheinlich nicht«, gab Barba zu, »so wie's jetzt aussieht, kommt's mir auch ein wenig übertrieben vor.« Geduldig griff Susi zum Radierstift und fragte: »Und die Wangenknochen, sind die in Ordnung, nicht zu hoch? Ich glaube, bei den Männern sind sie nicht so ausgeprägt wie bei den Frauen dieses Typs.« »Nee, alles okay, hast du prima gemacht!« »Sieht gar nicht so übel aus«, fand Susi, »wenn er lächeln würde, falls er das überhaupt kann …«

Sie reichte Sonny das Blatt und der setzte sich an den PC. »Dann wollen wir ihn mal anstreichen, damit er lebendig wird«, sagte er vergnügt. Über der Beschäftigung hatten die beiden Lorchens Tod schon vergessen. Barba nicht. Er würde das Schwein finden, das hatte er sich geschworen. Und was er dann tun würde, das lag noch im Dunkel. Sonny schob das Blatt in den Scanner und als das Gesicht auf dem Bildschirm erschien, begann er unter Barbas Regie »Farbe reinzuhauen«, wie er sich ausdrückte.

Und dann lösten sich die Linien von Susis Zeichenstift auf, verschwanden unter Lippen aus Fleisch und Blut, unter wässrig-blauen

Augen, dunkelblonden Augenbrauen und Haaren, die fast so hell schimmerten wie die von Patricia Vormberg alias Swetlana Kirilow alias Lisa Arkoleinen. Das wusste Barba zu diesem Zeitpunkt natürlich nicht und als er bald darauf ein Foto von ihr in den Händen hielt, achtete er nicht darauf. Sonny unterbrach Barbas Lobeshymnen: »Ich nehme an, ich soll dir das Gemälde rüberschicken, damit du es weiterleiten kannst an deinen Informanten ... wie war noch deine E-Mail?« »Du und dein Gedächtnis«, stöhnte Susi, »schmiedvonkreuzberg@t-online.de.« »Stimmt«, grinste Sonny, »ich vergess das immer, weil er auch einen richtigen Namen hat, Frank Schüwer, wenn ich nicht irre ... aber er ist ja adlig, ein Ritter mit PC.« »Ach, das war einmal«, wehrte Barba ab, »bin kaum noch aktiv in unserem Verein.« Sonny sandte die E-Mail ab und wollte schon die Datei schließen, als ihm etwas einfiel und er setzte den Drucker in Gang. »Wir nehmen das Bild mit zu Tommi, vielleicht kennt jemand den Typ.«

Die Hoffnung erfüllte sich nicht. Am nächsten Morgen rief Barba den Ritter Edler von Freedensack an. So hieß der Mann, wenn er mit anderen ritterlichen Herren, Minnesängern und Burgfräulein Mittelalter spielte, im Spreewald oder in eigens für diese Zwecke renovierten Burgruinen. Im wirklichen Leben hieß er Padulke und war Kommissar bei der Sitte. Und dass die Sitte – abgesehen davon, dass er Padulke gut kannte – für Barba genau die richtige Adresse war, auch das wusste der Schmied von Kreuzberg zu diesem Zeitpunkt noch nicht. Er erzählte Padulke von seinem Rencontre und der Kommissar, dessen Stimme bei Weitem nicht mehr so heiser klang, seit er im Büro nicht mehr rauchen durfte, meinte: »Hmm, böse Geschichte ... und in einem hast du recht: Es wäre sinnlos gewesen, die Bullen vom Revier zu alarmieren. Ohne eine Bestätigung durch diese Hanne Kirilow ist deine Aussage für den Arsch. Also, schick mir dein Phantom, mal sehen, ob es in unserer Datei rumgeistert, ich ruf dich dann an. Kann aber später Nachmittag werden ... Dienstbesprechung. Du weißt ja: Das Schwätzen ist des Menschen Zier, doch weiter käm er ohne ihr.«

Nach einem schnellen Frühstück machte sich der Schmied verbissen an die Arbeit. Bis Padulke sich meldete, würde er den Auftrag für den

Klub im Ruhrpott wahrscheinlich erledigt haben. Die heißen Tage an der Esse hatte er hinter sich und darüber war er heilfroh. Bei diesen Außentemperaturen hatte er manchmal das Gefühl, er wisse endlich, wie einem Hummer in siedendem Wasser zumute ist. Jetzt waren nur noch die Bleche für die Arm- und Beinschienen der Pseudoritter zu biegen, siebzehn mal vier, achtundsechzig Stück. »Als wär ich noch in der Fabrik beim Akkord«, murmelte Barba und legte sich die Bleche zurecht.

Es war fast sechs, als Padulke endlich anrief. »So ein Blödsinn«, schnaubte der Kommissar verächtlich, »den ganzen Tag nur dummes Gewäsch!« Und dann hörte Barba das Klicken eines Feuerzeugs und den befreiten Atemzug eines Mannes, der es genoss, ein Gesetz zu übertreten. »Ah«, seufzte Padulke genießerisch, das tut gut.« »Da-darfst du das«, fragte Barba, »o-oder bist du zu Haus?« »Nee, bin noch im Büro, aber ich scheiß drauf und wenn jetzt einer kommt und meckert, dem steck ich die Kippe in den Hals ... es hat schließlich alles seine Grenzen.«

Er nuckelte noch ein paar Mal kräftig an seinem Suchtstängel, dann fuhr er fort: »So, mein Freund, für dich hab ich leider eine schlechte Nachricht. Obwohl ich die Mittagspause dran verwendet habe – ja, edler Schmied von Kreuzberg, das kostet dich eine Flasche Met – hab ich deinen Feind nicht entdeckt. Dafür aber«, er hob die Stimme, als er Barbas enttäuschtes »Mist« hörte, »dafür aber deine Swetlana Kirilow ... toller Name, weiß der Teufel, wie sie darauf gekommen ist. Na ja, zurzeit sind Russinnen en vogue ... oder solche, die so tun, als wären sie welche.«

Der Kommissar lachte, als er merkte, dass Barba auf dem Schlauch stand. »Mensch, warst du noch nie bei 'ner Nutte? Das ist die moderne Minne.« »Do-doch, a-aber erst zwei Mal«, stotterte Barba. »Naa, dann besuch sie einfach«, schlug Padulke vor, »wahrscheinlich weiß sie, wer sie sucht, falls er sie nicht längst gefunden hat. Hast du was zu schreiben? Ich geb dir die Adresse ... nur eines musst du mir versprechen: Wenn du über sie von ihm erfährst, unternimm nichts, ohne mir Bescheid zu geben. Da wir den Typ nicht kennen, wissen wir auch nicht, warum er sie so verzweifelt zu sehen wünscht. Ich nehme jedoch nicht an, dass es sich um einen Freier handelt, der ohne sie nicht mehr leben kann. Nach unseren Erkenntnissen hat sie bisher noch keinen Beschützer und wenn er sie für seine Firma anwerben will, dann ist das einer, mit dem nicht gut Kirschen essen ist!«

»Ver-verstehe«, sagte Barba und schluckte, »die ge-gehen über Leichen.« »Manchmal«, bestätigte Padulke gemütlich, »also Vorsicht, Boxer, ich möchte dich nicht aus der Havel fischen mit einem Stein am Hals … oder in einer Tonne mit der Aufschrift Gasprom.« Er lachte heiser und Barba sagte: »Du ha-hast vielleicht einen Scheißjob, kei-keine Illusionen mehr.«

Er überlegte, ob er die Dame gleich aufsuchen sollte, beschloss aber, es auf Morgen zu verschieben. Er würde den Abend dazu verwenden, das Gerümpel für seine Ritter aus dem Ruhrpott versandfertig zu machen, dann hatte er das auch hinter sich. Am nächsten Morgen um elf – eine blödsinnige Zeit, wie ihm bald klar wurde – stand er in der Giesebrechtstraße, einer Querstraße des Ku'damms vor einer schwarz lackierten Tür mit einem Schildchen über der Klingel: Swetlana Kirilow. Er läutete dreimal, viermal, er läutete Sturm, nichts rührte sich. Er drehte sich um in dem engen, düsteren Flur zu einer ebenfalls schwarz lackierten Tür, hinter der sich, so behauptete ein Schildchen über der Klingel, Olivia Delmonte befinden sollte. Die, falls sie zu Hause war, sehr wahrscheinlich noch schlief.

Nach dem fünften Läuten wurde die Tür aufgerissen und eine übernächtigte Stimme krächzte: »Mann, hast du's aber eilig, weißt du überhaupt, wie spät es ist?« Vor Barba stand ein schwarzgelocktes, zierliches Geschöpf in einem sehr kurzen schwarzseidenen Morgenrock, der sehr lose gegürtet war, so dass die Dame vom Nabel aufwärts sehr viel frische Luft bekam. Fasziniert starrte Barba auf Brüste, deren Dimensionen in keinem Verhältnis zum restlichen Körperbau standen und die zusammen mit ihrer Besitzerin vor Entrüstung bebten.

»Tu-tut mir leid«, stammelte er, »wo-wollte dich nicht stö-stören, ei-eigentlich will ich zu Swetlana.« Wenn sie jetzt eine Bemerkung über mein Stottern macht, dachte er, bin ich sofort weg und das ist vielleicht auch das Beste. Doch Olivia hatte nicht die Absicht, einen potentiellen Kunden zu vergraulen und daher verlor sie kein Wort über seinen Sprachfehler. »So so«, sagte sie stattdessen, »da kommst du frisch von der Arbeit angerannt, noch im Blaumann und willst unbedingt zu Swetlana, tz, tz, tz … die ist aber leider, leider gerade nicht da, du musst also mit mir vorlieb nehmen.« Mit einem raschen Griff löste sie den Gürtel, schwang sich ihr Mäntelchen über die Schulter und drehte sich um, alles in einer einzigen, fließenden Bewegung.

»Mach die Tür zu, es zieht«, sagte sie, ohne den Kopf zu wenden und er sah ihren süßen kleinen Arsch, der vor ihm her wackelte, tat, wie ihm geheißen und trottete ihr nach. Er wusste, dass er besiegt war. Vorgestern Abend bei Tommi hatte er natürlich keine Braut gefunden, das Techtelmechtel mit Susi war vorbei und jetzt stand ihm die Not nicht nur ins Gesicht geschrieben und sein einziger Gedanke war: Hoffentlich reicht meine Penunze.

In einem Zimmer, das erstaunlich gemütlich eingerichtet war, im Stil der 50er Jahre, wies sie auf einen winzigen Sessel neben einem Marmortischchen. »Setz dich«, sagte sie, »ich geh nur kurz ins Bad … oder machst du es lieber mit einer dreckigen Hure, äh, ich meine, einer ungewaschenen?« Sie kicherte über ihr Wortspiel und Barba sagte verlegen: »Ich ha-hab aber nur sie-siebzig Euro dabei.« Sie wirbelte herum und fauchte: »Wir sind doch nicht bei der Caritas, Rotbart!« »Ach, komm schon«, sagte Barba, »der erste Kunde bringt Glück.« »Heh, was ist das?«, staunte sie, »du stotterst ja gar nicht mehr.« Barba grinste. »Ich hatte plötzlich entsetzliche Angst, du erschlägst mich mit deinen Supertitten und wenn ich einen Schock kriege, vergeht es immer.« Sie lachte schallend. »Na schön«, sagte sie dann, »ausnahmsweise für siebzig … weil du so ein seltener Vogel bist. Da geht's ins Schlafzimmer, leg das Geld auf den Nachttisch und zieh dich aus, ich komme gleich … aber nur für einen Quicky, okay?«

Barba nickte und dann zirpte das Telefon auf dem Marmortisch und Barba griff in Gedanken danach. Olivia war mit einem Satz bei ihm und riss ihm das Gerät aus der Hand, aber die Nummer auf dem Display hatte er gesehen, ohne dass es seine Absicht gewesen wäre. Eine einfache Nummer. Und Barbas Gedächtnis war nicht so schlecht wie das von Sonny.

»Na endlich, wo steckst du denn?« Mehr hörte er nicht, dann war Olivia im Bad verschwunden. Nachdem sie ihn rasch, aber durchaus befriedigend erlöst hatte, sagte der Schmied, während er in seinen Blaumann stieg: »Ist sie verreist?« »Wer?« Olivia gähnte und rekelte sich und ihre Stimme klang, als habe sie bereits wieder geschlafen. »Na, diese Swetlana.« »So ähnlich«, sagte Olivia und brummte: »Du bist aber scharf auf die, kennst du sie?« »Nee, hab nur von ihr gehört«, sagte Barba und das war ja nicht gelogen. »Wart einen Moment im Schlafzimmer, dann geb ich dir was … muss sowieso die Tür hinter dir schließen.«

Als er sie verließ, besaß Barba zwei Fotos im Postkartenformat. Das eine zeigte Lisa auf einem Diwan, in einer Pose, die eher ein bisschen neckisch wirkte als geil. Obwohl sie nur Strümpfe mit Strumpfband und ellbogenlange Handschuhe trug. Auf dem anderen sah man beide Grazien und es ließ an Deutlichkeit nichts zu wünschen übrig. Als sie es ihm reichte, sagte sie mit einem süffisanten Lächeln: »Wenn du mal sechshundert Mäuse loswerden willst, sind wir zwei sehr nett zu dir, drei Stunden lang … und für tausend sogar eine ganze Nacht.« Doch Barba hörte nur mit einem Ohr zu, weil er in Gedanken ständig die Nummer wiederholte, die er versehentlich auf dem Display erhascht hatte.

Eine Stunde später wusste er von der Auskunft, wem der Anschluss gehörte und weil Olivia ihm nicht erzählt hatte, wie lange ihre Mitstreiterin schon »verreist« war, folgerte er, das Schwein, das Lorchen auf dem Gewissen hatte, müsse sie gefunden und abgeschleppt haben. Noch immer wusste er nicht, was er tun würde, wenn er seinen Mann gestellt hatte. Und erst recht gestand er sich nicht ein, dass er das alles nicht wegen Lorchen tat – obwohl er sie sehr gemocht hatte und ihm ihr Tod wirklich nahe ging – sondern dass sein Antrieb einzig und allein sein Wunsch nach Rache war, weil ihn der Blonde zum Feigling gemacht hatte. Und das konnte er ihm nicht verzeihen.

# 12

Lisa keuchte unter der Last, die sie aus dem Keller heraufgeschleppt hatte. Zweiundzwanzig Stufen, zehn vom Keller ins Erdgeschoss und dann noch einmal zwölf vom Erd- zum Obergeschoss. Sie hatte sie natürlich nicht gezählt, Sehende achten auf so etwas nicht. Aber Wolf wusste, wie viele es waren und ebenso, wie viele Stufen beim Iren hinunter zu den Toiletten führten. Und er kannte alle Entfernungen in den Räumen, in denen er sich bewegte und die Hindernisse, über die man stolpern oder an denen man sich stoßen konnte. Das war einfach lebensnotwendig, wenn er sich nicht ständig verletzen oder gar auf einer Treppe stürzen wollte, die er falsch berechnet hatte.

Er saß auf dem Boden, vor sich das Rückenteil von Lisas zukünftigem Bett und befühlte die Eisenschienen, in die die Wangen eingehängt wurden. »Die unerträgliche Leichtigkeit des Seins«, witzelte er, als sie die langen Bretter ablegte. »Das hab ich nicht verstanden«, sagte sie, immer noch nach Atem ringend, »ich meine, den Inhalt schon, aber nicht den Titel und seinen Bezug zum Inhalt.« »Da bist du keine Ausnahme ... immerhin hat dieser Titel Schule gemacht und hatte zahlreiche Blüten im Gefolge wie ›Das Beben der Seelen am Ende der Erdkrümmung‹ und Ähnliches.«

»Verarsch mich nur«, sagte Lisa, warf sich auf Wolfs Bett und streckte alle Viere von sich. »Na ja, hört sich aber gut an«, meinte Wolf, »und jetzt maul nicht, sei froh, dass dein Bett aus echtem Holz besteht und nicht aus beschichteten Spanplatten, die wären doppelt so schwer!« »Du hast schöne alte Möbel«, sagte sie und richtete sich auf. »Ach, die meisten sind noch von Tante Trude, ein paar hab ich später beim

Antiquitätenhändler gekauft.« »Du musst mir erzählen von deiner Tante Trude … und von dir, alles, was du mir gestern verschwiegen hast.«

Sie waren glücklich, sie mit ihm, er mit ihr und jeder hoffte, der andere erwidere seine Gefühle. Mehr kann man nicht verlangen, dachten beide in diesem Augenblick. Eine Bestätigung für das, was man Liebe nennt, verbrieft, gesiegelt und gültig bis ans Ende unserer Tage, das gibt es nicht im ersten Stadium einer Beziehung. Der Trauschein ist eine gefälschte Urkunde, der Schwur vor einem Altar ein Meineid. »Weißt du, was wir hier tun?«, fragte Wolf. »Wir bauen ein Bett«, sagte sie und lächelte versonnen, »zwei Vögel bauen ein Nest« und Wolf nickte und ergänzte: »Die symbolträchtigste Handlung, seit es zweigeschlechtliche Wesen gibt … sobald sie sich einig sind, wollen sie eine eigene Höhle.«

Nach ihrer Beichte hatte er darauf bestanden, dass sie bei ihm schlief, mit ihm zusammen in einem Bett. Die voraussichtlichen Folgen für seine malträtierten Knochen waren ihm gleichgültig. Er spürte, dass sich alles in ihr sträubte, diese Nacht allein auf dem Sofa zu verbringen und er sehnte sich danach, sie in den Armen zu halten, vielleicht in den Schlaf zu wiegen wie ein Kind. Und wie ein Kind, das ins Bett seiner Eltern kriecht, von einem Alptraum geängstigt, hatte sie sich an ihn gekuschelt. Diese Nacht war der Zärtlichkeit gewidmet. Keiner von beiden dachte an Sex, nicht einmal, wenn sie sich küssten, jeden Zentimeter ihrer Körper streichelten und sich aneinander pressten, als wolle eines mit dem anderen verschmelzen.

Und am Morgen waren sie früh aufgestanden. Früh für einen, der seit Jahren einen anderen Tag- und Nachtrhythmus hatte, früh für eine Kellnerin, die bis Mitternacht geschuftet hatte. Und schließlich waren sie doch erst um drei ins Bett gekommen. Nicht, dass Lisas Beichte so lange gedauert hätte. Aber als sie damit fertig war, schien es beiden das Beste, ohne dass sie sich abgesprochen hätten, Vergangenheit und Zukunft eine Weile ruhen zu lassen. Doch die Zukunft war immer da, stand wartend im Raum, ob sie sich über ihre Lieblingsspeisen unterhielten und die Tatsache, dass Lisa nicht kochen konnte, über den Garten, der ihr so gut gefiel oder über die fremde Stadt, in der sie gelandet war, in der sie heimisch werden wollte. Und dann hatte Wolf nach langer Zeit zum ersten Mal wieder seinen Wecker gestellt, auf neun Uhr.

Er schlief nicht so schnell ein wie sie. Ihre ruhigen Atemzüge streiften über seine Brust und er fühlte sich frei, frei von allen Selbstzweifeln, frei von der Furcht, die die Pistole in ihm ausgelöst hatte. Die Schatten waren verschwunden, die schwarzen und die weißen, die Dämonen, die ihn seit vier Wochen bedrängt hatten. Sollten sie wieder auftauchen, würde der Gedanke an Lisa ihn beschützen. Und er würde sie vor ihrer Vergangenheit schützen. Wie war er nur auf die Idee gekommen, sie für seine absurden Rachegelüste zur Komplizin zu machen?

Dann hatte sich Hanusch, Dr. Emil Hanusch plötzlich vor das Bild einer unbeschwerten Zukunft geschoben. Den hatte er nicht erreicht bei seiner Telefonaktion. Nun, das war jetzt belanglos geworden. Andererseits … immerhin wäre es interessant zu erfahren, ob der etwas über das Refsum-Syndrom wusste. Nur für die private, kleine Statistik. Vielleicht sollte er einen Artikel für seine Kolumne daraus machen? Natürlich nicht über seine eigene, ausgefallene Krankheit. Nein, über Ärzte, die während ihres Studiums lernen, einen Menschen nicht als die Summe seiner Leiden zu sehen, sondern als eine Nasennebenhöhlenentzündung, einen Gallenstein oder einen Bänderriss.

»Wie geht's weiter? Ich bin von Tatendrang beseelt.« Lisa sprang auf und dehnte sich. »Oh, das ist bei einem alten Bett ganz einfach«, sagte Wolf, »schwierig ist nur, das Zeug herauf zu bugsieren, wenn man es im Keller versteckt hat. Wir hängen jetzt die Seitenteile in diese Schienen an der Front und dem Rücken und dann haben wir ein wackliges Gerippe mit einem Riesenloch in der Mitte, in das der Sprungfederrahmen so haargenau passt, dass das Gebilde stabil wird. Und wenn dann noch die Matratze und deine fünfundsechzig Kilo darauf liegen, rührt sich nichts mehr.« »Keine Schrauben, wie bei IKEA oder

Neckermann?« »Pah«, schnaubte Wolf verächtlich, »wenn einer meint, IKEA, das wär was für die Doofen, der hat noch keine alte Handwerkskunst gesehen. Da«, er wies auf den Kleiderschrank, »kein einziges Teil, das verschraubt wird, keine Rückwand, die mit tausend Stiften vernagelt werden muss … passt alles ineinander wie ein Kolben in einen Zylinder. Dabei fällt mir ein, sollen wir uns einen Porsche kaufen? Das war schon immer mein Traum und gebraucht sind die gar nicht so teuer.«

Sie sah ihn unsicher an, entdeckte das ironische kleine Lächeln, das nicht immer bedeuten musste, dass er etwas nicht ernst meinte. Das hatte sie inzwischen schon gelernt. In diesem Fall konnte es auch signalisieren: Ich meine das durchaus ernst, bin mir aber gleichzeitig darüber im Klaren, dass Porschefahrer eigentlich in die Klapsmühle gehören. »Ist vielleicht ein wenig unpraktisch«, sagte sie diplomatisch, »wenn man mehr mitnehmen will als eine Handtasche … zum Beispiel einen Rollstuhl.« »Okay, verschieben wir die Diskussion auf später. Erst das Bett, dann schaffen wir Platz für deine Klamotten und dann setzen wir uns in die Küche und strukturieren die Reihenfolge und die Prioritäten unserer Wünsche und Pläne und sehen, wie wir sie in Einklang bringen … im Hinblick auf unsere Zukunft, soweit sie überschaubar ist.«

Als die vier Teile miteinander verbunden waren, sagte Wolf: »Und jetzt hast du das schwerste Stück Arbeit vor dir …« Er fuhr sich über die Stirn, schüttelte den Kopf und murmelte: »Nein, es geht nicht.« »Was, Liebling?« »Ich kann dir nicht dabei helfen, das Zeug hochzuschleppen … schwer ist es nicht, nur furchtbar unhandlich in dem engen Keller und nachher um drei Ecken herum. Wenn ich nur wüsste, wie …« Sie setzte sich neben ihn auf den Boden, umarmte ihn und sagte eindringlich: »Das darfst du nicht Wolf, du darfst dich deshalb nicht so quälen. Und was mich betrifft, ich bin doch kein Zierpüppchen und außerdem bin ich es schließlich, die diese Umstände macht und da kann ich auch etwas für meine Bequemlichkeit tun.« »Umstände? Soll ich dir auch welche machen, sogenannte andere?« »Um Himmels Willen« entfuhr es ihr, »das reicht aber weit, was du unter überschaubarer Zukunft verstehst!« Dann sah sie, dass er ihr zuzwinkerte und sie stieß ihn mit der flachen Hand vor die Brust. »Du bist einfach unmöglich, an diese Wechselbäder muss ich mich erst noch gewöhnen.«

»Nicht böse sein, Liebes, das ist meine Art, damit fertig zu werden. Da ist eine Situation, die mich bedrückt und ich lasse den Kopf hängen und im nächsten Augenblick sage ich mir, Schluss mit dem Unsinn, du kannst es ja doch nicht mehr ändern und dann fällt mir nichts Besseres ein als irgendeine Flapsigkeit … sogar wenn ich allein bin.« Die Frage lag ihr auf der Zunge, ob er sein Alleinsein schon vermisse. Sie hielt sie zurück und dabei wurde ihr bewusst, wie dünn das Eis noch war, auf dem sie sich bewegten. Zerbrechlich wie eine Eierschale, die man durchleuchten muss, wenn man feststellen will, ob der Inhalt genießbar ist. Trotz aller Euphorie, die diese Morgenröte, diesen Aufbruch in ein neues Leben begleitete, sie würden sich noch oft gegenseitig durchleuchten.

Als Lisas Bett fertig war, schoben sie es an das andere und während sie es bezog, schaffte Wolf Platz für ihre Kleider. »Was nicht hinein geht«, sagte Lisa, »bleibt halt im Koffer.« »Der Schrank ist groß genug, ich muss nur ein bisschen um- und ausräumen. Du weißt ja, der leere Raum sehnt sich danach, gefüllt zu werden und deshalb schuf der Herr am sechsten Tag ein Wesen, das noch besser als der Dinosaurier geeignet ist, seinen Planeten mit Mist zuzudecken. Da hab ich schon zwei Jeans gefunden, die ich seit mindestens drei Jahren nicht mehr anhatte.« »Auf der Erde gibt es keinen leeren Raum«, dozierte Lisa, »nicht einmal in diesem Kissenbezug, seit ich ihn vollgestopft habe.«

»Und was machen wir mit dem Geld und … und der Pistole?«, fragte sie, nachdem sie ihre Kleider verstaut hatte. Die Frage hatte sich Wolf auch gestellt, war aber zu keinem Schluss gelangt. Der Safe war vermutlich zu klein für die Packen Scheine, die er erfühlt hatte. Außerdem, so rückhaltlos wollte er ihr seine letzten Geheimnisse noch nicht anvertrauen, am dritten Tag ihrer Bekanntschaft. Immerhin hatte er dort seine Sparbücher und Pfandbriefe verwahrt. Um das bisschen Bargeld ging es ihm nicht, mehr als fünf-, sechshundert Euro hatte er nie im Haus. Der Safe befand sich hinter einem verschiebbaren Teil der Rückwand des Kleiderschranks. Nicht besonders originell. Auf der gegenüberliegenden Seite in seinem Arbeitszimmer waren die Bücherregale. Die ganze Welt der Buchstaben, die er seit seinem zehnten Lebensjahr zusammengetragen hatte, war dort aufgereiht. Und seit drei Jahren nur noch nutzloser Wanddekor.

»Mir fehlt noch eine zündende Idee. Stell den Geldkoffer vorläufig unten in den Schrank … und vergiss nicht, das Zahlenschloss zu sichern, falls Walpurga mal die Neugier packt.« »Was macht sie an deinem Kleiderschrank?« »Na, jemand muss sich doch um meine Wäsche kümmern. Einmal in der Woche ist Waschtag, wie sich das gehört und danach räumt sie alles wieder ein.« »Ja, natürlich«, sagte Lisa bekümmert, »daran hätte ich denken können.« »Nicht doch, Liebes, kein gesunder Mensch zerbricht sich den Kopf darüber, wie der Haushalt eines Behinderten funktioniert, warum auch? In spätestens acht Tagen bist du mit allen Arbeitsabläufen hier vertraut und ein wertvolles Rad im Getriebe dieses Mechanismus.«

«Na hoffentlich«, seufzte Lisa, »und die Pistole, wo ist die eigentlich?« Sie schob ihre Spargroschen in den Schrank und als sie Wolfs gelassene Antwort hörte »immer noch drunten auf dem Sofa«, fuhr sie erschrocken hoch und stieß sich den Kopf an der Kleiderstange. »Aber wenn, wenn Walpurga kommt«, stammelte sie und Wolf beruhigte sie: »Das dauert ja noch zwei Stunden. Ich denke, ich werde das Ding in der Bücherwand verstecken, bis uns was Besseres einfällt … ist sie überhaupt geladen?« »Oh ja«, Lisa nickte heftig, »mit einem 13-Schuss-Magazin … weiß ich von Wassili. Er hat sie mir gezeigt und mir erklärt, was mit ungezogenen Mädchen alles passieren kann. Ich hoffe«, stieß sie erbittert hervor, »die Haie fressen seinen Kadaver!«

»Vergiss ihn«, bat Wolf, »ich meine, versuch es! Und jetzt lass uns runtergehn, ich sehne mich nach einer Tasse Kaffee.« »Ich muss erst noch mal duschen«, sagte Lisa und strich sich über die Haare, »ich hänge voll Spinnweben wie ein Waldschrat.« Während sie im Bad war, fuhr Wolf hinunter und holte die Pistole. Diesmal fühlte sie sich kühl an und die einzige Faszination, die von ihr ausging, war lediglich die gleiche, die fast alle Männer einer Waffe gegenüber empfinden, seit der erste Mensch seinen ersten Feind mit einem Ast erschlagen hat.

Den Kaffeeautomaten hatten sie bei ihrem Müsli-Frühstück leergetrunken und Lisa machte die Maschine wieder einsatzbereit. Schon bei diesen wenigen Handgriffen erkannte sie, wie kompliziert Wolfs Leben sein musste. Wie sollte er Wasser in den schmalen Tank gießen, ohne dass es überlief, wie die Kaffeebohnen in den Behälter schütten? Wolf erriet ihre Gedanken. »Ich krieg das natürlich hin«, sagte er, »mit Mühe und Not ... aber wenn Walpurga mal vergisst, das Ding für den nächsten Tag zu präparieren, dann wackeln hier die Wände, wenn Wernau wütet.« »Oh, eine wunderschöne Alliteration«, sagte Lisa und lachte ihr glockenklares Lachen, das er so liebte, »fünf Wörter mit W ... war das Zufall oder Absicht?« »Das war ein Test, ich wollte dich mal examinieren ... wie viel du in zwei Semestern gelernt hast.«

Sie drückte auf den Knopf und die Mühle ratterte los. Und dann, bei Kaffee und Zigarette, gaben sie sich der Lust des Planens hin, wie jedes Paar zu Beginn seiner Zweisamkeit. Lisa wollte den Job bei Hannes nicht gleich wieder aufgeben. »Bedienungen kommen und gehen«, meinte sie, »darüber macht sich normalerweise niemand Gedanken. Trotzdem, ich glaube, ein bisschen Beständigkeit tut mir gut, nicht schon wieder eine Veränderung, die vielleicht doch jemand auffällig finden könnte. Und außerdem hast du dann wenigstens ein paar Stunden am Tag für dich und kannst dich ganz allmählich an mich gewöhnen.« Wolf erwiderte nichts, nickte nur bedächtig und sie wusste, dass sie ihm damit einen Wunsch erfüllte, den er wahrscheinlich selbst nicht geäußert hätte.

Die Haare würde sie sich schneiden lassen, die waren sowieso fällig. Nur schwarz färben, das gefiel ihr nicht. »Das steht mir absolut nicht, glaub mir, da täuschst du dich. Ich hab's mal ausprobiert, mit einer Perücke ... scheußlich, wie Kleopatra mit Migräne.« Wolf lachte und meinte, es sei wohl das Beste, wenn er ihr die Verwandlung überlasse. »Wirst schon sehn«, sagte sie eifrig, »ein bisschen dunkler tönen und

Locken brauchen wir auch nicht, wenn sie kürzer sind, legen sie sich von selbst in Wellen – eine völlig neue Frau!«

Ja, und im Garten würde sie sich gerne umsehen und sich nützlich machen, falls Walpurga damit einverstanden sei. Wolf glaubte nicht, dass sie etwas dagegen einzuwenden hätte, zumal jetzt die letzte Ernte bevorstand. Und schließlich wollte Lisa das Land kennenlernen. Zuerst das Land, die Stadt außerhalb des kleinen Bereichs um Hannes' Kneipe, in dem sie sich geborgen fühle, die wolle sie vorläufig noch meiden, bis sie ganz sicher sei, dass aus Berlin keine Gefahr mehr drohe. »Damit bin ich am Ende meines Katalogs, mehr fällt mir im Moment nicht ein, wahrscheinlich kommt in den nächsten Tagen noch eine ganze Latte dazu.«

»Meine Liste ist noch kleiner«, sagte Wolf, »ich habe dich und das macht mich sehr, sehr glücklich.« Der Ernst in seiner Stimme traf sie, ließ eine Saite erklingen, die bisher noch niemand angeschlagen hatte und sie musste ihre Rührung niederkämpfen. Sie war doch keine Heulsuse, hatte ihm schon genug vorgeweint. »Einen Porsche wolltest du«, erinnerte sie ihn, »das passt ja zu meinen Intentionen … ich meine, wenn ich Land und Leute sehen will.« Er brummte etwas, fischte eine Zigarette aus dem fast leeren Päckchen und sie gab ihm Feuer. »Ja ja, der Porsche …«, er formte den Mund zu einem O und entließ einen Rauchkringel, »das war nur ein Scherz, Schall und Rauch aus Jugendträumen. Wenn man wirklich bescheuert genug ist, sich so einen Ersatzpenis zu leisten, dann muss man das Gerät auch selbst fahren können.« »Ersatzpenis?« »Ja, weißt du das nicht? Porsche, Jaguar, Ferrari, Lamborghini, das sind alles Ersatzbefriedigungen für Typen, die keinen mehr hoch kriegen.«

Lisa kicherte. »Jetzt, wo du es sagst …« Sie verstummte jäh. Ein paar der reichen, alten Knacker fielen ihr ein, die sich bei ihr abgemüht hatten. Wolf spürte, was in ihr vorging und überspielte die peinliche Situation: »Also, der Porsche ist gestrichen. Aber es war lieb von dir, dass du an den Rollstuhl gedacht hast. Nur, das Monstrum, auf dem wir vorgestern geritten sind, das lässt sich mit keinem normalen Auto transportieren, da braucht man ein Spezialfahrzeug, absenkbar oder mit ausfahrbarer Hebebühne, das Ding wiegt zweieinhalb Zentner. Wir werden uns einen ultraleichten kaufen, der in jeden Kofferraum passt und nach einem Wagen hör ich mich nachher um. Am Sonntag hast du frei und bis dahin haben wir einen fahrbaren Untersatz – beziehungsweise zwei – und dann machen wir eine Tour de Saarland, okay?«

Danach gab er ihr, ohne dass sie ihn noch einmal darum bitten musste, einen knappen Überblick über seine sämtlichen Leiden. Ein nüchterner Report. Da war die Neuropathie in den Füßen, ein Schmerz, der nie schlief, solange er, Wolf, wach war. Er wurde mit einem Medikament namens Gabapentin bekämpft, unterdrückt, gerade unter die Schwelle des Unerträglichen. Wurde die überschritten, genügte vorläufig noch ein kleines Quantum Morphium, um Abhilfe zu schaffen. Die Arthrose in den Kniegelenken hielt so lange still, wie er sich nicht überanstrengte. Wenn dieser Schmerz zuschlug, war der Hausarzt mit der Spritze vonnöten.

Die Gleichgewichtsstörungen waren durch nichts zu beheben und der Juckreiz, der ihn seit ungefähr einem Jahr manchmal anfiel wie ein tollwütiger Köter, so dass er sich am liebsten die Haut vom Leib gekratzt hätte, der verschwand nach einer halben Stunde, wenn man die Stelle mit einer Cortison-Lotion einrieb. Gegen seinen schwachen Geruchssinn war auch kein Kraut gewachsen und die leichte Schwerhörigkeit ... nun ja, vielleicht sollte er sich doch ein Hörgerät zulegen.

»Schwerhörig? Du bist doch nicht schwerhörig«, wunderte sich Lisa.

»Du hattest noch keine Gelegenheit, es festzustellen. Deine Stimme bewegt sich, wie die meisten Frauenstimmen in den höheren Frequenzbereichen, mit denen ich keine Probleme habe. Es hängt natürlich auch von der Entfernung und der Geräuschkulisse ab. Nur noch eines ... zu meiner Augenkrankheit. Ich hab dir ja erzählt, dass sie erblich ist, also auch vererbbar. Und deshalb war das mit den anderen Umständen, in die ich dich vielleicht bringen könnte, nicht ernst gemeint, verzeih bitte. Das kann ich keinem meiner potentiellen Nachkommen zumuten, auch wenn es wirklich nur einen unter achtzig treffen sollte. Wir werden also keine Kinder haben.«

»Natürlich nicht«, sagte Lisa beklommen und ohne dass sie es wollte, hörte es sich irgendwie enttäuscht an. »Es sei denn«, fuhr Wolf fort, »es stellt sich zufällig Nachwuchs ein, wenn wir auf Pariser verzichten können und du dann die Pille vergisst.« Da war sie wieder, die Vergangenheit, ihre Vergangenheit, die sich nicht einfach abschalten ließ, indem man auf einen Knopf drückte. Aber Wolf hatte Recht, wenn er das Thema ansprach, die Gefahren ihres bisherigen Gewerbes. »Fast jeder zweite Mann verlangt von einer Hure«, sagte sie hölzern, »dass sie es ohne Gummi macht. Ich habe es nicht getan, obwohl ich dann noch mehr verdient hätte. Und mein letzter HIV-Test war negativ, liegt aber schon drei Monate zurück. Nächste Woche geh ich zum Arzt.« »Ja«, sagte Wolf, »und ich begleite dich. Ich hab schließlich auch nicht wie ein Mönch gelebt.«

Er ergriff ihre Hand und sie drückte die seine heftig. »Ist schon in Ordnung«, sagte sie und schluckte, »und jetzt grinse ich dich an mit einem ganz, ganz tapferen Pfadfindergrinsen und hab schon wieder vergessen, dass du mich aus dieser Entfernung gar nicht sehen kannst, ich blödes Huhn.« Wolf streckte seine langen Arme aus, legte ihr einen Finger auf den Mund und dann nahm er ihr Gesicht behutsam in beide Hände. Von dem Refsum-Syndrom, davon, dass er einer unter einer Million war, von der Phytansäure, die ihn vergiftet hatte, mit jedem Rumpsteak, mit jedem Stück Butter oder Käse, mit jedem Glas Milch … von all dem hatte er ihr nichts erzählt. Wenn er jemals herausfand, ob eine Diät oder eine Plasmapherese in seinem Alter noch eine Verbesserung seiner Situation bewirken könnte, würde er mit ihr darüber reden.

# 13

Der Motor des Renault Alpine A310 knurrte ungnädig, als seine 184 PS in den ersten Gang herabgedrosselt wurden. Dr. Emil Hanusch tätschelte das Lenkrad und murmelte: »Ja ja, schon gut, mein Schatz, bald sind wir oben und dann geht es dir wieder besser … aber rasant wird es heute nicht, tut mir leid.« Der Doktor, dessen Stimme sonst immer etwas quäkte und häufig nervös klang, sprach zu dem Wagen wie ein gütiger Opa, der seinem ungeduldigen Enkel eine unangenehme Situation erklärt.

Langsam, sehr langsam schob sich der Sportwagen den Col de Saverne hinauf und ließ sich von den Auspuffgasen eines Transporters einnebeln. Hanusch fuhr immer diese Strecke, benutzte nie die Autobahn, wenn er am Wochenende nach Hause kam. Seit sieben Jahren war er medizinischer Direktor einer Straßburger Augenklinik und seit sieben Jahren fuhr er am Freitagnachmittag, manchmal schon am Donnerstag, von Straßburg nach Saarbrücken. Und daran würde sich auch in den nächsten drei Jahren nichts ändern. Vor zwei Jahren, obwohl er da schon vierundsechzig war, hatte ihn der Aufsichtsrat erneut gewählt.

Er hatte überzeugende Arbeit geleistet, der kleine, alerte Doktor mit dem rosigen Gesicht und den schlanken, zierlichen Händen, um die ihn manche Frau beneidete. Anfangs hatten ihn die französischen Kollegen mit Misstrauen beobachtet. Immerhin beherrschte er ihre Sprache perfekt, sonst hätte er überhaupt keinen Fuß auf den Boden bekommen, sie hätten ihn rigoros kaltgestellt. Noch immer sind die meisten Franzosen davon überzeugt, dass ihre Sprache die einzige

Kultursprache der Welt ist und sie es nicht nötig haben, eine andere zu lernen. Und wer ihr Land betritt und sich des Französischen fehlerhaft oder mit einem allzu barbarischen Akzent bedient, dem begegnen nicht selten Arroganz oder Herablassung. In Dr. Hanuschs Französisch entdeckten sie jedoch keine Mängel. Dafür hatte Claudette gesorgt, seine liebe Claudette, die ihn seit ihrer Heirat erbarmungslos gedrillt und sein holpriges Schulfranzösisch bei jeder Gelegenheit – zu seinem Entzücken sogar im Bett – korrigiert hatte.

Aber Claudette war für seine Mitarbeiter auch der Stein des Anstoßes gewesen, der ihm die Arbeit in Straßburg zunächst erschwerte. Denn diesen Job verdankte er ihren Beziehungen und das wusste jeder, noch bevor er die Schwelle seiner neuen Wirkungsstätte zum ersten Mal überschritt. Claudette Vernais stammte aus einer angesehenen Straßburger Familie. Sie brachte das Geld mit in die Ehe, mehr Geld, als ein Facharzt der Augenheilkunde je verdienen konnte. Und weil sie ihren Emil vergötterte – »mon petit Emile« – war sie zu ihm nach Saarbrücken gezogen, obwohl sie viel lieber in ihrer Heimatstadt geblieben wäre. Mit ihrer Mitgift hatten sie das Haus auf dem Rotenbühl erworben. Für den Handwerkersohn Hanusch eine prächtige Traumvilla, für Claudette ein standesgemäßes Domizil.

Die Kinder, die dieses Haus bevölkern sollten, stellten sich nicht ein. Und so überschüttete Claudette ihren Emil nicht nur mit fraulicher, sondern in zunehmendem Alter auch mit mütterlicher Liebe. Deshalb wunderte er sich, als sie ihm erzählte, in Straßburg sei die Stelle eines medizinischen Direktors zu besetzen und ihn drängte, sich darauf zu bewerben. Man werde seine Bewerbung unterstützen, habe ihr eine Freundin versichert. Das wunderte ihn deshalb, weil sie um diese Zeit gerade beschlossen hatten, dass er bald in den Ruhestand treten würde. Worauf sie sich, wie sie überschwänglich betonte, mit jeder Faser ihres Herzens freue. Er hatte sich damals gesagt, dass er ja doch nicht imstande sei, in das komplizierte und komplexe Geflecht ihrer Seelenzustände einzudringen, dass sie ihre Entscheidungen wahrscheinlich immer davon abhängig mache, womit sie ihm die größte Freude bereiten könne. Später hatte er dann festgestellt, dass ihre Entscheidung richtig gewesen war, dass er sich einerseits noch viel zu jung fühlte für den Ruhestand und dass ihm andererseits nach dem jahrelangen Alltagseinerlei in der Praxis das neue Betätigungsfeld enorme Befriedigung verschaffte. Der Job und der damit verbundene gesellschaftliche Aufstieg. Vielleicht war das Claudettes Beweggrund gewesen, vielleicht hatte sie achtundzwanzig Jahre, ohne sich je zu beklagen, unter seinem »niederen Stand« gelitten.

Die liebe, gute Claudette. Bald würde sie ihn mit ihrem zwitschernden »Mon cher ami!« begrüßen. Hanusch lächelte, als er an das immer noch hübsche Altfrauengesicht dachte, das bei seinem Anblick erstrahlte. Bis morgen Abend würde sie ihn dann verwöhnen, mit ihrer Fürsorge und ihren exotischen Kochkünsten. Am Samstag endlich durfte er sich dann seinem Hobby widmen. Einem teuren Hobby, das Claudette großzügig mitfinanzierte, weil er es sich von seinem Verdienst nie hätte leisten können. Jedenfalls nicht in diesem Ausmaß. Dr. Hanusch sammelte Oldtimer, besser gesagt alte Autos. Ein Bugatti oder Düsenberg befand sich nicht in seiner Sammlung. »Alt«, das begann bei ungefähr fünfundzwanzig Jahren. So alt war der Renault Alpine, in dessen sportlichem Lederpolster er jetzt saß, die Rückenlehne hochgestellt, kerzengerade, damit er über das Lenkrad schauen konnte. Er war zu klein, um sich bequem und lässig, fast liegend in den Sitz zu fläzen. Eine Haltung, die dem Fahrer dieser windschnittigen Flunder besser angestanden hätte. Nur hätten seine Füße dann nicht die Pedale erreicht und seine Hände nicht das Lenkrad.

Diese geschickten Hände, die in der Kindheit seine Berufswünsche diktiert hatten. Wenn er die Teile seines Märklin Baukastens problemlos mit winzigen Schräubchen verband, träumte er davon, Feinmechaniker oder Uhrmacher zu werden. Nicht Kfz-Mechaniker wie sein Vater, die Arbeit schien ihm zu grob. Aber der reparierte auch in seiner Freizeit Autos und Emil ging ihm schon früh zur Hand. Die Eltern redeten ihm seine Träume aus, er sollte doch »etwas Besseres« werden. Von dem Geld, das er in den Semesterferien verdiente, kaufte er sich einen Käfer, an dem fast nichts mehr ganz war. Kein Unfallwagen, der Verschleiß hatte ihn so ramponiert. Durch die Arbeit an diesem Vehikel war Hanuschs Liebe zu alten Autos erwacht.

Das Kranfahrzeug, das vor ihm herzockelte, hatte die Kuppe des Col erreicht. Auf seiner offenen Ladefläche stand ein Citroën 15CV, in Deutschland auch das »Maigret-Auto« genannt, weil Simenons Kommissar in der deutschen Fernsehserie diesen Wagen fuhr. Das war des Doktors neuestes Stück für seine Sammlung und deshalb überholte er den Transporter nicht, sondern zähmte seinen Renner und hielt sich beharrlich hinter dem LKW, um seinen Besitz nicht aus den Augen zu verlieren. Übers Internet war er in ständigem Kontakt mit Leuten, die seine Leidenschaft teilten und dadurch hatte er erfahren, dass eine dieser schweren Limousinen in der Nähe von Colmar zu haben sei.

Wieder fiel sein Blick auf den zerbeulten Kotflügel, hinten links. Für einen Sekundenbruchteil musste er die Augen schließen, die Sonne blendete ihn. Der Kotflügel, das war eine Kleinigkeit. Das marode Innenleben, die faulen Schläuche, die defekten Kabel, die zu erneuern würde die meiste Arbeit bringen und darauf freute er sich. Wie ein Chirurg, der eine komplizierte Transplantation vor sich hat. Claudette liebte die Wagen erst, wenn sie in neuem Lack erglänzten, mit formidabler Polsterung ausgestattet waren, die zu einer Spazierfahrt einluden.

Das Einzige, das sie je an seinem Hobby gestört hatte, war die riesige Garage, die er für seine Sammlung benötigte. Die, wie er selbst zugeben musste, das Anwesen auf dem Rotenbühl ziemlich verschandelte. Jetzt war so gut wie nichts mehr von dem Gebäude zu sehen. Sie hatte ein Heidengeld ausgegeben für Pflanzen, Bäume und Sträucher, die entweder besonders schnell wuchsen oder die Garage bereits überragten, als die Gärtnerei sie lieferte.

Claudette pflegte andere Hobbys. Sie wechselten im Lauf der Jahre. Mal war es chinesische Seidenmalerei, mal Teppichknüpfen – eine knifflige, langwierige Tätigkeit, an der sich Hanusch aus Spaß gelegentlich beteiligte – mal war es ein Gewächshaus, dem Claudette ihre Freizeit widmete. Was immer es war, sie stürzte sich mit Elan darauf, eignete sich mit der Begeisterung einer Internatsschülerin alles verfügbare Wissen über die Kunst an, der sie sich verschrieben hatte, blieb aber höchstens drei, vier Jahre bei der Stange, dann war diese Begeisterung verpufft. Nur dem Haus und vor allem seinem Interieur hielt sie die Treue, seit sie eingezogen waren. Das hütete sie wie ihren Augapfel, das entstaubte, scheuerte und wienerte sie. Der Putzhilfe überließ sie nur die gröbsten Arbeiten.

Mehr Personal wollte sie nicht und das hatte Hanusch immer gewundert. Nicht, dass er Wert darauf gelegt hätte, im Gegenteil, er war heilfroh, dass er sich in seinem eigenen Haus frei bewegen konnte und nicht ständig von fremden Leuten umgeben war. »Wenn wir Kinder hätten, um die ich mich kümmern müsste«, war Claudettes Begründung, »hätten wir auch eine Köchin, ein Hausmädchen und einen Gärtner.« »Und einen Chauffeur«, hatte er sie geneckt und sie hatte erwidert, den habe sie ja schon.

Seit drei Jahren hatte sie sich mit der geballten Kraft ihrer fünfzig Kilo auf die Schriftstellerei geworfen. »Gesellschaftsromane«, hatte sie mit geheimnisvollem Lächeln erklärt, als er sie fragte, welches Genre sie sich ausgesucht habe. Dann las er ihre ersten Ergüsse, schwülstige Geschichten von einem schändlichen Grafen des 18. Jahrhunderts, der die Tochter seines Leibeigenen verführte, missbrauchte und ins Elend stieß, bis der strahlende junge Held erschien, der die Verlorene errettete und den Bösewicht gebührend bestrafte. Es fiel ihm nicht leicht, das Geschreibsel zu loben, doch er tat es, weil er es nicht übers Herz brachte, ihr erwartungsfrohes, kindliches Lächeln zerbröckeln zu sehen.

Zu seinem Erstaunen fand sie für ihren Roman *Les martyres de Marie-Claire* dennoch einen Verleger, in Dijon. Er hatte den Verdacht, dass der Verlag in Wirklichkeit ihr gehörte und von einem Strohmann geführt wurde, forschte aber nicht danach, ließ ihr das harmlose kleine Geheimnis, wenn es denn eines war. Auch wenn er selbst keine Geheimnisse vor ihr hatte, nicht einmal eine Mätresse, die Claudette wahrscheinlich hingenommen hätte, wie sie es von ihrer duldsamen Mutter gewöhnt war.

Zwei Stunden später stand der Citroën 15CV hochgebockt in der Garage. Hanusch entlohnte den Fahrer und den Beifahrer des Transporters und gab den beiden Männern, die den schweren Wagen von der Straße in die Garage geschoben hatten, ein großzügiges Trinkgeld. Claudette stand daneben und strahlte, nicht nur über die Ankunft ihres Emile, sondern auch über den Quince Chevaux. Emil hatte ihr am Telefon nur gesagt, er werde schon am Donnerstag kommen und ein besonders exquisites Stück für die Sammlung mitbringen. Und weil er aus ihren Kindheitserinnerungen wusste, dass diese Familienkutsche das erste Auto ihres Vaters gewesen war, das sie bewusst wahrgenommen hatte, verschwieg er ihr, was er da in Colmar entdeckt hatte.

Jetzt schlug sie ein übers andere Mal die rundlichen Patschhändchen zusammen und lachte bei der Vorstellung, wie sie sich in dem Koloss ausnehmen würde. »Ich werde in dem Sitz versinken und unsichtbar sein wie Alice im Wunderland!« Nachdem das Kranfahrzeug verschwunden war, schloss Hanusch das schmiedeeiserne Tor der Einfahrt und die beiden gingen eng umschlungen durch den Garten zur Terrasse. Zwei Zwerge im Feenreich. Bevor er sich vom Staub des Citroën befreien durfte – beim Rangieren hatte er Hand angelegt – musste er den Begrüßungssherry nehmen. Sie bugsierte ihn in die Kissen eines Korbsessels zwischen zwei Kübeln mit Oleander und trippelte mit winzigen Schrittchen ins Haus. Der Doktor wusste, was ihm bevorstand: Sie würde ihm gleich einige ihrer *Surprises* servieren.

Früher hatten diese Überraschungen noch Seltenheitswert, richteten sich meistens nach der gerade herrschenden Fressmode. Doch in letzter Zeit war es schon zur Regel geworden, dass er am Wochenende etwas aufgetischt bekam, das absolut nichts mehr mit den Essgewohnheiten eines normalen Mitteleuropäers zu tun hatte, wie er fand. Die Rezepte für diese Gaumenfreuden hatte Claudette aus dem Fernsehen. Die Hälfte aller Programme, so schien es Hanusch aufgrund ihrer Erzählungen, bestand inzwischen wohl aus sogenannten Kochshows. In diesen Sendungen zelebrierten Küchenchefs und prominente Laien eine *Haute Cuisine* unter dem Motto: Es gibt nichts, das man nicht essen kann und nichts, das nicht zusammenpasst.

Das Zeremoniell, dem er sich nun unterwerfen musste, erinnerte ihn immer, ob er wollte oder nicht, an die komische Szene in Hitchcocks *Frenzy*: Die Frau des geplagten Inspektors zwingt ihn, eine grausige Fischsuppe zu verspeisen, obwohl der arme Mann sich nichts sehnlicher wünscht als ein ordentliches englisches Beefsteak mit Bratkartoffeln. Auch der Doktor bevorzugte eine handfeste Kost und in Straßburg fehlte es daran nicht: Schinken in Riesling, Straßburger *Bäckerofen* oder *Choucroute d'Alsace*. Und er war ein guter Esser, aber kein guter Futterverwerter, was ein Segen war, sonst wäre er bei seinen ein Meter zweiundsechzig schon kugelrund.

Claudette kam mit zwei Gläsern Sherry zurück und setzte sich zu ihm. »Was gibt es denn?«, fragte er mit einem Augenzwinkern, nur um ihr fröhliches »Mais cher ami!« zu hören. Dann legte sie einen Finger auf die Lippen und wiegte bedächtig ihr Haupt mit den weißen Löckchen, als überlege sie, ob sie ihm ein staatsgefährdendes Geheimnis verraten dürfe. Sie tat es natürlich nicht und nachdem sie ihren Sherry getrunken hatte, eilte sie wieder ins Haus mit dem Ruf: »In einer halben Stunde ist die Köchin fertig.«

Hanusch duschte und zog eine weiße Leinenhose und ein dunkelblaues Hemd an. Er war froh, dass er den Anzug los war, in dem er bei der langsamen Fahrt trotz Klimaanlage geschwitzt hatte. Zum Glück bestand Claudette nicht auf festlicher Kleidung bei ihrem Dinner zu zweit. Und als er das Speisezimmer betrat, stellte er zu seiner Erleichterung fest, dass bei jedem Gedeck nur zwei Gläser standen. Allzu umfangreich konnte das Menü demnach nicht werden. Er nahm Platz, band sich die schwere Damastserviette vor und harrte der Dinge, die da kommen sollten.

Claudette brachte den Wein für den ersten Gang, einen Merlot, den sie schon vor seiner Ankunft dekantiert hatte, schenkte ihm ein und verkündete: »Weil es immer noch so warm ist, habe ich uns etwas Leichtes vorbereitet, klein aber fein.« Sie küsste ihn auf die Stirn und flatterte in Richtung Küche davon. Hanusch seufzte, so leise und verhalten wie möglich. Trotzdem hörte sie es, drehte sich herum und drohte ihm schelmisch mit dem Finger: »Du wirst doch keine Angst haben, dass du nicht satt wirst, mein kleiner Gargantua!« »Pantagruel«, sagte Emil und grinste, »ich glaube, Pantagruel war noch fresswütiger als sein Herr Papa ... ich kann ja später zu McDonalds fahren, wenn ich nach deiner leichten Kost ein Loch im Bauch habe.« Sie kam zurück, schlang die Arme um seinen Hals und sagte bekümmert: »Weißt du, was ich gelesen habe? Die meisten meiner Landsleute hätten inzwischen der französischen Küche abgeschworen und ernährten sich auch nur noch von diesem scheußlichen Fastfood.«

Typisch französisch war das allerdings nicht, was an diesem Abend bei Hanuschs auf den Tisch kam: ein Carpaccio vom Pastorenstück, gegrillter Hoki in Sesam, anschließend kleine Krokodilsteaks, gestäubt mit Senfmehl, dazu Feigenkompott. Und zum Nachtisch reichte Claudette mit der schwungvollen Geste eines Chefs de Service ein Schokoladen-Walnuss-Brownie auf Honig-Pfeffer-Ananas-Ragout. Der Hoki und das Krokodil waren Hanusch zu trocken und schmeckten eigentlich nach gar nichts, seiner Meinung nach. Die behielt er jedoch für sich und den Rest ließ er sich munden. Von dem phantasievollen Dessert nahm er zweimal und so wurde er schließlich doch satt.

Er hörte kaum zu und nickte nur – dank langer Übung an den richtigen Stellen – während sie ihm erklärte, was ein Pastorenstück sei und weshalb man den Hoki am besten grille. Er weilte in Gedanken bei seinem 15CV und sinnierte, wie er ihn lackieren sollte. Hatte er sich die Frage laut gestellt oder hatte sie es erraten, wohin sein Geist geschweift war? Jedenfalls unterbrach sie ihren kulinarischen Vortrag und sagte: »Da rede ich und rede und lasse dich überhaupt nicht zu Wort kommen, Chérie ... weißt du, was ich vorhin dachte, als ich den Citroën sah?« Er blickte sie erwartungsvoll an, überrascht von ihrem Interesse. »Ich hätte gern«, fuhr sie fort und unterstrich jedes Wort mit einem Klopfen des Dessertlöffels auf dem Tisch, »ich hätte gern, dass du den Wagen nachher weinrot lackieren lässt ... schwarz, das ist so, so bedrückend. Und die Sitze werden mit mausgrauem Leder bezogen, ja?«

»Das wird eine edle Karosse«, schmunzelte Hanusch, »vor allem die Polsterung ...« Sie schnitt ihm das Wort ab: »Papperlapapp, egal, wie teuer das ist, das schenke ich uns zu Weihnachten.« Kaffee und Cognac nahmen sie im Salon, den Claudette mit Louis XVI-Möbeln ausgestattet hatte und für die abendliche Zigarre musste er sich ins Rauchzimmer bequemen. Irgendwie hatten sie die elf Räume ihres Hauses ja nutzen müssen und Madame hatte dafür gesorgt, dass jeder Raum eine eigene Bestimmung und eine eigene Note erhielt. Sie leistete ihm Gesellschaft für eine der drei Zigaretten, die sie täglich rauchte ... besser gesagt paffte, ohne zu inhalieren. Noch immer bereitete es ihm Vergnügen, sie zu beobachten, wie sie die Zigarettenspitze aus Elfenbein zwischen Daumen und Zeigefinger hielt, mit manirierter Bewegung an die Lippen führte und mit dem Schmollmund einer verruchten Lady daran sog.

Claudette hatte sich gerade verabschiedet, um aufzuräumen, als in der Diele das Telefon läutete und der Doktor ging in sein Arbeitszimmer, wo sich ein Anschluss befand. »Malkowski«, meldete sich eine tiefe, volltönende Stimme, die im Hörer vibrierte. »Wer ist da bitte? Ich habe Sie nicht verstanden, die Verbindung ist ziemlich schlecht.« Hoffentlich nicht noch ein Schwerhöriger, dachte Wolf Wernau und sagte entschuldigend: »Tut mir leid ... ich habe die Freisprechanlage eingeschaltet und bei meiner Stimme ... ich denke nicht immer daran, sie etwas zu dämpfen.« Er wiederholte seinen Decknamen, leiser, sein mächtiges Stimmvolumen verringernd. »Ja, jetzt geht's schon besser«, meinte Hanusch aufgeräumt. Anfangs begriff er nicht, was der Mann von ihm wollte, konnte sich auch nicht an einen Patienten namens Malkowski erinnern. »Ach, so lange ist das schon her«, sagte er schließlich, »kein Wunder, dass mich mein Gedächtnis im Stich lässt.«

Nach diesem Gespräch kostete es Wolf eine geradezu qualvolle Überwindung, sein Handy nicht an die Wand zu schmeißen und in letzter Sekunde fiel ihm noch ein, dass es nicht sinnvoll war, mit nackten Zehen um sich zu treten. Er zitterte am ganzen Leib und dann brüllte er wie ein waidwunder Löwe und das war die einzige Erleichterung, die er sich verschaffen konnte.

# 14

Dr. Herbert Kuhnert stand in der Tür seiner Küche, rauchte eine Zigarre und blickte gedankenverloren auf seinen Garten, über dem kleine Nebelschwaden tanzten, aufwallten, wieder sanken und sich schließlich zu dünnen Fäden kräuselten, die sich im Himmelsblau auflösten. In der Nacht hatte es zum ersten Mal – er wusste gar nicht mehr, seit wie vielen Tagen – geregnet. Der Alte versuchte, sich über seine ambivalenten Gefühle klar zu werden. Einerseits genoss er die wiedergewonnene Stille seines Hauses, das er sich inzwischen zurückerobert hatte, wie ein Kater, der vorübergehend aus seinem Revier vertrieben worden war.

Andererseits fehlten ihm ein wenig die Gespräche mit seinen Söhnen, vor allem natürlich mit Rudolf. Mit seiner zickigen Schwiegertochter Ingrid hatte er eine Art Waffenstillstand geschlossen. Auch wenn er sich nach wie vor nicht sicher war, wie er ihren Gefühlsausbruch deuten sollte: die spontane Umarmung, die Sorge, die aus ihren Worten sprach ... war das wirklich echt gewesen oder wollte sie ihn nur an einem sicheren Ort wissen, damit sie sich alle nicht mehr um ihn kümmern mussten? Und dann war da noch dieser aufgeweckte kleine Bursche, sein Enkel Timo. Wenn er es recht bedachte, hatte er ihn an seinem Geburtstag zum ersten Mal bewusst registriert. Die anderen drei ... na ja, die waren ihm immer noch schattenhafte Gestalten, die um ihn herum wimmelten und Unruhe verbreiteten. Vielleicht würde er irgendwann auch an ihnen Gefallen finden, aber Timo, den vermisste er jetzt, falls er seine seelische Verfassung richtig interpretierte.

Nun waren sie alle wieder fort, unterwegs nach Stuttgart und Kiel.

Und er hatte ihnen versprochen, sich nach einem Platz in einem Seniorenheim – nein, wie hieß das noch? In einem Haus für betreutes Wohnen – umzuhorchen. Und ja nur gut auf sich aufzupassen, vor allem beim Rauchen! Er grinste bei dem Gedanken an Ingrid, die ihm noch aus dem abfahrbereiten Wagen heraus zugerufen hatte, er solle nur ja nicht mehr auf seinen alten Bäumen herumklettern … irgendjemand werde sich doch finden lassen, der bereit sei, ein paar Zentner Äpfel und Zwetschgen zu pflücken. »Ja ja«, grummelte er, »und dann noch jemand, der das Obst entkernt, Marmelade kocht, in die Gläser füllt und so weiter und so weiter …« Da konnte er ja gleich eine Haushälterin einstellen, die ihm den ganzen Tag auf die Nerven ging.

Kuhnert holte ein Körbchen aus dem Schrank und spazierte, die Zigarre im Mundwinkel, gemächlich in den Garten. Den jubilierenden Gesang der Vögel, die der Regen erfrischt hatte, hörte er nicht. Nur das krächzende Gezänk eines Krähenschwarms war laut genug, sein Ohr zu erreichen. Er würde sich ein paar schöne Tomaten, Stangenbohnen und Paprika aussuchen und sich für heute Mittag einen Gemüseeintopf kochen. Nach der Geburtstagsvöllerei und dem vielen Fleisch sollte er zur Abwechslung mal wieder etwas Gesünderes zu sich nehmen.

Als er seine kleine Ernte eingebracht hatte, legte er eine Zeitung für den Abfall auf den Küchentisch, stellte sein gut gefülltes Körbchen und eine Pfanne daneben, kramte ein Küchenmesser aus der Schublade und machte sich an die Arbeit. Dann fiel ihm ein, dass er die Zwiebeln vergessen hatte. Die lagerten im Keller, wo es kühl genug war, dass sie nicht keimten. Er stieg hinunter und als er endlich alles beisammen hatte, begann er zu schälen, zu schnippeln, zu vierteln. Es störte ihn nicht, dass auch einige Fetzchen der äußeren Zwiebelhaut und eine ganze Menge Paprikakerne, die er beim Herauskratzen übersehen hatte, in der Pfanne landeten. Und ein paar Flöckchen Zigarrenasche.

Am Nachmittag machte er sich schweren Herzens daran, sein Versprechen einzulösen. Er nahm das Telefon mit in den Hof und setzte sich an den Tisch, an dem sie seinen Geburtstag gefeiert hatten. Dann rief er die Auskunft an und ließ sich mit der erstbesten Einrichtung für betreutes Wohnen verbinden, die ihm das Fräulein herausgesucht hatte. Nach etlichen Missverständnissen gelang es der freundlichen Dame am anderen Ende der Leitung, den Doktor über ihr Haus und was ihn dort erwartete, aufzuklären und welche Wohnungen zurzeit zu kaufen seien und welche er mieten könne. Als er ihr sein Leid klagte, wie sehr er an seinem Garten hänge, hatte sie eine Idee, auf die er selbst noch nicht gekommen war: Falls er sein eigenes Haus nicht verkaufen müsse, um eine andere Immobilie zu erwerben, solle er es doch vermieten mit der Maßgabe, dass er zumindest einen Teil des Gartens für sich beanspruche. Das sei kein schlechter Gedanke, meinte der Alte, er werde sich das überlegen und sich dann wieder melden.

Und dann hatte er gerechnet. Die einzige Wohnung, die dort für ihn in Frage kam – zweieinhalb Zimmer, Küche, Bad, mit einer kleinen Terrasse zu ebener Erde – würde ihn rund 210 000 Euro kosten. Er hatte keine Ahnung, wie teuer eine vergleichbare Wohnung in einem normalen Hochhauskomplex war, aber 210 000, das fand er doch unverschämt teuer. Zumal er immer noch nicht wusste, worin die Betreuung eigentlich bestand. In diesem Punkt waren die Ausführungen der Dame ziemlich vage gewesen … oder er hatte sie nicht richtig verstanden. Er beschloss, nächste Woche mal hinüberzufahren in die Kaiserslauterer Straße und sich vor Ort umzuschauen. Aber vorher würde er mit Rudolf reden.

Dr. Sigrid Wegmann schlenderte ziellos durch die Fußgängerzone, von einem Ende zum anderen und wieder zurück, ließ sich in der Menge treiben. Niemand kümmerte sich um die etwas füllige Dame im cremefarbenen Sommerkostüm, die mit gesenktem Haupt vor sich hin trottete, die Krokotasche am langen Riemen über der Schulter. Nur wenn sie mitten in jemand hineinlief, traf sie ein Fluch oder ein vernichtender Blick und prallte von dem Panzer ab, der sie von der Außenwelt trennte.

Manchmal blieb sie vor einem Schaufenster stehen, betrachtete mit leeren Augen die Auslagen, doch nichts von dem, was sie sah, drang zu ihr durch, nicht einmal das Funkeln und Gleißen von Gold und edlen Steinen in den Vitrinen eines Juwelierladens.

Sie ließ sich von der Rolltreppe in die unterirdische Kaufhauspassage tragen, erstand hier eine Pizzaschnitte, dort eine Frühlingsrolle und in einem Feinkostladen einen Becher mit Mango. Wahllos stopfte sie alles in sich hinein und als sie schließlich in einem Café vor einem Stück Schwarzwälder Kirschtorte saß, lächelte sie verwirrt und dachte: Das ist ja Masochismus! Für einen Augenblick war ihr, als könne sie fühlen, wie sie an Umfang und Gewicht zunahm, der Busen noch schwerer wurde und die Haut über den Pausbacken sich spannte. Entschlossen stieß sie den Löffel in die Sahne und schaufelte die nächsten Kalorien in sich hinein. Man wird doch nicht von einer Sekunde zur anderen dicker! Das war genau so ein Unsinn wie der Traum, den sie heute Morgen hatte.

Sie reitet auf einem Maulesel durch eine öde, felsige Landschaft, die ihr abwechselnd fremd und dann wieder auf seltsame Weise vertraut scheint. Vor und hinter sich hört sie leises Hufgetrappel und wie aus weiter Ferne ein Stimmengewirr in verschiedenen Sprachen. Offenbar reitet sie in einer Gruppe … vielleicht ein Urlaubstraum. Plötzlich sieht sie nichts mehr, ein zäher, fast breiiger Nebel hüllt sie ein. Oder befindet sie sich im Zentrum eines Sandsturms? Dann ersterben alle Geräusche und sie fühlt nur noch das Schaukeln ihres Reittiers, das sie davonträgt, dem Erwachen entgegen.

Vielleicht war der Traum gar nicht so unsinnig, vielleicht enthielt er doch eine Botschaft. Ja, sie war allein inmitten all dieser Menschen, die durch eine wüste, öde Welt hasteten, die sich ihren verblendeten Augen aufregend bunt und verlockend präsentierte … bis sie feststellen mussten, dass alles, was sie taten, dumm, schal und vollkommen sinnlos war. Sigrid zahlte, verließ das Café und machte sich auf den Weg in den Bürgerpark. Dort würde sie sich auf eine Bank setzen und ihre Gedanken ordnen. Nur kein Selbstmitleid, ermahnte sie sich, ich bin nicht die Einzige, die allein ist in dieser Gesellschaft der Vereinsamten.

Das war nun schon der dritte Tag, an dem sie die Praxis geschlossen hatte. Sie schlief morgens lange dank *Vivinox Sleep* und nachmittags

wanderte sie in der Stadt umher. Für ihre Haushalts- und ihre Sprechstundenhilfe war sie immer noch krank und damit Olga sich nicht
wunderte, wenn Frau Doktor ausging, erzählte sie ihr, sie habe sich
in eine Therapie begeben und müsse jeden Nachmittag zum Arzt. Es
war lächerlich, es war grotesk, dass sie sich bemüßigt fühlte, ihren
Angestellten Rechenschaft abzulegen und Märchen zu erfinden. Warum machte sie nicht einfach Urlaub, rief ihren Sohn in Marburg an
– den zumindest konnte sie ja erreichen – hinterließ eine Nachricht
für Christoph und setzte sich ins nächste Flugzeug, egal wohin? Oder
sie gestand sich endlich ein, dass sie keine Lust mehr hatte, die Praxis
weiterzuführen.

Die Geschichte mit Wernau hatte ihr in aller Deutlichkeit gezeigt,
wie fehl am Platze sie dort war. Immer wieder hatte sie die Internet-
artikel gelesen, in denen das Wichtigste über seine haarsträubende
Krankheit, dieses Refsum-Syndrom, zusammengefasst war. Und immer wieder hatte sie ihr Gedächtnis durchforstet, um dann resigniert
festzustellen, dass sie wirklich noch nie zuvor davon gehört hatte. Hatte sie dadurch Schuld auf sich geladen? Im moralischen Sinn, natürlich nicht im juristischen. Unwissenheit verleiht nicht die Gnade der
Unschuld und bekanntlich schützt sie auch nicht vor Strafe. War das
ihre Strafe, ihr Schuldgefühl gegenüber dem Mann, dessen Schicksal
sie einmal in Händen hielt, dessen Leben sie vielleicht hätte verändern, zum Besseren wenden können? Möglicherweise sogar in einer
Partnerschaft, wenn sie sich ihm offenbart hätte.

Jetzt konnte sie ihm nicht mehr helfen, jetzt musste sie an sich selbst
denken, an ihre Zukunft. Half es ihr, war das eine Lösung, eine Er-
lösung, wenn sie die Praxis schloss und ihren Beruf hinschmiss? Und
was würde sie dann tun, womit sich beschäftigen? Olga entlassen und
den Staubsauger selbst in die Hand nehmen? Oh nein, sie war kein
Putzteufel und kein Hausmütterchen, noch nie gewesen. Sollte sie
sich einer sozialen Aufgabe widmen? Unbewusst schüttelte sie den
Kopf. Es gelang ihr nicht, sich als Grüne Dame zu sehen, die durch
einen Krankenhauskorridor schwebte … oder als Trösterin in einem
Hospiz am Bett eines Dahinscheidenden.

Vor dem Eingang zum Bürgerpark blieb sie stehen. Sie war schon lange nicht mehr hier gewesen, erinnerte sich jedoch, dass ihr diese Stätte der Erholung immer recht karg vorgekommen war … ein bisschen zu viel Kunst und zu wenig Natur. Kurz entschlossen drehte sie sich wieder um. Sie würde sich irgendwo an die Saarwiesen setzen, dem Fluss einen Besuch abstatten. Vielleicht verhalf ihr die träge Beharrlichkeit des Wassers zu einer Eingebung.

Wolf war noch im Bad, als Lisa schon in der Küche hantierte. Obwohl sie sich eine ganze Menge vorgenommen hatten, waren sie doch erst um Viertel vor elf aus den Federn gekrochen. Plötzlich fiel ihr ein, dass sie immer noch nicht Olivia angerufen hatte und sie eilte in den Flur zum Telefon. Sie musste unbedingt verhindern, dass Olivia irgendwelche Pferde scheu machte, vielleicht eine Vermisstenanzeige aufgab. Erleichtert stellte sie fest, dass die Freundin nichts von Wassili wusste. Dann hatte er also nicht gelogen, als er behauptete, er bekäme bald Verstärkung, nämlich noch an diesem Abend.

»Als ich von meinem Hausbesuch zurückkam«, erzählte Olivia, »war ich so zerschlagen, dass ich mir die Decke über den Kopf zog und sofort einschlief.« Lisa tischte ihr ein Märchen auf von dem reichen Geschäftsmann, der sie früher schon einmal gefragt hätte, ob sie irgendwann mit ihm für längere Zeit verreisen wolle. Und dazu habe sie sich nun entschlossen, so spontan, dass sie sogar vergessen habe, eine Nachricht zu hinterlassen. »Du hast dir doch hoffentlich keine Sorgen um mich gemacht?« Nein, das hatte Olivia nicht, noch nicht … und jetzt sei ja alles in Butter. Leider habe sie keine Zeit zum Klönen, der erste Kunde sei schon da. Olivia lachte: »Ein irrer Typ. Wenn du zurück bist, erzähl ich dir das mal … der wollte nämlich zu dir, ich bin nur der Notnagel.« Lisa sagte, sie sei wahrscheinlich fünf bis sechs Wochen unterwegs. »Und vielleicht«, fügte sie hinzu, »lande ich ja für ein paar Jahre als Mätresse in einer schnuckligen Penthousewohnung in München.« Sie versprach, sich wieder zu melden. Als Wolf herunterkam, erzählte sie ihm, dass sie endlich in Berlin angerufen und bei ihrer Freundin eine falsche Spur gelegt hatte und er war erleichtert.

Bevor sie aufbrachen, bat er sie, ihm »ein bisschen was« zu leihen. »Etwa 30 000 werden wir brauchen, wenn wir unsere Einkäufe gleich mitnehmen wollen«, meinte er grinsend, »und so viel hab ich natürlich nicht zu Hause herumliegen.« »Einkäufe, Plural? Ich dachte, wir wollen uns ein Auto zulegen.« »Lass dich überraschen ... oder magst du keine Überraschungen?« »Na, so lange es keine unangenehmen sind ... und die wirst du mir ja nicht bescheren.« Sie sprang die Treppe hinauf und als sie mit einer großen, prall gefüllten Handtasche herunterkam, hatte Wolf schon ein Taxi bestellt.

»Jetzt wirst du meinen Fahrer Mirko kennenlernen«, sagte er, »ein hübscher Junge ... das war er wenigstens, als ich ihn noch sehen konnte.« »Deinen Fahrer, hast du einen eigenen?« »Ach, das hat sich so ergeben, schon vor fünf Jahren. Ich bin zweimal hintereinander an ihn geraten, als ich ein Taxi brauchte und beim zweiten Mal wusste er schon, dass er mich an der Haustür abholen und nachher dort abliefern muss, wo ich hin will, zum Beispiel an den Stammtisch bei Hannes. Und seither frage ich immer, ob er Dienst hat, es ist nämlich«, er sah sie verlegen an, »nun ja, es ist nicht besonders erfreulich, wenn man ständig aufs Neue einem Fremden erklären muss, dass man hilflos ist ... steht übrigens auch in meinem Behindertenausweis, H wie hilflos.« Das klang wieder sehr ironisch, sehr nach Wolf Wernau.

»Oh, jetzt brauchen Sie mich ja gar nicht mehr«, sagte Mirko, als sie aus dem Haus traten. Er verschlang Lisa mit einem glühenden Blick aus dunklen, südländischen Augen und fügte hinzu: »Gegen die Konkurrenz bin ich natürlich machtlos.« »In dich war ich ja auch noch nie verliebt«, erwiderte Wolf gutgelaunt, »auch wenn manche Leute das glaubten, weil wir Arm in Arm gingen. Mirko«, erklärte er Lisa, »gehört zu den seltenen Männern, denen es nichts ausmacht, für schwul gehalten zu werden, obwohl sie es nicht sind.« Wirklich ein hübsches Kerlchen, dachte Lisa, vermutlich Deutsch-Jugoslawe.

»Wer krumme Gedanken hat, ist selbst ein krummer Hund«, sagte Mirko, »und solche Leute können mich ...« Er öffnete die hinteren Türen seines Toyota und verbeugte sich mit der Grandezza eines

Hotelpagen. »Bitte einsteigen, die Herrschaften, wohin geht's?« »Halberg«, sagte Wolf, »zu BMW.«

Nach etwa zwanzig Minuten fragte er: »Hier müsste irgendwo die Brebacher Landstraße abzweigen, stimmt's?« »Bingo«, lachte Mirko, »die passieren wir gleich.« Wolf spürte, dass Lisa leicht den Kopf schüttelte, ihre langen Haare kitzelten seine nackten Unterarme. »Da bist du platt, was?«, sagte er und zog sie an sich, »mach dir nichts draus, das ist nur ein übler Trick von mir, um die Leute zu verunsichern ... weil sie sich dann fragen, ob der gemeine Wernau nicht doch ein Simulant ist.« »Das solltest du aber nicht tun und mit mir schon gar nicht, das ist einfach dämlich«, sagte Lisa, leicht verärgert. Sie schwieg, bezwang ihre kleine Verstimmung und fuhr dann fort: »Übrigens hab ich den Kopf nicht über dich, sondern über mich geschüttelt ... weil ich dachte, ich hätte wieder was nicht richtig verstanden. Also, wieso weißt du, wo wir jetzt sind?«

»Entschuldige«, sagte Wolf zerknirscht und sie drückte seine Hand zum Zeichen der Versöhnung, »ich bin zwar kein krummer Hund, glaube ich jedenfalls, aber manchmal ein blöder, ich hätte es dir vorher erklären sollen ... tja, wie funktioniert das? Eigentlich ist es gar nicht so kompliziert. Erstens hab ich vierzig Jahre meines Lebens hier verbracht, als ein Mensch, der noch einigermaßen gut sah ... zweitens ist diese Stadt nicht sonderlich groß – wir befinden uns jetzt schon in einem Außenbezirk – und drittens habe ich ein recht gutes Gedächtnis und ein antrainiertes Gefühl für Zeiten und Entfernungen, das heißt, ich habe sozusagen einen Stadtplan in meinem Kopf gespeichert.« »Mich hat er auch schon oft verblüfft«, sagte Mirko und Lisa sah sein vergnügtes Grinsen im Rückspiegel.

»Da ist noch etwas, das ich nicht weiß«, flüsterte sie Wolf ins Ohr, als sie ausgestiegen waren, »wie weit kannst du überhaupt gehen mit deinen ... deinen kaputten Knien?« »Hmm, fünfzig, sechzig Schritte vielleicht, dann muss eine Sitzgelegenheit her.« Im Foyer warteten sie auf den Verkäufer, mit dem Wolf gestern gesprochen hatte. Trotz der schwülen Hitze, die nach dem Regen mit unverminderter Heftigkeit zurückgekehrt war, trug der flotte junge Mann einen dunklen Anzug und Krawatte. Als er auf sie zuschritt, neigte sich Lisa zu Wolf und hauchte, damit sie nur ja niemand hören konnte: »Den Typ müsstest du sehen, Liebling ... wie aus dem Ei gepellt, dagegen laufen wir rum wie Penner mit unseren alten Jeans und Sweatshirts.« Und dann erlebte sie ihre erste Überraschung.

Wolf hatte bereits einen Wagen gekauft, fernmündlich, jetzt musste er nur noch seinen Ausweis vorlegen. Der Verkäufer verglich gewissenhaft die Daten mit den Eintragungen in seinen Papieren und der Zulassung und reichte Wolf den Ausweis. »Nur eine Formalität, Herr Dr. Wernau«, entschuldigte er sich. Und dann, mit einem Blick auf die Blindenplakette an Wolfs Brust: »Ich habe Sie doch richtig verstanden, der Wagen sollte auf Sie zugelassen werden?« »Ganz genau«, sagte Wolf fröhlich, »weil Blinde keine Kraftfahrzeugsteuer zahlen ... fahren werde ich ihn nur, wenn Madame zu viel getrunken hat.« Der Mann lachte pflichtschuldigst und Lisa öffnete ihre Handtasche und murrte, als hätten sie ihren Text einstudiert: »Ja ja, fahren darf ich und zahlen darf ich auch!«

Für 21 500 hatte Wolf einen BMW Touring erstanden, zwanzig Monate alt, silbern metallic, 143 PS. »Ich dachte«, sagte er, »so ein Kombi ist für unsere Bedürfnisse das Beste ... genügend Ladefläche und trotzdem ziemlich flott. Ich liebe nämlich die Geschwindigkeit, auch wenn ich immer nur Beifahrer war. Und da ich jetzt eine jugendliche Chauffeurin habe, nehme ich an, sie teilt diese Leidenschaft mit mir.« »Ich werde es genießen«, gab Lisa zu, »in den Grenzen des Erlaubten ... aber eins musst du mir erklären: Wie hast du das geschafft, am Telefon ein Auto zu kaufen?« »Beziehungen«, sagte Wolf mit gespielter Selbstgefälligkeit, »kannst du dich noch an den Typ erinnern, der am Stammtisch so laut gegrölt hat?« »Der mit der Tittengeschichte«, kicherte sie, »ja, was ist mit dem?« »Holger ist meine Beziehung, der ist hier Stammkunde, fährt seit zwanzig Jahren BMW, immer das neueste Modell. Außerdem ist er ein mittelhohes Tier beim Funk und somit ein Mann mit gewaltiger Reputation. Und gestern hab ich ihn angerufen, damit er sich hier für mich verbürgt, daher die bevorzugte Behandlung.«

»Aha, so ist das«, sagte Lisa, rückte sich den Sitz zurecht und machte sich mit dem Cockpit vertraut, dessen Funktionen ihr der Verkäufer in einem Schnellkurs erklärt hatte, bevor er zu seinem nächsten Kunden eilte. »Wohin fahren wir?« Nun wunderte sie sich nicht mehr, als Wolf sie fehlerfrei von Schafbrücke über Scheidt in einen Ort namens Dudweiler lotste, zu einem Fachgeschäft für Hörgeräte. Und dort erlebte er eine Überraschung, eine böse, die ihn ziemlich erschütterte.

Er hatte seine Schwerhörigkeit falsch eingeschätzt. Sie war nicht, wie er geglaubt hatte, auf die unteren Frequenzen beschränkt. »Bei 12 000 Hertz«, sagte der Fachmann nach dem Test, »haben sie nicht mehr reagiert.« »Oh«, Wolf versuchte, seine Betroffenheit zu kaschieren, »deshalb ist es in meinem Garten so still … wo wäre im Normalfall die obere Grenze, in meinem Alter?« »Ich schätze, Sie sind etwas über fünfzig«, sagte der Mann – er war fünfunddreißig – und legte so viel Bedauern in seine Worte, dass Wolf dachte, wahrscheinlich sieht er in mir schon einen Todgeweihten. »Tja, theoretisch müssten Sie dann noch einen Frequenzbereich bis ca. 16 000 Hertz erfassen können. Aber«, seine Stimme wurde munter, »dem wollen wir abhelfen, deshalb sind Sie ja zu uns gekommen … haben Sie ein Rezept?«

»Ich bin privat versichert«, sagte Wolf, »ich kann das nachholen. Wenn ich etwas finde, das mir zusagt, bezahle ich es gleich, damit ich es benutzen kann … das heißt, meine Frau zahlt, sie hält die Bank.« »Prima«, strahlte der Händler und Lisa sah, wie er sich im Geist die Hände rieb. Sie war erstaunt, wie winzig so ein Hörgerät war und da Wolf seine Haare relativ lang trug und sie seine Ohren fast bedeckten, waren die kleinen Empfänger überhaupt nicht zu sehen.

»Mann, bist du aber schnell«, sagte Lisa, als sie nach einer halben Stunde den Laden verließen, »ein Auto am Telefon und jetzt ein Hörgerät sozusagen im Vorbeigehn, das nenne ich entscheidungsfreudig … andere Leute brauchen dafür Wochen.« »Ach, ich war nie ein Einkaufstourist … stundenlang durch Kaufhäuser bummeln, in Geschäften stöbern, Kataloge wälzen, Preise vergleichen und sich dann doch nicht entscheiden können, das hat mich schon immer angeödet.

Ich überlege mir vorher, was ich will und wenn ich glaube, es gefunden zu haben, greife ich zu. Das müsstest du eigentlich wissen«, er blieb stehen und umarmte sie, »dich hab ich doch auch auf den ersten Blick gekauft.«

Plötzlich klammerte er sich an sie wie ein verängstigtes Kind und Lisa fragte erschrocken: »Was, was ist denn, kannst du nicht mehr stehen? Wir sind gleich am Wagen, nur noch ein paar Meter.« »Nein, das ist es nicht, diese, diese Dinger«, er deutete mit beiden Zeigefingern auf seine Ohren, »die sind ja furchtbar ... ich hab ein Auto bremsen gehört, Reifenquietschen und dann eine Hupe ... so stelle ich mir die Posaunen von Jericho vor. Daran muss ich mich erst wieder gewöhnen, ich meine, daran, dass die Welt voller Lärm ist, dass es verdammt laut zugeht auf diesem Planeten ... vielleicht ein bisschen zu laut.« »Hast du das alles nicht mehr gehört?« »Schon, aber nicht so grell, nicht so schmerzhaft.«

Als sie ihm die Beifahrertür öffnete, sagte er: »Und jetzt werden wir unser Bestes tun, die Geräuschkulisse zu verstärken! Wir düsen nämlich auf die Autobahn und dann lässt du unsere Kiste mal dröhnen ... in den Grenzen des Erlaubten.« Lisa wendete und fuhr die Sackgasse zurück, in der sich der Hörgerätespezialist befand und Wolf erteilte wieder seine präzisen Anweisungen: »Rechts und dann nochmals rechts und wenn wir dieses Kaff verlassen haben, gleich hinter dem Ortsausgangsschild, links auf den Zubringer zur A620 Richtung Luxemburg-Trier.«

In Altenkessel in einem Orthopädiefachgeschäft kauften sie einen ultraleichten Rollstuhl. Auch den hatte sich Wolf gestern nach einem Telefongespräch mit einer Fachfrau ausgesucht. Alles in der kurzen Zeit zwischen Lisas Aufbruch zum Iren und Ladenschluss. Sie testeten das Gefährt. Wolf setzte sich hinein, Lisa schob ihn ein paar Mal in dem Laden hin und her und befand, damit käme sie mühelos zurecht. »Außerdem haben wir ja noch meine gigantische Muskelkraft«, sagte Wolf und machte den Gorilla, »normalerweise brauchst du nur zu lenken und ich schiebe die Räder.«

Lisa zahlte knapp viertausend Euro und nach zweieinhalb Stunden waren sie wieder zu Hause und sie parkte den Wagen vor der Garage, die seit Tante Trudes Tod keine mehr war. »Das war ja eine Blitzaktion«, sagte sie, als sie in der Küche saßen und die beiden letzten Tassen Kaffee tranken, die der Automat herausrückte. »Oh ja«, seufzte Wolf und streckte sich genüsslich, »das war sehr befriedigend, wie ein Heuschreckenschwarm haben wir alles abgegrast ... ein Stückchen von unserem Ländchen hast du auch gesehen und last but not least: In zweieinhalb Stunden fast 30 000 Euro auszugeben, das ist eine hübsche Leistung, wenn man nicht gerade Millionär ist.«

»Dazu muss ich dir etwas sagen«, Lisa holte tief Luft, »und anschließend will ich nur ein Okay von dir hören ... nur ein Okay, sonst absolut nichts!« »Wenn ...«, begann Wolf, aber sie unterbrach ihn mit einer Bestimmtheit, die er noch nicht an ihr kannte: »Kein Wenn und kein Aber: Der BMW geht auf meine Rechnung, das ist mein Einstand, meine Mitgift.« Er sah sie überrascht an und runzelte die Stirn. Lange ruhte sein Blick auf ihrem Gesicht, als nehme er sie doch wahr und könne ihre Gedanken erforschen. Dann suchte seine Hand die ihre und er sagte lächelnd: »Okay ... bevor dein Zorn über mich kommt, du rabiates Weib.«

# 15

An dem Morgen, an dem Barba zu den Huren ging, zum einen, um eine gefährliche Spur zu verfolgen, zum andern, um sich von der Last seiner sexuellen Nöte zu befreien, an diesem Morgen waren Susi und Sonny schon früh mit ihrem klapprigen Pickup aufgebrochen, zu irgendeinem Trödelmarkt nach Leipzig oder Dresden. Das passte in Barbas Pläne, da brauchte er keine umständlichen und verfänglichen Erklärungen abzugeben. Und am Nachmittag glaubte der Schmied zu wissen, mit wem und wohin Swetlana Kirilow verschwunden war. Weil Swetlana-Lisa für den Anruf bei ihrer Freundin Olivia unglücklicherweise nicht ihr Handy, sondern Wolf Wernaus Festnetzanschluss benutzt hatte.

Der Schmied hatte sich die Nummer auf dem Display eingeprägt, von der Auskunft hatte er mühelos erfahren, wer der Teilnehmer war und so folgerte er, der Kommissar Padulke von der Sitte müsse sich geirrt haben: Der Mann, der Swetlana Kirilow gesucht, gefunden und entführt hatte, konnte unmöglich ein Zuhälter sein, das war ein liebeskranker Irrer. Und so schwand auch seine letzte Angst, die seiner Rache hätte im Wege stehen können und er beschloss, seinem Feind einen Besuch abzustatten, einen Besuch, den der Blonde nicht vergessen würde.

Am Samstagmorgen würde er in Saarbrücken sein und am Sonntagabend wieder zurück. Und weil er seine Eltern seit Monaten nicht mehr gesehen hatte, rief er kurz entschlossen zu Hause an und bat seine Mutter, ihm für eine Nacht sein Bett zu richten. Dann schrieb er eine Nachricht für Susi und Sonny, nur fünf Worte: Bin zu meinen

Eltern gefahren. Während er eine kleine Reisetasche packte, gestand er sich ein, dass er sich verhielt wie einer, der einen Mord plante. Oder wie einer, der sich für eine Tat schämt und sie deshalb verheimlichen will.

Er legte eine falsche Fährte für Susi und Sonny und morgen, wenn er sein Elternhaus in aller Herrgottsfrühe wieder verließ, würde er seiner Mutter erzählen, er müsse zurück nach Kreuzberg, weil er noch eine dringende Arbeit vor sich habe. So würde niemand etwas von seinem kleinen Ausflug erfahren. Und in Saarbrücken würde er sich so unauffällig wie möglich verhalten. Soweit ein Mann mit einem leuchtend roten Bart unauffällig sein kann. Aber er hatte schon oft erfahren, wie wenig Beachtung die Leute ihren Mitmenschen schenkten und dass keiner beim anderen mehr eine bleibende Erinnerung hinterließ, gleichgültig, wie exotisch er aussah oder sich gebärdete.

Er klebte einen Streifen Scotch auf seine Botschaft. Nachdenklich betrachtete er seine gewaltigen Pranken. Unwillkürlich ballten sie sich zu Fäusten, unwillkürlich spannten sich seine Muskeln, wölbte sich der Bizeps des rechten, des Schmiedearms, zu einer dicken, stählernen Kugel. Nein, totschlagen wollte er das Schwein nicht, nur krankenhausreif. Aber Vorsicht war schon geboten, Zurückhaltung, wenn sich diese Maschine aus Knochen und Muskeln in Bewegung setzte. Sonst würde er am Ende doch noch einen Mord begehen. Er schlüpfte in seine speckige Lederjacke, überprüfte, ob die Werkstatt abgeschlossen war und verließ seine Wohnung. Dann hängte er seinen Zettel an die Tür nebenan, bestieg sein Moped und machte sich auf in den Spreewald, nach Lübben.

Am Samstagmorgen begleitete Wolf Lisa zum Friseur. »Da wirst du wieder einen anderen Teil von Saarbrücken kennenlernen.« »Ja, und wieder nette, neue Leute«, sagte Lisa begeistert, »ich treffe hier nur auf nette Leute.« »Das kann nicht sein«, widersprach Wolf, »in jeder Herde gibt es schwarze Schafe ... und Wölfe, die sich eingeschlichen haben. Du willst doch nicht behaupten, dass ich nett bin, das ist ein abgedroschenes Synonym für niedlich oder gar harmlos und das lass ich mir nicht nachsagen, dass ich niedlich bin!« »Oh, manchmal schon«, gurrte sie, »richtig zum Knuddeln, ein Teddybär, kein Wolf ... aber im Ernst, ich kenne ja bis jetzt fast nur die Gäste von Hannes und von denen hat noch keiner gemault oder mich angeraunzt ... da müsstest du mal hören, was für ein rüder Ton unter den Berlinern gang und gäbe ist!«

Als sie die Metzer Straße herunter kamen, dirigierte Wolf sie nach links in die Deutschherrnstraße und dann nach rechts über die Saar zu einem Stadtteil namens Malstatt. »Das ist weit genug vom Zentrum entfernt«, meinte er, »für den Fall, dass du immer noch Angst hast, einem Gespenst aus deiner Vergangenheit zu begegnen.« Lisa seufzte. »Sie ist noch zu jung, diese Vergangenheit, als dass ich ihr schon einen Riegel vorschieben könnte. Irgendwann werden sich die Geister in ihr Spukschloss verziehen und dann kann ich sie wegsperren.«

Sie standen hinter der Malstatter Brücke im Stau vor der Ampel zur Breitestraße. Und wenn sie nicht standen, krochen sie zwei Wagenlängen vorwärts und das Warten begann von Neuem. Wolf legte Lisa die Hand auf den Kopf, wie ein Vater, der seine fromme Tochter segnet und streichelte das seidenweiche Haar. Für Lisa ein willkommener Anlass, das Thema zu wechseln: »Eigentlich bin ich froh, dass die Mähne mal ordentlich gestutzt wird, sie behindert mich auch bei der Arbeit ... und stell dir vor, nicht einmal darüber hat sich jemand beschwert. Eine Bedienung dürfte doch nicht rumlaufen wie Rapunzel, sogar Hannes ist das gleichgültig.« Wolf lachte schallend, es klang wie das Grollen von Kanonendonner in dem winzigen, geschlossenen Raum.

»Was gibt es da zu lachen?«, fragte Lisa gekränkt. »Aber Liebes«, gluckste Wolf, »du müsstest doch wissen, warum die Leute – es sind ja fast alles Männer – so nett zu dir sind ... bei deiner Ausstrahlung und deiner Ausstattung mit vollkommenen weiblichen Attributen!« Es war das erste Mal, dass er – wenn auch nur indirekt und sehr dezent – auf ihr bisheriges Gewerbe anspielte. Sie nahm zu seinen Gunsten an, dass ihm bei der Bemerkung »du müsstest doch wissen« die Betonung auf »du« ungewollt entschlüpft war und sie ging nicht darauf ein. Stattdessen protestierte sie: »Ich bin auch nicht niedlich, ich bin ein Riesenweib von einem Meter achtzig.« »Aber nett«, beharrte Wolf, der immer noch griente, wie sie mit einem Seitenblick feststellte.

Als sie endlich die Ampel und schließlich auch den Ludwigskreisel hinter sich hatten und Wolf ankündigte, jetzt seien sie bald am Ziel, fragte sie: »Wird dir das nicht langweilig, anderthalb bis zwei Stunden bei einem Friseur herumzusitzen?« »Kein Problem, ich hab meine Unterhaltungsdose mitgenommen, meinen MP3 Player, ich werde mir einen wunderbaren alten Krimi anhören.« »Sherlock Holmes?« »Na, so alt gerade nicht ... *Die Frau im See* von Raymond Chandler.« »Nie gehört«, bekannte Lisa. »Und außerdem«, sagte Wolf, »begleite ich dich, weil ich nicht mehr ohne dich sein kann ... und weil ich meine neue schreckliche Welt des absoluten Gehörs in allen Lebenslagen testen will.«

»Geht das?«, fragte Lisa skeptisch, »ich meine, für den Player brauchst du doch einen Kopfhörer, musst du dann die Hörgeräte nicht ausziehen, damit sich das nicht ... nicht irgendwie beißt?« »Natürlich«, sagte Wolf, »ich hab mich nicht klar ausgedrückt. Ich will zuerst testen, wie sich das Hörgerät in einem Raum mit mehreren Personen auswirkt, die alle durcheinander quasseln und dann schalte ich mich aus und ziehe mich zurück nach Los Angeles, wo Phil Marlowe lässig wie immer ein raffiniertes Verbrechen aufklärt.« »Dann pass aber auf«, sagte Lisa besorgt, »dass du die Männlein in deinen Ohren nicht verlierst, wenn du sie ausziehst ... oder soll ich sie vorsichtshalber in die Handtasche stecken?«

Als Antwort kam nur eine Art unterdrücktes Grunzen und aus dem Augenwinkel sah sie, dass Wolf, der offenbar bester Stimmung war, sich ein erneutes Lachen verbiss. Und da sie gerade eingeparkt und somit beide Hände frei hatte, fuhr sie herum, packte ihn beim Hals und würgte ihn zärtlich. »Ist das nicht verrückt? Da kennen wir uns erst fünf Tage und halten uns ein Gespräch ab wie zwei Grufties, die fünfzig Jahre verheiratet sind.«

»Verrückt, aber herrlich«, sagte Wolf und griff ihr blitzschnell unter den Minirock, den sie zur Feier ihrer Verschönerung angezogen hatte.

Sie stieß die begehrliche Hand zurück, die sich schon anschickte, den Slip zu lüften und flüsterte: »Vorsicht, da guckt eine ganze Schulklasse zu!« »Du lügst, aber das macht nichts … ich wollte dir nur beweisen, dass ich kein Gruftie bin.«

Nicht nur Wolf, auch Lisa war bester Laune. Ihr erstes gemeinsames Wochenende … sechs Tage war sie jetzt raus aus dem Sumpf, in den sie sich von Olivia hatte hineinziehen lassen. Ohne großen Widerstand, wie sie zugeben musste. Und ohne Wassilis Auftauchen wäre sie wohl nie mehr aus diesem Sumpf herausgekommen. Sie hatte sich nicht selbst befreit, eine Gewalttat, eine Bluttat hatte die Energie freigesetzt, die sie aus der trägen Gewohnheit eines Hurenlebens hinauskatapultierte … wie einen Stein, den eine Bombenexplosion vorübergehend von der Schwerkraft erlöst, bis er an einer anderen, weit entfernten Stelle wieder landet.

Soweit sie es bis jetzt beurteilen konnte, war sie gut gelandet und sie hoffte, dass sie sich nicht irrte. Die beiden nächsten Tage – der erste hatte bereits begonnen – konnten dieses Urteil erhärten, ins Wanken bringen … oder zerstören. Sie sah jedoch keinen Anlass für Pessimismus, die Freude und die Zuversicht, die sie erfüllten, überwogen bei Weitem. Abgesehen von den paar Stunden, die sie bei Hannes kellnern würde, hatte sie Wolf bis Montagmittag für sich. Und morgen war Sonntag, ihr erster freier Tag. Und zwei Tage lang keine Walpurga, nach der man sich zu richten hatte.

Samstag und Sonntag kam sie nicht, da musste Wolf sich selbst versorgen. Einen Abend ließ er sich etwas vom Italiener oder vom Chinesen bringen und einen Abend aß er in einem Restaurant. Entweder allein, dann fuhr ihn Mirko oder er ging mit einem der Medienhaie oder mit mehreren aus. Und manchmal luden sie ihn auch zu einer Party ein. Zu den Nachbarn hatte er keinerlei Kontakte. Aus einem Kaleidoskop von Hinweisen und Randbemerkungen kristallisierte sich allmählich für Lisa ein Bild vom Leben des Wolf Wernau heraus. Auch wenn die Konturen noch verschwommen und die Farben noch verwaschen waren. Von sich hatte sie bisher nicht so viel preisgegeben und sie wusste, dabei würde er es nicht bewenden lassen. Sie war dankbar, dass er sie nicht bedrängte.

Die Stylistin war sichtlich bekümmert, dass Lisa sich so hemmungslos von einem Großteil ihres prachtvollen Haars zu trennen wünschte. Sie schien das für einen Verrat am weiblichen Geschlecht zu halten. Und nachdem die ersten dreißig Zentimeter der Schere zum Opfer gefallen waren, kämpfte sie um jeden weiteren Millimeter. Lisa zwinkerte Wolf im Spiegel zu und der zwinkerte zurück. Er saß seitlich hinter ihr und lauschte amüsiert dem Geplapper zweier exaltierter Damen und ihren Designern und Beratern. Jetzt ließ er seine schönste Stentorstimme ertönen, die sogar ein Fußballstadion zum Schweigen gebracht hätte: »Denk daran, Liebling, dass wir den Abfall nicht vergessen … ich möchte dir einen Bikini daraus stricken, das hab ich vor langer Zeit in meiner Männergruppe gelernt.«

Um diese Zeit befand sich Barba bereits in Saarbrücken. Um halb fünf war er in Lübben losgetuckert, unter dem Gezeter seiner Mutter, die sich über den allzu kurzen Besuch beschwerte.

Aber sie musste ihn ja ziehen lassen, wenn er so beschäftigt war, sogar an einem Samstag. Frau Schüwer war stolz auf ihren Frank … wie er sich durchschlug in dem Moloch Berlin, der ihr ein Gräuel war, seit sie kurz nach der Wende den Rummel dort gesehen hatte. Stolz, dass er nach langer Arbeitslosigkeit einen Platz für sich gefunden hatte und eine Tätigkeit, die ihn erfüllte. Und glücklich war sie, dass er die heiße Wut, die ihn seit seiner Kindheit befiel, wenn er glaubte, ihm – oder anderen – geschehe ein Unrecht, dass er diese heiße Wut jetzt im Griff zu haben schien, sie am Amboss austobte und nicht mehr im Boxring. Und vor allem nicht mehr bei Kneipenprügeleien, wie es früher oft vorgekommen war, als er mit einer Bande von Säufern, Schlägern und Hooligans herumzog.

Obwohl er sich mit Händen und Füßen wehrte – sie sah doch, dass er nicht am Verhungern war – drängte sie ihm ein enormes Fresspaket auf: Stullen mit Hausmacher Blut- und Leberwurst, genug, um eine Kompanie zu ernähren und ein Glas Spreewaldgurken, extra scharf,

»die hast du doch immer so gern gegessen.« Eigentlich wehrte er sich nur pro forma, versicherte ihr, er sei ja bald wieder in Kreuzberg, wo ein gefüllter Kühlschrank auf ihn warte. In Wirklichkeit konnte er das Futter gut brauchen. An Reiseproviant hatte er nicht gedacht und je weniger er sich in Saarbrücken an exponierten Orten aufhielt, an einer Imbissbude oder in einem Restaurant, umso besser.

In der Maschine der Air Berlin vertiefte er sich von Neuem in den Stadtplan, den er im Internet gefunden und ausgedruckt hatte und vergewisserte sich, dass er das Haus dieses Wernau bequem zu Fuß erreichen konnte. Auch das war gut, da musste er kein öffentliches Verkehrsmittel benutzen, in dem die Leute Zeit und Muße hatten, die Mitfahrenden zu beobachten. Den Bus zum Eurobahnhof musste er allerdings in Anspruch nehmen. Aber seine Ängste waren unbegründet, niemand kümmerte sich um ihn und wenn ihn doch ein Blick traf, so glitt er gleichgültig weiter zum nächsten unbestimmten Ziel. Auch in dem lächerlich kleinen Flughafen hatte ihn keiner beachtet.

Trotzdem fühlte er sich im Bahnhof besser aufgehoben. Dort war ihm wohler, dort herrschte fast so ein Betrieb, wie er ihn von Berlin gewöhnt war und er wusste, dass er in der hastenden Menge, die aus und ein flutete, so gut wie unsichtbar war. Zwei Stunden trieb er sich im Bahnhofsgelände herum, trank im Stehen ein kleines Bier oder saß auf einer Bank, die Reisetasche zwischen den Füßen, versteckt hinter einer Zeitung oder einem Groschenheft, einem *Perry Rhodan*, den er sich mitgenommen hatte.

Als er in dem Heft schmökerte, fiel ihm ein Gespräch ein, das er einmal mit dem Ritter Edler von Freedensack geführt hatte und er grinste. In stark angeheitertem Zustand hatten er und Padulke überlegt, ob sie nicht eine Firma gründen sollten, ein Unternehmen, das Uniformen, Rüstungen und Waffen für Leute produzierte, die nicht Ritter, sondern Weltraumabenteuer spielen wollten. Und die dazugehörigen Kostüme und Masken für die Weltraummonster. Falls es so eine Firma nicht schon gab. Padulke … gedankenverloren zupfte Barba an seinem Bart. Dem hatte er versprochen, nichts zu unternehmen, ohne sich vorher bei ihm zu melden, wenn er den Typ ausfindig machen würde. Und jetzt diese Wahnsinnstat! Padulke hätte ihn mit aller Gewalt zurückgehalten, ihn für verrückt erklärt, ihn zusammengeschissen. Aber er hatte den Kommissar nicht angerufen, der war ab Freitagmittag sowieso nicht mehr zu erreichen und mit diesem Argument beruhigte Barba sein schlechtes Gewissen.

Aber jetzt war er hier und was getan werden musste … Nur manchmal, wenn auch zaghaft, beschlich ihn das Gefühl, er begehe vielleicht einen schrecklichen Fehler, er müsse zur Vernunft kommen, die Sache vergessen, ein für allemal auf seine Rache verzichten. Und morgen Abend nach Berlin zurückkehren in dem gleichen Zustand, in dem er hier angekommen war: ein unbescholtener Mann, der seit seiner unseligen Jugend keine strafbare Handlung mehr begangen hatte. Doch jedes Mal, wenn die heiße Wut abzukühlen begann, tauchte das Bild von Lorchen Kirilow wieder vor ihm auf, Lorchen, die in seinen Armen zusammenbrach und starb.

Er verstaute den *Perry Rhodan* und zog wieder den Stadtplan zu Rate. Ganz in der Nähe musste ein Park sein, der Bürgerpark. Er fand ihn, keine dreihundert Schritte entfernt und ließ sich auf einer Bank nieder, mit Blick auf die Saar. Dort verzehrte er die erste Portion von Mutterns Stullen und ein paar Gurken. Sie waren so scharf, dass es ihm das Wasser in die Augen trieb. Nachher würde er von einer Telefonkabine am Bahnhof den Herrn Wernau anrufen … und sofort wieder auflegen, wenn jemand abhob. Und am Abend, kurz nach Einbruch der Dunkelheit, noch einmal und wenn der Vogel dann nicht ausgeflogen war …

Nur eins bereitete ihm Bauchweh: der elend lange Sonntag, den er hier noch herumlungern musste. Was, wenn der Kerl die Polizei alarmierte, nachdem er wieder zu sich gekommen war? Und er, Barba, war noch greifbar, saß hier fest wie auf dem Präsentierteller! Allerdings, was sollte der den Bullen erzählen, ohne sich selbst in die Nesseln zu setzen? Trotzdem, gegen Geschwätzigkeit gab es ein probates Mittel. Wieder ballte sich Barbas Rechte zur Faust, ein Reflex, nicht vom Willen gesteuert. Er würde ihm die hübsche Fresse so demolieren, dass er ein paar Tage lang das Maul notgedrungen halten musste. Und diesmal würde es keine Überraschungen für Barba geben, keine Schrecksekunde, kein Zurückweichen, diesmal würde er sofort losschlagen, ganz gleich, ob ihm eine Waffe entgegenstarrte und welche.

Wolf war regelrecht vernarrt in Lisas neue Frisur. Auch wenn er die Farbe – ein dunkles Rot, Kastanienbraun könnte man auch sagen – natürlich nicht sehen konnte. Jetzt nicht, aber vielleicht heute Nacht im Scheinwerferlicht. Dann würde sie auch die kleine Modenschau für ihn veranstalten, die sie ihm versprochen hatte und zu der sie bisher noch nicht gekommen waren. Und gegen die sie sich zunächst, wenn auch schwach, gewehrt hatte: »Das ist Hurenwäsche, Liebling, um alte Böcke aufzugeilen, das hast du doch nicht nötig.« »Alle Männer mögen das«, hatte Wolf mit leuchtenden Augen erwidert, »nicht nur alte Böcke.«

Vorläufig musste er sich damit begnügen, das Gesicht in dem duftenden Haar zu baden, das nur noch – oder immer noch – bis zu den Schulterblättern reichte und verzückt die Locken um die Finger zu wickeln. Lisa hatte sich der Überzeugungskraft der Haarkünstlerin beugen und einsehen müssen, dass ihre wenigen Naturlocken, die nach dem Schneiden zum Vorschein kamen, dem herrschenden Schönheitsideal nicht entsprachen. Also erhielt sie noch eine leichte Dauerwelle nach dem Tönen und die ganze Prozedur dauerte statt anderthalb fast drei Stunden.

Nach dem allzu kurzen Mittagsschläfchen kam Wolf als erster herunter, während Lisa sich für die Arbeit zurechtmachte. Der Treppenlift befand sich auf halber Höhe, als das Telefon läutete. Es läutete immer noch, als er das kleine Sideboard erreichte, auf dem die Konsole des schnurlosen Telefons stand. Er hob ab, sein »Wernau« verklang jedoch in einer toten Leitung, die Verbindung war bereits unterbrochen. »Flegel«, brummte er, »man kann sich ja mal verwählen, aber dann sollte man sich wenigstens entschuldigen.«

Droben trällerte Lisa: »Ein Männlein steht im Walde, ganz still und stumm, es hat von lauter Purpur ein Röcklein um.« »Mäntlein heißt es, glaube ich«, sagte Wolf, als sie sich verabschiedete, »trägst du jetzt ein rotes Röcklein? Heute Morgen war es noch aus schwarzem Nappa ... falls du mich nicht angeflunkert hast.« Sie umarmte ihn. »Nicht doch, Liebling, warum sollte ich? Frauen haben keine kleinen Geheimnisse, nur große ... das Liedchen ist mir eingefallen, als ich in den Spiegel sah – ein Sonnenstrahl fiel darauf – und mein Haar plötzlich kupferrot aufflammte ... und jetzt fehlt mir der passende Lippenstift.« Wolf küsste sie und murmelte: »So ein Elend ... aber mach dir nichts draus, deine Lippen schmecken auch ohne.«

Sie riss sich los. »Die Pflicht ruft. Übrigens, Hannes hat gestern gesagt, samstags wär der Andrang meistens nicht so groß, da schließt er manchmal schon um elf.« In der Tür wandte sie sich noch einmal um und fragte besorgt: »Kommst du klar, kann ich noch irgendetwas tun? Was ist mit Essen? Willst du warten, bis ich komme, dann bring ich was mit ... und Kaffee, der Automat ist leer, soll ich den nicht noch auffüllen?« Wolf schüttelte den Kopf. »Mach dir keine Gedanken, Liebes, ich krieg das schon hin, hab ja lange genug geübt ... ich bin ein wahrer Überlebenskünstler. Und Kaffee wollte ich sowieso keinen mehr bei der Hitze ... ah doch, etwas könntest du für mich tun! Guck mal, da neben dem Telefon liegt der Briefkastenschlüssel. Sei so gut und sieh nach der Post, ich möchte nämlich nicht, dass jemand denkt, der Wernau verlottert allmählich, jetzt läuft er schon am helllichten Tag im Bademantel rum.«

Lisa lachte. »Fürchtest du um deinen guten Ruf? Ich glaube, das ist unbegründet, die Straße war menschenleer, soweit ich sie vom Badezimmerfenster überblicken konnte.« In dem Briefkasten neben der Haustür lagen vier grüne Plastikboxen. Sie reichte sie Wolf und er verstaute sie in den geräumigen Taschen seines Mantels. »Sind das Hörbücher«, fragte sie, »von der Leihbibliothek?« Er nickte. »Ja, ich hab gar nicht mehr daran gedacht, dass eine neue Lieferung fällig ist. So beherrschst du mein Leben, ich denke nur noch an Lisa!« »Süßer Lügner«, sagte sie und eilte zum Wagen.

Wolf legte die Boxen mit den CDs auf die kleine Bar neben dem Sofa im Wohnzimmer. Die hatte er noch selbst gezimmert, in den guten alten Zeiten, da noch manches möglich war. Viel Arbeit war das nicht gewesen, er hatte lediglich eine ausgefallene Idee in die Tat umgesetzt: Drei Küchenunterschränke hatte er auf einen Sockel gestellt, damit die Bar die richtige Höhe erhielt, hatte die Schränke miteinander verschraubt und eine Arbeitsplatte darauf befestigt. Und die Rückwände aus Hartfaserplatten hatte er mit einem Ahornfurnier verkleidet. Türen und Schubladen standen zur Zimmerwand und boten Platz für Flaschen, Gläser und Zubehör wie Korkenzieher oder Cocktailshaker.

Im mittleren Schrank war die Stereoanlage eingebaut, die er kaum noch benutzte, weil er Bücher und Musik jetzt droben in seinem Arbeitszimmer hörte, mit Kopfhörer. Und das Radio für die Nachrichten stand in der Küche. Heute würde er es mit den Hörgeräten versuchen. Er war fest entschlossen, sich an die Dinger zu gewöhnen, obwohl es eine quälende, langwierige Prozedur war, wie ihm andere erzählt hatten. Er wäre nicht der Erste, der sie entnervt aus den Ohren riss und in die Ecke schmiss, weil viele Geräusche, die man jahrelang nicht mehr so empfunden hatte, einfach erschreckend waren. Gestern zum Beispiel, als er zum ersten Mal die Toilettenspülung hörte, da war er richtig zusammengefahren. Wie das Tosen eines Wasserfalls! Aber heute Morgen war es schon nicht mehr so unangenehm und er wollte es durchstehen.

Er würde Musik auflegen, ein paar ausgesuchte Stücke als Test und sich in den richtigen Sessel gegenüber dem Sofa setzen. Der richtige, das war der, der mit den Lautsprecherboxen links und rechts vom Sofa ein gleichschenkliges Dreieck bildete. Nur an dieser Stelle vereinigten sich die Schallwellen zum reinsten Stereoeffekt, zum höchsten Genuss. Wolf grinste. Das war die überholte Weisheit der Väter, heute hängte man sich winzige Satellitenboxen an die Wände, je mehr, desto besser.

Er überlegte, welche Stücke er auswählen sollte. Er entschied sich für den legendären Titel *Another brick in the wall* von Pink Floyd, das *4. Brandenburgische Konzert* von Johann Sebastian Bach und *Nach Hamburg* von Hannes Wader, das frechste und erfrischendste Album des großen Barden. Damit wäre die ganze Bandbreite seiner musikalischen Interessen abgedeckt. Ein Hörbuch, fiel ihm ein, konnte er mit dem CD-Player der Stereoanlage gar nicht abspielen, der reagierte nicht auf das Spezialformat, in dem diese Bücher aufgenommen wurden. Dazu benötigte man ein passendes Abspielgerät.

Er saß noch immer vor der Bar und plötzlich überkam ihn die Lust auf ein Getränk, das er schon lange nicht mehr genossen hatte. Er stieg vom Hocker, ging hinter die Bar und zog die hohe Schublade mit den Spirituosen auf. Wenn Lisa bei ihrer Wodka-Orgie kein Durcheinander angerichtet hatte und ihn sein Gedächtnis nicht trog, müsste die erste Flasche links in der zweiten Reihe ein Scotch sein. Ein edler Tropfen, wie Holger versichert hatte, der ihn von einer Schottlandreise mitgebracht hatte. Wolf versenkte die Flasche und ein Whiskyglas im Bademantel, ging in die Küche und goss sich ein. Das Zeug war brühwarm, der Geschmack entsprach jedoch seiner Erinnerung. Er wollte den Scotch nicht mit Eis verwässern, nur ein wenig abkühlen und so stellte er das Glas in den Kühlschrank, während er eine Zigarette rauchte.

Der ungewohnte Schnaps stieg ihm schnell in den Kopf und in seinem Magen breitete sich eine wohlige Wärme aus. Und der Hunger, den er allmählich verspüren müsste – seit dem Frühstück hatte er nichts mehr gegessen – stellte sich nicht ein. »Weißt du was, mein Freund?«, sagte er zu der Flasche, »heute wirst du mich ernähren, ausnahmsweise.« Er beschloss, sich bis zum Abend in die Laube hinter der Garage zu setzen und sein kleines Konzert auf später zu verschieben. Vorsichtshalber steckte er das Telefon ein. Manchmal rief samstags abends jemand vom Stammtisch an und lud ihn spontan zu irgendeiner Unternehmung ein. Aber das war inzwischen sehr, sehr selten geworden, die Spontaneität der früheren Jahre schien den Leuten abhanden gekommen zu sein, alles musste lange im Voraus geplant werden.

Die Laube war ebenfalls ein Eigenbau, der wenig Mühe gekostet hatte: ein paar einbetonierte Pfosten, die einen Raum von neun Metern im Quadrat umschlossen, mit Drähten bespannt, an denen Efeu und wilder Wein rankten. Und dieses Schlinggewächs, der fürchterliche Knöterich, der die Laube im Frühling und Sommer mit seiner weißen Pracht in ein verwunschenes Schlösschen verwandelte ... und den Walpurga verfluchte, weil er den ganzen Garten zu verschlingen drohte, wenn sie ihn nicht ständig stutzte, seit Wolf das nicht mehr selbst tun konnte.

»So, jetzt wollen wir mal hören, was die Haselmaus erzählt und wie die Tausendfüßler tappen«, sagte er, setzte sich auf eine Bank und breitete seine Schätze vor sich aus: Flasche, Glas, Zigaretten, Feuerzeug. Ein blecherner Aschenbecher stand noch auf dem Tisch. Das Telefon beließ er im Mantel. Er hatte sich immer noch nicht umgezogen, dazu war er jetzt zu faul und hier sah ihn ja niemand.

Irgendwann war er wohl eingenickt. Vielleicht vom Scotch, vielleicht von der schwülen Hitze, vielleicht von den schweren Düften des Gartens, die er einatmete, ohne ihre volle Stärke zu empfinden und ohne sie den Pflanzen zuordnen zu können, die sie ausströmten. Auch die Vögel konnte er nicht anhand ihrer Stimmen unterscheiden. Trotzdem belustigte ihn das Gewirr von Zwitscherlauten, Pfeiftönen und endlosen Tremoli. Und plötzlich nichts mehr, Totenstille.

Verwirrt schüttelte Wolf den Kopf. Hatte er Halluzinationen? Er hob die Flasche, prüfte ihr Gewicht. Na, so viel hatte er ja gar nicht getrunken. Waren die Batterien schon leer, hatten die Männlein im Ohr ihren segensreichen Dienst schon aufgekündigt? Dann vernahm er den Lärm der Zivilisation – irgendwo in der Straße quietschten Bremsen – und er erinnerte sich, dass die Vögel verstummten, wenn ein Gewitter bevorstand.

Barba besah sich noch einmal – wie er hoffte, zum letzten Mal – seinen Stadtplan. Dann glaubte er, seinen Weg zu kennen, ohne sich zu verirren und fragen zu müssen: Viktoria-, Eisenbahn-, Vorstadtstraße, Metzer Straße ... Er rief wieder an, wartete, um sicher zu gehen, hörte eine tiefe, dröhnende Stimme und unterbrach. Ja, er war zu Hause. Und Swetlana, sein Turteltäubchen? Die war Barba gleichgültig. Mochte sie jetzt bei ihm sein oder nicht ... vielleicht war er doch ein Zuhälter und sie ging nun hier für ihn auf den Strich. Und wenn sie zu

Hause war ... bevor sie auftauchte, würde Barba längst verschwunden sein. Und dann würde sie sich um einen Schwerverletzten kümmern müssen. Wie er sich um Lorchen hatte kümmern müssen. Ausgleichende Gerechtigkeit.

Als er mitten auf der Luisenbrücke war, flackerte ein Blitz über den Himmel und er hatte keine Zeit mehr, auf den Donner zu achten. Er sprintete los, um der Sintflut zu entgehen, die sich auf die Stadt stürzte, suchte Schutz unter den Arkaden, die er hinter der Brücke erspähte. Dort stopfte er die Lederjacke in die Reisetasche und zog sich ein Kapuzenshirt über, das er für alle Fälle eingepackt hatte. Der Regen war gut, der war wunderbar. Jetzt würde er die Bürgersteige bald für sich allein haben. Und wenn ihm doch jemand begegnete, wer achtete bei so einem Wetter auf einen vermummten Mann? Er zog die Kapuze so weit wie möglich in die Stirn, klemmte den Bart unters Hemd und marschierte los, seinen Text repetierend, um nachher nicht zu stottern: »Ich will zu Swetlana Kirilow, ich weiß, dass sie bei Ihnen ist, öffnen Sie, wenn Sie Ärger vermeiden wollen.«

Wolf hatte gerade den alten Johann Sebastian aufgelegt, als das Telefon läutete und sich wieder niemand meldete. Er fluchte leise. Von den Medienhaien konnte das keiner sein, dafür war es schon zu spät. Dann fiel ihm Lisa ein, vielleicht hatte sie ihren Hausschlüssel vergessen und wollte ihn warnen, damit er nachher nicht erschrak, wenn sie an der Haustür klingelte. Vielleicht war etwas nicht in Ordnung mit Hannes' Anschluss, vielleicht das Gewitter ... er würde eine halbe Stunde warten und dann selbst bei Hannes anrufen.

Die halbe Stunde war noch nicht vorüber, als er trotz des Brandenburgischen Konzerts, das in voller Lautstärke lief, das Schrillen der Klingel hörte. Hatte Hannes wegen Regen geschlossen? Er ging zur Tür, während hinter ihm die letzten Töne verhallten und fragte, ohne zu öffnen: »Wer ist da bitte?« »Swe-Swetlana Kirilow, ich muss zu ihr!« Mehr brachte Barba nicht heraus.

Ein langes Schweigen. Dann sagte der Mann, dessen Stimme Barba nicht mit dem Bild in seiner Erinnerung in Einklang bringen konnte: »Einen Moment bitte, ich muss mir etwas anziehen, ich komme gerade aus dem Bad.« Es dauerte lange, sehr lange und Barbas Wut erreichte ihren Siedepunkt. Er hatte gerade den Fuß gehoben, um auch diese Tür einzutreten, als sie aufgerissen wurde und er vor einem Mann stand, den er noch nie gesehen hatte. Der rechte Arm, den er zum Uppercut angewinkelt hatte, sank herab und Barba wusste, dass er jetzt glotzte wie ein Karpfen an Land.

»Bitte kommen sie herein«, sagte der Mann freundlich, »wir können über alles reden … aber schließen sie bitte die Tür, es hat ziemlich abgekühlt.«

Barba war so verdattert, dass er gehorchte. Er drehte sich um, drückte die Tür ins Schloss und als er sich wieder dem Mann zuwandte, stand der direkt vor ihm und Barba sah, dass er jetzt sterben würde. Ein idiotischer Gedanke fuhr ihm durch den Kopf: Warum hält sich der Kerl mit einer Hand an einem Barhocker fest? Es war sein letzter Gedanke. Dann traf ihn ein Schlag vor die Brust, nicht besonders hart, nicht einmal besonders schmerzhaft, im Ring hatte er weit Schlimmeres einstecken müssen. Und Wolf Wernau dachte: Wie einfach das doch ist, wie lächerlich, wie absurd einfach.

# 16

Er hörte etwas fallen, es war aber nicht der Schatten, den er erschossen hatte. Der neigte sich langsam vornüber, stumm wie ein Fisch, sank ihm entgegen. Wolf ließ die Parabellum in die rechte Tasche seines Bademantels gleiten, nahm die linke Hand vom Hocker, bekam den Schatten bei den Schultern zu fassen, drehte ihn herum, mit dem Rücken zu sich, alles in einem einzigen mechanischen Bewegungsablauf. Als hätte er es schon hundert Mal getan. Langsam rückwärts gehend, legte er den Mann, der eine Leiche war, auf den Boden und ermahnte ihn: »Dass du mir ja nicht den Teppich versaust, hörst du!«

Ächzend erhob er sich, seine Knie zitterten und Schmerzwellen brandeten von den Füßen über Waden und Knie bis an die Oberschenkel. Die angenehme, betäubende Wirkung des Alkohols war schlagartig verflogen. Er taumelte und wäre fast gestürzt, weil die tastenden Hände keinen Halt fanden. Den Hocker hatte er mit dem Hintern weggestoßen, als er sich bückte, der war davon gerollt. Wolf wusste, dass er nur seine Krakenarme auszustrecken brauchte – der Flur war knapp einen Meter fünfzig breit – und er müsste eine Wand fühlen. Aber er hatte die Orientierung verloren, fuchtelte wild in der Luft herum und griff immer nur ins Leere. Dann knallte die Rechte gegen etwas Hartes, mit dem Handrücken hatte er den Rahmen der Tür zum Gäste-WC getroffen. Aufatmend klammerte er sich daran, erfasste mit der anderen Hand die Klinke, stützte sich fest darauf und blieb so eine Weile stehen, bis er die Panik überwunden hatte und fühlte, dass sein Blut wieder einigermaßen ruhig zirkulierte. »Schön«, sagte er, »hier bin ich ja gerade richtig ... und da drin ist es so eng, dass man nicht umfallen kann.

Er nahm die beiden Handtücher von dem Halter neben dem Waschbecken und legte sie sich um den Hals. Dann tastete er sich an den Wänden entlang, bis er auf den Hocker stieß, der bis an die Treppe gerollt war, genau dorthin, wo Wolf ihn abzustellen pflegte, wenn er nach oben fuhr. Er tätschelte das glatte Holz der Sitzfläche, murmelte »braves Hundi«, zog ihn mit sich und ging zurück zu dem toten Mann. Langsam, ganz langsam, ganz vorsichtig schob er einen Fuß vor den anderen, bis seine nackten Zehen etwas Nasses, Wolliges berührten.

Mühsam setzte er sich auf den Boden, achtete darauf, dass ihm der Hocker nicht noch einmal ausbüxte und dass ihm die Beine nicht wegknickten. Das dauerte lange, unendlich lange, wie ihm schien. »Ich bin ein Tattergreis«, sagte er zu der Leiche, als er endlich neben ihr saß, »weißt du das eigentlich, dass dich ein blinder Tattergreis erschossen hat?« Wolf kicherte leise. Das wollige Nasse war eine Kapuze. »Richtig, es hat ja geregnet«, sagte Wolf bedauernd, »und da bist du nass geworden.« Er überlegte: »Das ist aber blöd, wie soll ich da herauskriegen, wo dein Blut fließt, wenn dein ganzes Sweatshirt nass ist? Na, irgendwo auf der Brust wird das Loch wohl sein, dort, wo dein schwarzes Herz geschlagen hat ... Volltreffer, sonst hättest du nämlich geschrien und gezappelt, verstehst du, du Schwein?« Er legte die Handtücher übereinander quer auf die Brust und dachte, das werde vorläufig genügen, das Blut aufzusaugen.

Als er nach den Füßen des Barhockers suchte, um sich daran hochzuziehen, streifte seine Hand über das Gesicht des Toten und er blieb an einer Nase von seltener Größe hängen, ein wirklich ausgefallenes Exemplar. Diese Nase erheiterte ihn und er konnte der Versuchung nicht widerstehen, einmal kräftig daran zu zupfen. Und als er droben in seinem Arbeitszimmer vor den Bücherregalen stand, um die Parabellum wieder hinter den ersten drei Bänden der *Encyclopædia Britannica* zu verstecken, ertappte er sich dabei, wie er plötzlich den Finger am Abzug hatte, irgendwohin ins Ungewisse zielte und ohne abzudrücken brüllte: »Peng, du bist tot, Kuhnert ... peng, Hanusch, du bist tot ... peng, Wegmann, tot!«

Am ganzen Körper zitternd gelangte er ins Schlafzimmer und warf sich aufs Bett. Ein schwarzer Nebel lag vor seinen Augen und in seinem Kopf drehte sich ein Karussell unzusammenhängender Gedanken, die alle nur eines gemeinsam hatten: Sie versuchten ihn abzulenken, fortzulocken in das ferne, schöne Land Nirwana, weit weg von der Leiche drunten im Flur. Als er wieder klar denken konnte – und vernünftig, wie er hoffte – war sein erster Impuls, Lisa anzurufen. Aber was sollte er ihr erzählen, wie sollte er ihr das erzählen? »Hör mal, Liebes und erschrick nicht, da ist einer aus Berlin gekommen und ich hab ihn erschossen.« Unwirsch schüttelte er den Kopf. Lisa war stark, doch das würde sie umwerfen und wie würde sie das Hannes erklären? Nein, jetzt kein Aufsehen erregen ... er würde warten müssen, bis sie nach Hause kam.

Er drückte die Zeitansage. »Guten Abend, es ist 21 Uhr und 11 Minuten«, verkündete die lieblich lispelnde Stimme. In zwei, höchstens zweieinhalb Stunden wird sie da sein, dachte er und rechnete: Sonnenaufgang dürfte gegen halb sechs sein, das wären mindestens fünf Stunden ... fünf Stunden, um eine Leiche verschwinden zu lassen. Wenn sie gleich nach Lisas Rückkehr an die Arbeit gingen ... und wenn er bis dahin wusste, was zu geschehen hatte und er alles vorbereitet hatte. Alles, was hieß das? Noch hatte er nicht die geringste Vorstellung, was er tun sollte. Und außerdem konnte er ja gar nichts unternehmen, er war viel zu schwach, unfähig, auch nur den kleinen Finger zu bewegen. »Scheint anstrengend zu sein, jemand um die Ecke zu bringen«, brummte er und lächelte ironisch.

Aber er durfte jetzt nicht hier liegen bleiben. Er zwang sich, aufzustehen und aus dem Bad ein Glas Wasser zu holen. Zwei oder drei? Eine war auf jeden Fall zu wenig. Die Dosierung war sehr gering, nur als Ergänzung für den Notfall gedacht, wenn das Medikament versagte, das er regelmäßig nehmen musste. Und das half ja auch nicht gegen den Schmerz in den Knien, nur gegen den der Neuropathie in den Füßen. Ja ja, so genau kalkulierten sie das aus in den Zauberkesseln ihrer Teufelsküchen, die Hexenmeister der Pharmaindustrie!

Er schluckte drei der kleinen Morphiumpillen und streckte sich wieder aus. Entweder, dachte er, schwebt mein Geist jetzt von dannen ins Märchenland der Droge oder es haut mich um und Morpheus hat mich gleich in seinen Krallen … oder ich bin in zehn Minuten stark wie Herkules. Er wartete auf die Wirkung, schlief nicht ein, dazu war er zu überdreht und auch der Drogenrausch blieb aus. Doch statt sich mit dem Problem zu beschäftigen, das er zu lösen hatte, hörte er plötzlich – als stünde der kleine Doktor mitten im Raum, ein böser, hässlicher Gnom – Hanuschs unsägliches, unerträgliches Geschwätz. Zu mächtig war die Erbitterung, die er seit vorgestern Abend unterdrückt hatte, jetzt wehrte er sich nicht mehr dagegen.

Hanusch, das war der Hauptfeind, die Nummer Eins. Zunächst sah er ihn, wie er damals geschäftig durch seine Praxis wieselte, mit flinken, präzisen Bewegungen sein Werkzeug handhabte. Ein netter, bescheiden wirkender junger Arzt. Und ausgerechnet er war der einzige, der damals schon das Refsum-Syndrom kannte. »Aber«, hatte er Wolf beziehungsweise dem Herrn Malkowski erklärt – und jetzt sah Wolf ihn in neuer Gestalt, arrogant und aufgeblasen in seiner Villa am Rotenbühl – »an diesen Unsinn glaube ich nicht.« Man dürfe schließlich nicht alles glauben, was irgendein Spinner oder Scharlatan in die Welt setze. Und als Patient dürfe man das erst recht nicht. Er, Hanusch, empfehle immer, auch wenn er seit sieben Jahren nicht mehr an der Front sei – medizinischer Direktor sei er in Straßburg – er empfehle den Patienten immer, sich nicht mit Hirngespinsten zu belasten.

»Es tut mir aufrichtig leid, Herr Malkowski, dass Sie sich außer mit Ihrer Retinitis auch noch mit anderen Beschwerden plagen müssen, aber glauben Sie mir, das hat absolut nichts mit irgendeinem obskuren Syndrom zu tun!« Und dann, übergangslos: »Haben Sie ein Hobby, etwas, dass Ihnen trotz allem ein wenig Lebensfreude verschafft? Ich halte das für ungeheuer wichtig, ich zum Beispiel, ich sammle alte Autos … natürlich, hmm, in Ihrem Fall …« Er verhaspelte sich und

Wolf hatte fassungslos »danke« gemurmelt und sein Handy ausgeschaltet.

»Er hat es gewusst, der kleine Dreckskerl«, stöhnte Wolf, »hat es gewusst und mich nicht informiert ... weil er es für Quatsch hält.« Er ballte die Fäuste und sie formten sich zu Klauen – zerquetschen wie eine Laus könnte er das Aas – und dann spürte er, wie eine neue, schon lange nicht mehr gekannte Kraft ihn durchströmte. Ein paar Minuten ruhte er noch, er wollte warten, bis sein Akku aufgeladen war, bis dieser phantastische Morphium-Generator seine ganze Energie an ihn abgegeben hatte und sie speichern. Dann war es soweit und er fühlte, dass er sich dem Problem stellen konnte und dass er ihm gewachsen war.

Er verschränkte die Hände hinterm Kopf und zog die Beine an. Kein Zittern, keine Schmerzen. Oh, er hatte Zeit, konnte alles in Ruhe bedenken. Nur keine Hast, nur nichts überstürzen, das wäre der größte Fehler. Er erörterte mit sich die verschiedenen Möglichkeiten, eine Leiche verschwinden zu lassen. Sein Verstand arbeitete mit höchster Konzentration, doch wie er bald feststellte, auf zwei parallelen Gleisen. Als sei er ein Schauspieler, der in einem Stück zwei Rollen zu besetzen habe. Manchmal kreuzten sich die Gleise, verwoben sich die Texte ineinander, aus zwei Rollen wurde eine. Dann verwandelte sich der Tote, der ihm seine Lisa hatte rauben wollen, in Kuhnert oder Hanusch, einmal sogar in Sigrid Wegmann. Doch das störte ihn nicht, das Problem blieb ja das gleiche.

Vergraben? Wolf lachte und sagte: »Am besten gleich im Garten, unter Walpurgas Radieschen, was?« Nein, das war Unsinn. Im Wald? Da müsste man schon tief buddeln, mindestens so tief wie für ein Grab auf dem Friedhof. In dieser Republik gab es fünf Millionen Hundebesitzer, die ständig mit ihren Lieblingen in den Wäldern herumstreunerten. Und diese Biester hatten schon manche Leiche erschnüffelt. Vielleicht war es einfacher, wenn man den Kerl nicht am Stück, sondern in Einzelteilen vergrub? Er war ihm ziemlich groß vorgekommen, fast so groß wie er selbst. Nein, eine Leiche zerstückeln, das dauerte zu lange, wenn man kein Fachmann war, Metzger oder Chirurg, dazu fehlte ihnen die Zeit.

Er überlegte, wie man einen Toten unkenntlich machen, ihm seine Identität nehmen könnte. Dann war es unerheblich, ob er gefunden wurde oder nicht. Dann konnte man ihn irgendwo ablegen, gleichgültig wo. Der Mörder eines Unbekannten blieb selbst unerkannt, keine Spur führte zu ihm. Eine Szene aus dem Film *Gorki-Park* fiel ihm ein. Das heißt, eine Szene war es eigentlich nicht, die Tat wurde nicht gezeigt, sie wurde später rekonstruiert und dem Zuschauer in allen Einzelheiten verbal geschildert.

Ein Mann erschießt drei Menschen und lässt die Leichen offen im Gorki-Park liegen. Aber vorher bricht er ihnen die Zähne heraus und enthäutet ihre Köpfe. Früher, als Wolf noch die Mattscheibe flimmern sah, bekam er bei solchen Geschichten eine Gänsehaut und er versuchte immer, seine Phantasie auszuschalten oder zumindest zu zügeln und sich so wenig wie möglich damit auseinanderzusetzen. Jetzt gruselte es ihn nicht, sich vorzustellen, er müsse selbst etwas Vergleichbares tun.

Losgelöst von jeder Fiktion – der Mann im Flur stammte nicht aus einer Erzählung, der war sehr real – untersuchte er den Vorgang ausschließlich im Hinblick auf seine Machbarkeit. Die Zähne herausbrechen, das dürfte nicht so schwierig sein, das notwendige Werkzeug besaß er. Eine Wasserpumpenzange wäre wohl am besten geeignet. Nur, wie enthäutete man einen Menschen? Er hatte noch nicht einmal einem Karnickel das Fell abgezogen. Der Mörder im Gorki-Park – Leinwand-Bösewicht Lee Marvin hatte ihn gespielt, erinnerte sich Wolf – der war vom Fach, ein Jäger, der schon manchem Tier die Decke über die Ohren gestreift hatte. Und ein Mensch ist auch nur ein Säugetier. Für einen Laien war das technisch undurchführbar, er verwarf die Idee.

Warum hatte er an einen toten Fisch gedacht, als er den Mann bei den Schultern packte, ihn umdrehte und auf den Rücken legte, damit sein Blut keine hässlichen Flecken auf dem Teppichboden hinterließ? Was hatte diese Assoziation hervorgerufen? Die Kleidung! Das

Sweatshirt oder was es war, klatschnass war das gewesen und beinahe wäre ihm die schwere Last aus den Händen geglitscht. Nachher hatte er das wohl vergessen, in der Panik, als er die Orientierung verlor. Sonst hätte er sich nicht so gewundert, als seine Zehen die nasse Kapuze berührten.

Was macht man mit einem Fisch, den man gar nicht angeln wollte? Man wirft ihn zurück ins Wasser. In die Saar? Er wusste nicht, wo man mit dem Auto nahe genug an den Fluss herankam. Er wusste nur, dass die kurze Strecke auf dem alten Treidelpfad zwischen Kongresshalle und Staatstheater befahrbar war. Aber die Gefahr, dort beobachtet zu werden, war viel zu groß, selbst spät in der Nacht. Da konnte man ebenso gut mitten auf einer Brücke halten und die Leiche übers Geländer hieven, wenn man unbedingt entdeckt werden wollte.

Plötzlich fiel ihm ein verschwiegenes Plätzchen ein. Vor zehn Jahren, während eines Sommers, war er mehrmals dort gewesen, in einem Wochenendhaus bei einem Bekannten. Es war kaum anzunehmen, dass sich die Verhältnisse in dieser Gegend seither wesentlich geändert hatten. Achtzig bis neunzig Minuten würden sie fahren müssen, also höchstens drei Stunden hin und zurück. Und die Arbeit, nun ja, in zehn Minuten müsste die erledigt sein. Und es würde genügen, wenn sie ihr Ziel gegen zwei Uhr erreichten. Das war die beste Zeit, dann sagten sich dort Fuchs und Hase gute Nacht. Der Plan war gefasst, er war perfekt und Wolf machte sich ans Werk.

Er öffnete das Fenster. Sturm und Gewitter waren vorüber, tief sog er die frische, abgekühlte Luft in die Lungen. Er streckte den Arm hinaus und fühlte einen leichten Nieselregen auf der Hand. Dann zog er sich an, ein dickes Holzfällerhemd, Jeans und feste halbhohe Schuhe. Im Kleiderschrank fand er eine Wolldecke und einen Kissenbezug. Hinter der Werkstatt lag ein Dutzend Betonplatten, noch aus Tante Trudes Zeiten. Sie waren übrig geblieben, als die Zufahrt zur Garage, der kleine Hinterhof und die Gartenwege neu gepflastert wurden.

Er wuchtete die oberste Platte hoch und legte sie neben den Stapel. Er wankte nicht, als er sich wieder aufrichtete, seine Beine standen wie Säulen. So eine Platte wog ja auch nur einen Zentner, halb so viel wie der Kerl, den er vorhin zu seiner ersten Ruhe gebettet hatte. Er wickelte die Platte in die Wolldecke, und schob das Paket in den Bezug, der jetzt ein Sack war. An einer Wand in der Werkstatt hing eine Rolle Nylonschnur, der Rest von Walpurgas Wäscheleine. Er verschnürte den Sack und schleppte ihn zur Ecke der Werkstatt, dorthin, wo Lisa nachher parken würde. Dann überschlug er, wie viel Seil er noch besaß. Zehn Meter, schätzte er und schnaufte zufrieden.

Wieder im Haus, bereitete er die Leiche für den Abtransport vor. Die Kleider waren jetzt trocken, auch die Handtücher, die Wolf über die Brust gelegt hatte, damit sie das Blut aufsaugten. Er hob den Oberkörper ein wenig an, schob die Nylonschnur darunter durch, verknotete sie über der Brust und steckte den Rest unter die Tücher. Es war fast halb elf, als er sich eine Pause gönnte. Er setzte sich an die Bar, rauchte eine Zigarette und weil er sich stark fühlte, unverwundbar und außer Gefahr, nahm er einen langen Zug von dem Scotch aus der Flasche. Diesmal stieg er ihm nicht in den Kopf, der blieb unbeteiligt kühl und klar, arbeitete fehlerfrei, mit pedantischer Präzision.

Nachdem er sich gestärkt hatte, zerrte er die Leiche in die Küche. Anfangs bewegte sie sich kaum, als er sie unter den Achseln fasste und den ersten Schritt rückwärts setzte. Er suchte nach Hindernissen und entdeckte, dass die Kapuze vom Kopf gerutscht war und sich im Nacken zu einem Knäuel zusammengerollt hatte. Sie war angenäht, nicht zum Abknöpfen. Wolf knurrte ärgerlich und dann, mit einem einzigen, wütenden Ruck, riss er sie ab. Er hörte die Naht platzen und nickte: »Na also, wo ein Wille ist, ist auch ein Weg!«

Aber der Weg war immer noch nicht frei, da musste noch etwas sein, das den Transport hemmte. Die Schuhe, fiel ihm ein, wenn die Fersen auf dem Teppich auflagen … er kroch an dem Ding vorbei, das er aus der Welt schaffen musste, zog ihm die Laufschuhe und vorsichtshalber auch die Socken aus. Die großen, eisigen Füße … nun ja, die fühlten sich auch nicht anders an als ein Stück Fleisch aus dem Kühlschrank. Den kalten Schweiß, der davon aufstieg, roch er nicht. Er trug Kapuze, Schuhe und Socken in die Küche, steckte sie in einen Müllbeutel und stellte ihn auf den Tisch. Später würden sie ihn in irgendeinen

Container werfen. Er würde das nicht vergessen, nichts würde er vergessen, nicht die kleinste Kleinigkeit.

Endlich hatte er den großen toten Fisch dort, wo er ihn haben wollte: vor der Tür, die von der Küche in Hof und Garten führte. Von dort waren es nur sieben Meter zum Wagen. Lisa musste ihn allerdings mit dem Heck vor die Werkstatt stellen, dann konnte unmöglich jemand sehen, was sie da in den Kombi luden. Er fuhr noch einmal nach oben, um eine zweite Wolldecke zu holen, die würden sie über die Ladung breiten.

Die Haustür ließ sich nur schwer aufdrücken, etwas blockierte sie und als Lisa sah, was es war, war sie so perplex, dass sie statt einer Begrüßung fragte: »Was, was ist das für eine Reisetasche?« Sie wunderte sich nicht einmal, dass Wolf in der Tür zum Wohnzimmer stand, sich mit einer Hand am Rahmen abstützend. Er hatte den Wagen gehört und wollte Lisa hier empfangen.

Ein seltsames Lächeln verzerrte sein Gesicht zu einer seligen Grimasse, wie Betrunkene sie manchmal im Zustand höchster Zufriedenheit aufsetzen, wenn sie mit sich und der Welt vollkommen im Reinen sind. »Ah, das war es also, was ich fallen hörte«, sagte er und grinste schlau und Lisa starrte ihn fassungslos an. »Du darfst jetzt nicht erschrecken, Liebes«, fuhr er gelassen fort, »vorhin hat einer geklingelt, der Swetlana Kirilow suchte ...« Lisa schrie auf, verstummte jedoch entsetzt, als Wolfs irres Lächeln schwand, sein Mund hart wurde, die Backenknochen hervortraten und die Augen sich zu schmalen Schlitzen verengten, aus denen kriegerische Blicke schossen. Das währte nur ein paar Sekunden, dann entspannte er sich und das ironische Lächeln erschien und er wirkte wieder normal, nicht mehr entrückt. »Keine Angst, Schatz«, sagte er großspurig, »ich habe ihn überlistet und abgeknallt, einfach so, peng ... verstehst du?« In seiner Stimme schwang unverkennbarer Stolz und wie ein Kind, das Cowboy spielt, zielte er mit dem Finger auf sie.

Lisa schlug die Hand vor den Mund und befahl sich: Du wirst nicht schreien, du wirst nicht schreien ... Der Gedanke beherrschte sie, bis

Wolfs Worte in ihr Bewusstsein drangen und sie sich aus ihrer Verkrampfung löste. »Ich habe dich beschützt«, sagte er glücklich, »niemand wird mir meine Lisa rauben.« Sie lief zu ihm, presste sich an ihn und küsste ihn wild. »Ich liebe dich«, flüsterte sie und sie umklammerten einander wie zwei Ertrinkende.

Und plötzlich wussten sie, dass sie es tun mussten, jetzt, auf der Stelle, im Angesicht der Leiche, um sich ihrer eigenen Lebendigkeit zu versichern. In einer Art verzweifelter Raserei drang er in sie und sie erwiderte seine Stöße so heftig, dass es sie schmerzte. Es war eher ein Kampf denn ein Liebesakt und es war sehr schnell vorbei, ein kurzes, reinigendes Gewitter. Als sie kam schrie Lisa doch und dieser Schrei, aus Lust und Schmerz und Angst geboren, war ebenfalls reinigend und befreiend … und ernüchternd. Ihr Kopf wurde klar und sie war bereit und fähig zu tun, was immer getan werden musste.

Sie wuschen sich und dann besah sich Lisa den Toten. Flüchtig dachte sie an Wassili, aber das war Schnee von gestern. Das Gesicht, die gewaltige Nase, die ihr gelb und wächsern entgegen ragte … nein, den Typ hatte sie noch nie gesehen. Wolf erklärte ihr, was er geplant und vorbereitet hatte und dass sie ungefähr siebzig Kilometer weit fahren würden. Sie luden ihre Fracht, deckten sie zu und setzten sich in den Wagen. Es war Viertel vor eins.

Wolf leitete Lisa aus der Stadt heraus und nannte ihr den jeweils nächsten Ort. Plötzlich krampften sich ihre Hände ums Lenkrad, der linke Fuß zuckte und fast hätte sie eine Vollbremsung gemacht. »Mein Gott, Wolf«, stöhnte sie, »bist du verrückt? Da vorne ist ein Grenzposten!« »Entspann dich«, sagte Wolf gemütlich und zündete sich eine Zigarette an, »die Grenze ist offen, wir haben schließlich ein Schengener Abkommen.« »Warum hast du mir nicht gesagt, dass wir nach Frankreich fahren?«, schimpfte sie, als sie unbehelligt ins Nachbarland gerollt waren. »Damit du nicht vorher schon vor Angst bibberst.« »Das wäre aber fast schief gegangen … und jetzt bitte keine Scherze mehr, wie geht's weiter?«

Sie fuhren durch eine leicht hügelige Landschaft, abgesehen von einer kurzen flachen Strecke zwischen Keskastel und Sarre-Union. Dort bogen sie rechts ab. In einem Städtchen namens Fénétrange sahen sie zum letzten Mal einen Fußgänger und bald wurden auch die Autos immer seltener und die Scheinwerfer erfassten nur noch dunkle Häuser in Dörfern, die wie ausgestorben wirkten. Wolf erteilte seine Anweisungen, Lisa bestätigte sie, sonst sprachen sie kein Wort.

Schließlich sagte er: »Jetzt Vorsicht, zwischen diesem und dem nächsten Kaff biegt eine Art Feldweg scharf nach rechts. Dort fährst du rein und dann müsstest du ein einsames Gasthaus entdecken. Direkt dahinter führt eine Brücke über einen Kanal und vor der Brücke ist der ehemalige Lein- oder Treidelpfad. Woher ich das weiß, erzähle ich dir morgen. Sie fuhren nach links auf den Pfad und ca. zwei Kilometer am Kanal entlang, bis sie zu einer Stelle kamen, an der Lisa den Wagen wenden konnte. Es war zehn Minuten nach zwei.

»Hier ist ja der Hund begraben«, flüsterte Lisa und Wolf gluckste zufrieden: »Ein todsicheres Plätzchen.« Sie legten die Leiche an den Rand des Kanals und den Sack mit der Betonplatte auf ihre Brust. Lisa wickelte den Rest der Schnur, mit der Wolf die Handtücher festgezurrt hatte, um Hals und Oberschenkel und verknotete sie mit dem Seil, mit dem der Sack zugebunden war. Dann kippten sie gemeinsam das Bündel in den Kanal. Das Wasser stand hoch, fast bis an den Rand und so ertönte nur ein leises Platschen und ein kurzes Blubbern, als der große tote Fisch versank.

# 17

Sie standen um halb eins auf. Beim Frühstück war Wolf immer noch merkwürdig aufgekratzt, nicht zuletzt dank einer weiteren Morphiumpille, die er geschluckt hatte, als Lisa noch schlief. Sie teilte seine Euphorie nicht, war wortkarg, fast einsilbig und hörte nur mit einem Ohr, wie er davon sprach, was sie heute noch alles unternehmen würden. Und wie er von seiner Heldentat schwärmte, davon, wie er den Kerl dazu gebracht hatte, die Tür zu schließen, damit man draußen den Schuss nicht hörte ... und wie er sich so nahe an ihn herangepirscht hatte, dass er ihn unmöglich verfehlen konnte.

Ich liebe einen Mörder, dachte sie unglücklich, einen Mann, vor dem es mich gestern sogar einen Augenblick lang gegraut hat ... und ich kann nichts dagegen tun. War das – wie sollte man es nennen? – ein Anflug von Schizophrenie gewesen, den sie plötzlich an ihm zu entdecken glaubte, als er da unter dem Türrahmen stand mit diesem entsetzlichen Lächeln? Das war doch Mord, wenn man einen Menschen nicht in Notwehr tötete ... Aber dann war auch sie eine Mörderin. Auch sie hatte Wassili nicht in Notwehr getötet, genau betrachtet. In diesem Punkt hatte sie Wolf ein bisschen angeschwindelt, um ihre Tat mit einer besseren, einer überzeugenderen, einer zwingenden Motivation zu verbrämen.

Wassili hatte die Peitsche nicht ausgepackt, vielleicht hatte er nicht einmal eine in seiner schicken, kleinen Tasche. Er hatte nur damit gedroht ... und damit, dass sein Kollege gleich erscheinen würde. Das hatte sie in Panik versetzt und als er ihr befahl, sich aufs Bett zu knien, sah sie sich plötzlich gefesselt da liegen und sie griff zu dem schweren

Aschenbecher. Was wäre geschehen, wenn sie sich seinen Wünschen gebeugt hätte, in das wunderhübsche Bordell gegangen wäre, das unter dem Schutz seines Zuhälterrings stand? Eins war nicht von der Hand zu weisen: In der Giesebrechtstraße waren sie und Olivia als Freischaffende jedem Kretin ausgeliefert, jedem irren Perversen. Nur der Instinkt bei der Auswahl ihrer Kunden konnte sie davor bewahren, unter einem Rasiermesser zu enden.

In einem Puff war man eindeutig sicherer aufgehoben. Man verdiente aber auch eindeutig weniger. Das liebe Geld … hatte sie Wassili aus Angst um ihr Geld getötet? Im Gegensatz zu Wolf, der offenbar nie finanzielle Sorgen gekannt hatte, war sie in relativer Armut aufgewachsen. Zuerst im Heim und dann bei der Oma, die ihre ungeliebte Enkelin nur deshalb zu sich nahm, weil der Staat die Pflegschaft honorierte. Da war nicht viel mit Taschengeld und teuren Klamotten. Und studieren konnte sie nur mit einem Stipendium für Sonderbegabte, das nicht zum Leben und nicht zum Sterben reichte. Sie wusste natürlich, dass ihre Kindheit und Jugend nicht so außergewöhnlich waren, dass man zwangsläufig daran zerbrechen musste. Viele junge Menschen erlebten Vergleichbares und standen es durch.

Aber sie war wohl nicht zäh genug und die Verlockung war einfach zu groß gewesen, der Wunsch, endlich mal Geld in die Finger zu kriegen und zwar schnell und gleich eine ordentliche Portion. Hätte sie sich von Wassilis Russenmafia ausrauben lassen sollen? Die hätte sie doch nie wieder gesehen, die 170 000, die sie mit zusammengebissenen Zähnen und oft mit geschlossenen Augen gehamstert hatte! Aber ihr wirkliches Motiv, das wusste sie, lag nicht in ihrer erbärmlichen Angst um ihr kleines Vermögen, das lag tiefer: Sie würde es nicht ertragen, noch einmal eingesperrt zu sein wie im Heim. Und ein Bordell, das war auf jeden Fall schlimmer, das war ein Gefängnis, ein luxuriöses vielleicht, aber doch ein Gefängnis.

Und davor, das würde ihr jeder Psychologe bestätigen, fürchtete sie sich wie andere Leute vor Ratten, Spinnen oder einem Gewitter. Diese Phobie hatte zu der Affekthandlung und zu Wassilis Tod geführt. Vielleicht hatte sie überreagiert, aber daraus konnte man ihr keinen

Strick drehen! Also hatte sie zumindest in putativer Notwehr gehandelt. Und das Gleiche galt für Wolf. Auch er hatte eine Bedrohung, die möglicherweise nur hypothetisch war, als real empfunden. Das Unheil wartete vor seiner Haustür und er durfte nicht davon ausgehen, dass der Spürhund unbewaffnet war und sehen konnte er es nachher auch nicht. Sie versuchte, sich in seine Lage zu versetzen, in die Situation eines Blinden ... es war unvermeidbar, dass er außer sich geriet, keiner Vernunft mehr zugänglich war. Sonst hätte er sich fragen müssen, welche Gefahr seiner Lisa überhaupt drohe.

»Du hörst mir ja gar nicht zu«, beschwerte sich Wolf und scharrte auf seinem Teller herum, auf der Suche nach der letzten Bratkartoffel. »Was? Ach so, ja, du hast recht ... ich war gerade abwesend, bin wahrscheinlich noch zu schlapp.« Sie schloss ihr stummes Plädoyer für die beiden armen Sünder, die das unberechenbare Schicksal zusammengewürfelt hatte, als wüsste es, dass sie zueinander passten. Eine andere, viel wichtigere Frage quälte sie und sie musste Wolf dazu bringen, sie mit ihr zu erörtern. Sie hatte das Gefühl, er wolle das Thema vermeiden, am liebsten den Kopf in den Sand stecken und so tun, als sei die vergangene Nacht nur ein Alptraum gewesen, der sich im Licht des neuen Tages verflüchtigt hatte.

»Ich hab dich gefragt«, erklärte Wolf, »ob du mich nachher ein bisschen spazieren fährst. Ich hatte ja noch nicht viel von dem BMW, den du uns geschenkt hast ... und von meinem neuen Rollstuhl. Und heute Abend werfen wir uns in Schale und gehen in ein piekfeines Restaurant, einverstanden?« Lisa riss sich zusammen. »Gern«, sagte sie und bemühte sich, wenigstens einigermaßen begeistert zu klingen, »gibt es das hier überhaupt, in der Provinz?« »Bitte keine Diffamierungen, das Saarland ist berühmt für seine hervorragende Küche. Ich hoffe nur, du kommst zurecht, ich meine, dort, wo du aufgewachsen bist, haben sie schließlich gar keine Fresskultur. Weißt du, wie man sich in so einem Gourmet-Tempel bewegt, wie man sich zu verhalten hat?« »Nein«, sagte Lisa, »ich esse den Fisch mit dem Löffel und die Erbsen mit dem Messer.« Sie beugte sich über den Tisch und gab ihm eine Kopfnuss. Dann erhob sie sich. »Schön, ich räume jetzt auf, dann schau ich mir die Reisetasche an und wir überlegen, was wir mit dem Zeug anfangen und erst danach kommt das Vergnügen ... und bis dahin bleibst du hier sitzen und machst dir ein paar heiße Gedanken ... aber nur darüber.« Wolf nickte ergeben.

»Die ist ja fast leer«, verkündete sie bald darauf aus dem Wohnzimmer, wo sie Barbas Tasche auf den Tisch gestellt hatte, um ihren Inhalt zu inspizieren. »eine abgewetzte Lederjacke, eine Garnitur Wäsche, ein halb volles Glas Gurken und ... igitt, das riecht ja schon ... eine Plastikdose mit Stullen.« Sie zog den Reißverschluss auf, der die Tasche innen teilte und fand einen *Perry Rhodan*, einen Stadtplan von Saarbrücken sowie einen abgegriffenen Geldbeutel mit Eurocard, Personalausweis und ganzen dreißig Euro. »Frank Schüwer«, las sie vor, »18.10.1981 ... und eine Adresse in Kreuzberg.«

Sie setzte sich wieder zu Wolf und zündete sich eine Zigarette an. »Was machen wir mit dem Gerümpel?« »Kein Problem«, sagte Wolf, »die Klamotten bleiben in der Tasche, die Fressalien kommen in einen Müllbeutel, den Stadtplan ...« »Es ist kein richtiger«, unterbrach ihn Lisa, »nur ein Blatt, wahrscheinlich ein Ausdruck aus dem Internet.« »Na, dann steck ihn in meine Mülltonne, wenn wir das Haus verlassen und das Groschenheft dazu. Den Rest nehmen wir mit und wenn wir heute Abend zurückkommen, hier in der Nähe ist eine Hochhaussiedlung, dort stehen garantiert ein paar Container herum.« »Und der Ausweis und die Scheckkarte?« Wolf streckte die Hand aus. »Die kannst du mir geben, vorläufig verstaue ich sie hinter der Enzyklopädie und nächsten Sonntag grillen wir, dann wandern sie ins Feuer ... und die Penunze hauen wir auf den Kopf.«

»Hmm, ja, okay«, murmelte Lisa, »etwas Besseres fällt mir auch nicht ein.« Und dann platzte sie endlich heraus: »Aber wie, wie hat er deine Adresse gefunden ... oder willst du nicht darüber reden?« Wolf zuckte die Achseln. »Es lohnt sich nicht, Liebes ... natürlich können wir uns den Kopf darüber zerbrechen oder gegen die Wand rennen, wir werden es nicht herausbringen, ohne Nachforschungen anzustellen. Nachforschungen, die uns gefährlich werden könnten und das wollen wir doch nicht, oder?« »Aber das passt doch alles nicht zusammen«, stöhnte sie,

»so läuft doch kein Zuhälter herum! Wassili, der trug einen Maßanzug und wie ein Russe hat dieser Schöwer oder Schüwer schon gar nicht ausgesehen und erst recht nicht wie ein Auftragskiller … nein, das ist Unsinn«, korrigierte sie sich, »gerade ein Killer könnte sich so idiotisch tarnen … aber er war ja völlig unbewaffnet … ach, ich weiß nicht.« »Lass es sein, Liebling«, bat Wolf eindringlich, »du siehst doch, dass es zu nichts führt!« »Aber eine Frage darf ich uns doch wohl noch stellen«, ihre Stimme klang jetzt fast hysterisch, »was machen wir mit dem Nächsten? Wieder erschießen, wieder eine Leiche nach Frankreich transportieren und dann immer so weiter?«

Wolf riss erstaunt die Augen auf, die Brauen hoben und wölbten sich unter der gerunzelten Stirn, bis er aussah wie ein gutmütiger Faun und Lisas Zorn verrauchte und sie musste gegen ihren Willen lachen. Dann schüttelte er energisch den Kopf und sagte: »Nein, das wird nicht wieder passieren, Liebes, da kommt keiner mehr, das war eine einmalige Aktion.« Es gab nicht den geringsten Grund für diese Annahme, aus seinen Worten sprach jedoch eine derart unumstößliche Überzeugung, als könne sein Glaube tatsächlich Berge versetzen, dass Lisa geneigt war, sich daran zu klammern. Einfach die Augen vor der Wirklichkeit zu verschließen und sich dem süßen Wahn hinzugeben, ihre Welt sei vollkommen heil. Aber sie war natürlich nicht heil, ihre kleine Welt, sie war ein Scherbenhaufen, der mühsam wieder zusammengekittet werden musste.

»Und wieso weißt du das?«, fragte sie müde. »Na, weil ich blind bin und die Blinden das zweite Gesicht haben!« Lisa zwang sich, auf das Spiel einzugehen, sich ablenken zu lassen, für eine Weile abzuschalten. »Teiresias, der Seher … bist du Teiresias, seine Reinkarnation?« »Leider nicht«, sagte Wolf und sein Blick bekam einen schwärmerischen Glanz. »Weshalb leider? Ich kann mir nicht vorstellen, dass sein Schicksal erstrebenswert wäre. Wenn ich mich nicht irre, wurde er von der Göttin Athene entsetzlich, unsinnig hart bestraft. Die eiserne Jungfrau schlug ihn mit Blindheit, nur weil er ihr einmal beim Baden zugeschaut hatte, der alte Voyeur. Und dann verlieh sie ihm als kleine Entschädigung die Sehergabe.«

»Das ist die Schulbuchversion«, sagte Wolf, »in Wahrheit hat sich die Geschichte ganz anders abgespielt. Wenn du mir eine von meinen Zigaretten gibst, erzähl ich es dir … falls du es hören möchtest.« »Ach, Mist, ich hab die Schachtel schon wieder geklaut! Das geht so, so automatisch … ich stecke mir eine an und dann lege ich das Päckchen neben mich, statt es dir wieder hinzuschieben.« Sie seufzte. »Irgendwann werd ich's noch lernen.« Sie zündete ihm eine an, reichte sie ihm und lehnte sich zurück. »Also, ich höre.«

»Teiresias«, begann Wolf, »war ein äußerst leidenschaftlicher Mensch, mit anderen Worten, er war sexbesessen. Und eines Tages erbat er sich von den Göttern die Gunst, vorübergehend eine Frau sein zu dürfen…« »Ah, das ist es«, unterbrach ihn Lisa, »das spukt dir im Kopf herum! Du möchtest zu gerne wissen, wie uns beim Sex zumute ist. Eine typische Männerphantasie, wie die ganze griechische Mythologie. Aber diese Geschichte ist mir neu. Und was meinten die Himmlischen?«

»Tja, wie nicht anders zu erwarten, der alte Zeus, der selbst ein Erotomane war, fand, das sei ein interessantes Experiment. Er verwandelte Teiresias und nachdem der einige Zeit die Freuden eines herrlichen Weibes genossen hatte, wurde er wieder zum Mann und anschließend in den Olymp zitiert. Dort wurde er von Zeus und dessen griesgrämiger Gattin Hera examiniert. Die Frage lautete schlicht und einfach: Wer hat mehr Spaß beim Sex, der Mann oder die Frau? Und Teiresias – er muss ein kühler Rechner gewesen sein, der selbst im Bett nie den Überblick verlor – Teiresias stellte die kühne Behauptung auf, die Frau empfinde beim Liebesakt neunmal so viel Lust wie der Mann. Warum gerade neunmal, ist mir schleierhaft. Der prüden Hera schien das jedenfalls eine schamlose Übertreibung zu sein, sie spuckte Gift und Galle und … ja, der Rest ist wie gehabt: Sie strafte Teiresias für sein Lügenmärchen mit Blindheit und Zeus verlieh ihm zum Ausgleich die Gabe der Prophetie und ich glaube«, Wolf streckte sich behaglich, »bei der einzigartigen Erfahrung, die der Mann machen durfte, wird er seine Blindheit gern in Kauf genommen haben … oder was meinst du, hat er nun gelogen oder nicht?«

»Die Frage kann nicht beantwortet werden«, sagte Lisa, »und deshalb ist das eine hinterhältige Geschichte beziehungsweise eine sophistische Haarspalterei. Ich nehme an, sie hat ihren Ursprung in der Erkenntnis, dass fast alle Männer sofort nach dem Orgasmus abschlaffen. Man spürt förmlich, wie die Lust aus ihnen entweicht, mit der gleichen Geschwindigkeit wie die Luft aus einem durchlöcherten Gummiball. Bei uns dauert es länger, wir kühlen nicht so schnell ab, unsere Lust verebbt in Wellen, bis die Oberfläche des aufgewühlten Wassers wieder glatt ist. Und deshalb«, sie drückte Wolfs Hände, die fest und ruhig auf dem Tisch lagen, »deshalb fällt es Männern wie dir leicht, eine Frau um den Finger zu wickeln. Weil du darauf eingehen kannst, weil du dich nachher nicht umdrehst und zu schnarchen beginnst. Du gibst mir die Zärtlichkeit, die Streicheleinheiten, nach denen ich mich sehne, wenn der Höhepunkt abklingt … abgesehen von der extatischen Einlage gestern Nacht. Vielleicht empfindest du ja ähnlich wie eine Frau, ein bisschen wenigstens. Vielleicht war das Teiresias' Traum, vielleicht hat er sich in Wirklichkeit nur gewünscht, die Lust von vorher für ein Nachher konservieren zu können.«

»Es kostet mich keine Überwindung«, sagte Wolf, »im Gegenteil, für mich ist ein Akt ohne Nachspiel ein unvollendeter Akt«, er grinste, »von gelegentlichen Ausnahmen abgesehen. Aber ich glaube, die Sage von Teiresias hat noch einen anderen Hintergrund. Er ist nicht der einzige Blinde, dem die Gabe der Weissagung zugeschrieben wurde und immer war sie ein Geschenk der Götter. Die Normalen, die Nichtbehinderten empfanden zu allen Zeiten ein mehr oder weniger starkes Unbehagen gegenüber der Anomalität des Krüppels. Die Scheu – bei manchen Leuten ist es sogar Furcht – vor dem Phänomen des Andersartigen, des Missgebildeten und vor den unverständlichen und unheimlichen Leistungen, zu denen Behinderte häufig imstande sind, das alles hat zu solchen Deutungsversuchen geführt. Irgendwoher mussten diese Fähigkeiten ja kommen und weil man es sich nicht anders erklären konnte, nahm man an, die körperlich und erst recht die geistig Behinderten hätten einen Draht zu den überirdischen Mächten. In den frühen Kulturen wirkte sich dieser Glaube, soweit mir bekannt ist, überwiegend segensreich aus für die Krüppel: Sie wurden von der Gemeinschaft ernährt, gehätschelt, oft sogar verehrt. Mysteriöse Krankheiten wie die Epilepsie und die davon Betroffenen galten bei vielen Völkern als heilig. Und wenn sie über einen entsprechenden Intellekt verfügten, wurden sie zu Ratgebern der Häuptlinge und die Scharlatane unter ihnen und die richtig schön Verrückten, die wurden zu Schamanen. Und die Blöden, die Debilen, das waren die Dorftrottel.«

»Und heute«, fragte Lisa, die sich ein wenig entspannt und ihre konkreten Ängste vorerst verdrängt hatte, »was glaubst du, wie ist heute das Verhältnis zwischen Behinderten und Nichtbehinderten?« »Man gibt sich Mühe«, sagte Wolf, »auf beiden Seiten. Da ist allerdings ein Hindernis zu überwinden: Das Christentum sah in den Krüppeln auch Werkzeuge eines überirdischen oder übernatürlichen Willens, nur hielt man diese Mächte für das Böse. Teufel und Dämonen waren es, die in den Buckligen hausten, in denen mit dem Klumpfuß, dem Wasserkopf oder der sechsfingrigen Hand und im Mittelalter landeten sie nicht selten auf dem Scheiterhaufen. Niemand wird zugeben, dass solche abergläubischen Wahnvorstellungen auch heute noch in vielen Hinterköpfen lauern, wenn auch nur in abgeschwächter Form und diffuser Gestalt. Außerdem, das sei nicht vergessen, sind die Behinderten nun mal in der schlechteren Position, sie empfinden sich oft als minderwertig oder wie Aussätzige und deshalb werden sie manchmal zu bösartigen Querulanten oder Haustyrannen. Wie auch immer, ich bin überzeugt, dass es nie einen echten Konsens zwischen beiden Gruppen geben wird, trotz aller Gesetze und Integrationsmodelle … wir passen einfach nicht zueinander.«

Wolfs Prophezeiung sollte sich auf geheimnisvolle Weise erfüllen. Niemand kam mehr aus Berlin, um Swetlana Kirilow zu entführen oder Wassilis Tod zu rächen. Und nach Frank Schüwer wurde nicht mehr besonders intensiv gefahndet, seit Padulke sich eingemischt hatte. Es dauerte zwei Wochen, bis ihm einfiel, er müsse sich mal bei dem

Schmied von Kreuzberg erkundigen, wie die Sache mit dem mutmaß-
lichen Zuhälter ausgegangen sei, dem Barba Rache geschworen hatte.
Drei Tage lang rief er mehrmals täglich an, niemand meldete sich.
Dann fuhr er nach Kreuzberg, wo er vor einer verschlossenen Tür
stand. Er klopfte nebenan bei Susi und Sonny und Susi erzählte ihm,
sie habe bereits eine Vermisstenanzeige aufgegeben, bisher aber noch
nichts von der Fahndungsabteilung gehört. Kurz entschlossen machte
sich Padulke auf in die Giesebrechtstraße. Von Olivia Delmonte –
welch faszinierender Name für einen faszinierenden Körper – erfuhr
er, ein Rotbart habe sie tatsächlich besucht und Swetlana gehe es gut,
sie habe einen reichen Macker aufgegabelt ... und so weiter. Und der
Kommissar machte sich seinen Reim darauf. Die Kollegen von der
Fahndung waren seiner Meinung: Frank Schüwer hatte seine lange
Nase zu tief in etwas hineingesteckt, das ihn nichts anging und jetzt
würde man höchstwahrscheinlich nie mehr etwas von Frank Schüwer
sehen oder hören. Es tat Padulke leid, dass er selbst es gewesen war, der
Barba auf die gefährliche Spur zu Swetlana oder wie sie heißen mochte,
geführt hatte. Die Hure Olivia hatte natürlich gelogen, ihre Freundin
war längst in einem Puff verschwunden und Padulke wunderte sich
nur, dass sie selbst noch nicht dort gelandet war. Was den Schmied
betraf ... der Kommissar hatte kein besonders schlechtes Gewissen.
Barba war sowieso nicht aufzuhalten, wenn diese unerklärliche Wut
sein ganzes Denken beherrschte und seinen Verstand lahm legte. Irgendetwas, erinnerte sich Padulke, Edler von Freedensack, hatte nicht
gestimmt mit dem Mann. Als er noch aktives Mitglied war, hatte keiner das Ritterspiel so ernsthaft betrieben wie der Schmied, niemand
entwickelte eine solche Zähigkeit, ja geradezu Sturheit, wenn es galt,
den Feind niederzuringen, niemand eine solche Aggressivität beim
Waffengang, dass einem manchmal Angst und Bange werden konnte.

# 18

Bevor sie zu ihrem Sonntagsausflug aufbrachen, fuhr Wolf nach oben, um die Dokumente zu verstecken, die bewiesen, dass ein Mensch namens Frank Schüwer existiert und sich einmal für kurze Zeit in Saarbrücken aufgehalten hatte. Er zog die beiden ersten Bände der *Encyclopædia Britannica* hervor und legte das Mäppchen mit der Eurocard und dem Personalausweis neben die Parabellum, in deren Magazin jetzt ein Schuss fehlte.

Währenddessen schaffte Lisa Barbas armselige Hinterlassenschaft in den Wagen. Vor den umgeklappten Rücksitzen des Touring lag zusammengeknüllt die Decke, unter der sie die Leiche verborgen hatten. Ein kalter Schauer lief ihr über den Rücken, als sie an ihr Entsetzen beim Anblick der Grenzstation dachte. Wenn nun doch ein Zöllner dort gestanden, sie gestoppt und kontrolliert hätte! Lisa hatte tatsächlich noch nie im Leben eine Staatsgrenze überschritten, nicht einmal bei einer Schulfahrt. Zum Reisen hatte sie kein Geld und als sie ihr Studium an der FU Berlin begann, gab es schon fünfzehn Jahre keine DDR mehr, keine Mauer und keinen Stacheldraht, keinen *Checkpoint Charlie* und keine Leibesvisitation beim Übergang von West nach Ost am Bahnhof Friedrichstraße.

Aber die Berliner Luft schien immer noch geschwängert von der Erinnerung an die lange Zeit, da die Stadt ihr abgekapseltes Inseldasein führte. Die Erlebnisse der dreißig Jahre vom Bau der Mauer bis zu ihrem Fall hatten sich zu tief in das kollektive Bewusstsein der Bevölkerung eingegraben. Und aus den Gesprächen der Alteingesessenen, die Lisa hier und da aufgeschnappt hatte, war für sie das Schreckensbild einer Grenze mit waffenstarrenden Zollbeamten entstanden, die jedes Fahrzeug und seine Insassen mit sadistischer Akribie filzten.

Natürlich wusste sie, dass es zumindest in Westeuropa keine Grenze gab, an der man einen solchen Terror zu gewärtigen hatte. Trotzdem hatte die Angst sie fast gelähmt, als sie feststellen musste, dass sie ihren Leichenwagen nach Frankreich steuerte. Wolf musste wirklich ein bisschen verrückt gewesen sein, dass er ihr diese Kleinigkeit verschwieg. Nun ja, einen Menschen getötet zu haben, sie wusste es, das wirft wohl jeden vorübergehend aus der Bahn, bringt ihn aus dem Gleichgewicht, macht ihn irre.

Sie schüttelte die Decke aus, besah sie sich ganz genau, fand keine Blutflecken, faltete sie zusammen und trug sie ins Haus. Dann untersuchte sie den Teppichboden im Flur, bei geöffneter Haustür, so dass genügend Tageslicht hereinfiel. Auch hier keine Blutspuren, Wolf hatte phantastisch reagiert, nachdem er den Mann erschossen hatte. Wenn sie die Habseligkeiten des Frank Schüwer beseitigt hatten, wenn das alles auf einer Mülldeponie beziehungsweise im Feuer gelandet war, dann gab es nur noch die Leiche im Kanal ... und die Hoffnung, dass die Betonplatte sie lange genug an ihr Grab fesselte, so dass sie nur noch ein Gerippe war, wenn sie jemals entdeckt wurde. Wieder schauderte es sie. Sie sah sich plötzlich, wie sie hinabtauchte, haargenau an dieser Stelle und dann schimmerte in der schwarzen Tiefe etwas Fahles, Weißes auf, grässlich verzerrt von den Wellen, die sie verursachte und dann bleckte sie ein fröhlich grinsendes Gebiss an.

Wolf erzählte ihr später, die letzte Ruhestätte des Toten sei der Saar-Kohle-Kanal. Der ehemalige, müsse man eigentlich sagen, inzwischen werde er nämlich nicht mehr von Kohleschleppern befahren, sondern nur noch von Hausbooten. Und da die Urlaubssaison bald vorüber sei, könne die Leiche dort ungestört überwintern ... und verwesen. Außerdem könne er, Wolf, sich mit dem besten Willen nicht vorstellen, dass jemand in dieser von Motorenöl und Fäkalien verseuchten Jauche schwimmen oder gar tauchen möchte.

Lisa hatte die Wagentüren bereits entriegelt, als Wolf schnupperte, die Luft einsog und fragte: »Hättest du Lust, zuerst ein bisschen spazieren zu gehen? Die liebe Sonne hat sich zwar schon wieder für uns erwärmt, aber es ist doch etwas kühler geworden, da könnten wir unsere Lungen mal entlüften. Nachher, drunten in der Stadt, wird es garantiert schon wieder stickig sein.« Lisa öffnete die Hecktür und reichte ihm den ultraleichten Rollstuhl. Er klappte ihn auseinander und sie steckte die Fußstützen ein. Als er sich setzen wollte, stieß er mit dem linken Schienbein an die Stütze und er fluchte gotteslästerlich. »Muss ich mich erst noch dran gewöhnen«, brummte er, »an die Abmessungen, meine ich … gegenüber meinem Elektrischen scheint das Dingelchen hier eher für Zwerge konzipiert!«

Es war erstaunlich, mit welcher Leichtigkeit der schwere Mann das Gefährt antrieb, es mit seiner Muskelkraft über die holprige Straße eine kleine Steigung hinaufschob. Sie waren nach rechts abgebogen und nach ca. fünfzig Metern sagte Wolf: »Jetzt musst du aufpassen, Liebes, da zweigen gleich hintereinander zwei Querstraßen links ab. Wir fahren in die zweite und dann möchte ich mir das vierte oder fünfte Haus auf der rechten Seite ansehen … mit deinen Augen. Ich glaube, es ist die Nummer 17.« »Wohnt dort jemand, den du kennst?« »Ach, schon lange nicht mehr. Als ich nach dem Tod meiner Eltern hierher kam, zu Tante Trude, wohnte da ein Schulfreund, den ich oft besucht habe. Nach der Schule haben wir uns aus den Augen verloren … da genügt es schon, dass man nicht das gleiche Fach studiert, ein paar neue Bekanntschaften schließt … in dem Alter geht das schnell, das weißt du ja selbst.«

»Du hast dich geirrt« sagte Lisa, als sie vor dem Haus hielten, »es ist nicht das vierte oder fünfte, sondern das dritte. Dein Gedächtnis hat dich getrogen und ich dachte schon, es wäre unfehlbar.« »Du hörst dich an«, sagte Wolf belustigt, »als freutest du dich darüber.« »Selbstverständlich freut mich das, ich hatte ja manchmal das Gefühl, ich wäre in ein Elektronengehirn verliebt … Kann man die Räder von dem Rollstuhl auch blockieren, dann könnte ich nämlich diese Handbremsen loslassen, dir die Arme um den Hals schlingen und dich küssen.« »Kann man«, sagte Wolf, »und gegen das Küssen ist nichts einzuwenden, das holen wir gleich nach. Aber jetzt schaffen wir uns besser vom Acker, sonst erregen wir noch Aufsehen und jemand ruft die Polente.« »Hmm, ja«, gab Lisa zu, »so wie ich gerade diese heruntergekommene Bude angestarrt habe, könnte wirklich jemand auf die Idee kommen, ich wollte etwas ausspionieren.« Sie ahnte nicht, dass sie genau das für ihn tun sollte.

»Jetzt wird's aber Zeit«, flüsterte sie plötzlich, »leg dich in die Riemen, Junge, im Obergeschoss steht ein böser alter Mann am Fenster, raucht eine dicke Zigarre und blickt grimmig zu uns herunter!« Diesmal irrte sich Lisa, Dr. Kuhnert nahm sie überhaupt nicht wahr, sein Blick war nach innen gekehrt. Er war mit den Gedanken beschäftigt, die ihm im Kopf herumschwirrten, seit er das Haus für betreutes Wohnen besichtigt hatte.

»Nur keine übertriebene Hast«, lachte Wolf, »sonst denkt er, wir wären auf der Flucht und wer flieht, sät Verdacht. Am besten guckst du in die Luft und pfeifst ein Liedchen, als wär nix und schließlich ist ja auch nix.« »Lieber nicht«, sagte Lisa, »ich will dich doch nicht gegen die Bordsteinkante donnern … was wolltest du eigentlich wissen, was sollten meine Augen für dich sehen?« »Ach, ich war nur neugierig, ob sich etwas verändert hat«, sagte Wolf leichthin, »seit ich nichts mehr sehe hinter meinem Schleier, hinter meinem verkürzten Horizont, seither hab ich manchmal diese merkwürdigen Anwandlungen … als müsse ich mich vergewissern, dass sich die Welt noch um ihre Achse dreht und die Fixpunkte, an die sich meine Erinnerungen klammern, sich nicht verschoben haben … was hast du gesagt, die Bude sei heruntergekommen? Das war sie schon«, er überlegte, »vor sieben Jahren, ja, ich glaube, vor sieben Jahren bin ich zum letzten Mal hier vorbeispaziert. Ich hoffe, mein Schuppen sieht nicht genau so aus.«

»Um Himmels Willen, nein«, rief Lisa entrüstet, »dagegen ist dein Haus ein Schatzkästchen. Würde man beide nebeneinander stellen, würde man nicht glauben, dass es sich um zwei identische Bauten handelt. Die Häuser ähneln sich ja alle hier, auch in deiner Straße, überall der gleiche Typ, mit kleinen Abweichungen.« »Eine Siedlung«, sagte Wolf, »sie wurden zur gleichen Zeit gebaut, wahrscheinlich vom gleichen Architekten … das ist schade«, fügte er bedauernd hinzu,

»wenn jemand kein Geld oder keine Lust hat, sein Eigentum in Stand zu halten. Und in diesem Fall ist es besonders auffällig, das sieht dann aus, als wäre unter hundert schön bemalten Ostereiern ein einziges verdrecktes, bei dem die Farbe verlaufen ist.«

»Genau so«, sagte Lisa, »der Verputz ist schmutzig grau und an einigen Stellen abgebröckelt und in der Einfahrt wachsen Gras und Disteln.« »Auf welcher Seite ist die Einfahrt«, fragte Wolf schnell, »rechts oder links?« »Rechts, wie bei dir, warum?« »Na, dann funktioniert mein Gedächtnis doch noch einwandfrei.« »Du Gauner, die Antwort hätte ich auch bekommen, wenn ich ›links‹ gesagt hätte … Vorsicht, langsam, langsam, nicht mehr anschieben! Gleich geht's ein Stück bergab, dann rollen mir deine neunzig Kilo davon und ich kann dich nicht mehr halten.« Dreimal bogen sie links ab und nach einer Viertelstunde waren sie wieder zu Hause. »Einmal ums Karree«, wie Wolf sich ausdrückte. Als sie im Wagen saßen, erklärte er ihr: »Und jetzt zeige ich dir, wo ich mit meinen Eltern gelebt habe, bis zu ihrem Tod. Und anschließend fahren wir kurz an einer hochherrschaftlichen Villa vorbei, die einmal meinen Großeltern mütterlicherseits gehört hat. Als Kind hab ich sie manchmal angestaunt, hinein durfte ich ja nicht, sie war schon lange vor meiner Geburt verkauft worden … nur damit du siehst, aus welch einem vornehmen Stall ich stamme.« Er nahm an, dass es sich bei Hanuschs Adresse tatsächlich um eine Villa oder etwas Ähnliches handelte.

Gegen halb fünf parkte Lisa in der Futterstraße in der Nähe zweier Buchhandlungen. Von dort waren es nur wenige Schritte zur Fußgängerzone. »Mensch, da ist ja überhaupt nichts los«, sagte sie verwundert, »wo treibt sich denn das ganze Volk herum? Als ich das erste Mal hier durchkam, von meinem Hotel zur Altstadt, wegen der Stelle bei Hannes, da war diese Fußgängerzone ein einziges buntes Gewimmel.« »So viel ich weiß«, sagte Wolf, »gehen meine Landsleute am Wochenende anderen Beschäftigungen nach als Schaufensterbummeln … Grillen im Garten, Besuch von Festen und Events – sie können sich für jede Art von Spektakel begeistern – und da hier offensichtlich keines stattfindet, haben wir die ganze Straße für uns.«

Von weitem erklangen die schrillen Klagen mehrerer indianischer Rohrflöten, fünf Töne, immer die fünf gleichen Töne, die eine Melodie formten, die einen Menschen in entsprechender Stimmung in Trance versetzen kann. Vielleicht bei Nacht an einem Feuer sitzend, Kokablätter kauend. An diesem Nachmittag schien den meisten Leuten die südamerikanische Folkloregruppe wohl fehl am Platz, kaum einer blieb stehen und lauschte. »Müsste irgendwo beim Kaufhof sein, das Gedudel«, sagte Wolf, »wollen wir mal hinfahren? Eine Zigarette lang würde ich es mir gern anhören.« Doch dann erregte etwas anderes seine Aufmerksamkeit.

Gegenüber bei H&M röhrte plötzlich ein Saxophon auf, spielte die ersten Takte eines Blues und brüllte dann eine Serie haarsträubender Dissonanzen. »Da drüben ist ein wilder Mann in einer Mönchskutte«, kicherte Lisa, und Wolf meinte: »Hört sich an, als wolle er die Menschheit aufrütteln, eine neue Form der Erweckung.« »Asketisch genug sieht er aus, um als Fanatiker durchzugehn«, sagte Lisa, »wollen wir ihm die Ehre antun, uns vor ihm zu versammeln? Sehen wirst du ihn wahrscheinlich nicht, Liebling, trotz des strahlenden Sonnenscheins, er hat sich nämlich ins Dunkel verkrochen, unter die Arkaden.« »Dann rauchen wir unser Zigarettchen hier«, entschied Wolf, »und du erzählst mir, was er anstellt … sofern ich es nicht höre.«

Der Künstler wechselte in eine schräge Variation des *Mackie Messer-Themas* und dann verstummte das Instrument so plötzlich, wie es eingesetzt hatte. »Jetzt hat er sich die Tröte auf den Buckel geworfen«, sagte Lisa, »ich nehme an, wir kriegen gleich ein Schlagzeugsolo geboten, vor dem Bruder steht ein umgedrehter Eimer von der Größe eines Einkochtopfs und irgendwoher hat er zwei Trommelschlegel gezaubert.« Schon knallte der erste Schlag und dann schepperte er einen virtuosen Wirbel auf seiner Blechtrommel, brach ab und kreischte: »Ja, von Haifischen sind wir umgeben, sie sitzen auf Managerstühlen, in Präsidenten- und Kanzlersesseln und auf Kardinalsthronen und ihr merkt es nicht, Brüder und Schwestern …« Er hielt inne und Lisa stöhnte: »Oh Gott, der Irre guckt zu uns rüber.« Der Mönch starrte sie tatsächlich ein paar Sekunden lang an, doch dann fuhr er unerschüttert fort: »Nein, ihr merkt es nicht, weil ihr blind seid, blind wie dieser arme Mensch in seinem Rollstuhl!« Wolf gab Lisa die angerauchte Zigarette, formte die Hände zu einem Trichter, obwohl das wahrscheinlich nicht nötig war und rief mit seiner besten Donnerstimme: »Darf ich auch mal, Bruder?« Endlich hatte sich ein kleines Grüppchen eingefunden, das die Szene beobachtete, in der hoffnungsfrohen Erwartung, vielleicht doch irgendetwas Aufregendes zu erleben an diesem ereignislosen Sonntag.

Der Kuttenmann hopste auf und ab und verrenkte sich wie ein Harlekin und winkte Wolf mit beiden Händen zu sich. Lisa steuerte auf die andere Seite, Wolf ließ sich die Schlegel geben und hämmerte – durchaus im richtigen Takt – auf das Blech und sang dazu mit Grabesstimme: »Völker hört die Signale, auf zum letzten Gefecht« und bei »die Internationale« fiel der Erwecker ein und grölte mit: »erkämpft der Menschen Recht.« Dann senkte er die Stimme und sagte in einem ganz normalen, ruhigen Ton: »Die Botschaft hör ich wohl … na, du kennst ja den Rest, Bruder.« »Amen, Bruder«, sagte Wolf und gab ihm seine Schlaghölzer zurück.

Durch eine kleine Passage fuhren sie auf die Berliner Promenade. »Monumentale Bauten und Denkmäler besitzen wir nicht«, sagte Wolf, als sie sich bei einem Straßencafé niederließen, »obwohl Saarbrücken älter ist als Berlin, fehlt uns die historische Größe, die einen solchen Aufwand rechtfertigen würde. Dafür erweisen wir mit dem Namen dieser langen Terrasse, dieser Promenade auf Stelzen der Metropole unsere bescheidene Referenz.« »Ach, ich bin nicht unbedingt erpicht darauf, an Berlin erinnert zu werden … aber lassen wir das, genießen wir einen Augenblick die Stille.«

Nachdem sie ihren Espresso angeschlürft hatten, zeigte Wolf auf die andere Seite des Flusses: »Irgendwann, vielleicht werde ich es noch erleben, soll dort ein sogenanntes Stadtmitte am Fluss-Projekt entstehen. Wenn ich die Meldungen in Holgers Radio richtig verstanden habe, will man die Stadtautobahn übertunneln …« Lisa legte ihm die Hand auf den Arm und sagte: »Sei mir nicht böse, Liebling, vielleicht erzählst du es mir heute Abend, ich muss ein paar Minuten die Augen schließen … nur ein bisschen dösen.« »Wenn ich ab und zu fühlen darf, ob du noch da bist«, flüsterte Wolf, »erlaube ich dir, die Hände in den Schoß zu legen.«

Er ist überdreht wie eine Spieluhr, deren Walze abgerissen ist, ein Mobile, das erst zum Stillstand kommt, wenn der Tank leer ist, dachte sie und sein Verhalten erinnerte sie an sich selbst, wie sie sich gefühlt hatte, als sie endlich im ICE saß. Zuerst die Panik und dann, nach Wassilis Tod, eine beängstigend klare, eiskalte Nüchternheit, die sie befähigte, zu packen, ein Taxi zu rufen und gelassen in den erstbesten Zug zu steigen, der abfahrbereit auf dem Gleis stand. Und schließlich die Erleichterung, als sich die Räder in Bewegung setzten, die Euphorie, die ihr prickelnd wie Champagner in den Kopf stieg. Total durchgeknallt war sie, auch noch am nächsten Tag, wie sonst hätte sie Hannes ihre Komödie vorspielen können!

Und Wolf schien es genau so zu gehen, der hatte heute, an seinem Tag danach, auch nur verrückte Einfälle. Die komische Besichtigungstour vorhin … als ob ihm wirklich daran gelegen wäre, ausgerechnet jetzt zu erfahren, wie die Häuser aussahen, zu denen er schon seit Jahrzehnten keinen Bezug mehr hatte. Vielleicht war das notwendig, dieses ganze Gehabe, diese aufgesetzte Fröhlichkeit, diese Betriebsamkeit … lauter Verdrängungsprozesse, damit man nicht den Verstand verlor.

Auch Wolfs Gedanken kreisten in diesem Augenblick um das, was Lisa für ihn ausgekundschaftet hatte. Eine Art Festung war das also, die Villa, in der Hanusch residierte, eine Trutzburg mit schmiedeeisernem Tor. Was hatten die Reichen doch für eine entsetzliche Angst, jemand könnte ihnen in den Kochtopf gucken! Und erst recht fürchteten sie sich vor Einbrechern, sicher besaßen Hanuschs die allermodernste Alarmanlage. Im Garten stand ein riesiger Schuppen, soweit Lisa es mit einem raschen Blick durchs Gebüsch erkennen konnte. Darin verwahrte der Doktor wohl seine Oldtimersammlung. Und an den Fenstern im ersten Stock, Fenster mit romanischen Rundbögen, hingen rosafarbene Gardinen … einen scheußlichen Geschmack musste die gute Frau Hanusch haben.

Das Haus auf dem Homburg hatte ihn überrascht und fast hätte er sich verraten und Lisa hätte gemerkt, dass er es überhaupt nicht kannte. Aus irgendeinem Grund war er der festen Überzeugung gewesen, Sigrid Wegmann wohne in einem freistehenden Einfamilienhaus. Aber die Adresse war ein Hochhaus und die Auskunft würde ihm nicht sagen können, in welcher Etage sich die Eigentumswohnung der Wegmanns befand. Außerdem, was sollte ihm dieses Wissen nützen?

Um sieben standen sie vor dem Kleiderschrank, erfrischt von einem Bad, das ihnen den Stadtstaub aus den Poren gespült hatte. »Setz dich doch aufs Bett«, sagte Lisa, »ich kann dir ja rauslegen, was du anziehen möchtest. Was soll's denn sein, etwas Gediegenes, von zurückhaltender Eleganz oder etwas Extravagantes? Was trägt man dort, wohin du mich entführen willst?« Wolf lachte. »Ich besitze nicht einmal mehr einen Anzug, seit ich den Zwängen des Jobs entronnen bin. Und einen Knoten binde ich mir auch nicht vor den Hals, da muss ich würgen … guck mal, links, ziemlich am Anfang der Stange hängt ein leichter Blazer, Wildleder, grau wie ein Esel und auf dem Bügel ist auch eine Hose im selben Ton, nur ein wenig dunkler. Und im Schubladenteil findest du ein paar leichte Rollis, ich glaube, einer ist sogar darunter, der passt exakt zu deiner neuen Haarfarbe.«

Er war noch dabei, seine Schuhe zu schnüren, als sie schon fix und fertig vor ihm stand. »Bin ich nicht schnell, Liebling? In der Beziehung hast du Glück mit mir, ich bin keins von diesen zickigen Weibern, die sich stundenlang nicht entscheiden können, welchen Fummel sie anlegen sollen.« Wolf richtete sich auf, zog sie an sich und rieb seinen Kopf an ihrem Bauch. »Braves Mädchen«, murmelte er, »was ist das für ein feines Stöffchen, das ich da an meiner Wange fühle?«

»Wolle, schlichte Wolle … also, damit du weißt, mit wem du ausgehst: deine Lisa trägt ein dunkelgrünes Kostüm, Rock bis knapp unters Knie, Jacke halblang, leicht tailliert, dazu schwarze Strümpfe, schwarze Lackschuhe und eine weiße, hochgeschlossene Bluse … und als einzigen Schmuck ein Samtband am Hälschen mit einem goldenen Ührchen.« »Hmm, Modell Gouvernante«, sagte Wolf und stemmte sich hoch, »manche Männer macht das scharf. Hoffentlich nicht den

Koch, sonst versalzt er womöglich die Suppe.« »Und du bist ein altes Ekel, wenn du mir nicht endlich verrätst, wohin wir gehen oder fahren!« »Nicht weit, lass dich überraschen. Dort kocht ein Mann, über dessen Haupt zwei Sterne leuchten … ich bitte das zu würdigen!«

# 19

Lisa hatte das Gefühl, sie könne höchstens fünf Minuten geschlafen haben, als sie von Wolfs heftigem, keuchendem Atem erwachte. Er rang nach Luft, als sei er am Ersticken. Das Keuchen ging über in ein lang anhaltendes Stöhnen, anfangs leise, dann immer lauter, bis es in einem wilden Schrei explodierte und erstarb. Er schlug einmal um sich, seine Hand streifte ihre Schulter, doch dann lag er ruhig, atmete noch ein paar Mal aus in kräftigen Zügen wie ein Sportler nach einer übermenschlichen Anstrengung.

»Bist du wach?«, fragte sie ängstlich. »Wach? Ja ja, bin wach.« Sie langte über ihn und schaltete die Nachttischlampe ein. Er lag auf dem Rücken, wie erschlagen, alle Viere von sich gestreckt, schien aber entspannt. »Ein Alptraum«, murmelte er, bevor sie ihn fragen konnte, »nur ein Alptraum. Er hatte nichts … nichts damit zu tun, er begleitet mich seit vierzig Jahren«, er verschränkte die Arme hinterm Kopf, »es hängt mit meiner Schlafhaltung zusammen … so wie ich jetzt liege, muss ich weggedämmert sein, ich war so müde, so müde … und wenn ich mich nicht zum Embryo zusammenrolle vorm Einschlafen, dann erscheint dieser blöde Traum fast regelmäßig … heute Mittag erzähle ich ihn dir.« »Gott sei Dank«, sagte Lisa erleichtert, »ich dachte schon, wir müssten den Notarzt rufen. Und jetzt legst du dich richtig und kuschelst dich an mich.« »Wir müssen uns ein Doppelbett kaufen«, nuschelte Wolf träge, »ein französisches Ehebett … die Besucherritze zwischen den Matratzen, die nervt.«

Er drehte sich zu ihr, schrie auf, fuhr in die Höhe und griff sich an den linken Unterschenkel. »Was, was ist denn«, rief Lisa erschrocken,

»hast du doch Schmerzen?« Er nickte und schnaufte, dann nahm er ihre Hand. »Fühl mal.« Sie betastete seine Wade und wäre fast zurückgezuckt, so fremdartig fühlte sich das Gewebe an, eine längliche, verhärtete Geschwulst. »Hattest du schon mal einen Wadenkrampf?«, fragte er und massierte den Muskel. »Kann mich nicht erinnern … vielleicht als Kind, beim Turnen. Bist du davon aufgewacht, war es doch kein Alptraum?« »Kann sein«, sagte Wolf zögernd, »wenn man im Schlaf davon überrascht wird, merkt man es zunächst nicht und kann nicht darauf reagieren und während man allmählich zu sich kommt, zieht sich der Muskel immer stärker zusammen und plötzlich ist er wie Eisen.« »Soll ich dir einen Wickel machen, heiß oder kalt«, fragte sie, »oder wie kriegt man den Krampf wieder raus?«

Trotz seiner Schmerzen musste Wolf lachen. »Von Medizin, Liebes, hast du wahrscheinlich genau so viel Ahnung wie der Dr. Krebs in *Grimms Märchen*. Einen Wadenwickel darfst du mir machen, wenn ich einmal Fieber haben sollte. Nein«, er schwang die Beine aus dem Bett, »das Biest hier müssen wir rausschütteln.« »Aber eins weiß ich sicher«, sagte sie, »dass du deine Beine in letzter Zeit überstrapaziert hast.« »In letzter Zeit«, das wusste Wolf, damit meinte sie in Wirklichkeit die letzte Nacht, die lange Nacht nach dem Tod des Mannes aus Berlin. Aber sie sprach es nicht aus und in Zukunft würden sie beide nicht mehr über diese Nacht reden, würden sie totschweigen, aus ihrem Leben verbannen, auslöschen.

Und deshalb ging er auch nicht darauf ein, sondern brummelte nur »hmm, ja, wahrscheinlich«, während er sich mit beiden Händen an seinem Hocker festhielt und das verkrampfte Bein lockerte, es drehte, mit angezogenem Knie die Zehen bewegte, bis er fühlte, dass der Krampf sich löste. Dann kroch er wieder ins Bett und bald schliefen sie, Lisas Rücken an Wolfs Brust, ihr Hintern an seinem Bauch, seine Oberschenkel unter den ihren, ihre Waden an seinen Schienbeinen, zwei aufeinandergepresste, seitenverkehrte »S«.

In der folgenden Woche unternahm Wolf eine Reihe von Aktivitäten, die Lisa teils amüsierten, teils erstaunten. Am Montag, gleich nach dem Frühstück, griff er neben sich und zog die oberste Schublade eines Küchenschranks auf, dessen Inhalt Lisa nicht kannte. Sie hatte noch nie hineingeschaut, alles, was sie für ihre bescheidenen Kochkünste benötigte, hatte sie in anderen Schränken gefunden. »Ich hab mein Training vernachlässigt«, sagte Wolf, »wenn ich meine unteren Extremitäten schon nicht mehr stärken kann, muss ich wenigstens meinen herkulischen Überbau fit halten.« Er reichte ihr eine Hantel. »Vorsicht, fünf Kilo sind mehr, als man glaubt!« Sie packte sie mit beiden Händen, versuchte sie mit ausgestreckten Armen zu heben und legte sie dann vorsichtig auf den Tisch. »Du liebe Güte«, japste sie, »wofür hältst du mich? Ich bin doch keine Bierzeltzensi ... mehr als zwei Pints in einer Hand schaff ich nicht ... und das Ding wiegt fast fünfmal so viel!«

»Dann darfst du jetzt die Krone der Schöpfung bewundern«, sagte Wolf, »Homo virilis, geschaffen, über das Weib zu herrschen.« »Ja ja, mach du das Männchen und ich stähle meine Muskeln, indem ich das Geschirr in die Spülmaschine räume.« »Ich hab nicht behauptet, dass die Männer dank ihres überlegenen Geistes dominieren, den meisten genügt ihre Masse, das Mehr an Größe und Gewicht.« Da war es wieder, das sanfte, ironische Lächeln, schnell wie ein Wimpernschlag. Endlich, sie hatte es schon vermisst. Sie blieb dann doch noch eine Zigarette lang sitzen und bewunderte ehrlich, wie spielerisch leicht er die schweren Hanteln bewegte und sein Programm durchzog.

»Wenn du handlicher wärst«, sagte er, ohne die Übungen zu unterbrechen, »würde ich viel lieber dich stemmen.« »Was heißt hier handlich«, protestierte sie, »es kann doch nicht jede so rappelig sein wie das durchsichtige Elfchen, das am Stammtisch neben dir saß, die ist bestimmt leicht wie eine Feder.« »Gabylein«, er grinste, »ja, ich glaube, an der ist überhaupt nichts dran ... Schneewittchen. Aber das meinte ich nicht mit handlich ... an dir sind keine Griffe, leicht genug wärst du schon.« »Angeber!« Sie drückte ihre Zigarette aus und erhob sich.

Wolf verstaute sein Trainingsgerät und stützte die Ellbogen auf den Tisch und das Kinn auf die Fäuste. Während Lisa abräumte, hörte sie ihn vor sich hin raunen, wie ein Alchimist oder Magier, der in der

Kabbala nach dem Stein der Weisen sucht. Dann schüttelte er den Kopf und maulte: »Verdammt, geht nicht ohne Taschenrechner.« Lisa schloss den Geschirrspüler und sagte: »Was willst du ausrechnen, soll ich raten?« »Hmm, ja, gleich, lass mich erst noch einen Kaffee zapfen, wenn die Mühle rattert, versteh ich doch kein Wort ... so, fertig, was hast du in meinen Gedanken gelesen?« Sie wischte den Tisch ab und setzte sich.

»Ich glaube, ich hab ab und zu eine Zahl gehört, ich nehme an, du möchtest wissen, ob ich mit meinen fünfundsechzig Kilo bei meiner Länge nicht unterernährt bin. Also... mein BMI liegt ungefähr bei 20 und als Model wäre ich damit schon eine fette Kuh.« »BMI, Body-Mass-Index«, Wolf ließ sich das Wort auf der Zunge zergehen, »muss ein Genie sein, das sich so einen Schwachsinn ausgedacht hat.«

Abrupt wechselte er das Thema: »Hör mal, Liebes, könntest du mir etwas in der Stadt besorgen?« »Ja, natürlich, jetzt gleich oder genügt es, wenn ich nachher ein bisschen früher aufbreche?« »Nicht doch, nicht doch«, Wolf hob abwehrend die Hände, »so eilig ist es nicht und es wird auch nicht in einer halben Stunde erledigt sein. Am besten verteilst du die Einkäufe – es handelt sich nämlich um mehrere Artikel – über die ganze Woche.« »Mach's nicht so spannend«, sagte sie lachend, »das hört sich ja an, als müsste ich einen Laden aufkaufen. Oder muss ich für jeden Artikel in ein anderes Geschäft?« »Ich bin mir nicht sicher, am besten schreibst du alles auf und dann überlegen wir, wie wir am rationellsten vorgehen ... guck mal, irgendwo hat Walpurga immer einen Notizblock herumliegen, mit Dauerschreiber.« »Weiß schon«, sagte Lisa und stand auf.

»Die Liste ist ja kleiner als der Weihnachtswunschzettel eines Zweijährigen«, meinte sie, als sie alles notiert hatte, »und dafür machst du so ein Brimborium. Ich hab das Gefühl, du zierst dich immer noch, mich in Anspruch zu nehmen.« »Es ist so, so ungewohnt«, sagte er verlegen, »jemand ständig um etwas zu bitten, den man liebt. Bei Walpurga ist das kein Problem. Ich dachte nur, da du sowieso jeden Tag ins Zentrum kommst ...« Lisa seufzte. »Ich versuche zu begreifen, dass es dir schwer fällt.«

Dann klopfte sie energisch mit dem Dauerschreiber auf den Tisch. »Okay, ich wiederhole: ein Wanderstock, passend zu deiner Länge, Spitze aus Hartgummi, kein Eisen, ein Stockstuhl mit Trageriemen, in Klammern: kein Camping-Klappstuhl, eine sogenannte Überlebensjacke mit möglichst vielen Taschen, ein Flammenwerfer zum Entfachen von Holzkohle, eine Taschenlampe, klein, aber mit Superleuchtkraft und eine sprechende Stoppuhr beziehungsweise eine sprechende Uhr mit Stoppfunktion.« Sie kicherte. »Willst du in den Urwald? Da fehlt noch ein Schweizermesser und ein Moskitonetz ... nur, wozu brauchst du dort eine Stoppuhr, zum Fischefangen?«

Sie sah auf ihre Armbanduhr und sagte: »Schade, du musst es mir heute Abend erklären, wenn ich von der Arbeit komme, in einer Minute steht Walpurga vor der Tür und ich hab ihr versprochen, ein bisschen im Garten zu helfen. Und danach bin ich wahrscheinlich dreckig wie ein Ferkel und muss in die Wanne.« »Dann setz ich mich auf den Rand und schrubb dir den Buckel«, sagte Wolf und er dachte, das ist gut, bis sie nach Hause kommt, hab ich mir ein paar zufriedenstellende Erklärungen für meine Wünsche zurechtgeschustert und muss jetzt nicht ins Blaue hinein improvisieren. Und laut fügte er hinzu: »Wegen der Stoppuhr ... vielleicht sollte ich mich erst mal erkundigen, vielleicht gibt es sie nur in einem Spezialversand für Blindenbedarf und du rennst vergeblich von einem Juwelier oder Uhrmacher zum anderen.«

Lisa wusste noch immer nicht, wie sie Walpurga einschätzen und wie sie sich ihr gegenüber verhalten sollte. Das lag vor allem daran, dass sie in der Frau mit den dunklen, wachsamen Augen einfach keine gewöhnliche Haushaltshilfe sehen konnte. Sie kam ihr eher vor wie eine gutsituierte Beamtenwitwe, eine Dame, die sich einer sozialen Aufgabe widmete. Sie glaubte nicht, dass Walpurga auf die Arbeit angewiesen war, um sich ihren Lebensunterhalt zu sichern oder auch nur, um sich ein Zubrot zu verdienen.

Soweit sie, Lisa, es bisher beurteilen konnte, stand sie mit Wolf auf sehr vertrautem Fuß und er sah in ihr gewiss keine Putzfrau, sondern eher so etwas wie eine mütterliche Freundin. Vielleicht war Walpurga, die gute Hexe, Tante Trudes Vermächtnis an Wolf und er war ihr Schutzbefohlener. In einem Punkt glichen sich die beiden: Walpurgas Sarkasmus und die Ironie, mit der sie Gott und die Welt bedachte, standen der von Wolf in nichts nach. Lisa nahm nicht an, dass Wolfs Ersatzmutter – oder Tante – sie rundheraus ablehnte, aber sie war überzeugt, dass Walpurga jede Frau als Eindringling empfand und unbewusst eifersüchtig war, wie Mütter meistens eifersüchtig sind auf die Schwiegertochter, das Weib, das ihnen den Sohn raubt. Wenn sie wüsste, dachte Lisa, dass ich solche und andere Weisheiten von meinen Kunden habe, von Männern, die sich nach dem Vögeln ihren häuslichen Kummer von der Seele weinen, am Busen einer Nutte … na, vielleicht würden sie sich bei der Arbeit näher kommen.

Walpurga hatte bereits ihren Kittel über die Straßenkleidung gestreift und Lisa fragte: »Wobei kann ich helfen?« »Bohnen brechen«, sagte Walpurga lakonisch, »und dann gibt's drei Wochen lang jeden Tag Bohnen, Gemüse, Salat, Gemüse, immer abwechselnd, sehr gesund … wovon ernähren Sie sich eigentlich, Lisa, von Fastfood in dieser schrecklichen Kneipe?« Bevor sie antworten konnte, mischte Wolf sich ein: »Von Fastfood kriegt man einen Schmerbauch, Herzverfettung und einen Wasserkopf, sieht sie so aus? Sie ist schlank wie eine Tanne!« Auch Lisa fühlte sich bemüßigt, sich zu verteidigen, sich und Hannes: »Der Ire kocht ausgezeichnet, wunderbare Eintopfgerichte und immer frische Zutaten, ich glaube nicht, dass ich mich dort ungesund ernähre … und ein Fastfoodkind bin ich sowieso nicht, auch wenn ich zu dieser Generation gehöre.«

»Na na na, ihr zwei Kampfhähne«, sagte Walpurga kopfschüttelnd und ein undefinierbares Lächeln huschte über ihr hageres Gesicht, »ihr müsst nicht gleich auf die Palme gehen, ich wollte ja niemand beleidigen, ich bin nur um euer Wohl besorgt.«

Als sie mit ihren Erntekörben nebeneinander her zum Bohnenbeet gingen, sagte Walpurga wie beiläufig, ohne den Kopf zu wenden: »Wolf ist sehr glücklich mit Ihnen, wie?« Lisa war verwirrt, sie hatte nicht erwartet, dass die Alte sie so direkt auf ihr Verhältnis zu Wolf ansprechen würde. »Ich geb mir Mühe«, sagte sie trotzig. »Wird nicht einfach sein, bei dem Altersunterschied … aber was rede ich da, es geht mich schließlich nichts an.« Also bist du doch eifersüchtig, du Hexe, dachte Lisa, das ist dein gutes Recht, dagegen kann man nichts machen … aber unterkriegen lass ich mich nicht von dir! Sie schwieg und Walpurga spürte ihre Verstimmung und lenkte ein: »Lass gut sein, Kindchen, ich bin nur ein dummes altes Weib, das manchmal Unsinn plappert«, sie lachte kurz und trocken, »wahrscheinlich mag ich dich ja und weiß es nur noch nicht.«

Abends, als das Haus wieder leer war, nahm Wolf sich die Hörbücher vor, die am Samstag von der Leihbibliothek gekommen waren. Er schob die CDs nacheinander in den Player, ließ sich die Titel ansagen, suchte sie in der Datei, die er auf seinen Notizrecorder gesprochen hatte und bereinigte die Bestellliste, indem er die Titel löschte. Das Verfahren bei der Bestellung hatte einen Haken: Man durfte nur die Katalognummer eines Buches angeben, eine fünfstellige Zahl und wenn er sich bei seinem Auftrag per E-Mail vertippte, erhielt er natürlich ein Werk, an dem ihm nicht das Geringste gelegen war.

Es gab keine Beanstandungen, er hatte erhalten, was er wollte. Ein buntes Allerlei, ein Gemisch aus dem weit gestreuten Spektrum seiner Interessen: einen Historischen Roman, *Die Memoiren des Kaisers Hadrian*, einen erst kürzlich erschienenen englischen Krimi, des Weiteren einen Roman von Charles Dickens, den er noch nicht kannte, die *Geschichte aus zwei Städten* und schließlich einen populärwissenschaftlichen Erklärungsversuch des Phänomens der *Roaring Twenties*, der wilden 20er Jahre in den USA. Mit Kurzbiographien einiger Repräsentanten dieser Zeit, wie Al Capone, Buster Keaton, Josephine Baker und Jack Dempsey. Menschen, die alle eines gemeinsam hatten: Der Strudel des ersten Nachkriegsbooms, vergleichbar unserem Wirtschaftswunder, hatte sie erfasst und von ganz unten nach ganz oben gespült. Vielleicht, dachte Wolf, würden sie dank ihres Talents auch heute ihren Weg an die Spitze machen, jeder in seiner Branche, als Gangster, Filmschauspieler, Entertainer oder Sportler, aber ungleich schwieriger wäre es auf jeden Fall, die Konkurrenz wäre weitaus zahlreicher.

Er überlegte, ob er sich die Geschichte vom unaufhaltsamen Aufstieg und tragischen Ende des Alfons Capone anhören sollte, doch dann fiel ihm ein, dass er sich endlich ein paar glaubhafte Begründungen zurechtlegen musste für die Besorgungen, die er Lisa aufgetragen hatte. Es war klar, dass ihr seine Wünsche ziemlich seltsam, wenn nicht spleenig vorkommen mussten. Er stellte die Versandboxen mit den Hörbüchern in das Regal über dem Schreibtisch und merkte sich die Reihenfolge von links nach rechts. Wenn ihm eines besonders gut gefiel, gut genug, um es sich irgendwann ein zweites Mal anzuhören, würde er es auf seinen Mini-Player kopieren. Er verließ das Arbeitszimmer, fuhr mit dem Treppenlift ins Erdgeschoss und setzte sich auf seinen Lieblingsplatz in der Küche.

Das hat schon sein Gutes, wenn eine Frau im Haus ist, dachte er und grinste sardonisch, jetzt kann ich auch abends noch ein Tässchen Kaffee trinken, Lisa füllt den Automat ja morgen früh wieder auf. Wie viele Behinderte mochten in ihrer Ehefrau oder Lebensgefährtin nichts anderes sehen als die Versorgerin und Pflegerin, wenn die Liebe erkaltet war und die Gewohnheit – bei Frauen häufig auch die finanzielle Abhängigkeit – das einzige Band war, das die Gemeinschaft noch zusammenhielt! Männer, das hatte er schon vor langer Zeit gelesen, Männer liefen meistens davon, wenn ihre Frauen durch einen Unfall oder eine unheilbare Krankheit zum Krüppel wurden. Sie ertrugen so ein Elend einfach nicht, diese zartbesaiteten Wesen, die seit eh und je über Leichen gingen, sich aber nicht bei ihnen aufhalten mochten.

Er zündete sich eine Zigarette an. Vielleicht, ging es ihm durch den Kopf, sollte er sich wieder welche drehen, die verfluchte Sucht wurde immer teurer. Frei Hand war ihm das nie gelungen, nur unförmige Würste waren dabei entstanden oder dicke Schlote, die nicht qualmten, weil er viel zu viel Tabak in das Zigarettenpapierchen presste. Aber irgendwo, vielleicht in der Bar, müsste noch ein Apparat liegen, mit dessen Hilfe er vor Jahren seine Filterlosen selbst produziert hatte. Und es wäre doch interessant zu wissen, ob er mit seinen klobigen Fingern imstande war, das Maschinchen zu bedienen, ohne den Vorgang mit den Augen kontrollieren zu können. Für den Anfang würde ihm Lisa sicher …

Er lachte grimmig auf und schlug mit der Faust auf den Tisch. Verdammt noch mal, jetzt war er erst eine Woche mit ihr zusammen und schon verließ er sich mehr und mehr auf sie, machte sich in den kleinsten Dingen von ihr abhängig … und nutzte sie aus. Ja, daran gab es nichts zu deuteln, die Verlockung war einfach zu groß, sich verwöhnen, sich umsorgen zu lassen, sich endlich fallen zu lassen, in das weiche Bett der eigenen Hilflosigkeit. Und dagegen galt es sich zu wehren, ohne den anderen zu verletzen, ohne die Arme jedes Mal zurückzustoßen, wenn sie sich einem liebevoll entgegenstreckten. »Eine beschissene Situation, für beide«, erzählte er den Wänden.

Schön, das war also der Aufhänger, das Argument, mit dem er die meisten Anschaffungen begründen würde, die er für sein Vorhaben benötigte: er würde behaupten – und das war letzten Endes nicht einmal gelogen – er wolle sich vergewissern, wozu er noch fähig sei, sich von einigen lieben alten Gewohnheiten trennen und sich nicht von allzu vielen neuen abhängig machen. Die beiden Ausflüge mit dem Rollstuhl zum Beispiel hätten ihm gezeigt, wie kompliziert und aufwendig selbst so ein leichtes Gerät zu handhaben sei. Mit dem Wanderstock, wenn er sich bemühte, seine Beinmuskulatur stärkte, würde er an Lisas Arm eine Strecke wie die von der Futterstraße bis zur Berliner Promenade garantiert bewältigen. Und wenn er sich trotzdem zwischendurch ausruhen musste, nun, dafür besaß er dann den tragbaren Faltsitz.

Außerdem wollte er versuchen, seine Gleichgewichtsstörung zu überwinden. Dann war es vielleicht möglich, auf das Geschiebe mit den Barhockern zu verzichten und er wäre sogar im Haus beweglicher. Dazu diente auch die Überlebensjoppe mit den vielen Taschen. Wie oft war er schon die Treppe hinauf und hinunter gefahren, weil er nicht mehr als einen Gegenstand transportieren konnte, solange er sich mit der anderen Hand an dem Hocker festhalten musste. In so eine Jacke ließ sich einiges stopfen und vor allem war sie nützlich, wenn er öfter als bisher zur Laube spazieren wollte, um ein paar Stunden an der frischen Luft zu verbringen. Das hatte er tatsächlich vor, jetzt, da die Tage nicht mehr so heiß und die Abende noch nicht zu kühl waren.

Dafür brauchte er auch die Taschenlampe. Zwar konnte er mit Füßen und Stock fühlen, wo die Betonplatten der Gartenpfade aufhörten und Wiese oder Erdreich begannen, aber sicher war sicher, noch war er bei starkem Licht imstande, die hellen Platten und ihre scharfen Kanten zu erkennen, innerhalb des mysteriösen Grenzbereichs seines Sehvermögens, zwischen einem und vier Metern Entfernung.

Der Anzünder, der Flammenwerfer, der war ganz einfach zu erklären: So etwas fehlte in diesem Haushalt, seit ewigen Zeiten hatte hier kein Barbecue mehr stattgefunden. Obwohl ein Grill und ein Sack Holzkohle im Keller standen. Blieb noch die Stoppuhr. Was war mit der, wozu sollte die taugen? Wenn seine Logistik ins Stolpern geriet, gelangte Wolf auf einem Umweg ans Ziel. Schreiben! Der Artikel für seine Kolumne war bald fällig.

Wie immer würde er ihn zunächst diktieren und dann das Diktat auf den PC übertragen. Die Beiträge waren recht stattlich für heutige Verhältnisse, rund hundertfünfzig Zeilen durfte er sich jeden Monat aus den Fingern saugen. Da er den Umfang des bereits geschriebenen Textes nicht mit den Augen erfassen und bemessen konnte und die Sprachausgabe ihm nicht mitteilte, wie viele Zeilen er schon getippt hatte, musste er sie spätestens nach jedem zweiten Absatz zählen, indem er sie einzeln mit der Cursortaste anschlug. Ein mühseliges Verfahren, modernste Technik zu Fuß, ach was, auf allen Vieren!

Dank seiner langen Übung und Berufserfahrung bereitete ihm dieses umständliche Verfahren trotzdem kaum Schwierigkeiten, aber bei längeren Texten wäre es ein Störfaktor, der einen leicht aus dem Konzept bringen konnte. Nun, Lisa wollte sich die Arbeitsweise seines Computers vorführen lassen und bei der Gelegenheit würde er ihr erzählen, er beabsichtige, endlich die Kurzgeschichten zu schreiben, die ihm schon seit Langem im Kopf herumspukten. Auch das war nicht gelogen. Und mit Hilfe der Stoppuhr könne er berechnen, wie viele Diktatminuten zehn oder zwölf Manuskriptseiten entsprächen.

Das war's und dabei ließ er es bewenden. Weder Lisa noch Walpurga würden irgendeinen Verdacht schöpfen, wenn er ihnen seine Märchen auftischte. Eigentlich, dachte er, zäume ich das Pferd ja am Schwanz auf! Ich schaffe mir die Voraussetzungen für die Durchführung von Plänen, die bisher noch völlig unausgegoren sind, nur in vagen Umrissen existieren und noch längst keine feste Gestalt angenommen haben. Aber er war sicher, dass ihm alle diese Gegenstände dienlich sein würden, auf irgendeine Weise.

Plötzlich öffnete sich die gepanzerte Tür des Kerkers, in den er seine Geister gesperrt hatte, die klagenden und die mahnenden und sie krochen aus den Tiefen seines Unterbewusstseins. Zuerst vernahm er einen engelsgleichen Chor mit schwächlichen, piepsigen Stimmchen: »Tu's nicht, stürz dich nicht ins Unglück, tu's nicht, tu's nicht«, ein monotoner, sich ständig wiederholender Singsang. Dann drängten sich andere dazwischen und fragten besorgt: »Weißt du nicht, dass du Gefahr läufst, außer Kontrolle zu geraten, dich zu spalten, schizophren zu werden?« Oder sie gaben sich salopp und riefen: »Heh, Alter, Mensch, Wolf, bist du jetzt total bekloppt oder was?« Dann musste er sich eine längere Einlassung anhören, vorgetragen von einer ernsten, eindringlichen Stimme, deren Widerhall seinen ganzen Schädel ausfüllte wie ein alles durchdringendes Gas, bis er glaubte, er müsse ihm platzen. »Du hattest deiner Rache doch abgeschworen«, sprach der Prediger, »wenn dich nicht dieser doppelte Schock getroffen hätte, Hanuschs unselige Eröffnung und kurz darauf die Tötung eines unbewaffneten Mannes – wobei du natürlich gelernt hast, wie leicht und schnell das gehen kann – wenn diese beiden Ereignisse nicht zusammengekommen wären, dann würdest du Kuhnert, Hanusch und Wegmann bald vergessen haben. Das weißt du doch, also warum jetzt erneut Pläne schmieden? Komm endlich zu dir, ich bitte dich!«

Schließlich verschaffte sich eine Stimme Geltung, die ihn erst recht an Hanusch erinnerte, quäkend, verzerrt, triefend von Häme und bösartigem Defätismus: »Mach du nur deine Pläne, das ist ein wunderschöner Zeitvertreib … aber schaffen wirst du das nie, du elender, hilfloser Krüppel!«»Aufhören, aufhören, aufhören!«, brüllte Wolf und hämmerte mit beiden Fäusten gegen die Schläfen und dann auf die Tischplatte. Sofort legte sich der Aufruhr in seinem Innern, die Mahner, die Rufer in der Wüste zogen sich zurück in ihre Höhlen, die Engel entschwebten. Die Stimmen waren für alle Zeiten verstummt, sie würden sich nie wieder melden. Nicht einmal eine Erinnerung an die Vision blieb, als Wolf aus seinem Tagalptraum erwachte, war sie bereits gelöscht. Er wunderte sich nur, dass die Tasse umgefallen war. Er ertastete den Umfang der kleinen Kaffeelache, brummte »na, viel war ja Gott sei Dank nicht mehr drin« und stand auf, um ein Küchentuch zu holen.

# 20

Fünf Wochen hatte der Entscheidungsprozess gedauert, doch nun stand sein Entschluss fest, endgültig, unverrückbar. Aus einer Laune heraus hatte er damals ins Internet hineingehört. Stichwort: Retinitis pigmentosa. Seit mindestens zwei Jahren hatte er sich nicht mehr über die neuesten Forschungsergebnisse auf dem Gebiet seines Augenleidens informiert. Er wusste, dass sich eine Gruppe von Wissenschaftlern damit beschäftigte. Weil der Sehnerv bei Retinitis-Patienten nicht beschädigt ist, glaubt man, sie könnten mit Hilfe eines Chip-Implantats irgendwann die Sehkraft wieder erlangen. Wann würde das sein, irgendwann ... würde er es noch erleben? Vor zwei Jahren war noch kein Erfolg in Sicht, ein Durchbruch schien Jahrzehnte weit entfernt.

Die Information, die er suchte, fand er nicht, stattdessen stieß er auf die Geschichte mit dem Refsum-Syndrom. Sofort war ihm klar, dass er zu dieser verschwindenden Minderheit von maximal achtzig Personen gehören musste, die in der Bundesrepublik davon betroffen waren. Es passte einfach alles zusammen. Am nächsten Tag ließ er sich von Walpurga zu seinem Hausarzt kutschieren und eine Blutprobe entnehmen und zwei Tage später hatte er die Gewissheit: Für alle seine zusätzlichen Beschwerden, Krankheiten und Schmerzen war das Gift verantwortlich, das sich seit seiner Kindheit in seinem Körper aufgestaut hatte. Der Phytansäure-Wert in seinem Blut betrug 214. Normal und unschädlich wäre ein Wert von 5!

Und somit war ebenfalls klar, wer an seinem Zustand – der sich ja nur noch verschlechtern konnte – schuld war: Hätten Kuhnert oder Hanusch ihm vor fünfunddreißig Jahren gesagt, er dürfe keine

Nahrungsmittel von den Vegetariern unter den Tieren zu sich nehmen ... selbst vor fünfundzwanzig Jahren hätte Sigrid Wegmann ihn noch retten können. Seit er wusste, was mit ihm los war, dass es sinnlos war, von einem Facharzt zum anderen zu rennen, dass ihm nur noch die vage Hoffnung auf den Erfolg einer Diät blieb – an den er letzten Endes nicht glaubte, bei seinem Alter – seither war Wolf einem Wechselbad der Gefühle ausgesetzt. Empörung und hilflose Wut, die sich bis zur Raserei steigern konnte, dann Resignation, manchmal sogar Verständnis für die Ärzte, die sein Leben verpfuscht hatten, gepaart mit dem Wunsch, ihnen die Absolution zu erteilen ... und im nächsten Augenblick oder am nächsten Tag unversöhnlicher Hass und der Schrei nach grausamer Rache.

Von all dem wusste er aber jetzt nichts mehr, als er in seiner Küche saß und den verschütteten Kaffee durch eine neue Füllung ersetzte. Er war überzeugt, er hätte den Entschluss, die drei zu töten, bereits an jenem Tag gefasst, als sein Hausarzt ihn anrief und ihm das Ergebnis der Blutanalyse mitteilte. Sein Geist hatte einen Salto geschlagen, hatte diesen Teil seiner Erinnerungen einfach übersprungen. Alle anderen Ereignisse blieben davon unberührt und felsenfest in seinem Gedächtnis verankert. Nun konnte das Spiel beginnen. Wer hatte die besseren Karten?

Auf seiner Seite standen Kreativität, Einfallsreichtum und eine überlegene Körperkraft. Ein Hüne mit Muskeln aus Stahl gegen einen Greis, einen Winzling und eine Frau. Sie dagegen besaßen die körperliche Unversehrtheit, ihre sehenden Augen, ihre beweglichen Beine. Witterten sie die Gefahr, die von ihm ausging, konnten sie ihr mühelos entfliehen oder sich vor ihm verstecken. Er sah sich in einem schattenhaften Raum umhertappen wie ein Bär und mit zornigem Brummen Möbel verrücken oder umschmeißen, um das Ungeziefer aufzustöbern und zu zertreten.

Doch dazu würde es nicht kommen. Sein Trumpf-As, das am Ende stechen würde, war das Überraschungsmoment. Sie ahnten ja nicht, die Tröpfe, was ihnen bevorstand, wenn sie sich mit ihm einließen! Bald würde er wissen, wie er ihnen am besten und nahe genug auf den Leib rücken konnte und dann … dann waren sie verloren. Es war ein Kampf mit ungleichen Waffen und vermeintlich gleichen Chancen. Wie im *Circus Maximus*, wenn der Gladiator mit Schwert und Schild gegen den Retiarius antrat, der mit Dreizack und Netz focht. Und meistens gelang es dem Retiarius, den Feind in sein Netz zu verstricken, zu Fall zu bringen und ihm den Dreizack in die Brust zu rammen, wenn er hilflos am Boden zappelte, wie ein Fisch auf dem Trockenen.

So würde auch er seine Netze ausspannen, seine Feinde darin fangen und sie bestrafen. Für ihre Ignoranz und ihre Faulheit, für die Arroganz, mit der sie Leben und Schicksal ihrer Patienten verspielten. Das war er sich schuldig. Bedauerlich war nur, dass sie einen allzu schnellen Tod sterben würden – er war kein Sadist, er eignete sich nicht zum Folterknecht – einen Tod, dessen kurze Qual nur ein schwacher Ausgleich war für seine eigene Pein, die endlosen Schmerzen, die er im Leben schon erlitten hatte … und noch erleiden würde. Ein Trost blieb ihm immerhin: das Vergnügen, drei Morde zu planen und dann seine Rache zu genießen. Kalt, wie der Sizilianer empfiehlt. Kalt und süß wie eine Cassata muss sie schmecken, im ersten heißen Rausch des Blutes verbrennt man sich nur Zunge und Finger daran.

Ausrotten müsste man die ganze Plage, dachte er und lachte schallend, als er sich die Welt ohne ihre Götter in Weiß vorstellte. »Na ja, ein paar lassen wir leben, was meinst du?«, sagte er zu dem Barhocker und zog sich daran hoch, »die Knochenklempner und die Bauchschlitzer, die sind manchmal ganz nützlich, aber das andere Gesindel …« Erst neulich hatte er wieder eine Werbung gehört, in der ein Scharlatan, als Doktor getarnt, den armen Glatzköpfen das todsichere Haarwuchsmittel seiner Firma anpries. Wie ein Bader im Mittelalter.

Langsam trottete er Richtung Flur zum Treppenlift, merkte gerade noch rechtzeitig, dass er die Zigaretten vergessen hatte, kehrte wieder um und fuhr endlich nach oben. Er würde sich jetzt ein bisschen ablenken und dabei seine Gedanken schweifen lassen. Er war durchaus imstande, ein Buch, Musik oder Nachrichten zu hören, während sein Verstand sich mit anderen Dingen beschäftigte, ohne dass ihm die

Informationen entgingen, die er von außen empfing. Das hatte er schon im Studium und im Beruf praktiziert, wenn er sich mit irgendwelchen Problemen herumschlug. Und nicht selten hatte dieses Verfahren sogar zur Lösung des Problems geführt: Eine Botschaft aus dem Gehörten erwies sich plötzlich als wichtig und hilfreich, eine Verbindung entstand und schob seine Gedanken von einem Nebengleis mit einem Ruck auf das richtige, das Hauptgleis.

Er setzte sich in den bequemen Bürosessel am Schreibtisch, stülpte sich den Kopfhörer auf, legte das Buch über die wilden Zwanziger in den USA ein und suchte den Track mit der Biographie Capones. »Der Mann war schließlich ein Massenmörder«, sagte Wolf gutgelaunt, »vielleicht kann man was von ihm lernen.« Mehr wusste er allerdings nicht über den berüchtigten Schrecken von Chicago.

Wolf ließ sich von der angenehmen Stimme der Sprecherin berieseln. Er erfuhr, dass Capone vermutlich fünfzig bis sechzig Morde auf dem Gewissen hatte. Blödsinn, der Mann hatte ja gar kein Gewissen! Nachgewiesen werden konnte ihm kein einziger, daher vermutlich. Die meisten hatte er nur in Auftrag gegeben, aber manchmal gefiel er sich auch in der Rolle des Vollstreckers, des gnadenlosen, brutalen Henkers. Einmal hatte er drei seiner Freunde hingerichtet, weil sie ihn bei einem Geschäft übers Ohr hauen wollten. Nach altem italienischem Brauch lud er sie zu einem Festmahl, plauderte mit ihnen, lullte sie ein und plötzlich fielen seine Leute über sie her und fesselten sie an ihre Stühle. Al trat hinter sie und erschlug einen nach dem anderen mit einem Baseballschläger. Systematisch, seelenruhig, eiskalt zertrümmerte er ihre Schädel, wie andere Leute eine Fliege erschlagen.

»Pfui Deibel«, Wolf schüttelte sich unwillkürlich, »ein Gemüt wie ein Fleischerhund.« Aber, gesetzt den Fall, er brächte so etwas überhaupt fertig … er hatte keine Helfer und Helfershelfer wie dieses feige, geisteskranke Ungeheuer. Er müsste seine Feinde – erstaunlich, es waren auch drei – mit eigener Hand überwältigen und fesseln. Bei diesem Gedanken erinnerte er sich an eine Rache, die noch viel grausamer und makabrer war. Edgar Allen Poes finstere Phantasie hatte sie geboren. Es handelte sich um das Märchen vom Zwerg und Hofnarren

Hopp-Frosch. So genannt, weil er sich mit seinen verkrüppelten Beinen nur hüpfend vorwärts bewegen konnte.

Jahrelang muss er die derben Späße, Demütigungen und Züchtigungen eines barbarischen Königs und seiner indolenten Minister erdulden. Nur manchmal knirscht er so entsetzlich mit den Zähnen, dass es allen kalt über den Buckel läuft. Doch dann kommt der Tag der Abrechnung. Der König liebt Kostümfeste über alles und der Narr muss immer neue Verkleidungen für ihn ersinnen. Möglichst abscheuliche, mit denen er seinen Gästen einen Schrecken einjagen kann. Das findet er lustig. Eines Tages steckt Hopp-Frosch ihn und seine sieben Räte in Affenkostüme und verbindet alle miteinander durch eine lange Kette, die er jedem einmal um den Leib schlingt.

So toben sie kettenrasselnd in den Festsaal, als eine Horde entlaufener Gorillas und die Damen kreischen ganz entzückend. Das findet der König besonders lustig. Dann stehen alle mitten im Saal und verschnaufen, direkt unter dem riesigen, beweglichen Kronleuchter. Darauf sitzt unbemerkt der Narr und dann senkt sich der Lüster an seiner Kette langsam und lautlos von der Decke herab. Hopp-Froschs Zwergenfreundin Tripetta bedient draußen auf der Galerie die Winde. Ja, auch er hat zumindest eine Helferin. Dann springt Hopp-Frosch in den Kreis der Affen, greift das Ende der Kette, mit der sie aneinander gefesselt sind, turnt damit zurück auf den Leuchter, Tripetta zieht die Winde an und im nächsten Augenblick schweben die Affen unerreichbar über den Köpfen der Gäste. Das finden alle erst recht lustig. Bis der Narr an einer Kerze eine Fackel entzündet und die wolligen Affenkostüme in Brand setzt.

Für Wolf war diese Tat weniger erschreckend als das geistlose, fast maschinelle Abschlachten mit dem Baseballschläger. Wie die Robbenjäger, die früher ganze Herden von wehrlosen Tieren mit dem Knüppel totschlugen. Hopp-Froschs Rache, die zeugte von Genie und vor allem von Mut. Sein eigenes Leben hatte der Verkrüppelte in die Waagschale geworfen, um seine Selbstachtung und seinen Stolz wiederzuerlangen. Alle auf einen Streich ... ein verführerischer Gedanke, in seinem Fall jedoch undurchführbar. Wie sollte er seine Feinde zusammenbringen, in einem Raum, an einem Tisch? Sollte er sie vielleicht einladen zu einem Symposium über das Refsum-Syndrom? Und dann? Erschießen?

»Nein!«, dachte er und merkte nicht, wie ihm das Wort zu einem Schrei geriet. Nein, kein Blut mehr, kein Tropfen Blut durfte fließen, wenn er sich die drei vornahm. Das war zu gefährlich, das konnte verräterische Spuren hinterlassen, auf seiner Kleidung, an seinen Händen, Spuren, von denen er nach der Tat vielleicht nichts wissen würde. Er musste sich eine andere Tötungsart ausdenken, oder mehrere, am besten drei verschiedene. Auf keinen Fall durfte er jemals wieder die Pistole benutzen!

Plötzlich begannen seine Finger unkontrolliert zu zucken, dann warfen sich die Hände in den Gelenken hin und her, als würden sie ausgeschüttelt wie nasse Lumpen. Er bildete sich ein, sie seien rot, rot von Blut, ganze Bäche von Blut liefen daran herunter, troffen auf den Teppich. Er schloss die Augen, aber das Trugbild verschwand nicht. Verzweifelt presste er die Unterarme auf die Sessellehnen. So fest, dass er durch die Lederpolsterung hindurch das Metall des Rahmens spürte. Endlich gelang es ihm, die Lehnen zu packen und die Finger darum zu krallen. Die Knöchel traten weiß hervor. Auch das glaubte er zu sehen und atmete erleichtert auf. Kein Blut an den Händen. Bald vibrierten die Nerven nur noch schwach, sie schienen leise zu summen wie die Drähte einer Überlandleitung. Bis auch dieser Kampf gewonnen war und sich das System wieder beruhigt hatte.

Die Pistole, die Pistole, Herrgott noch mal, die Pistole! Er konnte an nichts anderes mehr denken. Mit einem Ruck drehte er den Sessel, bis er parallel zum Schreibtisch stand. Fast hätte er das Kopfhörerkabel aus dem Mischpult gerissen, als er sich abstoßen wollte. Er zog den Kopfhörer aus und schob den Sessel mit den Füßen nach hinten. Wenn er die Ecke des Schreibtischs gerade noch mit den Fingerspitzen berühren konnte, musste die Rückenlehne direkt vor der Bücherwand stehen, ein paar Zentimeter vor dem mittleren Stollen. In diesem Bereich des Arbeitszimmers waren die Entfernungen so gering, dass er auf den Hocker verzichten konnte. Er schwang sich herum und stemmte sich hoch.

Eine Bücherreihe nach links in Brusthöhe, dort würde er die *Britannica* finden. Er hielt sie für das beste Nachschlagewerk der Welt und deshalb hatte er einst ein Vermögen dafür ausgegeben. Nun war sie nutzlos geworden, eine schöne Zimmerdekoration, wie die ganze Wand mit ihrem bunten Gepränge. Genau so gut könnte hier eine Fototapete hängen. Seit er nicht mehr lesen konnte, musste er sich mit einer Enzyklopädie auf CD-Rom begnügen, die ihm sein Computer vorlas. Er lachte bitter. Dann fiel ihm ein, was ihn hierher getrieben hatte und er zog die beiden ersten Bände heraus.

Sie war noch da, die Parabellum. Natürlich war sie noch da. Einmal im Jahr staubte Walpurga die Bücherwand ab und das letzte Mal hatte sie es vor vier Monaten getan. Außerdem, das war eine aufwendige Aktion und deshalb informierte sie ihn immer ein paar Tage vorher, damit er sich darauf einrichten konnte, dass er sich an diesem Nachmittag von seinem Arbeitszimmer fernzuhalten hatte. Die Angst, sie könne die Pistole gesehen haben und frage sich jetzt verzweifelt, wie sie mit ihrer unheimlichen Entdeckung umgehen solle, diese Angst war natürlich völlig unbegründet, einfach lächerlich. Sie bewies ihm aber, wie sehr ihm das teuflische, verlockende, so ungeheuer wirkungsvolle Mordinstrument auf der Seele lag. Das Ding musste so schnell wie möglich aus dem Haus!

Warum hatte er es nicht zusammen mit der Leiche im Saar-Kohle-Kanal versenkt? Er hatte vergessen, die Parabellum mitzunehmen. Sicher, so war das gewesen. Vielleicht hatte das Vergessen aber seinen Grund gehabt, vielleicht war es von seinem, Wolfs unterschwelligem Wunsch diktiert gewesen, den kleinen Totmacher doch noch einmal einzusetzen. Nein, es durfte nicht mehr geschehen. Als er wieder am Schreibtisch saß, überlegte er. Wo sollten sie die Pistole entsorgen? In der Saar selbstverständlich, es gab keinen besseren Platz.

Wo parkte Lisa eigentlich, wenn sie bei Hannes arbeitete? Vermutlich in der Nähe des Rathauses, von dort waren es nur ein paar Schritte zur Altstadt. Wenn sie nicht das Parkhaus benutzte ... da war doch eine kleine Straße hinter der Basilika, eine ziemlich dunkle Ecke. Wie hieß die noch? Ah ja, die Katholisch-Kirch-Straße. Eine Idee blitzte auf und er griff automatisch nach dem Notizrecorder, der immer auf dem Schreibtisch lag. Er sprach nur dieses eine Wort auf: Katholisch-Kirch-Straße und schaltete das Gerät wieder aus. Also, wenn Lisa irgendwo in dieser Gegend parkte … nein, dann müsste sie nach der Arbeit zum Fluss hinunterlaufen und wieder zurück. Besser wäre es, den Wagen an einem Abend auf der anderen Seite der Saar abzustellen, in der Franz-Josef-Röder-Straße. Dann würde sie nach Dienst über die Fußgängerbrücke am Staatstheater gehen und die Pistole einfach übers Geländer fallen lassen. Um Mitternacht war das Brücklein bestimmt nicht mehr stark frequentiert. Ja, so würden sie es machen, am besten gleich übermorgen. Morgen ging es ja nicht, da hatte er Stammtisch und Lisa musste ihn mitnehmen.

Inzwischen war die CD mit dem Hörbuch unbeirrt weiter gelaufen und als er den Kopfhörer wieder aufsetzte, befand sich Al Capone schon hinter Gittern, in dem ausbruchsicheren Kittchen auf der Felseninsel Alcatraz. Wegen Steuerhinterziehung, sonst konnten sie ihm nichts nachweisen. Wolf schaltete weiter zu der Biographie Jack Dempseys, des ersten Boxweltmeisters, dem seine sportlichen Erfolge Ruhm, gesellschaftliche Anerkennung und einen enormen Profit einbrachten. Er hatte ordentlich Kohle gemacht, als er vom Jahrmarktsraufbold zum Superstar aufstieg. Ein Schläger mit Killerinstinkt, doch außerhalb des Rings ein Sonnyboy, ein *good fellow*, mit dem man Pferde stehlen konnte.

Ein Boxer muss die Schwächen seiner Gegner kennen, sinnierte Wolf. Wie war das mit seinen Gegnern? Wo lagen die Schwachstellen, die Knockout-Punkte bei Kuhnert, Hanusch und Wegmann? Bei Kuhnert waren es drei Umstände, die für Wolf sprachen. Erstens war er alt, ein Mann von fünfundachtzig Jahren. Mit fünfzig, erinnerte er sich, war der Doktor ein ziemlich langer, hagerer Gesell gewesen. Es war nicht anzunehmen, dass er im Alter zur Korpulenz neigte. Demnach war er jetzt wohl ein klappriges Gestell, ein Knochensack auf dünnen Stelzen.

Zweitens lebte er allein. Kuhnerts redseliger Enkel hatte es ihm erzählt. Lebte allein in einer Hütte, deren Anblick Lisa zu der Bezeichnung »Bruchbude« animiert hatte. Das ließ vermuten, dass der Pensionär ein Geizhals war ... oder eifrig für seine lieben Erben sparte. Vor allem aber ließ es vermuten, dass er auch an das Innenleben seines Hauses noch keinen Groschen verschwendet hatte. Die Raumeinteilung, hoffte Wolf jedenfalls, würde demnach der seines eigenen Domizils in etwa entsprechen. Viel gab es ja sowieso nicht zu verändern bei knapp sechzig Quadratmetern Grundfläche. »Nun, wir werden sehen!« Wie alle Blinden benutzte auch Wolf, ohne sich etwas dabei zu denken, diese stereotypen Redewendungen wie »wir werden sehen« oder »da seh ich aber schwarz« oder »das sieht nicht gut aus.«

Und drittens, er setzte seine Überlegungen zu Kuhnert fort, drittens raucht er Zigarren, der alte Knacker. Lisa hatte ihn beobachtet, wie er hinter einem Fenster stand und qualmte. Höchst gefährliche Sache. Vielleicht ... vielleicht würden der Dr. Herbert Kuhnert und seine Bruchbude bald selbst qualmen. So ein Vorhang zum Beispiel, der konnte leicht in Brand geraten durch eine Zigarre, ohne dass ein vertrottelter Mummelgreis es merkte. Und wenn, dann war es meist zu spät. »Ha, da war doch noch etwas«, Wolfs Faust krachte auf den Schreibtisch, »der ist ja total schwerhörig!« Und ein Hörgerät, erinnerte er sich, hatte der Alte bei ihrem Telefongespräch eindeutig nicht besessen, ein weiterer Pluspunkt für Wolf. So viel zu Kuhnert und damit basta! Über Hanuschs und Wegmanns Schwächen würde er sich danach den Kopf zerbrechen, alles zu seiner Zeit.

Er stoppte den Player. Es war bereits 22.50 Uhr. Im Eifer des Gefechts hatte er sogar den Hunger übergangen. Da er erst zwischen drei und vier Uhr morgens zu Bett ging, war das jedoch kein Beinbruch. Sein Mittagessen hatte er normalerweise abends um sechs, das heißt, um diese Zeit aß er das, was andere Leute um zwölf oder eins zu sich nehmen. Und zwar reichlich, Walpurga kochte immer für drei statt für zwei. Später, frühestens um halb zehn, gab es dann noch kalte Küche. Heute stand ein Teller mit drei Stück Apfelkuchen im Kühlschrank. Sie ließ ihn nicht verhungern, seine gute Hexe.

Als Lisa nach Hause kam saß Wolf am PC. Er hatte eine Datei angelegt für seinen nächsten Artikel. Aufs Geratewohl tippte er ein paar Sätze, nur um sich auf den Grundgedanken einzuschießen, die Leitlinie festzulegen. Er arbeitete mit dem Kopfhörer, weil er nur so alle Nuancen der digitalen Stimme unterscheiden konnte, die ihm das Geschriebene wiederholte, in ganzen Sätzen oder in einzelnen Wörtern oder Buchstaben. So hörte er Lisa nicht kommen, er spürte nur ihre Gegenwart und dann vernahm er direkt an seinem Ohr das bekannte, liebliche Lispeln: »Siebsehn Minuten und eine Sekunde.«

Er nahm den Kopfhörer ab, Lisa setzte sich auf seinen Schoß und küsste ihn. Dann reichte sie ihm eine Armbanduhr. »Eine sprechende Stoppuhr gibt es nicht«, sagte sie, »aber ich dachte, eine neue Armbanduhr könntest du auch mal brauchen und die hat eine Stoppfunktion.« »Wo hast du sie so schnell aufgetrieben?« »Ach, das war ganz einfach … ich hab Hannes nach dem nächsten Juwelier oder Uhrmacher gefragt und er hat mich in die unterirdische Passage geschickt und zehn Minuten später war ich schon wieder zurück … sieht schick aus, richtig futuristisch mit den vielen Knöpfchen, wie ein Cockpit.« »Und was«, fragte er lächelnd, »bedeuten siebzehn Minuten und eine Sekunde?« »So lange hab ich für die Heimfahrt gebraucht«, sagte sie und er drückte sie an sich, bis sie nach Atem rang. »Und jetzt willst du wahrscheinlich wissen, wozu ich so eine Maschine benötige?«

Lisa stand auf und gähnte. »heute nicht mehr, Liebling. Du weißt ja, die Jugend verträgt nichts und so viele anstrengende Tage hintereinander … ich muss mich endlich mal ausschlafen. Außerdem hat heute Mittag meine Periode eingesetzt und ganz schmerzfrei geht das nie ab. Und deshalb werde ich jetzt ein leichtes Mittelchen nehmen und schlafen wie in Abrahams Schoß, sei mir nicht böse.« Er lächelte wehmütig und streichelte ihre Brüste, zärtlich, behutsam, fast entsagungsvoll, als müsse er ein für alle Mal Abschied nehmen von einem unendlich kostbaren Besitz. Bevor sie ging, blickte sie über seine Schulter auf den Bildschirm und las:

Schluss jetzt mit dem Geschrei, dem Heulen und Zähneknirschen, ihr Miesmacher und pseudointellektuellen Nestbeschmutzer! Wir wissen es, ihr habt es uns zur Genüge in die Ohren geblasen: Diese Regierung, glaubt ihr, vermeide mit traumtänzerischer Sicherheit jede Aktion, die auch nur im Entferntesten zur Lösung irgendeines Problems führen könnte. Glaubt ihr das wirklich? Wenn ihr endlich dort gelandet seid, wo ihr hingehört, nämlich in Schäubles Verliesen, dann werdet ihr erfahren, was diese Regierung zu leisten imstande ist!

Lisa kicherte. »Wird das ein Beitrag zu der Kolumne, von der du mir erzählt hast?« »So ungefähr«, sagte Wolf, »irgendetwas in der Richtung.« Vor der Tür zum Schlafzimmer drehte sie sich noch einmal um: »Morgen ist übrigens dein Stammtisch, Liebling und das werden wir natürlich gebührend feiern, es ist schließlich unser erstes Jubiläum!«

# 21

Im Flur standen bereits ein paar voll gepackte Umzugskisten. Er musste sich nicht beeilen, im Gegenteil, was er da tat, war unsinnig. Er hatte noch fast drei Wochen Zeit und alles, was er schon zusammengetragen, verpackt und in den Flur und ins Wohnzimmer gestellt hatte, behinderte ihn jetzt. Aber er brauchte die Beschäftigung, die ihn ablenkte und er genoss die letzten Tage seiner absoluten Selbständigkeit. Genoss die Arbeit, die ihm bestätigte, wie viel Kraft noch in ihm steckte und dass er noch nicht verbraucht war.

Seit er sich entschlossen hatte, in das Haus für betreutes Wohnen zu ziehen, hatte ihn diese seltsame Unruhe erfasst, die ihn den ganzen Tag umtrieb. Treppauf, treppab jagte ihn sein Bedürfnis nach Betätigung, bis er sich erschöpft in einen Stuhl oder Sessel sinken ließ, ein Glas Wasser oder Apfelsaft trank und sich eine Zigarre anzündete. Nach ein paar Zügen legte er sie in den Aschenbecher, wo sie bald erkalten würde und setzte sich mit knirschenden Gelenken wieder in Bewegung.

Manchmal verharrte er minutenlang vor einem Regal oder Schrank, hielt einen Gegenstand oder ein Kleidungsstück in den Händen und überlegte, was er damit anfangen solle. Ich benehme mich, dachte er, wie der Richter in dem Witz mit den Kartoffeln. Der wollte einmal ausspannen, Abstand gewinnen von den weitreichenden Entscheidungen, die er ständig zu fällen hatte. Ein paar Wochen wollte er sich auf einem Bauernhof erholen, bei einfacher körperlicher Arbeit, ohne den Geist zu belasten. Der Bauer wies ihn an, einen Berg Kartoffeln in »große« und »kleine« zu teilen. Am Abend saß der Richter vor dem unveränderten Berg, hielt in jeder Hand eine Kartoffel, beide etwa gleich groß, schüttelte unaufhörlich den Kopf und murmelte: »Immer diese Entscheidungen, immer diese Entscheidungen ...«

Auch Dr. Herbert Kuhnert stand in seinem Beruf gelegentlich vor dem Problem, zwischen zwei annähernd gleichen Bedingungen eine Entscheidung treffen zu müssen. Das heißt, er musste sie für einen Patienten treffen, der irgendwann verzweifelt den Kopf schüttelte und erklärte, jetzt wisse er überhaupt nicht mehr, mit welchem Glas er besser sehe. Ein übers andere Mal hatte der Doktor die beiden Gläser aufgesteckt – Unterschied ein Viertel Dioptrien – und wieder ausgewechselt. Bis er schließlich ein Machtwort sprach: »Ich glaube, wir nehmen dreieinhalb Dioptrien, damit kommen sie meines Erachtens besser zurecht.«

Hier war aber keiner, der ein Machtwort sprach, wenn er einen Anzug aus dem Schrank nahm, zum Fenster trug und ins Licht hielt. Einen Anzug, der genau so viel oder wenig abgetragen war wie die anderen. Sollte er ihn mitnehmen oder in den blauen Sack für die Kleidersammlung stopfen, der halbvoll im Keller stand? Einen Kellerraum, die ehemalige Waschküche, hatte er in eine Zwischenmülldeponie verwandelt. Dort war die Tür zur Treppe in den Hof und den Garten und wenn er noch mehr dort lagerte, blieb ihm bald nur noch ein schmaler Pfad zu den übrigen Kellerräumen und der Treppe ins Erdgeschoss. Trotzdem, alles konnte er ja nicht mitnehmen, zweieinhalb Zimmer sind nun mal keine vier.

Er hatte seine neue Wohnung auf den Zentimeter genau vermessen, dem Plan des Architekten traute er nicht. Danach war ihm klar, dass er nur einen seiner beiden Kleiderschränke unterbringen konnte und dass das Wohnzimmer zu klein war für eine Polstergarnitur und einen Esstisch mit sechs Stühlen. Also würde auch der Esstisch auf den Müll wandern, so etwas wollten die Leute heutzutage nicht einmal mehr geschenkt. Essen konnte er wie bisher auch in der Küche. Die war erstaunlich groß, Einbauküchen hatte er sich immer ganz winzig vorgestellt. Sie war komplett eingerichtet, nur ein Tisch und eine Sitzgelegenheit fehlten und die Hausdame – oder wie sollte er sie nennen? – hatte ihm versprochen, etwas Passendes zu besorgen.

Bevor er den Kaufvertrag unterschrieb, hätte er sich gern mit Sohn Rudolf beraten. Aber der war natürlich nicht da, trieb sich wie immer in der Weltgeschichte herum und würde erst in zwei Wochen zurück sein. So lange wollte er nicht warten, auch wenn Schwiegertochter Ingrid nicht verstand, warum er es plötzlich so eilig hatte. Er verstand es ja selbst kaum. Es war einfach über ihn gekommen. Vielleicht hatte er jetzt doch Angst vor allem, was ihm seine Söhne und Schwiegertöchter an seinem Geburtstag vorgehalten oder eingeredet hatten. Angst vor einem Sturz, einem Brand, einer Gasvergiftung ... überall sah er Gespenster. Wenn das Bild des alten Fernsehers flackerte oder grießig wurde, dachte er, das Ding könne jeden Augenblick implodieren und in Flammen stehen. Auf den Treppen bewegte er sich so vorsichtig, als ginge er auf Eierschalen. Und wenn er sich etwas gekocht hatte, prüfte er dreimal, ob er das Gas auch wirklich abgedreht hatte. Wie ein hysterisches Weibsbild, sagte er sich, ich verhalte mich wie ein hysterisches Weibsbild, das seinem eigenen Schatten nicht traut.

Nun, Rudolf war also nicht da. Er hatte nichts anderes erwartet. Er hätte ihm das sogar prophezeien können, als sein Ältester ihm vollmundig versprach, er werde »für ein paar Tage rüberkommen«, wenn Not am Manne sei. Aber er hatte ihn nicht zurechtweisen wollen, er meinte es ja ehrlich. So war das eben mit der buckligen Verwandtschaft, sie würden gerne helfen, irgendetwas, doch wenn man sie wirklich brauchte, hatten sie keine Zeit. Außer Ingrid, die kam ja vor Langeweile fast um und war gierig auf jede Abwechslung. Sie hatte natürlich sofort angeboten, ihm bei der Vorbereitung des Umzugs zur Hand zu gehen. In diesem Fall, das wusste er, tat sie es allerdings nur zum Schein. Und sie wusste, dass er es wusste. Weil er ihr Angebot ja doch ablehnen würde, führten sie einen Schaukampf auf, peinlich darauf bedacht, dass keiner den anderen verletzte.

Am Ende waren sie wahrscheinlich alle froh, dass er sich dazu durchgerungen hatte, das Haus aufzugeben – mehr wollten sie ja nicht – und er war froh, dass sie ihn allein und in Ruhe wurschteln ließen. Seit dem Geburtstag waren kaum zehn Tage vergangen und er hatte bereits den Kaufvertrag unterschrieben und eine Firma angeheuert, das Haus neu zu verputzen. Ein Teil des Gerüsts stand schon, an der Seite entlang der Einfahrt zur Garage. Mehr als die Fassade würde er nicht renovieren lassen und danach würde er die Hütte einem Makler zum Verkauf übergeben und sich nicht mehr darum kümmern. Weg, mit oder ohne Schaden! Und den Erlös würde er seinen Erben schenken, da mussten sie nicht so lange auf seinen Tod lauern. Denn er gedachte, noch ein paar angenehme Jährchen im Diesseits zu verbringen und inzwischen freute er sich sogar auf die Veränderung.

Von seinem Garten hatte er sich nach reiflicher Überlegung mit einem heroischen Ruck verabschiedet. Zunächst war ihm die Idee verlockend erschienen, das Haus zu vermieten und sich ein Nutzungsrecht für den Garten auszubedingen. Doch bald war ihm klar geworden, dass er sich dabei nicht wohlfühlen würde. Er käme sich immer vor wie ein Fremder, ein Eindringling, den man argwöhnisch beobachtete, als würde er nicht sein eigenes Land bestellen, sondern anderer Leute Grund und Boden usurpieren. Ja, er war immer noch der alte, wenn er etwas anpackte, dann gab es kein Zaudern, dann ging alles ruckzuck!

Dr. Kuhnert saß auf seinem Bett und betrachtete die Intarsien auf dem Kleiderschrank, den er weggeben musste. Ein gediegenes Stück Handwerk, wie das ganze Schlafzimmer, Kirschbaum. Wie alt waren die Möbel überhaupt? Marianne hatte sie mit in die Ehe gebracht und damals waren sie schon fast antik. Marianne ... obwohl sie vierzehn Jahre jünger war als er, hatte sie schon vor neunzehn Jahren das Zeitliche gesegnet. Ihm war, als sei sie nur dazu bestimmt gewesen, ihren Nachwuchs flügge zu machen. Als Rudolf das Haus verlassen hatte, um zu studieren, begann sie zu kränkeln und nachdem auch der zweite Sohn gegangen war, schien ihre Aufgabe erfüllt und bald darauf schien sie schon nicht mehr lebendig. Die Spätschäden einer Hirnhautentzündung versetzten ihr den Todesstoß.

Gedankenverloren saugte er an seiner Zigarre, schmeckte den kalten, feuchten Tabak auf den Lippen, sie brannte längst nicht mehr. Normalerweise rauchte er nicht im Schlafzimmer und schon gar nicht im Bett. Aber seit er hier räumte und über tausend Dinge nachsann und Entscheidungen zu treffen hatte, seither stand ein Aschenbecher auf der Marmorplatte des Nachttischs. Passieren konnte also nichts, selbst wenn mal ein bisschen glühende Asche daneben fiel, Marmor brennt nicht. In der neuen Wohnung … wenn er dort etwas in Brand steckte, würde ein paar Sekunden später ein Rauchmelder ein infernalisches Sirenengeheul anstimmen und dann würde es ebenfalls nur Sekunden dauern, bis jemand zu seiner Rettung erschien. Die Hausdame hatte es ihm demonstriert. Verrückt ist das, dachte er, je älter man wird, desto mehr hängt man am Leben.

Bei seinen ersten Gehversuchen mit dem Stock war Wolf zweimal gestürzt. Einmal im Flur, das war harmlos, er kam ohne Schaden davon. Als er merkte, dass er das Gleichgewicht verlor, ließ er den Stock fallen, griff mit beiden Händen nach der Wand, verfehlte sie, drehte sich um neunzig Grad, stieß mit dem Hintern dagegen und rutschte im Zeitlupentempo daran herunter, bis er auf dem Boden saß. Wie ein Kleinkind, das sich vom Krabbeln ausruht. Und wie ein Kleinkind kam er sich vor, als er auf Händen und Knien herumkroch, den Stock suchte und dann die Tür zum Wohnzimmer, bis er endlich die Klinke fand und sich daran hochzog. Als er in der Küche saß und sich die Situation vergegenwärtigte, in der er sich soeben befunden hatte, wusste er nicht, ob er heulen oder lachen sollte. »Ich dachte, das fängt erst mit neunzig an«, murmelte er, »die Rückentwicklung vom Greis zum Baby … wie's aussieht, werd ich bald wieder in die Windeln scheißen.«

Bei seinem zweiten Sturz kam er nicht so glimpflich davon. Er versuchte, über den schmalen Plattenpfad zur Laube zu gelangen. Mit der Linken stützte er sich auf den Stock, den rechten Arm ließ er im Rhythmus der Schritte mitschwingen. Aus Angst, die Bodenhaftung zu verlieren, schlurfte er jedoch mehr als er ging und so blieb er mit den Zehen an einer der Betonplatten hängen, die ein paar Millimeter über die anderen herausragte. Das Hindernis fällte ihn wie einen

Baum. Im letzten Moment warf er sich zur Seite und das war sein Glück, sonst wäre er mit dem Knie direkt auf eine der bösartigen Kanten geknallt.

Er landete haarscharf daneben in der Wiese und glaubte, das Kniegelenk krachen und brechen zu hören, als Ober- und Unterschenkel es in die Zange nahmen und zusammenpressten mit der Hebelkraft seiner neunzig Kilo. In Wirklichkeit war das Geräusch, das er zu hören vermeinte, kein Bersten, sondern nur ein dumpfer Aufprall und seine Befürchtung, er könne etwas gebrochen oder sich einen Bänderriss oder eine -dehnung zugezogen haben, erwies sich als grundlos. Der brennende Schmerz rührte lediglich von einer Hautabschürfung, verursacht durch den rauen Stoff der Jeans.

Lisa war am Mittwoch nach dem Frühstück ins Zentrum gefahren und hatte die restlichen Einkäufe von Wolfs Wunschliste erledigt. Sie fühlte, dass sein Herz daran hing, auch wenn er sie nicht drängte. Inzwischen wusste sie, wozu er diese Gegenstände brauchte und da es ihr nicht in den Sinn kam, er könne sie belügen und in Wahrheit etwas ganz anderes damit bezwecken, bestärkte sie ihn in seinen Vorhaben. Insgeheim glaubte sie zwar, er suche nur nach neuen Wegen für seinen durch die Krankheit unterdrückten Betätigungsdrang, aber es freute sie doch, dass offenbar sie der Anlass war, der Antrieb, der den Motor zum Laufen gebracht hatte.

Nach den ersten Misserfolgen dauerte es nicht mehr lange, bis Wolf seine neue Technik beherrschte. Wenn er sich etwas in den Kopf gesetzt hatte, war er stur wie ein Rammbock. Seine Beharrlichkeit, seine Widerstandsfähigkeit, sein eiserner Wille, das waren schließlich seine Stärken. Wie sonst hätte er alle Schicksalsschläge überwinden können? Und so würde er auch alle Hindernisse überwinden, die seinen Mordplänen im Wege standen.

Im Haus kam er sehr schnell zurecht. Die freien Strecken, die es zwischen den einzelnen Haltepunkten zu überbrücken galt – zwischen Sesseln, Stühlen, Tischen, Sideboard, Bar – diese Strecken betrugen jeweils nur ein paar Meter. Er fand heraus, dass es am besten war, den rechten Arm nicht parallel zum Körper schwingen zu lassen, sondern ihn abzuspreizen in einem Winkel von etwa sechzig Grad und ihn wie eine Art Seitenruder einzusetzen, um das Gleichgewicht zu halten. Und vor allem musste er darauf achten, die Füße bei jedem Schritt anzuheben. Das war das Schwierigste. Seit er an diesen Gleichgewichtsstörungen litt, hatte er das nur gewagt, wenn er einen sicheren Halt vor oder neben sich hatte, einen seiner Hocker oder einen menschlichen Anker, an dem er sich festhaken konnte.

Jetzt hatte er jedes Mal, wenn er einen Fuß hob, das Gefühl, eine unsichtbare Kraft reiße ihn davon und er schwebe nach oben wie ein losgelassener Luftballon. Ein verteufelt unangenehmes Gefühl. Er bekämpfte es wieder und wieder, zwang sich, es aus seinen Gedanken zu verbannen und so zu eliminieren. Das Verfahren, ein selbst entwickeltes autogenes Training, hatte ihm in ähnlichen Situationen schon oft geholfen und es half auch diesmal.

Als er sicher war, sämtliche Bewegungsabläufe koordiniert und automatisiert zu haben, gab er Lisa eine Vorstellung. »Meine Damen und Herren«, er verbeugte sich wie ein Zirkusdirektor, »es darf gelacht werden ... Sie sehen ›Der defekte Roboter‹, gegeben von unserem Clown Wolfie!« Dann wackelte er von einem Sessel im Wohnzimmer hinüber zum Küchentisch und Lisa hätte weinen mögen, als sie daran dachte, was dieser stattliche Mann ohne seine Behinderung hätte darstellen und leisten können. Aber dann musste sie doch lachen, weil er seine Clownerie natürlich maßlos übertrieb. Den Mund halb geöffnet, die Kinnlade heruntergeklappt, leere, weit aufgerissene Augen, der rechte Arm zuckte vor und zurück im gleichmäßigen Takt eines Metronoms ... so schwankte er daher wie Boris Karloff als Frankensteins Monster.

»War ich gut?«, fragte er und setzte sich. »Es, es war schon komisch«, gab sie zögernd zu, »aber auch irgendwie ... beklemmend, ziemlich makaber. Allerdings, auf der Straße würdest du damit kaum Aufsehen erregen.« »Du meinst, die Leute würden denken, da torkelt ein Besoffener ...« »Und das ist nichts Besonderes«, ergänzte Lisa. Er zündete sich eine Zigarette an, inhalierte tief und entsandte einen perfekten Rauchring, der auf sie zutrieb und sich auf halber Strecke über dem

Tisch auflöste. Er war sehr mit sich zufrieden, beflügelt von seinem Erfolg.

»Besoffene und Behinderte sind nun mal komisch«, sagte er und lächelte ironisch, »dagegen kann man sich nicht wehren. Ich hab's noch nie jemandem verübelt, wenn er über mein Verhalten gelacht hat. Es gibt einfach Situationen, die dazu reizen … das vergebliche Herumtasten auf einem Tisch, die Zigarette am Filter anzünden, Arm in Arm mit einem Mann aufs Klo gehen oder mit einer Frau, wenn es sich nicht vermeiden lässt … wie gesagt, das nehme ich keinem übel, das ist menschlich, es liegt in unserer Natur und da kann ich sogar mitlachen. Aber wenn ich weiß, dass sich jemand über meinen Zustand lustig macht, boshaft, hämisch, weil er sich freut, dass er gesund und der andere krank ist … so einem könnte ich mit Wollust sämtliche Knochen im Leib brechen.« »Ist das schon vorgekommen?«, fragte Lisa und er nickte heftig. »Oh ja, im Beruf! In jeder größeren Firma findest du solche perversen Gestalten, die einem Krüppel ein Bein stellen oder einem Blinden die Akten klauen und sich dann einen Ast lachen.«

Auf seinem Trainingsgelände in der freien Wildbahn im Garten waren die Probleme ungleich größer als im Haus. Es gab keine Zwischenstationen. Wenn er eine Pause benötigte, musste er den tragbaren Sitz von der Schulter nehmen und aufklappen. Das schmale Dreibein war eine wacklige Angelegenheit, er musste beide Füße fest auf den Boden stemmen, um die Balance zu halten und das belastete seine ermüdeten Beine eher, als dass es sie entlastete. Außerdem dauerte das alles viel zu lange und er durfte doch nicht so oft pausieren, wenn er seinen Zeitplan einhalten wollte.

Am Donnerstag nach Einbruch der Dunkelheit begann er mit den Probeläufen. Bis zur Laube waren fünfundzwanzig Platten von fünfzig Zentimetern im Quadrat verlegt. Einmal hin und zurück wären demnach fünfundzwanzig Meter. Die Entfernung bis zu Kuhnerts Haus betrug nach seiner Schätzung ca. zweihundertfünfzig Meter. Also müsste er seine Trainingsstrecke zehnmal hintereinander nonstop bewältigen können. Und was danach kam, das war noch nicht abzusehen. Ohne Morphium würde er das Abenteuer jedenfalls nicht überstehen und weil er gleich den Ernstfall proben wollte, hatte er zwei Pillen geschluckt, eine Viertelstunde, bevor er loslegte.

Er stellte sich an den Rand des Hinterhofs, genau vor die erste Platte des Gartenwegs, drückte die Stoppfunktion seiner neuen Armbanduhr, die lieblich lispelnde Stimme – es war wie immer die gleiche – sagte »eins, zwei …«, er zog den kleinen Strahler aus der unteren rechten Außentasche seiner Überlebensjacke, schaltete ihn ein, schaltete ihn wieder aus, als er die Richtung gefunden hatte, setzte den Stock seitlich vor den linken Fuß, hob den rechten und marschierte los.

Dr. Herbert Kuhnert wusch sich den Staub von den Händen und aus dem Gesicht. Erstaunlich, was sich da angesammelt hatte, in Schränken, auf Regalen, an unbenutzten Kleidungsstücken und vor allem im Keller. Richtige Flocken hatte er in manchen Ecken entdeckt, dick wie das Gewölle eines Uhus. Vielleicht hätte er sich doch eine Putzfrau halten sollen statt sich immer nur auf sich selbst zu verlassen, sogar beim Staubsaugen. Nun ja, in seinem neuen Heim würde er erst recht keine brauchen. Im Gegenteil, dort würde er die Arbeit mit der Lupe suchen müssen, wenn er sich regen wollte.

Er hatte sich vorgenommen, die Freizeit, die ihm in Zukunft so großzügig zur Verfügung stand, vor allem für Spaziergänge zu nutzen. In den letzten Jahren hatte er sein Revier fast nie verlassen. Von der Kaiserslauterer Straße bis zum Stadtzentrum benötigte er höchstens eine halbe Stunde. Er würde ein Müßiggänger sein, durch die Bahnhofstraße und die Altstadt flanieren, bei schönem Wetter draußen sitzen und nach schlanken Beinen in kurzen Röcken spähen …

Er merkte, dass er mit offenen Augen träumte. In der Rechten das Handtuch, stand er unbeweglich vor dem Waschbecken und starrte in den Spiegel, in dem er die Bilder seines neuen Lebens erblickt hatte. Eines kurzen Lebens, wie er sich bedauernd eingestand, trotz seiner eisernen Gesundheit. Jetzt zeigte der Spiegel nur noch das verschlossene, hagere Gesicht eines alten Mannes, eingerahmt von einer weißen Mähne. Und dann tat er etwas, was er seines Wissens noch nie getan hatte: Er nickte sich zu und grinste, verwegen, herausfordernd, die scharfen, tief eingegrabenen Falten, die dicken Krähenfüße, die gespannte, ledrige Haut über den Backenknochen und all die anderen Alterserscheinungen gleichsam verspottend.

Wolfs Hände glitten noch einmal über die Gegenstände auf dem Küchentisch. Akkurat aufgereiht lag eins neben dem anderen, alles, was er für seinen Ausflug benötigte: der Feueranzünder, den er in Gedanken immer den Flammenwerfer nannte und für den Fall, dass er nicht funktionieren würde, das Sturmfeuerzeug, die winzige Taschenlampe mit der enormen Leuchtkraft, ein Blatt Papier und eine Rolle Scotch, das Schweizermesser, ein Stechbeitel mit einer dünnen, aber starken Klinge, ein Dietrich, das Döschen mit den Morphiumpillen – nur für den Notfall, er hatte bereits drei genommen – und sein Hausschlüssel.

Er steckte den Dietrich in die Hosentasche. Dietrich, das war eine ziemlich euphemistische Bezeichnung für das schlichte Werkzeug. Er hatte es vor vielen Jahren selbst angefertigt, als der Schlüssel für die Außentür des Kellers nicht mehr aufzufinden war. Man brauchte nicht mehr als einen kurzen, dicken Draht, fünf, sechs Millimeter Durchmesser. Der wurde an einem Ende in den Schraubstock gespannt und umgebogen und das kürzere Teil auf dem Amboss plattgeschlagen. Damit ließ sich mühelos jede Tür knacken, die nicht mit einem BKS-Schloss ausgestattet war, also Wohnungs- und Kellertüren. Sofern der Schlüssel nicht innen steckte und umgedreht war. In diesem Fall müsste er das Messer oder den Stechbeitel in den Türspalt schieben … aber das würde sich alles vor Ort zeigen, er durfte sich nicht den Kopf zerbrechen über sämtliche Unwägbarkeiten, er musste auf sein Glück vertrauen.

Trotzdem, einen letzten Test würde er noch machen. Er ging zur Hausecke, ohne Stock, tastete sich wieder zurück an der Wand entlang bis zu der Stelle, wo er die Treppe vom Hof zum Keller finden würde. Er brauchte nur hinüberzulangen, knapp einen Meter vom Haus entfernt erfühlte seine Hand das Treppengeländer und umklammerte es. Langsam stieg er die elf Stufen hinunter. Seltsam, drinnen waren es nur zehn vom Keller ins Erdgeschoss. Mit dem Zeigefinger suchte er das Schlüsselloch, schob sachte den Dietrich hinein, drehte ihn vorsichtig, spürte den Widerstand und dann klackte es kurz und trocken und die Tür ließ sich öffnen. Zufrieden schnalzte er mit der Zunge und trat ein.

Hier war seine Blindheit von Vorteil. Einen Sehenden mochte die absolute Dunkelheit erdrücken, ihn vielleicht sogar in Panik versetzen. Selbst eine mondfinstere Nacht war für einen Menschen mit guten Augen nicht wirklich dunkel, nicht schwarz wie ein Keller. Die Unbegreiflichkeit, die bedrohliche Unfassbarkeit von Kellern, Höhlen und Verliesen spielte nicht zu Unrecht eine große Rolle in den Ängsten von Kindern, Ängste, die sich später in den Alpträumen von Erwachsenen widerspiegelten. Wolf empfand diese unterirdische Welt jedoch nicht als bedrohlich, für ihn war sie kein Hades, für ihn war die Oberwelt mit körperlosen Schatten bevölkert. Und er brauchte auch nicht Ariadnes Faden, um die Innentreppe zu finden, zehn Stufen, über die er hinauf gelangte in den Hausflur.

Kuhnert räumte auf. Er hatte die Reste vom Vortag verzehrt, Frikadellen und Kartoffelsalat. Kartoffeln aus eigener Ernte, die würde er nicht mehr bekommen. Ja, sogar diese Frucht hatte er selbst gezogen, die gute *Sieglinde*. Und er hatte immer reichlich davon gegessen, etwa zwei Zentner im Jahr. In Zukunft würde er sich mit dem begnügen müssen, was im Lebensmittelladen erhältlich war. Mechanisch spülte und trocknete er sein Geschirr, fast ohne hinzusehen. Jeden Handgriff hatte er schon tausendmal ausgeführt.

Danach zündete er sich eine Zigarre an und trank ein Bier, während er die Fernsehzeitung studierte. Samstags war der Abend der Unterhaltungssendungen bei ARD und ZDF. Das Kontrastprogramm bei den Privaten bestand meist aus alten Hollywoodschinken, die er schon gesehen hatte. Außerdem nervten ihn die zahllosen Unterbrechungen durch die Werbung. Er brauchte doch kein einziges von diesen schönen, bunten Dingen, die da angepriesen wurden.

Ein Leser war er nicht, war er nie gewesen. Deshalb vermisste er auch nicht das Buch, das ihn von der Qual der Wahl hätte erlösen können. Er entschied sich für *Wetten, dass ...* und sah auf die Uhr. Es war halb neun, die Sendung hatte also schon begonnen. Er stippte die Asche seiner Zigarre ab, klemmte sie zwischen die Zähne, damit er beide Hände frei hatte, griff sich Bierglas und Flasche und begab sich ins Wohnzimmer.

Um neun saß Wolf in seinem rasenden Sarg. In spätestens, in allerspätestens zwei Stunden wollte er zurück sein. Vielleicht würde Lisa ihn dann schlafend vorfinden, vollgepumpt mit Morphium, erschöpft von der übermenschlichen Anstrengung des Tötens und glücklich über das Gelingen der Tat. Ja, er musste den Elektro-Rollstuhl benutzen. Alle Mühen hatten nichts gefruchtet, es war ihm unmöglich, bis zu Kuhnerts Haus zu gehen.

Drei vergebliche Anläufe hatten genügt, ihn von der Sinnlosigkeit seines Vorhabens zu überzeugen. Kaum mehr als die Hälfte des Weges hatte er geschafft, sechsmal vom Hof zur Laube und zurück und dann war er fast zusammengebrochen, bevor er den rettenden Stammplatz in der Küche erreichte. Keuchend und würgend, während ein Gewitter von grellen Blitzen durch die Finsternis vor seinen Augen tobte.

Er fuhr zum Straßenrand und klebte mit einem Streifen Scotch das leuchtende weiße Blatt Papier auf die Kante des Gehsteigs. Sollte der Wind es losreißen oder ein Fußgänger es abstreifen ... nun, er würde sein Haus auch ohne diese Markierung wiederfinden. Aber so war es einfacher. Er lauschte in die Nacht, vernahm kein Motorengeräusch und keine Schritte und dann steuerte er so gerade wie möglich auf die gegenüberliegende Straßenseite. Er spürte, wie der Rollstuhl das Trottoir erklomm und lenkte ihn nach rechts.

Anfangs schaltete er manchmal den Strahler ein, für zwei, drei Sekunden, stellte aber bald fest, dass er ihn nicht brauchte. Er orientierte sich mit dem rechten Fuß – dann, als er in Kuhnerts Straße eingebogen war, mit dem linken – indem er ihn am Bordstein entlang schleifen ließ. Das war ungefährlich, der Motor lief auf der untersten

Geschwindigkeitsstufe, höchstens zwei Kilometer pro Stunde. Er fühlte, wie sich die Bordsteinkante senkte und wieder hob, wenn er eine Einfahrt überquert hatte.

Am Ende der dritten Einfahrt wandte er sich nach rechts und versuchte, so nahe wie möglich entlang der Hauswand zu schleichen. Nach wenigen Metern erlebte er seine erste Überraschung: Sein Fuß blieb an einem Pfosten hängen, dessen Existenz er sich nicht erklären konnte. Blitzschnell schaltete er den Motor aus, erhob sich und stieß mit dem Kopf gegen … verdammt, was konnte das sein? Der Aufprall hatte dumpf geklungen, besonders schmerzhaft war er nicht gewesen, eine Mauer oder Wand konnte es demnach nicht sein. Er ertastete ein Brett, besser gesagt eine dicke, ungehobelte Bohle, die von einer körnigen Schmutzschicht überzogen war.

Es dauerte lange, bis er erkannte, dass er vor einem Baugerüst stand. Hatte er sich doch vertan, war in die Irre gefahren und nicht bei Kuhnert, sondern an einem anderen Haus gelandet … oder gar an einer Baustelle? Undenkbar! Fast hätte er laut geflucht. Stattdessen knurrte er nur leise und schluckte mehrmals, seine Kehle war plötzlich trocken. Endlich fiel ihm wieder ein, dass Lisa, als sie für ihn spionierte, ihm erzählt hatte, das Haus Nr. 17 brauche dringend einen neuen Verputz. Und ausgerechnet jetzt hatte der Alte damit begonnen! Ein blöder Zufall. Er setzte sich wieder in den Rollstuhl, drückte ihn mit der Rechten vorwärts und ließ die Linke mit emporgerecktem Arm über die Bohlen gleiten. So hangelte er sich von Pfosten zu Pfosten, bis er das Ende des Gerüsts und somit die Hausecke erreichte. Er wendete und parkte. Die Rückseite war frei, dort war noch kein Gerüst aufgeschlagen. Mühelos gelangte er zur Kellertür, drückte versuchsweise auf die Klinke und im nächsten Augenblick hätte er am liebsten laut gejubelt. Der Alte war wirklich total schusslig, die Tür war überhaupt nicht abgeschlossen!

Er glitt hinein und wäre fast gestürzt. Der Weg war nicht frei, wieder hatte sein Fuß ein Hindernis gestreift. Es war groß, reichte ihm bis an den Bauch und er konnte sich darauf stützen. Er fühlte die Umrisse einer Kiste, auf der kleinere Kartons standen. Er schaltete die Taschenlampe ein, der Strahl traf eine gekalkte Wand, leuchtend weiß flammte sie aus der Dunkelheit heraus und er glaubte, auch dort Kisten oder Kasten wahrzunehmen und einen blauen, unförmigen Gegenstand, der ihn an einen Müllsack erinnerte. Schweratmend setzte er sich auf den Boden. Den Sitzstock hatte er zu Hause gelassen, das Ding war eine einzige Katastrophe, nur hinderlich statt hilfreich.

Wolf überlegte. Es gab nur zwei Möglichkeiten: Entweder zog Kuhnert aus oder jemand zog ein. Aber der Alte stand doch hinterm Fenster, vorigen Sonntag, er musste noch hier wohnen! Verzweifelt klammerte Wolf sich an diese Hoffnung. Dann lauschte er lange und konzentriert in die Finsternis. Irgendetwas rührte sich da oben, aber das waren nicht die Geräusche eines belebten Hauses. Er riss sich zusammen und kroch auf allen Vieren weiter, angetrieben von seinem eisernen Willen. Kriechen war jetzt ausnahmsweise besser als der aufrechte Gang. Wer schon unten ist, kann nicht mehr fallen. Wie ein Hund beim Schwimmen die Pfoten setzte er eine Hand vor die andere, bis er schließlich doch die unterste Stufe der Innentreppe entdeckte.

Je höher er stieg, langsam wie eine Schnecke, desto deutlicher unterschied er die Geräusche: Gelächter, eine Stimme, die ihm entfernt bekannt vorkam, dann Musik, eine Sängerin … Himmel Arsch, das kam aus einem Fernseher! Erleichtert stöhnte er auf. Es war nur der Hauch eines Stöhnens, der über seine Lippen drang. Er hatte seine Reaktionen perfekt unter Kontrolle. Jetzt war er im Flur und als er sich nach rechts wandte, dorthin, wo das Wohnzimmer sein musste, stieß er mit dem Bauch gegen die nächste Kiste.

Irgendetwas schepperte leise und er hielt den Atem an. Der Fernseher lief mit unverminderter Lautstärke weiter. Ach ja, der alte Kuhnert war schwerhörig und besaß Gott sei Dank kein Hörgerät, daher die volle Dröhnung, die ihn unempfindlich machte für die Welt außerhalb seines Guckkastens. Und das Scheppern? Es kam aus Wolfs Bauchladen, aus der Jacke mit den tausend Taschen, vielleicht das Feuerzeug, das an das Schweizermesser in der Tasche daneben gestoßen war.

Kuhnert schien sich jedenfalls nicht vom Fleck gerührt zu haben.

Eine Rockröhre füllte den Raum mit heiserer Stimme. Noch fünf, sechs Schritte, dann würde er sich neben die Tür zum Wohnzimmer kauern und warten. Irgendwann musste der Alte ja mal pinkeln gehen. Wolf ließ sich wieder zu Boden sinken und robbte über das Parkett. Kein Teppichboden. Doch dann war plötzlich alles ganz anders: Statt eines Türrahmens oder einer -laibung fühlte die vorgereckte Hand ein Stuhl- oder Tischbein und ungewollt umklammerte sie es. Scheiße, Kuhnert hat umgebaut, schoss es ihm durch den Kopf, wahrscheinlich bin ich schon mitten im Zimmer! Wieso hatte er den Unterschied im Helligkeitsgrad nicht bemerkt?

Noch tat sich nichts, aber dann erstarb der Gesang und aus der tödlichen Stille fragte eine brüchige Stimme, eher erstaunt als entsetzt: »Wer, wer sind Sie … was wollen Sie … sind Sie verrückt?« Die Stimme war nicht weit entfernt und Wolf zog sich blitzschnell hoch, um sich auf sie zu stürzen. Nun hatte sich sein Alptraum erfüllt, das verschwommene Bild vom blinden Raubtier, das durch einen schattenhaften Raum irrte und vergeblich seine Beute suchte, diese schreckliche Vision war Realität geworden. Aber nein, dazu würde es gar nicht kommen, Kuhnert brauchte ja nur in die Küche und von dort ins Freie zu fliehen und die Jagd war vorbei, bevor sie begonnen hatte und er, Wolf, war verloren. Ein hilfloser Krüppel, allen Mächten ausgeliefert.

Aber Kuhnert floh nicht, sondern kreischte plötzlich »Sie, Sie sind ja … Sie sind ja blind!« und dann verwandelte sich die Beute in das Raubtier und der Alte sprang Wolf an und riss ihn um. Wütend, verbissen, stumm rangen sie miteinander. Bald graute es Wolf vor der furchtbaren Kraft des Greises, dessen lange, dürre Skelettfinger sich in seinen Hals krallten, ein Dämon, der ihn erwürgen wollte. Wolf dagegen hatte seine Krakenarme um Kuhnerts Brust geschlungen und presste ihm die Seele aus dem Leib. Doch das schützende Gewölbe der Rippen schien aus Eisen, hart wie die Knochen, die auf ihm herumzappelten und gegen seine schmerzenden Beine hämmerten. Dann hörte er ein scharfes Knacken und Kuhnert stieß einen spitzen Schrei aus. Endlich war doch eine Rippe gebrochen.

Sofort lockerte der Dämon seinen Griff und als Wolf, überrascht, das Gleiche tat, entwand er sich wie ein Aal – noch ein glitschiger Fisch, diesmal ein lebender – und versuchte sich davonzuschlängeln. Wolf bekam ihn gerade noch bei einem Fuß zu packen und mit einem wilden Keuchen warf er sich über ihn. Der Alte wimmerte nur leise, als Wolfs Knie sich in seinen Rücken bohrten, zum Schreien fehlte ihm die Luft. Trotzdem gelang es ihm, seinen Reiter abzuwerfen und dann schlugen beide gleichzeitig zu.

Kuhnerts Faust landete kraftlos auf Wolfs Brust, aber Wolfs geballte Rechte schmetterte wie eine Dampframme auf Kuhnerts Stirn. Der Schlag war hart und die Stirn war hart und für einen Moment glaubte Wolf, sämtliche Knöchel seien gebrochen. Kuhnert regte sich nicht mehr, sein Körper war erschlafft und das war die Hauptsache. Der schreckliche alte Mann war außer Gefecht, ob tot oder halbtot. Wolf überprüfte es nicht, er wusste nicht, wie viel Zeit schon vergangen war und ihm war nur noch wichtig, sein Werk so schnell wie möglich zu vollenden.

Sein ursprünglicher Plan war undurchführbar geworden, zunichte gemacht von einem Irren, der gewagt hatte, es mit ihm aufzunehmen. Wolf gönnte sich eine winzige Pause für ein Verschnaufen, ein mitleidiges Kopfschütteln über so viel Unverstand und ein verächtlich-ironisches Lächeln. Dann zerrte er die Leiche oder Nochnichtleiche zur Kellertreppe, richtete sie mit einer letzten Kraftanstrengung auf und stieß sie mit aller Macht in die Tiefe. Kein Schrei drang herauf, als der schwere Körper aufschlug. »Na also«, sagte Wolf zufrieden und rieb sich die schmerzenden Knöchel.

# 22

»Schläfst du, träumst du oder bist du einfach nur glücklich?«, wisperte ein sanftes Stimmchen und zwei zarte Arme, leicht wie Schmetterlingsflügel, legten sich um Wolfs Hals. Er schmiegte seine Wange an die von Gaby und murmelte: »Letzteres auf jeden Fall ... und geträumt? Ja, wahrscheinlich hab ich auch ein bisschen geträumt, aber schlafen kann man natürlich nicht bei dem Lärm, den Holger veranstaltet.« Gaby lachte leise. »Er diskutiert doch nur mit Gloria.« »Du meinst, er macht viel Lärm um nichts?« »So ungefähr«, flüsterte sie, »aber eins muss man ihm lassen, das kann er.«

In Wirklichkeit hatte Wolf nicht geträumt. Er war im Geist bei Kuhnert gewesen, hatte sein Abenteuer noch einmal Revue passieren lassen. Es war gut, dass es so gekommen war, dass Kuhnerts Angriff seinen ursprünglichen Plan vereitelt hatte. Er wollte sich den Alten, den er für ein schwächliches Gerippe hielt, greifen, wenn er aufs Klo ging, und ihm dann Nase und Mund zudrücken, bis er ohnmächtig würde. Danach wollte er die Bude anstecken. Kuhnert wäre unfähig gewesen, sich zu retten, hätte aber noch lange genug gelebt, um das tödliche Kohlenmonoxyd einzuatmen.

Ein Brandopfer wollte er dem Teufel bringen. Aber kein Brandopfer zerfiel ganz und gar zu Asche und selbst dann, nahm Wolf an, würden die Experten der Polizei noch erkennen, ob jemand schon tot war, bevor das Feuer ausbrach. Ein Vabanquespiel, nein, ein haarsträubendes Risiko wäre er mit dieser Tötungsmethode eingegangen! So war es besser, viel besser. Nachher hatte er sich noch vergewissert, dass im Wohnzimmer kein Licht brannte. Als er den Schalter drückte, umfing ihn sofort das gewohnte, diffuse Grau und er wusste, dass Kuhnert, der Geizige, der Stromsparer, im Dunkeln gesessen hatte. Das Licht vom Fernseher genügte ihm. Und das war ihm, Wolf, entgangen und so war er durch die offene Tür ins Zimmer gekrochen. Herrjeh, so etwas durfte nicht noch einmal passieren!

Er schaltete das Licht wieder aus, damit es am nächsten Morgen, am helllichten Tag, keine Aufmerksamkeit bei einem Passanten erregte ... falls es noch Menschen gab, denen irgendetwas Ungewöhnliches auffiel. Als er den Keller verließ, hatte er sich noch den Jux erlaubt, die Tür mit seinem Dietrich hinter sich zu schließen. Die Rückfahrt war ein seliger Traum gewesen. Wie von einer Schnur gezogen oder von einem Automaten gesteuert – Wolf, der perfekte Roboter – hatte er die Strecke bewältigt und das angepeilte Ziel erreicht.

Nur einmal war er jemand begegnet. Ein Mann latschte an ihm vorüber, der Stimme nach ein junger Mann. Er grüßte mit einem hingemurmelten »Namend« und Wolf erwiderte freundlich »Guten Abend« und bald waren die Schritte beziehungsweise das Geschlurfe hinter ihm verhallt. Eine halbe Stunde später, es war erst zwanzig nach zehn, saß er mit einem Glas Schottischem an der Bar. Er war gewaschen, hatte Jeans und Jacke abgebürstet, die Jacke geleert und in den Schrank gehängt und sämtliche Utensilien und Werkzeuge an ihren Platz geräumt. Nicht einmal die Markierung vor seiner Einfahrt hatte er vergessen, das Blatt lag jetzt zusammengeknüllt im Papierkorb. Er war fidel wie ein Mops und wartete auf Lisa. Und hätte er gewusst, dass man die Leiche erst in fünf Tagen entdecken würde, wenn Schwiegertochter Ingrid, von Opa Kuhnerts Schweigen beunruhigt, aus Stuttgart kommen würde ... hätte er das gewusst, es würde seine eitle Freude noch gesteigert haben.

Nun sonnte er sich im Kreise seiner Lieben und genoss das erste Fest, die erste kleine Party, die er seit sieben Jahren gab. Er hatte ja nie am Gelingen seiner Tat gezweifelt, schon am Dienstag war er sich seiner Sache vollkommen sicher gewesen. Und deshalb hatte er die Stammtischrunde der Medienhaie spontan für diesen Sonntag eingeladen. Sie wollten sowieso grillen, er und Lisa, ein Feuerchen zündeln und dem Teufel wenigstens ein kleines Brandopfer bringen: Die Dokumente des Mannes aus Berlin mussten endlich vernichtet werden.

Alle anwesenden Medienhaie hatte er eingeladen – acht von zehn waren am Dienstagabend gekommen – wohlwissend, dass nicht alle die Einladung annehmen würden. Von Dienstag auf Sonntag, das war einfach zu kurzfristig. Demnach hatten auch nur vier zugesagt und das waren ihm die liebsten. Drei Pärchen waren es, die in der Laube um den Grill herum saßen und darauf warteten, dass Schälrippchen, Schweinebauch und Bratwürste reiften. Wolf hatte es sich rustikal gewünscht.

Echte Pärchen waren es, denn zwischen Holger und Gloria tat sich etwas und Bert und Gaby waren nicht mehr »ex«, sondern wieder »online«, wie Bert, Redakteur bei einer Internet-Zeitung, sich ausdrückte. Und Wolf war plötzlich still geworden und hatte vor sich hingeträumt. Deshalb hatte sich Gaby hinter ihn geschlichen, um ihn in die reale Welt zurückzuholen. »Heh, hier wird nicht geschmust!«, rief Bert, um seinen wiedererworbenen Besitzanspruch auf Gaby deutlich zu machen. Sie streckte ihm ihr spitzes Zünglein heraus, drückte Wolf verstohlen die Hand und ging zu Lisa.

Die stand vor der Laube unter einem großen Sonnenschirm und arrangierte Teller, Bestecke und drei Schüsseln mit Salat auf dem Tisch. Holger war als letzter eingetroffen, kurz nach halb sieben und bald darauf hatte es zu nieseln begonnen. Also mussten sie vom Hof in die Laube umziehen, in der Hoffnung, dass das Blätterwerk auch einem stärkeren Regen standhalten würde. Wolf hatte ihnen Lisa mit todernster Miene als seine Verlobte vorgestellt und da sie sich nur schwach wehrte, wurden die beiden mit stürmischem Applaus beglückwünscht, umarmt und abgeknutscht. Die Freunde gönnten Wolf sein Glück, aus ehrlichem Herzen, auch wenn die Herren natürlich ein klitzekleines bisschen neidisch waren. Ja, er war glücklich mit seiner Lisa.

Und noch ein Gefühl beseelte ihn an diesem Tag, das seltsame, vage Gefühl, es ginge ihm plötzlich besser. Als sehe er ein wenig mehr, rieche deutlich den Duft des gebratenen Fleisches und empfinde den Dauerschmerz in den Füßen nur noch wie ein schwaches, leises, unterirdisches Pochen, nicht wirklich unangenehm. Und das, obwohl er heute kein Morphium genommen hatte, er durfte ja nicht süchtig werden. War das möglich?

Das Märchen vom Froschkönig fiel ihm ein: Der verwunschene Prinz ist erlöst durch die Hand der Prinzessin, die das eklige, nasse Ding, das unter ihre Bettdecke schlüpfen will – natürlich eine Metapher für den Penis – an die Wand geklatscht hat, wo es sich verspritzt und seine Metamorphose erlebt und zur reinen, männlichen Schönheit eines Prinzen wird. Dann führt er sie heim auf sein Schloss und hinten auf der Kutsche steht der Lakai, der getreue Heinrich. Der hat drei Bänder aus Eisen um die Brust, so sehr hat ihm die Angst um das Schicksal seines Herrn das Herz zugeschnürt.

Doch jetzt geht es dem Heinrich wieder gut, er birst vor Glückseligkeit und weil ein Mensch dazu nicht imstande ist, platzen symbolisch die Eisenringe und springen ihm von der Brust. Schon wieder die drei, dachte Wolf, die magischste unter den magischen Zahlen … bin ich der Froschkönig, erlöst von Lisa und gleichzeitig der getreue Heinrich? Würden auch seine Bande brechen, würde er von den Fesseln seiner diversen Krankheiten befreit sein, wenn die drei beseitigt waren, die sie ihm angelegt hatten? Alle drei! Vielleicht … warum nicht? Wunder geschahen durch den Glauben an das Wunder. Und er fühlte, wie der Glaube in ihm wuchs.

Er merkte, dass er schon wieder aus der Unterhaltung herausgeglitten war, als Gloria, die jetzt neben ihm saß, ihn derb in die Seite stieß: »Mann, sag doch auch mal was … du willst Lisa doch nicht beim Iren versauern lassen, du kannst das Kind doch ernähren!« Bisher war Lisa nur eine von Hannes' Bedienungen gewesen und da er fast immer Studentinnen beschäftigte – mit guten Manieren und sehr gutem Aussehen – hatten die Medienhaie angenommen, dass auch sie irgendetwas studiere. Interessiert hatte es sie natürlich nicht. Doch jetzt war Lisa durch Wolf in den Kreis integriert und als Gleichgestellte akzeptiert. Kein niederes Wesen mehr, dem man kaum Beachtung zollte, abgesehen von den lüsternen Blicken der Männer. Nach dem Essen

– irgendwie waren sie an das Thema geraten – redeten sie ihr alle zu, nur ja nicht das Studium zu schmeißen.

Lisa breitete die Arme aus und fragte kläglich: »Und dann? Alte Philologie ... was soll ich damit anfangen?« »Ich bin grundsätzlich auch dafür, dass sie nicht aufgibt«, sagte Wolf, »aber ein zweites Standbein müsste sie sich schon zulegen ...« »Um irgendwo den Fuß reinzukriegen, genau«, unterbrach ihn Holger eifrig, »du glaubst gar nicht, wie viele Quereinsteiger wir beim Funk haben! Da gibt's Philosophen in der Nachrichtenredaktion und Theologen im Literaturbereich ...« »Und Sportlehrer lesen das Wort zum Sonntag«, ergänzte Gloria. Aber Holger war ausnahmsweise nicht zum Blödeln aufgelegt. Er stand auf der Karriereleiter kurz vorm Stellvertretenden Programmdirektor und außerdem konnte er sehr gut mit dem Personalchef und mit der ihm eigenen liebenswerten Großspurigkeit versprach er Lisa, sich für sie einzusetzen, wenn es soweit wäre. »Oder du versuchst es gleich«, meinte Bert, »zum Beispiel mit deiner Stimme ... sie ist hervorragend und ein Anfang als Nachrichtensprecherin ist auch ein Anfang und ein Fuß in der Tür ... in unserem Metier hat schließlich nicht jeder ein Staatsexamen.«

Lisa nickte zu allem freundlich und ergeben und war froh, als sie bald darauf nicht mehr Mittelpunkt des allgemeinen Interesses war. Der Abend gefiel ihr, sehr sogar. Das war ein weiterer Schritt zur Normalität, nach der sie sich sehnte und dazu gehörten Bekannte, Freunde, ein Kreis, eine Clique. Und sie war Wolf dankbar, dass er ihr diesen schnellen Einstieg ermöglichte. Aber was ihre berufliche Zukunft betraf, die lag in einem undurchsichtigen Nebel und es lohnte sich nicht, darin herumzustochern. Darüber würde sie sich noch oft und lange mit Wolf beraten müssen.

Hanusch ließ seinen Blick wohlgefällig durch den Raum schweifen. Noch hatte er sich nicht satt gesehen an der neuen Einrichtung, die ihm die Verwaltung erst vor zwei Monaten bewilligt hatte: ein imposanter Mahagonitisch, in dem er sich fast spiegeln konnte, acht elegante, wenn auch unbequeme Sessel mit weißer Lederpolsterung, ein Teppich mit stilisiertem Persermuster, in dem man bis zu den Knöcheln versank ... und an den Wänden Aquarelle mit Straßburger Motiven aus dem 18. Jahrhundert. Und Rheinlandschaften. Er war rundum zufrieden mit dem Ambiente seines kleinen Reichs: Arbeitszimmer, Besprechungsraum und dazwischen das Büro der Sekretärin.

Er hatte heute viel zu tun. Gerade wollte er sich den zweiten Stapel Akten vornehmen, die seit Wochen unerledigt auf dem Schreibtisch lagen, als das Telefon neben Hanusch zirpte, leise und unaufdringlich, aber nicht zu überhören. Ein weißes Telefon hatte er sich gewünscht, im Styling der 50er Jahre. Ärgerlich nahm er den Hörer ab und quäkte: »Aber Sidonie, ich hatte sie doch gebeten ...« Doch Sidonie unterbrach ihn und flüsterte: »Es, es ist Madame ... sie lässt sich nicht abwimmeln, sie sagt, es sei dringend.« Er war beunruhigt, er konnte sich nicht erinnern, dass Claudette ihn jemals in der Klinik angerufen hatte. Er rief sie manchmal abends an und dann plauderten sie ein bisschen, Belangloses, sie waren ja jedes Wochenende zusammen. »Stellen Sie das Gespräch durch«, sagte er.

Claudette flehte ihn an, ihr zu vergeben, dass sie ihn bei seiner Arbeit störe, aber »stell dir vor, mon ami, da hat uns jemand ein Angebot unterbreitet, das wir unmöglich ausschlagen können, einen 4CV!« Hanusch wollte es nicht glauben: »Du meinst, ein ... ein Cremeschnittchen? Die gibt es doch gar nicht mehr ... das heißt, ein paar gibt es natürlich noch, aber die sind alle in festen Händen, im Besitz von irgendwelchen Fanclubmitgliedern und die verkaufen nicht.« »Davon hab ich keine Ahnung, ich weiß nur, dass der Mann verkaufen will und bitte, bitte, Emile, du musst dir das Schnuckelchen ansehn ... ein Cremeschnittchen«, ihre Stimme überschlug sich zwitschernd, »das würde so gut zu uns passen, ein Zwergenauto für Zwerge.« Sie kicherte aufgeregt.

Sie durfte ihn Zwerg, Däumling oder »mon petit Emile« nennen, er nahm es ihr nie krumm. Er wusste, dass es ein Ausdruck ihrer zärtlichen, bemutternden Liebe war, nicht Ironie oder Hohn. Er wunderte sich nur, dass sie plötzlich seine Leidenschaft für alte Autos teilte. Vielleicht hatte er bisher die falschen Wagen gesammelt? Ein

Cremeschnittchen … wie alt waren die eigentlich? Mindestens fünfzig Jahre. Ja, das wäre schon ein Spaß. »Der Mann ruft gleich noch mal an«, drängte sie und bettelte, »lass mich einen Termin vereinbaren.« »Ja, aber nicht gleich für eine Besichtigung. Am Freitagnachmittag bin ich zu Hause, da soll er sich wieder melden. Ich will selbst mit ihm sprechen und dann sehen wir weiter.«

Wolf stöberte in der Besteckschublade, auf der Suche nach einem geeigneten Küchenmesser. Nicht zu groß, damit es in eine normale Freizeitjacke passte – die Überlebensjoppe brauchte er heute nicht – und nicht zu klein, es sollte immerhin bedrohlich wirken. Aus voller Kehle sang er *It's a long way to Tipperary*. Ja, einen langen Weg hatte er nachher vor sich, einmal zum Tod und zurück. Hanusch besaß keine Rückfahrkarte, für ihn würde es eine Fahrt ohne Wiederkehr sein, eine Fahrt, die an der schwarzen Mauer endete, hinter der das Vergessen lag.

Er nahm eines der sechs Schneidwerkzeuge heraus, prüfte die Länge der Klinge mit der gespreizten Hand und nickte zufrieden. Er schob einen Waschlappen über die Klinge – ein besseres Futteral hatte er nicht finden können – und steckte das Päckchen in die Jacke, die bereits über dem Stuhl hing. Der Überwurf mit den leuchtenden Neonstreifen war schon in der anderen Innentasche. Hausschlüssel, Geldbeutel, Handy, Taschenlampe, Zigaretten und Feuerzeug lagen griffbereit auf dem Tisch. Es war Punkt acht, in zehn Minuten würde das Taxi kommen – nicht Mirko, er hatte ein anderes Unternehmen beauftragt – und um halb neun war er mit dem Doktor verabredet.

Lange, lange hatte er gegrübelt, bis er diesen Plan ausgeheckt hatte. Und selbst der war natürlich nicht ohne Risiko. Aber Wolf fühlte, dass er unbesiegbar war, unantastbar, unsichtbar, gefeit gegen jede Gefahr wie Siegfried mit der hörnernen Haut unter der Tarnkappe. Ja, ein verdammtes Stück Geistesarbeit war das gewesen!

Eines stand von vornherein fest: Hanuschs Burg war uneinnehmbar. Dort konnte er sich nicht hineinschleichen wie bei Kuhnert. Also musste er den Delinquenten herauslocken. Aber wie? Hanusch hatte

eine Schwachstelle, irgendetwas hatte er erwähnt bei dem Telefongespräch, das Wolf als Malkowski mit ihm geführt hatte. Endlich war
es ihm wieder eingefallen: Von Hobbys hatte der Doktor gefaselt und
dann sofort von seinem eigenen geschwärmt … Oldtimer sammelte
der gute Mann, einfach irre. Das war der Punkt, an dem er, Wolf,
ansetzen musste. Wer so von sich eingenommen und von seiner Leidenschaft besessen war, dass er vor jedem x-beliebigen Fremden damit
prahlte, der musste einfach auf ein Angebot springen, wenn man es
ihm nur schmackhaft genug machte.

Also hatte er den Köder ausgeworfen, der Fisch hatte angebissen,
der Haken saß tief und fest. Die rosa Spitzengardinen an den Fenstern von Hanuschs Villa hatten Wolf auf die Idee mit dem 4CV, dem
Cremeschnittchen gebracht. Dieser Kitsch zeugte von einem Hang zu
kindlicher Verspieltheit und dazu passten kindlich wirkende Autochen
wie der Mini, der Fiat 500 und eben auch dieses sogenannte Cremeschnittchen, das sich im Saarland einst großer Beliebtheit erfreute.

Nur, wohin sollte er das Opfer locken? Immer wieder ging ihm die
Katholisch-Kirch-Straße durch den Kopf, die er sich, einer Eingebung
folgend, notiert hatte. Sicher, das war eine dunkle Ecke. Früher – ach
jeh, wie lange war das schon her! – hatte er sich manchmal mit seinen
Schulkameraden dort herumgetrieben. »Nutten gucken« nannten sie
diese Exkursionen voll ängstlicher Neugier. Und wenn die Mädchen
sie anmachten, meistens mit freundlichem Spott, weil sie wussten,
dass die Jüngelchen sich nicht trauten und wahrscheinlich auch nicht
genügend Knete besaßen, dann drückten sie sich sofort mit hochroten
Köpfen um die Ecke in die Türkenstraße und das gutmütige Gelächter der schamlosen Weiber brannte ihnen im Nacken. Jetzt waren die
Huren aus der Katholisch-Kirch-Straße verschwunden, das wusste er
und er wusste auch, dass es dort sehr ruhig zuging. Aber ruhig genug?
Nein, es war doch zu riskant.

Dann hatte er lange über dem Stadtplan gebrütet, der in seinem Gedächtnis gespeichert war. Ja, einmal hatte er sogar den echten Stadtplan zu Rate gezogen, der unbenutzt in einer Schublade des Sideboards
schlummerte. Gesehen hatte er natürlich nichts, er brauchte ihn nicht

einmal aufzuklappen, weil er schon auf dem Einband nicht einen einzigen Buchstaben erkennen konnte. Wie denn auch? Bis jetzt hatte er doch nur Kuhnert seiner gerechten Strafe zugeführt ... erst wenn alle drei, die sich an ihm vergangen hatten, geopfert waren, würde der Fluch der Krankheit von ihm weichen!

Er reckte die Arme in die Höhe und dehnte die Brust, eine ungeheure Freude erfüllte ihn. Dann zog er den Blouson aus Nappaleder an, sammelte seine Habseligkeiten ein und begab sich zur Haustür. Der mechanische Rollstuhl stand an der Wand im Flur neben dem Sideboard. Sie hatten ihn nicht mehr in den BMW geladen nach ihrem Rundgang ums Karree. Für den Fall, dass Wolf »ein bisschen in der Straße auf und ab fahren wollte, um seine Muskeln zu stählen«, wie er Lisa vorgaukelte. Um 20.12 Uhr klingelte der Taxifahrer und Wolf öffnete und bat ihn, den Rollstuhl in den Kofferraum zu schaffen. »Und dann müssten Sie mich an den Wagen führen, ich bin nämlich blind.« »Ach ja, die Plakette«, sagte der Fahrer, »ist mir gar nicht aufgefallen.« Und mitfühlend fügte er hinzu: »Scheiße, Mann, Sie hat's aber erwischt!« Wolf ging nicht darauf ein und sagte nur: »Zum Saarcenter bitte, dort werd ich abgeholt.«

Er hatte diesen Treffpunkt gewählt, weil er dort tatsächlich unsichtbar war. Ein Taxistand, ein Parkplatz, zwei Fressbuden, die Nähe zur Fußgängerzone in der Bahnhofstraße einerseits und zur Berliner Promenade andererseits ... all das garantierte ein Kommen und Gehen, ein Gewimmel von Menschen, in dem keiner auf den anderen achtete. Auch nicht auf den Mann im Rollstuhl, der vor der Kebab-Bude saß und gemütlich eine Zigarette rauchte.

Selbst nach dreißig Jahren erkannte er Hanuschs unverwechselbare Stimme sofort. Er drückte ihm die Hand so fest, dass der kleine Doktor leise stöhnte. Ja, das waren die gleichen, winzigen Fingerchen, an die er sich erinnerte. Bei Kuhnert hatte er sich geirrt, hatte dessen berserkerhafte Kräfte unterschätzt, aber der da würde ihm keine Scherereien machen. »Scheiße, Mann«, sagte Dr. Emil Hanusch nicht, als er Wolf zu seinem Alltagswagen, einem Mercedes schob. »Blind und fast lahm sind Sie also«, seufzte er, »ein böses Schicksal, lieber Freund ... doch leider, das Leben ist nun mal ein Risiko.« Sehr schön, dachte Wolf grimmig, allein für diesen Spruch müsste man dich schon hängen.

»Soll ich Sie nachher wieder hier absetzen?«, fragte Hanusch und startete den Motor. »Ja, bitte, ich bin mit ein paar Freunden in einem Lokal auf der Berliner Promenade verabredet, wenn wir zurück sind, rufe ich dort an, dann holt mich jemand ab. Ich wollte ein bisschen Luft schnappen an diesem schönen Abend und sei es auch nur unsere Stadtluft.« Drei Tage hatte es geregnet, dann war der Sommer wieder aufgetaucht, mit milderen Temperaturen. Es würde sein letzter Besuch in diesem Jahr sein, ein kurzer Besuch, verkündeten die Propheten.

Und Hanusch verkündete, als sie aus dem Parkplatz heraus waren: »Blöde Straßenführung, hier darf man nur rechts abbiegen. Wir müssen über die Wilhelm-Heinrich-Brücke und dann in der Stengelstraße wenden … also in Jägersfreude steht das Schätzchen? Und Sie hatten bei unserem ersten Gespräch geglaubt, Oldtimer, das seien ausschließlich sündhaft teure Wagen, die mindestens aus den 20er oder 30er Jahren stammen müssten! Das war ja ein Glück für mich, dass Sie ihn nicht schon längst verkauft haben … falls er noch in gutem oder wenigstens brauchbarem Zustand ist. Vielen Dank übrigens, dass Sie an mich gedacht haben.«

»Oh, ich glaube schon, dass er in Ordnung ist«, erwiderte Wolf, »er wurde höchstens drei Jahre gefahren. Ich konnte ja nie den Führerschein machen und meine Eltern sind früh gestorben und als ich noch einen Job hatte, war ich dreizehn Jahre aus der Heimat verbannt und danach, ja dann hab ich das Cremeschnittchen wohl vergessen. Sie haben mich wieder drauf gebracht, Herr Doktor.« »Wohnen Sie in Jägersfreude?« »Nein, in Alt-Saarbrücken«, sagte Wolf, diesem Todgeweihten konnte er ja alles erzählen, sogar ein Quäntchen Wahrheit, »wir haben früher dort gewohnt und weil wir keine Garage beim Haus hatten, hat mein Vater eine in der Nachbarstraße gekauft.«

»Hmm, ach so ja«, sagte Hanusch und erklärte: »Wir sind jetzt in der Dudweiler Straße« und Wolf merkte, dass den Doktor das Jagd- beziehungsweise Sammelfieber gepackt hatte. Er griff nach dem Messer. Hanusch sah die Handbewegung aus dem Augenwinkel und protestierte sofort: »Rauchen können Sie hier aber nicht, Herr Malkowski, entschuldigen Sie.« Wolf zog das Messer, zeigte es ihm und drückte ihm die Spitze in die Seite. Hanusch schrie auf und krähte: »Sind Sie ...« und Wolf lachte dröhnend. »Das hat mich schon mal einer gefragt ... nein, ich bin nicht verrückt und wir fahren auch nicht nach Jägersfreude. Hinter der Ampel an der Brauerstraße biegen Sie rechts ab in den Meerwiesertalweg, ja?« Hanusch gehorchte widerstandslos und schwieg verstört, am ganzen Leib zitternd, doch nach der Bahnunterführung sagte er plötzlich, trotzig wie ein kleines Kind, das mit den Tränen kämpft: »Was wollen Sie tun, wenn ich jetzt mitten auf der Straße stehen bleibe und aussteige, Sie ... Sie Krüppel?«

»Das würde ich Ihnen nicht empfehlen, Doktorchen«, sagte Wolf freundlich, »vielleicht bin ich ja doch verrückt und es ist mir vollkommen gleichgültig, was mit mir passiert, wenn ich Sie abmurkse ... aber keine Bange, ich will Sie nicht erstechen, wir wollen uns nur ein wenig unterhalten, an einem verschwiegenen Plätzchen.« Er hatte nicht die Absicht, mit Hanusch zu reden, von vergangenen Zeiten, von Schuld und Sühne. Nichts dergleichen. Das waren dumme, sentimentale Geschichten aus schlechten Romanen und Filmen: Der Rächer stellt seinen Todfeind und klagt ihn dann mit flammenden Worten an, bevor er ihn vernichtet. Blödsinn! Hanusch würde sterben, ohne zu ahnen, weshalb. Die Ungewissheit sollte ihn quälen, in den letzten Sekunden vor seinem Exitus.

»Passen Sie jetzt gut auf«, ermahnte er ihn, »hinter der Kneipe, *Waldhaus* oder *Zum Waldhaus* heißt sie, kommt gleich der Wildpark und direkt davor ist ein Waldweg, dort fahren wir hinein ... und keine Fisimatenten, ich bin zwar blind, aber ich habe den kompletten Stadtplan von Saarbrücken im Kopf und einen Entfernungsmesser im Blut.« »So viel ich weiß«, flüsterte Hanusch heiser, »darf man das nicht, der Weg ist nur für den Forstbetrieb.« »Gehorsam ist die erste Bürgerpflicht, was?«, spottete Wolf, »seien Sie brav, das heißt in diesem Fall ausnahmsweise mal ungehorsam. Ich schätze, noch zweihundert Meter, dann müssten wir da sein.« »Sie, Sie können doch nicht blind sein«, stieß Hanusch zwischen zusammengebissenen Zähnen hervor und Wolf kicherte, als er an Kuhnert dachte, der mit einem Blick erkannt hatte, was mit ihm, Wolf, los war. »Und Sie sind ein beschissener Augenarzt«, sagte er grob und verstärkte kurz den Druck der Messerspitze und Hanusch schluchzte auf.

Der Wagen hielt. »Ich muss den Gegenverkehr abwarten«, hauchte der Doktor, Wolf verstand ihn kaum. »Hmm, okay«, brummte er. Er sah die Scheinwerfer auftauchen, zwei Löcher in die Dunkelheit stanzen, dreimal, viermal hintereinander, dann war wieder Nacht. Hinter ihnen hupte schon einer wütend und dann bogen sie links ab und fuhren den holprigen, steilen Waldweg hinauf. Nach ein paar Sekunden sagte Wolf »Halt« und Hanusch würgte den Motor ab. Der Wagen machte noch einen kleinen Hopser und Hanusch zog mechanisch die Handbremse. Es gibt Gewohnheiten, dachte Wolf erstaunt, die kann man nicht abschütteln … da steht er mit einem Fuß im Grab und er weiß es und trotzdem muss er an die Handbremse denken. Er hätte es natürlich selbst getan, wenn er das Einrasten des Griffs nicht gehört hätte.

Wolf steckte das Messer weg. Hanusch war zusammengesunken und wimmerte nur noch leise vor sich hin. Wolf legte ihm den Arm um die bebenden Schultern, drehte ihn zu sich, riss ihn blitzschnell herunter, dass der Kopf zwischen seinen Oberschenkeln zu liegen kam, presste ihm die Linke ins Kreuz, fasste ihn mit der Rechten unterm Kinn und schleuderte den Kopf mit aller Kraft nach hinten. Das Genick brach, es krachte wie ein Scheit Holz unter der Axt. Wolf wusste nicht, ob Hanusch einen Laut von sich gegeben hatte, wenn ja, dann hatte ihn dieses entsetzliche Bersten verschluckt.

Wolf drehte den erschlafften Körper auf den Rücken. Er atmete tief durch, sammelte sich. Dann leckte er seinen Zeigefinger ab und hielt ihn vor Hanuschs Mund. Kein Hauch. Er beugte sich hinunter, lauschte nach dem Herzschlag, fühlte den Puls. Nichts, nichts, nichts. »Na also«, sagte er und kicherte, als ihm einfiel, dass er nach Kuhnerts Tod die gleichen Worte gebraucht hatte. Er öffnete die Beifahrertür und horchte in die Nacht. Geräusche des Waldes, ein sanftes Rascheln der Blätter hoch oben in den Bäumen, Vogelgezwitscher, vielleicht auch Tierlaute aus dem Wildpark, die er nicht identifizieren konnte. Aber kein Mensch weit und breit, keine Schritte, keine menschlichen Stimmen, kein Geflüster von Liebespärchen. Morgen würde er die Hörgeräte mit den Ersatzbatterien bestücken. Diese Technik durfte nicht versagen, bevor er mit der Wegmann fertig war, sie war seine beste Waffe.

Leicht wie ein Vögelchen lag der tote Mann auf seinen Knien. Ob er mehr wog als Gaby? Unsinn! Wolf riss sich zusammen. Er fühlte unter Hanuschs Jackett nach der Brieftasche, nahm sie an sich, zog die Wagenschlüssel aus dem Zündschloss und steckte sie in die Hosentasche. Er rutschte unter der Leiche heraus, stupste sie an und sie kullerte vor die Vordersitze. »Wie ein Sack Lumpen«, murmelte er und schnaubte verächtlich. Dann stieg er aus, schlug die Tür zu, tastete sich nach hinten, sperrte den Kofferraum auf, holte den Rollstuhl heraus und setzte sich hinein. Er zündete sich eine Zigarette an und inhalierte tief den Rauch und die kühle Abendluft.

Nach der Erholungspause schloss er den Kofferraumdeckel. Dann warf er die Wagenschlüssel, so weit er konnte, irgendwo in den Wald. Vielleicht würde sie schon bald jemand finden. Hier war ja tagsüber mächtig was los, hatte er gehört. Hier war der Hochseilgarten, da spielten mutige Menschen Tarzan und Jane und hangelten sich in zehn Metern Höhe durch die Baumwipfel. Er drehte sich um und schleuderte die Brieftasche in die entgegengesetzte Richtung, dorthin, wo er den Wildpark vermutete. Er hörte das Aufklatschen und ein kurzes, aufgeregtes Grunzen.

Mochten die Bullen denken, was sie wollten, ein bisschen Gripsarbeit musste er ihnen hinterlassen. Und jede Menge Fingerabdrücke, nutzlose, weil nie erfasst und gespeichert. Er war ja nie verhaftet worden. Nicht einmal an den sogenannten Studentenunruhen hatte er teilgenommen, das war vor seiner Zeit. Kuhnerts Tod hatte er noch als Unfall kaschieren können, aber für Hanusch war ihm nichts Adäquates eingefallen, obwohl er die ganze Woche sein Gehirn strapaziert hatte. Nun, dann hatte er jetzt einen echten Mord begangen, unverkennbar. Sei's drum! Wer sollte ihn verdächtigen? Krüppel können nicht morden, jedenfalls nicht so.

Er streifte das Tuch mit den Leuchtfarben über, die ihn im Straßenverkehr kenntlich machten. Dann rutschte er den steilen Hang hinunter, mit ausgestreckten Beinen bremsend wie früher beim Schlittenfahren. Die kleinen Vorderräder des Rollstuhls krachten auf die Straße, fast wäre er vornüber gekippt. Er fuhr nach rechts und stutzte. Sein tastender Fuß fand keinen Randstein und kein Trottoir, der Asphalt ging offenbar nahtlos in einen sandigen Boden über. Nein, nicht ganz nahtlos, er fühlte einen winzigen Absatz und der genügte ihm zur Orientierung, indem er den rechten Innenfuß daran entlang schleifen ließ. Selbst jetzt brauchte er die Taschenlampe nicht. Der Strom der Wagen rauschte an ihm vorbei. Dann hörte er zweimal kurz hintereinander das Quietschen von Bremsen, dicht vor sich. Auspuffgase umnebelten ihn. Das war die Ampel am Waldhaus.

Die Wagen zogen wieder an und verschwanden. Die Farben der Ampel konnte er nicht unterscheiden, aber er sah verschwommen, wie die Lichter von unten nach oben sprangen. Rot. Er hielt die Augen starr darauf gerichtet und als es wieder grün wurde, hob er den linken Arm, bewegte ihn ein paar Mal auf und nieder wie einen Pumpenschwengel und fuhr aufs Geratewohl schräg nach links über die Kreuzung, bis die Räder gegen den nächsten Bordstein stießen.

Auf die gleiche abenteuerliche Weise gelangte er über den Ilseplatz in die Scheidter Straße. Nichts konnte ihm geschehen, nichts misslingen. Gemächlich rollte er weiter, bis er sich auf der Höhe des *Bistro Malzeit* glaubte. Er hielt an, drehte den Rollstuhl um neunzig Grad und drückte die großen Hinterräder auf den Bürgersteig. Dann rief er ein Taxiunternehmen an, wieder ein anderes, nicht das von vorhin, nicht das von Mirko. »Ich bin in der Scheidter Straße«, sagte er vergnügt, »ich sitze im Rollstuhl und der steht auf dem Trottoir gegenüber vom Bistro.« »Zehn Minuten«, sagte eine müde Frauenstimme. Die kann nichts mehr erschüttern, dachte Wolf belustigt, die hat schon verrücktere Anrufe bekommen. Er zündete sich eine Zigarette an und summte leise *It's a long way to Tipperary.*

# 23

Für Sonntag war der letzte, der wirklich allerletzte warme Tag gemeldet und sie fuhren aufs Land, an den Niederwürzbacher Weiher. Nach einem Spaziergang mit dem Rollstuhl setzten sie sich auf die Terrasse eines Cafés. Wolf war kribbelig. Seine Knie schmerzten immer noch von der Anstrengung am Freitagabend und seine Füße brannten wie Feuer. Mit eiserner Energie hatte er das Morphium gestern wieder abgesetzt. Für die Aktion Hanusch hatte er es natürlich als Stärkungsmittel und Stimulans benötigt. Vielleicht verursachten die ständigen Wechsel von Gebrauch und Verzicht doch eine Art Entzugserscheinung. Doch er ließ sich nichts anmerken.

»Ein armseliges Wässerchen, dieser Weiher, was?«, sagte er und fischte in seinem Eisbecher nach einer Maraschino-Kirsche, »ich kannte mal eine Dame, die hatte einen Swimmingpool in ihrer Penthousewohnung, der war entschieden größer.« Lisa lächelte. »Angeber, man prahlt nicht mit seinen verflossenen Damen … Mund auf! Wenn du das verzuckerte Zeug magst, kannst du meine Kirschen auch haben, die ziehen einem ja die Zähne aus.« Gehorsam ließ er sich füttern.

Penthouse … bei diesem Wort hatte sich sofort eine Assoziation zu Sigrid Wegmann eingestellt. Ob die Wegmanns auch die Penthousewohnung besaßen in dem Hochhaus auf dem Homburg? Wahrscheinlich, ein Ärzteehepaar … die unsäglich geschwätzige Haushaltshilfe hatte ihm erzählt oder angedeutet, der Herr Wegmann sei Gynäkologe … na dann! Immer wieder durchkreuzte der Gedanke an Sigrid – er nannte sie meistens so, obwohl es nie zu irgendeiner Vertrautheit zwischen ihnen gekommen war – seine Versuche, sich abzulenken, vorübergehend zu vergessen. Sicher trugen dazu auch die Schmerzen bei, die ihn heute so unbarmherzig heimsuchten. Natürlich, es musste ja so sein, er hatte sein Werk nicht vollendet, Sigrid lebte noch.

Was würde geschehen, wenn er die dritte, die letzte Tür aufstieß? In zahllosen Geschichten – *Die Erzählungen aus Tausendundeiner Nacht* und die *Sage vom Ritter Blaubart* fielen ihm ein – lauerte hinter der letzten Tür ein schreckliches Geheimnis. Und wenn das naseweise Weib, die Königin, die Geliebte, die Haremsdame, ihre Neugier nicht mehr zügeln konnte und sich trotz aller Warnungen Einlass verschaffte, empfingen sie Grauen, unendliche Qualen und der Tod. Männerphantasien, würde Lisa sagen und recht hätte sie. Männer hatten diese Gruselgeschichten erdacht, weil sie den irritierenden Wesenszug der Frauen, jedes Geheimnis erkunden zu müssen, fürchteten. War das eine Möglichkeit? Vielleicht konnte er Sigrid in eine Falle locken, indem er ihre Neugier weckte. Worauf, das würde sich finden. Und dann würde er die Tür hinter ihr schließen und wäre erlöst von allem Übel.

Er fuhr zusammen, etwas streifte seine Wange, eiskalt. Lisa lachte. »Das war nur mein Eislöffel, ich wollte dir mitteilen, dass ich noch da bin, du warst ein bisschen abwesend ... ist alles in Ordnung?« »Ja ja, natürlich, alles okay ... ich dachte gerade ... hinter dir, wenn ich mich nicht in der Richtung täusche, ist ein Berg, ein Hügel, über den gelangt man zu dem Lokal, in dem wir nachher essen wollen.« Er runzelte die Stirn, schüttelte den Kopf. »Nein, das schaffen wir nicht, das ist ein Marsch, ein strammer Marsch von mindestens einer Stunde und dann müssten wir ja auch wieder zurück zum Wagen ... nein, aussichtslos.« »Bist du viel gewandert ... früher?« »Nicht viel«, sagte Wolf und zündete sich eine Zigarette an, »ich hab immer schnellere Sportarten bevorzugt und das ist mir nicht gut bekommen.« »Wegen der Knie?«, fragte Lisa und er nickte.

Er spürte die Wärme der Sonne auf seinem Gesicht, Helligkeit umflutete ihn. Von Lisa erkannte er trotzdem nur Konturen, sie war zu nahe, saß direkt neben ihm. Aber die Bedienung konnte er vielleicht entdecken, wenn sie sich innerhalb seiner Zone aufhielt, in einer Entfernung von einem bis vier Metern. Er sah sich suchend um. »Möchtest du noch was?«, fragte Lisa. »Ja, ich würde mir gern den Bauch aufwärmen, der ist kalt wie ein Grab ... ein Espresso und ein Cognac wären nicht übel.«

Zwei Stunden später, als Lisa ihm sein Rumpsteak in mundgerechte Stücke schnitt, dachte er: Eigentlich dürfte ich das nicht essen ... kein Rind, kein Schaf und keine Fische, die sich von Grünzeug ernähren. Allerdings, ein großer Fischliebhaber war er nicht und er hätte nicht einmal sagen können, ob der Kabeljau ein Kannibale war oder ein Vegetarier. Es drängte ihn, Lisa endlich über die Ursache seiner Leiden aufzuklären, die Phytansäure, die auch in diesem Häppchen Rind enthalten war, das er jetzt kaute. Und in all den anderen, die er im Laufe seines Lebens verzehrt hatte und in jedem Lammkotelett und sogar in jedem Stück Ziegenkäse. In allem steckte das Gift, das in ihm rumorte, Muskeln, Knochen und Nerven anfraß.

Weil das Enzymen, das die Säure abbauen sollte, defekt war und weil kein Arzt ihn darauf aufmerksam gemacht hatte, dass diese Nahrungsmittel ... nun, dass sie eben Gift für ihn waren. Und 53 musste er werden, bis er von selbst dahinter kam. Verfluchtes Gesindel! Nur sein Gehirn war immun gegen den heimtückischen Feind, das funktionierte noch tadellos. Aber es lohnte sich nicht – nicht mehr – Lisa mit all dem zu belasten. Fürsorglich, wie Frauen sind, würde sie keine Ruhe geben, bis er sich bereit erklärte, eine Diät zu beginnen. Sie wusste ja nicht, dass er bald ein anderer, ein neuer, ein gesunder Mensch sein würde.

Und plötzlich lag, sprungbereit wie ein Tiger, das Geständnis auf seiner Zunge. Er hielt es mit Mühe zurück. Wären sie jetzt allein gewesen, wahrscheinlich hätte er ihr von Kuhnert und Hanusch erzählt. Er sehnte sich danach, sein schreckliches, beglückendes Geheimnis mit ihr zu teilen. Vielleicht würde er es irgendwann tun, vielleicht würde er bald dazu gezwungen sein. Als Spionin hatte er sie schon benutzt, ohne ihr Wissen und wenn sich keine andere Lösung für das Problem Sigrid fand, brauchte er Lisa vielleicht doch noch als Komplizin.

Dann und nur dann würde er sie in die Hintergründe einweihen. Er wusste, sie würde ihm ihre Hilfe nicht verweigern.

Lisa aß ein Hirschrückensteak mit Birne und Preiselbeerkompott. Als sie fertig war, seufzte sie: »So, jetzt müssen wir entweder vor die Tür wie die ungezogenen Kinder in der Grundschule oder wir zahlen sofort und brechen auf.« »Man könnte meinen«, sagte Wolf, »das Rauchverbot müsste den Rauchern die Freude an ihrer Sucht vergällen und sie müssten es als willkommene Gelegenheit betrachten, endlich aufzuhören. Aber Zwang erzeugt Trotz und Widerstand – mir geht es jedenfalls so und dir wohl auch – und ich empfinde dieses dämliche Gesetz als einen Akt der Freiheitsberaubung und eine Einschränkung meiner Persönlichkeitsrechte ... und aus lauter Wut rauche ich mehr als vorher. Aber wir beugen uns der Gewalt und verpesten die Natur. Hoffentlich glauben die jetzt nicht, wir wollten die Zeche prellen.«

Er erhob sich, setzte sich in den Rollstuhl, der fahrbereit neben ihrem Tisch stand und Lisa lenkte ihn ins Freie. Draußen prustete sie los: »Die Gesichter am Nebentisch, die hättest du sehen sollen ... ich glaube, wenn du nicht behindert wärst, hättest du Dresche gekriegt.« Wie immer, wenn er die Leute provozieren wollte, hatte er mit raumfüllender Lautstärke gesprochen. »Ja ja, ich bin ein böser Mensch, ein richtig giftiger Krüppel. Sollen wir trotzdem noch ein halbes Stündchen bleiben, auf einen Digestif? Dann dämpfe ich mein Organ und benehme mich ganz sittsam.«

Wolf trank einen Himbeergeist und Lisa genehmigte sich einen Grappa, das erste alkoholische Getränk für heute, wegen des Führerscheins. Sie nippte daran und dann drehte sie das Glas in den Händen. »Hör mal«, sagte sie zögernd, »was Bert vorgeschlagen hat, letzten Sonntag, das geht mir nicht mehr aus dem Kopf ... eine Bewerbung als Nachrichtensprecherin, glaubst du, das hätte Aussicht auf Erfolg, würde Holger sich tatsächlich für mich einsetzen?« »Oh, warum nicht?«, meinte Wolf, »Bei Holger muss man immer fünfzig Prozent abziehen, aber was er versprochen hat, versucht er einzuhalten und er kennt wirklich Hinz und Kunz ... wie gut, das sei dahingestellt.«

»Als wir den BMW gekauft haben«, sagte Lisa, »waren seine Beziehungen jedenfalls nützlich, die sind uns ja fast in den«, sie räusperte sich, »ich meine, die haben uns ja fast die Füße geleckt.« »Pass auf, wir machen Folgendes«, sagte Wolf, der sich plötzlich für die Idee erwärmte, die ihm vorigen Sonntag noch ziemlich abwegig erschienen war, »ich hab einen vorzüglichen digitalen Recorder, da kannst du direkt auf eine CD sprechen. Ich stelle dir einen Text zusammen aus den Nachrichten eines Tages …« »Aber keinen Nonsens und keine Satire«, bat Lisa. Wolf grinste. »Nein, nein, nur die alltäglichen, langweiligen Meldungen vom alltäglichen Wahnsinn, von Kriegen und Erdbeben, Hungersnöten und Diktaturen. Am Dienstag geben wir Holger die CD, vielleicht schafft er es, dass sie dich zum Vorsprechen einladen und wenn der verantwortliche Boss ein Mann ist, hast du gewonnen.« »Das heißt nicht Vorsprechen«, tadelte Lisa, »das heißt Casting, du Fossil.«

»Dreh mir nicht das Wort im Maul herum«, brüllte Dr. Christoph Wegmann, »ich hab nicht gesagt, dass du die Praxis behalten sollst.« »Dann hab ich dich wohl falsch verstanden«, sagte Sigrid verdrießlich. Sie lag apathisch in einem der riesigen schwarzen Ledersessel im Kaminzimmer, die nackten Füße auf dem Tisch. Angewidert betrachtete er ihre Zehennägel, von denen der Lack zum größten Teil abgeblättert war. Dann holte er tief Luft, trank in einem Zug sein Glas leer und ging hinter die Bar, um sich den dritten oder vierten bunt schillernden Phantasiecocktail zu mixen. Während er mit Flaschen und Shaker hantierte, fuhr er in gemäßigterem Ton fort: »Du weißt, dass es mir wurscht ist, ob du deinen Job aufgibst oder nicht, auf die paar Kröten sind wir nicht angewiesen … aber irgendetwas, irgendetwas wirst du doch tun wollen, irgendwelche Pläne musst du doch haben«, seine Stimme und die Zornesadern auf der Stirn schwollen wieder an, »verdammt noch mal, es nervt mich, wie du hier … wie du hier verschlampst, guck dich bloß an!«

Das brauchte sie nicht, Dr. Sigrid Wegmann wusste, dass sie immer noch einen Morgenrock trug, um zehn Uhr abends und dass sie seit drei Tagen nicht mehr geduscht oder gebadet hatte. Nur Katzenwäsche. Jeder Handgriff war ihr zuviel, sie war körperlich und geistig erschlafft. Sie kam sich vor wie eine Maschine ohne Antrieb, eine alte, abgewrackte Maschine. Eigentlich wollte sie sich an diesem dämlichen Gespräch überhaupt nicht beteiligen, wollte seine Tirade stumm über sich ergehen lassen. Was hatte ihn plötzlich gestochen? Schließlich hatten sie sich den ganzen Sonntag lang angeschwiegen und seit seiner Rückkehr aus dem Urlaub nicht mehr als die nötigsten Worte miteinander gewechselt. Warum ließ er sie nicht einfach in Ruhe wie bisher?

Trotz ihrer Lethargie regten sich jetzt Widerstand und Streitsucht in ihr – vielleicht auch, weil seine Vorwürfe nicht ganz unberechtigt waren – und sie sagte spöttisch: »Weshalb diese Fürsorge? Könnte es sein, dass nicht ich es bin, was dich nervt, sondern die Tatsache, dass du schon drei elend lange Tage zu Hause verbringen musstest? Oder hat dir mein angebrannter Toast nicht geschmeckt?« »Blödsinn«, schnaubte er, »hab ihn ja gegessen, oder nicht? Und außerdem«, sein Mund verzog sich zu einem bösartigen Grinsen, »bin ich ab morgen sowieso wieder weg und wann ich zurückkomme ...« Den Rest des Satzes ließ er im Klirren der Eiswürfel untergehen.

»Du meinst, du weißt nicht, ob du jemals wieder zurückkommst, solange mein widerlicher Anblick dein ästhetisches Empfinden verletzt.« Sigrid hob die Füße vom Tisch, stand träge auf und verließ das Zimmer, ohne ihren Gatten eines Blickes zu würdigen. Als sie die Tür hinter sich zuschlug, schrie er ihr nach, mit einer Stimme, die vor Wut fast erstickte: »Ach, leck mich ... mach, was du willst, spring von der Terrasse oder stürz dich in die Saar!« Bevor sie ihr Schlafzimmer erreichte, hörte sie ein Krachen und das Splittern von Glas.

Sie kroch ins Bett und rollte sich zusammen. Wernau, Dr. Wolf Wernau, dachte sie zum hundertsten Mal in diesen Tagen. Was war er überhaupt für ein Doktor? Auf jeden Fall kein *med*, wahrscheinlich ein *phil*, soweit sie sich entsann. Und dann hörte sie sich murmeln »Wolf« und sie lächelte wehmütig. Eine Närrin war sie, eine dumme, alte Kuh. Wieso hatte sie sich eingebildet, wenn auch nur für einen seligen Augenblick, sie könne die Zeit zurückdrehen und nachholen, was sie vor dreiundzwanzig Jahren versäumt hatte? Vier Tage, nachdem er bei ihr in der Praxis gewesen war, hatte sie ihn in der Stadt an einer Ampel gesehn. Er saß auf dem Beifahrersitz eines BMW und eine Schöne, eine sehr junge Schöne lenkte den Wagen. Sigrid seufzte. Warum nicht, sie gönnte es ihm. Er sah blendend aus und dreiundfünfzig war kein Alter für einen Mann. Für die meisten Frauen auch nicht mehr, heutzutage, aber da musste man sich pflegen, alle kosmetischen Geheimnisse kennen, sich in die Hände von Haarkünstlern und Masseuren begeben und notfalls auch in die eines plastischen Chirurgen. Da durfte man sich nicht verlottern lassen wie sie.

Zaghaft strich sie sich über ihr stumpfes Haar. Morgen. Aber das sagte sie sich schon seit vierzehn Tagen: morgen. Natürlich waren das Wiedersehen mit Wolf, die aufflackernde Hoffnung und die anschließende Enttäuschung nicht verantwortlich für ihre Depressionen. Auch nicht die Schuldgefühle, die sie ihm gegenüber empfand, weil sie ihn vielleicht vor der endgültigen Erblindung hätte bewahren können, vor der Gehunfähigkeit und allem was ihn sonst noch plagen mochte. Vielleicht … wenn sie ihrem Beruf nicht so lustlos nachgegangen wäre.

Aber die Begegnung mit dem Mann, der ihr vor langer Zeit unerfüllbare Träume beschert hatte, war der Auslöser gewesen für eine Reise in die Vergangenheit. Sie hatte sich Rechenschaft abgelegt und diese Rückschau, diese Selbstbetrachtung hatte ihr gezeigt, dass ihr Leben eine Kette von Kapitulationen gewesen war. Von ihrem Vater hatte sie sich ohne nennenswerten Widerstand in ein ungeliebtes Studium drängen lassen, in ihrem Beruf hatte sie nur gerade so viel Engagement entwickelt, wie nötig war und in ihrer Ehe und bei der Erziehung ihres Kindes hatte sie gänzlich versagt. Sie hatte Christoph nicht halten können, sie war ja eine Schlampe geworden, mit der sich ein erfolgreicher Mann nicht mehr zeigen konnte. Und es war ihr nicht gelungen, Denis andere, bessere Werte zu vermitteln als die, die sein Vater ihm vorlebte.

Sie war einfach zu schwach, sie konnte sich nicht durchsetzen und ihr sporadisches Aufbegehren endete immer schneller in Resignation. Und jetzt? Es ließ sie kalt, was Christoph dachte oder tat, aber, gestand sie sich ein, in einem Punkt hatte das Scheusal recht: Irgendetwas musste sie tun, eine Entscheidung für die Praxis treffen, einen Plan für die Zukunft fassen … morgen. Wieder seufzte sie, dann nahm sie eine Schlaftablette, wie jeden Abend seit vierzehn Tagen.

Um neun erwachte sie mit rasenden Kopfschmerzen. Olga pfefferte mit Elan das Geschirr von gestern in die Spülmaschine und das Radio lief in voller Lautstärke. Das blöde Mensch hatte mal wieder vergessen, die Tür hinter sich zu schließen. Oder sie tat es absichtlich. Wütend zerrte Sigrid die Decke über den Kopf, aber an Schlaf war nicht mehr zu denken. Sie raffte sich auf, warf sich den Morgenrock über und schlurfte in die Küche. Olga setzte zu ihrer üblichen Suada an, verstummte jedoch unter Sigrids vernichtendem Blick. Wortlos stellte sie ihr eine Tasse Kaffee hin. Die Zeitung lag bereits auf dem Tisch.

Vorwurfsvoll sagte Olga: »Die Samstagsausgabe war noch im Briefkasten, Frau Doktor, die haben Sie bestimmt vergessen … ich hab sie auf den Tisch im Salon gelegt, wenn Sie sie noch lesen wollen. So, und jetzt muss ich ins Kaminzimmer.« Und mit einem süffisanten Lächeln fügte sie hinzu: »Da hat's gestern ein bisschen geknallt, was?« »Verfluchtes Biest«, sagte Sigrid, als Olga draußen war. Laut genug, dass die Haushaltshilfe es hören konnte. Vielleicht sollte ich sie endlich feuern, dachte sie, das Luder wird immer unerträglicher. Vielleicht wäre das ein Anfang, ein erlösender Kraftakt, um der Passivität zu entrinnen. Aber konnte sie das überhaupt? Vergeblich suchte sie sich zu erinnern, ob sie selbst oder Christoph den Arbeitsvertrag mit Olga abgeschlossen hatte. Doch wohl sie, sie war schließlich die Hausfrau. Sie lachte ironisch, dann zuckte sie die Achseln. Vielleicht sollte sie nachher mal in ihren Papieren nachschauen. Während sie ihren Kaffee trank, begann sie geistesabwesend in der Zeitung zu blättern.

Wolfs Gedanken wanden sich in einer Spirale um das Problem Sigrid Wegmann. Die Spirale dehnte sich aus, zog immer weitere Kreise und stieß ins Leere wie der Kopf einer Schlange, die das Opfer verfehlt, dem sie ihre Giftzähne in den Nacken graben will. Wie er es drehte und wendete, er kam der Lösung keinen Schritt näher. Vorläufig nicht. Er musste das Problem in einem Winkel seines Gehirns ablegen, in einem Zwischenspeicher und sich auf seine Intuition verlassen, auf den zündenden Funken. Allzu lange, darauf vertraute er, würde er nicht warten müssen.

Von Kuhnert und Hanusch hatte er noch nichts gehört. Walpurga war seine einzige Informationsquelle, was lokale Ereignisse betraf, soweit sie nicht im Radio verbreitet wurden. Sie las regelmäßig die regionale Zeitung. Wolf interessierte sich nicht für dieses Blatt beziehungsweise seine E-Paper-Ausgabe, er war Kunde bei einer großen überregionalen Zeitung. Und natürlich bei seinem früheren Arbeitgeber, damit er seine eigenen Artikel abhören konnte, wenn sie erschienen waren. Von Kuhnert hatte es vorige Woche wahrscheinlich eine Todesanzeige gegeben, mehr nicht, es war ja nur ein Unfall. Der Mord an Hanusch müsste heute, am Montag, ein paar Zeilen wert gewesen sein. Aber Walpurga hatte nichts davon erwähnt. Erstens, weil sie sich nicht über Sensationen und Sensatiönchen unterhielten und zweitens, weil Walpurga zwischen ihm, Wolf und Kuhnert und Hanusch keine Verbindung herstellen konnte. Damals, als er deren Patient war, lebte Tante Trude noch und begleitete ihn bei seinen Arztbesuchen. Erst später, nach Trudes Tod vor sechzehn Jahren, hatte Walpurga gelegentlich diese Aufgabe übernommen. Er konnte sich jedoch nicht erinnern, mit ihr in Sigrids Praxis gewesen zu sein.

Sigrid … fast hätte er sich wieder in seine diffusen Pläne zu ihrer Tötung verstrickt, doch er schob den Gedanken rigoros beiseite. Von Walpurga drohte also keine Gefahr und erst recht nicht von Lisa. Sie interessierte sich nicht für das Leben und Treiben in diesem kleinen Land, in dem sie ja längst noch nicht heimisch geworden war. Die Medienhaie? Nein, in diesem Kreis hatte er noch nie solche Details aus seinem Leben erwähnt wie die Namen der Ärzte, die ihn irgendwann einmal behandelt hatten. Was gab es sonst noch zu bedenken, hatte er auch wirklich nichts übersehen? Die Polizei suchte jetzt einen

Mörder und wenn ihm doch ein Fehler unterlaufen sein sollte, durch den er unter die Verdächtigen geriet, musste er gewappnet sein.

Die Karteien, die Dateien der Ärzte … war er noch irgendwo registriert? Spätestens nach Sigrids Tod würden die Ermittler den Zusammenhang erkennen: drei Augenärzte. Kuhnert praktizierte schon seit achtzehn Jahren nicht mehr und eine Patientenkartei würde wohl kaum zu seinem Nachlass gehören. Hanusch hatte seine Praxis aufgegeben, sein Nachfolger dürfte den größten Teil seiner Patienten übernommen haben. Doch Wolf konnte sich nicht mehr darunter befunden haben, unmöglich. Und Dr. Sigrid Wegmann hatte den Patienten Dr. Wolf Wernau ebenfalls längst ad acta gelegt, vor fünfzehn Jahren hatte er sie zum letzten Mal konsultiert. Und nun wieder, vor zweieinhalb Wochen. Aber die Sprechstundenhilfe war schon gegangen, als er Sigrid in der Talstraße aufsuchte. Er war überzeugt, dass sie seine Stippvisite nicht einmal notiert hatte, sie konnte ihm ja nicht helfen, also würde sie annehmen, dass er sie nie mehr belästigte. Schön, auch in diesem Punkt war er rundum abgesichert.

Blieben noch seine Anrufe mit dem Kartenhandy. Er hatte sich als Müller, Nettelbeck und Malkowski ausgegeben, doch bei einem Stimmenvergleich, falls ein genialer Bulle auf diese Idee kommen und ein Richter die Genehmigung dazu erteilen würde … sein schnurloses Telefon auf dem Schreibtisch läutete. Er saß, die langen Beine übereinander geschlagen, in seinem Bürosessel. Da er nachher den Kopfhörer brauchte, lagen die Hörgeräte auf dem Nachttisch und deshalb schaltete er den Lautsprecher ein.

»Wegmann, Sigrid Wegmann«, meldete sich eine schläfrig wirkende Stimme und Wolf erstarrte. War das, war das Telepathie? »Wolf?« Es klang liebevoll, fast zärtlich, dieses »Wolf«. Er räusperte sich. »Ja ja, ich bin's, ich war nur ein wenig überrascht.« Nicht nur von ihrem Anruf, sondern auch von ihrer Anrede. »Es hat lange gedauert, bis ich mich dazu durchgerungen habe, dich anzurufen, jetzt hab ich's endlich geschafft.« »Das, das freut mich«, sagte er hilflos.

Sie lachte leise und er hörte, wie sie sich bewegte. Als drehe sie sich in einem Bett herum und wechsele das Telefon von einer Hand in die andere. Er stellte sich ihren wollüstigen Körper vor – wie üppig mochte er inzwischen sein? – und ihm wurde heiß. »So, da bin ich wieder«, sagte sie, »ich musste mich zurechtrücken, hab mich ein bisschen hingelegt.« Und dann, ohne Übergang: »Weißt du, dass ich einmal sterblich in dich verliebt war?« Es traf ihn so unvorbereitet, dass er zu stottern begann: »Ich, ich auch ... ich meine, ich, ich in dich.« »Lügner«, sagte sie kokett, »Männer lieben nicht, sie begehren ... du warst scharf auf mich!« Er verteidigte sich nicht, lachte nur ziemlich gequält und fragte: »Und warum ...« Sie ließ ihn nicht ausreden: »Du meinst, warum ich mich dir nicht offenbart habe? Ach, das wäre eine viel zu lange Geschichte.«

Abrupt wechselte sie das Thema, wurde fast geschäftsmäßig: »Ich habe heute morgen etwas in der Zeitung gelesen, eine Todesanzeige und einen Artikel über einen mysteriösen Mord im Stadtwald. Kuhnert und Hanusch, die Namen kannte ich natürlich, Kollegen ... aber da war noch etwas anderes, an das ich mich dunkel entsann. Und dann fiel es mir ein: Du warst ihr Patient, bevor du zu mir kamst.« Wolf war wie vor den Kopf geschlagen. »Du hast sie getötet, nicht wahr? Sag nichts ... du hattest wohl recht, aus deiner Sicht.« Wieder wälzte sie sich herum und dann fuhr sie fort: »Mich kannst du von deiner Liste streichen, ich wollte mich nur ... nur verabschieden.« Trotz seiner Verwirrung merkte er, wie angestrengt sie plötzlich sprach und wie schwer sie atmete. »Ich werde bald nicht mehr da sein«, hörte er sie flüstern, »ein paar Minuten noch ... Tabletten, viele, viele Tabletten für den langen Schlaf.« Und nach einer endlosen Pause: »Und vergib mir, wenn, wenn du kannst, Wolf.« Ihre Stimme war nur noch ein Hauch, der sanft über ihn hinwegstrich und verwehte.

»Sigrid!« Der Schrei verhallte ohne Antwort, dann klickte es, die Verbindung brach ab. Seine Gedanken überschlugen sich. War das ein Trick, wollte sie ihn hereinlegen, glaubte sie, sie könne sich auf diese Weise der Gerechtigkeit entziehen, seiner Rache entgehen? Und wenn es kein Täuschungsmanöver war, wenn sie ihn nicht belogen hatte? Würde ihr Selbstmord die gleiche Wirkung auf seine Genesung haben, die gleiche, als hätte er sie gerichtet und nicht sie sich selbst? Die

Antwort lag in der Frage: Ja, sie hatte sich gerichtet, weil sie sich ihm gegenüber schuldig wusste, sie hatte sich dazu bekannt und ihn um Vergebung ihrer Schuld angefleht. Da war kein Unterschied, oh nein, da war kein Unterschied! Das war nichts anderes, als hätte er Hand an sie gelegt und ihr das verwirkte Leben genommen.

Zum ersten Mal fand Lisa Wolf schlafend, als sie kurz vor zwölf nach Hause kam. Sie war ihm deshalb nicht gram, endlich mal ausschlafen, das würde ihr gut tun. An Nachtarbeit war sie ja gewöhnt von ihrer früheren Tätigkeit, aber der Job beim Iren war seltsamerweise bedeutend anstrengender. Oder, frivol ausgedrückt, im Liegen arbeitete es sich einfach leichter. Lautlos zog sie sich aus und schlüpfte ins Bett.

Als Wolf erwachte, sagte ihm sein Zeitgefühl, es müsse zwischen drei und vier Uhr morgens sein. Die sprechende Uhr wollte er nicht befragen, das lieblich lispelnde Stimmchen könnte Lisa wecken. Dann erinnerte er sich ... ja, deshalb war er aufgewacht: Er würde sehen, jetzt gleich ... sehen, sehen! Ein freudiges Vorgefühl überkam ihn. Die Schmerzen in Knien und Füßen hatten sich bereits verflüchtigt, wie weggeblasen, er fühlte es, oh ja, er fühlte es. Er schaltete die Nachttischlampe ein. Lisa regte sich nicht. Vorsichtig zog er ihr die Bettdecke herunter bis zum Bauch.

Ja, Herrgott noch mal, er konnte sie wirklich sehen, die wunderbaren Brüste, wie sie sich hoben und senkten, ein dünner Film von Schweiß glitzerte in der Mulde des Busens ... und er sah ihn, den rötlichen Schimmer ihres Haars, das ihr entspanntes Gesicht umrahmte. Doch dann verschwand das Trugbild mit einem Schlag und er wischte sich über die Augen und da war nichts mehr, nichts außer den üblichen, trüben Schatten, die undeutlich um ihn herum waberten. Lediglich seine Phantasie hatte das Phänomen erschaffen. Da begriff er und schrie: »Sigrid!« Sie hatte ihn betrogen, sie lebte noch.

Lisa fuhr hoch und sah, dass Wolf auf der Kante seines Betts hockte. »Wolf, was ist denn?«, rief sie erschrocken, »leg dich doch wieder hin, du hast geträumt.« Aber er reagierte nicht, zerrte seine Kleider vom Stuhl und wütete: »Ich bring dich um, Aas, Luder, bring dich um, Saumensch.« Dazwischen brabbelte er immer wieder: »Belogen, betrogen.« Das waren die akustischen Meldungen, die Lisa empfing und sie waren ihr ein Rätsel. Sie merkte nur, dass er völlig außer sich und außer Kontrolle war. Trotzdem versuchte sie, ihn zu beruhigen, kniete sich hinter ihn, wollte die Arme um ihn legen, doch er stieß sie grob zurück.

Dann taumelte er, nur in Jeans, Unterhemd und Turnschuhen, zur Tür und war draußen. Der Treppenabsatz vor dem Schlafzimmer war schmal und sie wartete entsetzt auf seinen Sturz. Dann sprang sie auf und lief ihm nach. Wie ein Frosch hüpfte er die Treppe hinunter, mit beiden Füßen gleichzeitig von Stufe zu Stufe, mit beiden Händen das Geländer umklammernd. Entgeistert blickte sie ihm nach, unfähig, sich zu rühren. Als er den Flur erreichte, brach er in die Knie, brüllte vor Schmerz, rappelte sich wieder hoch, stieß gegen das Sideboard, riss mit einer Hand den Rollstuhl an sich, öffnete mit der anderen die Haustür und verschwand in der Dunkelheit.

Endlich wich die Erstarrung von ihr, noch einmal rannte sie ihm nach, nackt und barfuss, bis an die Straße. Ihre Tränen mischten sich mit dem strömenden Regen. Durch diesen Schleier sah sie, wie Wolf im Licht einer Laterne auftauchte, die mächtigen Arme hämmerten wie die Kolben einer Maschine auf die Antriebsräder des Rollstuhls. Er tanzte von einer Straßenseite zur anderen, schrammte an einem Bordstein vorbei und fuhr unbeirrt weiter. Schon war er viel zu weit entfernt, um ihn noch einzuholen.

Bibbernd vor Kälte ging sie ins Haus zurück. Es war sinnlos, den Wagen zu nehmen, die Schlüssel befanden sich oben in ihrer Handtasche. Bis sie im Auto saß, konnte er weiß Gott wo sein, sie hatte ja nicht die leiseste Ahnung, wohin sein verwirrter Geist ihn trieb. Mit zitternden Händen griff sie nach dem Telefon auf dem Sideboard und wählte den Notruf.

Wolf gelangte, von seinem Instinkt geleitet, an die Kreuzung Bellevue. Weder dachte er an die Ampel, noch war ihm bewusst, dass er auf der linken Straßenseite fuhr, als er in der Metzer Landstraße war. Jetzt musste er den Rollstuhl nicht mehr antreiben, er lief von selbst. Die Beine vorgestreckt, mit den Fersen steuernd, raste er als Geisterfahrer den Berg hinab. Das dunkle, bösartige Brummen des LKWs, der vor ihm aus der Kurve kam, hörte er nicht. Die Hörgeräte lagen zu Hause auf dem Nachttisch.

Besuchen Sie uns im Internet:
**www.conte-verlag.de**